W0374699

Harper
Collins

Zum Buch:

Noch vor einem Jahr war Cecilia voller Zuversicht, voller Hoffnung auf eine glückliche kleine Familie und voller Liebe für Ian und ihr ungeborenes Kind. Doch in diesem einen Jahr ist vieles passiert. Ihre kleine Tochter ist so bald nach der Geburt gestorben, dass Ian nicht einmal die Möglichkeit hatte, sie kennenzulernen. Während er auf See für die Navy im Einsatz war, war Cecilia allein mit ihrem Schmerz über den Verlust. Cecilia weiß, dass auch Ian trauert – trotzdem kann sie ihm nicht verzeihen, dass er nicht an ihrer Seite war, als sie ihn am meisten gebraucht hat. Oder hat Richterin Olivia Lockhart recht, und ihre Liebe ist stärker, als Cecilia in diesem Moment glaubt?

Zur Autorin:

Regelmäßig finden sich die Werke dieser beliebten Autorin auf der Bestsellerliste der New York Times, und sie hat eine weltweite Fangemeinde. In Port Orchard in Washington führt sie erfolgreich das »Grey House Café«, in dem sie ihren Gästen leckeres Frühstück, köstliche Kuchen und ganz besondere Nachmittagstees serviert.

Lieferbare Titel:

Eine Schachtel voller Glück
Der Sommer der Wünsche
Der Winter der Wunder
Die Gabe der Liebe

Debbie Macomber

Leuchtturmnächte

Roman

Aus dem amerikanischen Englisch von
Anita Sprungk

HarperCollins

HarperCollins®

FSC
MIX
Papier
FSC® C014496

1. Auflage: Juli 2020
Deutsche Erstausgabe

Originaltitel: »16 Lighthouse Road«
Erschienen bei: MIRA Books, Toronto

Published by arrangement with
HARLEQUIN ENTERPRISES II B.V./SARL

Umschlaggestaltung: bürosüd, München
Umschlagabbildung: Gonkel Stegemann/living4media, Vladimirs Koskins,
heliopix, Nella, Antoha, Christopher Elwell, tomertu, belander/Shutterstock
Lektorat: Anne Schünemann
Satz: GGP Media GmbH, Pößneck
Printed in Germany
Dieses Buch wurde auf FSC®-zertifiziertem Papier gedruckt.
ISBN 978-3-95967-432-4

www.harpercollins.de

Liebe Freundinnen und Freunde,

willkommen in Cedar Cove, Washington. Ich wünsche euch viel Spaß dabei, die Bewohner dieser Stadt kennenzulernen, und ich hoffe, dass Olivia, Grace, Charlotte, Cecilia, Jack, Ian, Seth und all die anderen euch so vertraut werden, als wären sie eure eigenen Nachbarn. Ihr müsst nämlich wissen: Sie sind meine Nachbarn. Natürlich nicht im wörtlichen Sinne, aber meine Schilderung von Cedar Cove basiert auf meiner Heimatstadt Port Orchard in Washington. Die Personen und ihre Geschichten entstammen meiner Fantasie, aber jeder, der schon mal in Port Orchard war, wird Gebäude und Veranstaltungen wiedererkennen, die ich in dieser Buchreihe beschreibe: Die Stadtbücherei, das neue Rathaus, ja, sogar den Seagull Calling Contest – ein Wettkampf darum, wer am besten das Geschrei der Möwen nachahmen kann –, all das gibt es in Port Orchard.

Nachdem ich etliche Romane geschrieben habe, die in Alaska, Texas und North Dakota spielen, haben mich Dutzende von Briefen erreicht, in denen mir Ideen für Geschichten in anderen US-Staaten unterbreitet wurden. Als ich über den Schauplatz für meine nächste Buchreihe nachdachte, wurde mir bewusst, dass es nur wenige Orte in Amerika gibt, die mir besser gefallen als der schöne Bundesstaat, in dem ich lebe, nämlich Washington. Jede Kleinstadt, die ich mir im Laufe der Jahre ausgedacht habe, sei es in Alaska oder Texas, spiegelt ein wenig von dem Leben wider, das ich kenne: dem Leben mit meiner eigenen Familie in Port Orchard. Mit der Buchreihe über Cedar Cove bekenne ich mich ganz offiziell dazu.

Also, lehnt euch zurück, genießt die Mischung aus Liebesroman, einem Schuss Krimi und ein paar eingestreuten Weisheiten. Macht euch vertraut mit einer ganzen Gemeinde neuer

Freunde. Ich weiß, dass sie alle darauf brennen, sich euch vorzustellen!

Debbie Macomber

PS: Ich freue mich immer über Rückmeldungen von meinen Leserinnen und Lesern. Erreichen könnt ihr mich über P.O. Box 1458, Port Orchard, WA 98366 oder über meine Webseite unter www.debbiemacomber.com.

Zum Gedenken an
Rita Adler
26. Dezember 1950 – 12. Dezember 2000
Du wirst uns fehlen.

1. Kapitel

Cecilia Randall hatte von Leuten gehört, die sich dafür entscheiden würden, ihr Leben noch einmal genau gleich zu leben, wenn sie einen Wunsch frei hätten. Sie selbst zählte nicht dazu. Ihr hätte es schon vollkommen gereicht, zwölf Monate ihrer zweiundzwanzig Lebensjahre spurlos zu streichen.

Die *letzten* zwölf Monate.

Im Januar vergangenen Jahres, kurz nach dem Jahreswechsel, hatte sie Ian Jacob Randall kennengelernt, einen U-Boot-Fahrer der US-Marine. Sie hatte sich in ihn verliebt, ihr erster Fehler, und etwas schrecklich Verantwortungsloses getan: Sie war schwanger geworden, ihr zweiter Fehler. Dann hatte sie ihn obendrein geheiratet, ihr dritter Fehler, der alles nur noch schlimmer gemacht hatte.

Drei Fehler, die verheerende Konsequenzen nach sich zogen. Dabei war sie nicht etwa dumm. Nein, sie war einfach nur naiv, verliebt und hoffnungslos romantisch gewesen. Davon hatten die US-Marine und das Leben sie jedoch schnell kuriert.

Ihr Baby, ein Mädchen, kam zu früh zur Welt, während Ian auf See war, und es stellte sich sehr schnell heraus, dass die Kleine einen Herzfehler hatte. Bei Ians Heimkehr war Allison Marie bereits zu Grabe getragen worden. Cecilia hatte allein im unablässigen Regen des pazifischen Nordwestens gestanden, als der winzige Kindersarg in die kalte, durchnässte Erde hinabgelassen worden war. Hatte allein existenzielle Entscheidungen treffen müssen, ohne sich mit der Familie beraten zu können, ohne tröstenden Beistand durch ihren Mann zu erfahren.

Ihre Mutter lebte an der Ostküste und hatte wegen eines schweren Sturms nicht nach Washington kommen können. Ihr Vater war so hilfreich gewesen wie eh und je, mit anderen Worten: herzlich wenig. Seine Vorstellung davon, was es bedeutete, »für sie da zu sein«, bestand darin, ihr eine Beileidskarte mit ein paar Zeilen des Bedauerns über ihren Verlust zu schicken. Cecilia hatte unzählige Tage neben dem leeren Bettchen ihrer Tochter gesessen, abwechselnd geweint und in einer Schockstarre verharrt. Die Frauen der anderen Marinesoldaten hatten versucht, ihr Trost zu spenden, aber für Cecilia waren sie Fremde, und sie fühlte sich unter ihnen nicht wohl. Also hatte sie ihre Hilfe und ihre Freundschaft ausgeschlagen, und weil sie noch nicht lange in Cedar Cove lebte, hatte sie auch in der Stadt keine Freundinnen, die ihr beistehen konnten. Sie musste allein mit ihrer Trauer fertigwerden.

Als Ian endlich von seinem Einsatz nach Hause kam, gab er der US-Marine die Schuld daran, dass er nicht früher hatte heimkehren können. Er versuchte, alles zu erklären, aber inzwischen war Cecilia es gründlich leid. Für sie war nur noch eine Tatsache von Bedeutung: Ihre Tochter war tot. Ihr Mann wusste nicht und konnte unmöglich verstehen, was sie in seiner Abwesenheit durchgemacht hatte.

Da er auf einem Atom-U-Boot stationiert war, war ihre Kommunikation während eines Einsatzes auf »Familien-Telegramme« mit maximal fünfzig Wörtern beschränkt. Außerdem hätte er ohnehin nichts tun können; das U-Boot hatte sich damals unter der Polareiskappe befunden. Sie hatte ihm von Allisons Geburt geschrieben, dann von ihrem Tod. Sie hatte sich ihre Trauer in diesen kurzen Nachrichten vom Herzen geschrieben, ungeachtet dessen, dass Mitarbeiter der Marine jede einzelne Zeile unter die Lupe nahmen. Trotzdem hatte Ians Vorgesetzter es für richtig befunden, Ian erst nach Abschluss des zehnwöchigen Einsatzes davon in Kenntnis zu setzen.

»Ich wusste nichts davon«, hatte Ian wiederholt beteuert. Sie könne ihn doch nicht dafür verantwortlich machen. Aber sie tat es. Mochte es auch noch so unfair sein, Cecilia konnte ihm nicht vergeben.

Inzwischen wollte sie nur noch raus. Raus aus ihrer Ehe, raus aus dem emotionalen Sumpf aus Schuldgefühlen und Reue, einfach nur raus, und der einfachste Ausweg, den sie sah, bestand in der Scheidung.

Jetzt saß sie im Flur vor dem Gerichtssaal, entschlossener denn je, einen Schlussstrich unter ihre Ehe zu ziehen. Ein rascher Schlag mit dem Richterhammer, und der Albtraum des letzten Jahres wäre endlich vorbei. Irgendwann würde sie vergessen haben, dass sie Ian Randall jemals begegnet war.

Allan Harris, Cecilias Anwalt, betrat das Foyer des Gerichts von Kitsap County. Sie sah, wie er sich nach ihr umschaute. Als er sie entdeckte, hob er grüßend die Hand, kam auf die harte Holzbank zu, auf der sie saß, und ließ sich auf dem leeren Platz neben ihr nieder.

»Sagen Sie mir noch mal, was jetzt geschehen wird«, bat sie, weil sie nichts so dringend brauchte wie die Gewissheit, dass ihr Leben in Kürze wenigstens annähernd wieder so werden konnte, wie es vor einem Jahr gewesen war.

Allan stellte die Aktentasche auf seinen Schoß. »Wir warten, bis die Prozessliste verlesen wird. Die Richterin wird fragen, ob wir bereit sind. Ich werde das bestätigen, und dann bekommen wir eine Nummer.«

Cecilia nickte benommen.

»Man wird uns eine Nummer zwischen eins und fünfzig zuweisen«, fuhr ihr Anwalt fort. »Und dann warten wir, bis wir an der Reihe sind.«

Noch einmal nickte Cecilia. Sie konnte nur hoffen, nicht den ganzen Tag im Gerichtsgebäude ausharren zu müssen. Es war schon schlimm genug, überhaupt hier sein zu müssen.

Noch schlimmer war, dass auch Ians Anwesenheit notwendig war. Sie hatte ihn noch nicht gesehen. Vielleicht traf er sich irgendwo mit seinem Anwalt, besprach die Vorgehensweise – auch wenn sie nicht erwartete, dass er Schwierigkeiten machen würde.

»Es wird doch keine Probleme geben, oder?« Ihre Handflächen waren feucht, auf ihrer Stirn stand kalter Schweiß. Sie wünschte sich, das Ganze bereits hinter sich zu haben, damit sie wieder normal leben konnte. Das, so glaubte sie, würde erst möglich sein, wenn die Scheidung rechtskräftig war, und dann würde auch der Schmerz allmählich nachlassen.

»Ich glaube nicht, dass einer Scheidung irgendwas im Wege steht, zumal Sie sich darauf geeinigt haben, sich die Schulden zu teilen.« Er runzelte leicht die Stirn. »Trotz des Ehevertrages, den Sie unterzeichnet haben.«

Cecilias Magen verkrampfte sich, und sie drückte ihre Handtasche fest an ihren Bauch. Schon bald, so rief sie sich in Erinnerung, schon bald würde sie durch die Tür des Gerichtsgebäudes in ein neues Leben hinausgehen können.

»Es ist ein ziemlich … ungewöhnlicher Vertrag«, murmelte Allan.

Rückblickend gehörte dieser Ehevertrag auf die Liste der vielen Fehler, die sie im letzten Jahr begangen hatte, aber ihr Anwalt hatte ihr versichert, diese Sache ließe sich leicht bereinigen.

Als sie ihre Unterschrift unter den Vertrag gesetzt hatte, war er ihr wie eine absolut sinnvolle Vereinbarung vorgekommen. Um sich gegenseitig zu beweisen, wie ernst sie es mit ihrer Ehe meinten, waren sie auf die Idee gekommen, der Partner, der sich scheiden lassen wollte, müsse nicht nur die Gerichts- und Anwaltskosten übernehmen, sondern auch alle Schulden aus ihrer Ehe. Das konnte man als Straf- oder als Abschreckungsmaßnahme betrachten, aber es hatte nicht funktioniert. In der jetzigen Situation war der Vertrag ein lästiges Hindernis, das aus dem Weg geräumt werden musste.

Cecilia gab sich selbst dafür die Schuld, schließlich hatte sie auf einer schriftlichen Vereinbarung bestanden. Sie hatte absolut sichergehen wollen, dass Ian sie nicht nur heiratete, weil er sich dazu verpflichtet fühlte. Zwar war sie ungeplant schwanger geworden, aber sie wäre auf jeden Fall dazu bereit gewesen, ihr Kind allein großzuziehen. Lieber das, als in einer unglücklichen Ehe gefangen zu sein – oder Ian in eine Beziehung zu zwingen, die er gar nicht wollte. Ian jedoch hatte nicht mit sich reden lassen und geschworen, sie zu lieben, ihr ungeborenes Kind zu lieben und sie heiraten zu wollen.

Als Cecilia zehn Jahre alt gewesen war, war für sie die Welt zusammengebrochen, als ihre Eltern sich hatten scheiden lassen. Das hatte sie ihrem eigenen Kind ersparen wollen. Ihrer Meinung nach sollte eine Ehe unverbrüchlich sein – für immer –, und es war ihr deshalb wichtig gewesen, dass sie beide sich ihrer Sache sicher waren, bevor sie eine lebenslange Bindung eingingen. Wie naiv sie doch gewesen war. Wie sentimental. Wie romantisch.

Ian hatte ebenfalls gewollt, dass ihre Ehe ihr Leben lang hielt, aber wie so vieles andere im letzten Jahr war auch dieser Wunsch eine Illusion gewesen. Cecilia hatte ihm glauben wollen und müssen, an ihn und an die Macht ihrer Liebe und daran, dass diese sie vor schwerem Herzeleid bewahren konnte.

Schließlich hatte sie sich einverstanden erklärt, Ian zu heiraten, geblendet von der Aussicht auf einen Mann, der sich ihr rückhaltlos verpflichtet fühlte, und von der Hoffnung auf immerwährendes Eheglück. Trotzdem oder vielleicht auch gerade deswegen hatte sie auf dem Ehevertrag beharrt.

Ihre Ehe hatte halten sollen, solange sie beide lebten, und deshalb hatten sie sich eine Vereinbarung überlegt, die ihnen helfen sollte, ihren Ehegelübden treu zu bleiben. So hatten sie sich das jedenfalls gedacht … Vor der Hochzeit hatten sie den Vertrag eigenhändig aufgesetzt und notariell beurkunden lassen.

Cecilia hatte gar nicht mehr daran gedacht, als ihr Anwalt sie bei ihrer ersten Besprechung bezüglich der Scheidung fragte, ob sie einen Ehevertrag unterschrieben hatte. Auch wenn dieser Vertrag alles andere als ein Standarddokument war, meinte Allan, er müsse dem Gericht zur Annullierung vorgelegt werden.

Ihre Ehe hätte niemals so enden sollen, aber nach dem Tod ihres Babys war alles schiefgelaufen. Ihre Liebe füreinander war zerbrochen. Es war einfach nicht fair, dass Kinder starben. Es war nicht richtig, nicht gerecht – in Cecilias Welt existierten Begriffe wie fair, richtig und gerecht nicht mehr. Die Ehe, die ihr Halt hatte geben sollen, war zu einer Quelle für Schuldgefühle und Trauer geworden. Die Erfahrung hatte sie gelehrt, dass sie *allein* war, also konnte sie auch ihren Familienstand an die Realität anpassen.

Ihr schwirrte der Kopf, und weil sie nicht länger darüber nachdenken wollte, beschäftigte sie sich lieber mit etwas anderem.

Der Flur des Gerichtsgebäudes war voller Leute, Anwälte eilten umher, besprachen sich mit ihren Klienten, und sie hielt Ausschau nach Ian, versuchte sich für die unausweichliche Begegnung zu wappnen. Seit mehr als vier Monaten hatte sie ihn weder gesehen noch mit ihm gesprochen, obwohl ihre Anwälte regelmäßig miteinander in Kontakt standen. Sie fragte sich, ob all die Leute aus ähnlich traurigen Gründen hier waren wie sie. Vermutlich. Warum sonst sollte jemand vor Gericht ziehen? Gebrochene Schwüre, gebrochene Verträge …

»Richterin Lockhart ist für unseren Fall zuständig«, unterbrach Allan ihre Überlegungen.

»Ist das gut?«

»Sie ist fair.«

Das hatte Cecilia wissen wollen. »Das Ganze ist nur eine Formalität, richtig?«

»Richtig.« Er lächelte ihr beruhigend zu.

Sie warf einen Blick auf ihre Armbanduhr. Die Prozessliste sollte um neun verkündet werden, und jetzt war es fünf vor. Ian war noch nicht da.

»Was ist, wenn Ian nicht kommt?«, fragte sie.

»Dann bitten wir um Aufschub.«

»Oh.« Bloß nicht noch eine Verzögerung, flehte sie in Gedanken.

»Er wird schon kommen«, meinte Allan beruhigend. »Brad hat mir gesagt, dass Ian es genauso schnell hinter sich bringen will wie Sie.«

Der Druck in ihrem Magen verstärkte sich. Das ist der leichte Teil, sagte sie sich, um ihre Nervosität zu vertreiben. Den schweren Teil hatte sie bereits hinter sich gebracht: den Schmerz, die Trauer, die Enttäuschung über eine Ehe, die nicht funktioniert hatte. Die Anhörung vor Gericht war eine reine Formalität. Das hatte Allan gesagt. Wenn erst der Ehevertrag annulliert worden war, dann war die Scheidung im gegenseitigen Einvernehmen so gut wie gelaufen, und dieser Albtraum hatte ein Ende.

Dann tauchte er endlich auf.

Cecilia spürte seine Anwesenheit, noch bevor sie ihn entdeckte. Fühlte seinen Blick auf sich, als er die Treppe heraufkam und das Foyer betrat. Sie wandte sich ihm zu, und ihre Blicke trafen sich kurz, bevor sie beide hastig wieder wegschauten.

Beinahe zeitgleich wurden die Türen des Gerichtssaals geöffnet. Alle standen auf und hatten es unerklärlich eilig, in den Saal zu gelangen. Allan durchschritt an Cecilias Seite die Mahagonitüren. Ian und sein Anwalt betraten den Saal nach ihnen und nahmen auf der anderen Seite des Gerichtssaals Platz.

Der Gerichtsdiener begann sofort mit der Verlesung einer Namensliste. Auf jeden Namen oder jede Gruppe von Namen antwortete jemand, und dem Vorgang wurde eine Nummer zugewiesen. Alles lief dermaßen schnell ab, dass Cecilia beinahe ihren eigenen Namen überhört hätte.

»Randall.«

Sowohl Allan Harris als auch Brad Dumas meldeten sich.

Cecilia bekam nicht mit, welche Nummer ihnen zugeteilt worden war. Als Allan sich wieder neben sie setzte, schrieb er die Zahl dreißig auf seinen Notizblock.

»Dreißig?«, flüsterte sie, überrascht, dass noch neunundzwanzig andere Fälle vor ihnen verhandelt werden würden.

Er nickte. »Keine Sorge, das wird schnell gehen. Wir sind vermutlich schon vor elf wieder draußen. Das hängt davon ab, über was sonst noch entschieden werden muss.«

»Muss ich die ganze Zeit hierbleiben?«

»Nicht im Gerichtssaal. Sie können draußen warten, wenn Ihnen das lieber ist.«

Es war ihr lieber. In dem Raum fühlte sie sich unerträglich eingeengt, ja, klaustrophobisch. Sie stand auf und stolperte in den leeren Flur hinaus, so eilig hatte sie es, nach draußen zu kommen.

Im Foyer wäre sie fast mit Ian zusammengestoßen.

Sie blieben beide wie angewurzelt stehen und starrten einander an. Cecilia wusste nicht, was sie sagen sollte, und Ian ging es offenbar genauso. Gut sah er aus in seiner Marine-Uniform. Das erinnerte sie daran, wie sie einander zum ersten Mal begegnet waren. Er war groß, durchtrainiert und hatte die faszinierendsten blauen Augen, die sie je gesehen hatte. Wenn Allison Marie überlebt hätte, hätte sie die gleichen blauen Augen wie ihr Vater, dachte Cecilia.

»Es ist beinahe vorbei«, sagte Ian leise und tonlos.

»Ja«, erwiderte sie. »Ich bin dir nicht nach draußen gefolgt«, fügte sie nach kurzem Schweigen hinzu. Das sollte er wissen.

»Habe ich mir schon gedacht.«

»Mir war, als würden die Wände immer näher rücken.«

Dazu sagte er nichts und ließ sich auf einer der Holzbänke nieder, die im Flur vor den Gerichtssälen standen. Er beugte sich vor, stützte die Ellenbogen auf seine Knie. Sie kauerte sich am anderen Ende der Bank auf die Kante, so weit wie möglich von ihm entfernt. Auch andere Leute verließen den vollen Gerichtssaal und verschwanden entweder oder suchten sich ein einsames Plätzchen, um sich mit ihren Anwälten zu besprechen. Ihr Flüstern hallte von den Granitwänden wider.

»Ich weiß, dass du mir nicht glaubst, aber es tut mir leid, dass es so weit gekommen ist«, sagte Ian.

»Mir auch.« Und nur für den Fall, dass er jetzt glaubte, sie wolle sich mit ihm aussöhnen, fügte sie hinzu: »Aber es ist nötig.«

»Wie recht du doch hast.« Er richtete sich auf, setzte sich kerzengerade hin, verschränkte die Arme vor der Brust und sah sie nicht noch einmal an.

Was für eine unangenehme Situation. Aber wenn er so tun konnte, als wäre sie gar nicht da, konnte sie das umgekehrt genauso. Unauffällig setzte sie sich bequemer hin und lehnte sich an. Die Wartezeit würde ihr lang werden.

»Hallo«, grüßte Charlotte Jefferson, als sie einen Blick in das kleine Zimmer im Cedar-Cove-Rehazentrum warf. »Ich habe gehört, Sie sind neu hier.«

Der ältere weißhaarige Herr, der zusammengesunken in seinem Rollstuhl saß, starrte sie aus trüben braunen Augen an. Obwohl Krankheit und das Alter ihn gezeichnet hatten – er war Mitte neunzig, wie man ihr erzählt hatte –, konnte man immer noch erkennen, dass er früher ein gut aussehender Mann gewesen sein musste. Sein sportlicher Körperbau war unverkennbar.

»Keine Sorge, Sie müssen nicht antworten«, fuhr Charlotte fort. »Ich weiß, dass Sie einen schweren Schlaganfall hatten. Ich möchte mich Ihnen nur vorstellen. Mein Name ist Charlotte Jefferson, und ich bin hier, um zu schauen, ob ich irgendetwas für Sie tun kann.«

Er hob seinen Blick und schüttelte ganz langsam den Kopf. Das schien ihm große Mühe zu bereiten.

»Sie brauchen mir Ihren Namen nicht zu sagen. Er steht draußen an der Tür. Sie sind Thomas Harding.« Sie hielt einen Moment inne. »Janet Lester, die Leiterin des Zentrums, hat vor ein paar Tagen von Ihnen gesprochen. Mir hat der Name Thomas schon immer gefallen«, fuhr sie im Plauderton fort. »Ich schätze, Ihre Freunde nennen Sie Tom.«

Sein schwaches Lächeln bestätigte sie in ihrer Annahme.

»Das dachte ich mir.« Charlotte wollte sich nicht aufdrängen, aber sie wusste, wie einsam sich jemand fühlte, der in einer fremden Stadt landete, in der er keine Menschenseele kannte. »Eine meiner besten Freundinnen hat jahrelang hier gelebt, und ich habe sie jeden Donnerstag besucht. Das ist mir so zur Gewohnheit geworden, dass ich auch nach Barbaras Tod regelmäßig vorbeischaue. Letzte Woche hat Janet mir erzählt, dass Sie gerade eingezogen sind. Deshalb dachte ich mir, ich schaue heute vorbei und stelle mich vor.«

Er versuchte, die rechte Hand zu bewegen – erfolglos.

»Kann ich Ihnen etwas geben?«, fragte sie hilfsbereit.

Erneut schüttelte er den Kopf und deutete dann mit zittrigem Zeigefinger auf den Stuhl ihm gegenüber.

»Ah, ich verstehe. Sie fordern mich auf, mich zu setzen.«

Mit Mühe brachte er ein schiefes Grinsen zustande.

»Na, das tue ich doch gern. Mir tun nämlich die Füße weh.« Ohne zu zögern, ließ sie sich auf dem Stuhl nieder, auf den er gezeigt hatte, und zog sich den rechten Pumps aus, um sich die Zehen zu reiben und die Durchblutung wieder in Gang zu bringen.

Tom beobachtete sie mit wachem Blick.

»Ich schätze, Sie würden gern ein bisschen mehr über Cedar Cove erfahren. Das kann ich Ihnen nicht verdenken, Sie Ärmster. Gott sei Dank wurden Sie hierher verlegt. Janet hat mir erzählt, dass Sie ausdrücklich darum gebeten haben, nach Cedar Cove zu kommen, stattdessen aber in dieser Einrichtung in Seattle gelandet sind. Was *dort* passiert ist, habe ich gehört. Ich kann nur sagen, es ist eine furchtbare Schande.« Janet hatte ihr erzählt, dass die Einrichtung, in der Tom zunächst untergebracht gewesen war, wegen gravierender Missstände geschlossen worden war. Die Patienten, die meisten von ihnen Staatsmündel, waren auf verschiedene Pflegeeinrichtungen im gesamten Staat Washington verteilt worden.

»Ich bin so froh, Tom, dass Sie jetzt hier in Cedar Cove sind, in unserer entzückenden kleinen Stadt«, fuhr sie fort, wobei sie ihn bewusst mit Namen ansprach. Sie wollte, dass er sich gewürdigt und anerkannt fühlte. Immerhin hatte er Zeit in einer unzulänglichen Einrichtung verbringen müssen, in der man die Würde der Patienten missachtet und ihnen keinerlei Mitgefühl entgegengebracht hatte. Janet hatte betont, dass die dortigen Pflegekräfte die ihnen anvertrauten Patienten vernachlässigt hatten. Das zu hören hatte Charlotte schockiert. Sie fand ein solches Verhalten absolut unverständlich. Wie konnte man nur so grausam zu jemandem sein, der so verletzlich war wie Tom? Wie konnte man ihn nur ignorieren, ihn in seinem beschmutzten Bett liegen lassen, nie ein Wort mit ihm wechseln … »Wie ich sehe, können Sie von hier auf den Jachthafen schauen«, fuhr sie mit aller Begeisterung fort, die sie aufbringen konnte. »Wir sind sehr stolz auf unser Hafenviertel. Im Sommer gibt es dort ein wunderbares kleines Festival, und natürlich findet jeden Samstag der Bauernmarkt auf dem Parkplatz neben der Stadtbücherei statt. Regelmäßig legen Fischer am Anleger an und verkaufen ihren Fang direkt vom Boot. Ich schwöre, Tom, dass es nichts Besseres gibt als im Hood Canal gefangene Garnelen frisch vom Kutter.«

Sie hielt einen Moment inne, aber da Tom anscheinend zuhörte, redete sie weiter. »Na schön, schauen wir mal, was ich Ihnen über Cedar Cove erzählen kann.« Dabei wusste sie kaum, wo sie anfangen sollte. »Es ist eine kleine Stadt. Bei der letzten Zählung hatten wir, glaube ich, nicht ganz fünftausend Einwohner. Mein Mann Clyde und ich, wir stammen beide aus dem Yakima County im Herzen Washingtons und sind nach dem Zweiten Weltkrieg hierhergezogen. Damals hatte Cedar Cove die einzige Ampel im gesamten County. Das ist jetzt fünfzig Jahre her.« Fünfzig Jahre. So viel Zeit, die wie im Flug vergangen war.

»Cedar Cove hat sich in mancher Hinsicht verändert und ist in anderer Hinsicht immer noch dieselbe alte Kleinstadt. Viele Leute, die hier leben, arbeiten in der Werft von Bremerton, genau wie früher in den Vierzigern. Und natürlich spielt die Marine für die Wirtschaft der Stadt eine gewaltige Rolle.«

Das konnte Tom sich vermutlich denken, denn die Marinewerft von Bremerton lag gleich auf der anderen Seite der Bucht. Riesige Flugzeugträger hatten dort angelegt, ebenso ganze Reihen von dieselgetriebenen U-Booten. Die Atom-U-Boote waren im Marine-Stützpunkt in Bangor stationiert. An wolkenverhangenen Tagen gingen die graue Flotte und der schiefergraue Himmel beinahe nahtlos ineinander über.

Ruckartig legte Tom seine rechte Hand in Herzhöhe auf die Brust.

»Sie waren beim Militär?«, fragte Charlotte.

Der alte Mann nickte kaum merklich.

»Gott segne Sie«, erwiderte Charlotte. »Es wird so viel darüber geredet, dass unsere Generation, die die Depression und den Weltkrieg erlebt hat, eine ganz besondere war, und wissen

Sie, was? Das stimmt. Die jungen Leute von heute haben ja keine Ahnung, was es bedeutet, Opfer zu bringen. Sie haben es viel zu leicht, aber das ist natürlich nur meine persönliche Meinung.«

Toms Augen weiteten sich, und Charlotte konnte erkennen, dass er ihr beipflichtete.

Da sie aber nicht vom Thema abschweifen wollte, schwieg sie einen Moment und biss sich leicht auf die Unterlippe. »Was kann ich Ihnen sonst noch erzählen?«, murmelte sie. »Ah ja, zum Beispiel lieben wir Sport aller Art in Cedar Cove. Im Herbst finden die Highschool-Football-Spiele statt, und die halbe Stadt schaut sie sich an. Um diese Jahreszeit steht Basketball im Mittelpunkt. Vor zwei Jahren hat unsere Mannschaft die Washingtoner Meisterschaft gewonnen. Mein ältester Enkel …« Sie verstummte, wandte den Blick ab. Wie war sie jetzt auf dieses Thema gekommen? »Jordan war ein vielversprechender Baseballspieler, aber er ist vor fünfzehn Jahren ertrunken.« Sie war sich nicht sicher, warum sie ihn erwähnt hatte, und wünschte, sie hätte es nicht getan. Die gewohnte Traurigkeit ergriff sie. »Ich glaube nicht, dass ich jemals über seinen Tod hinwegkommen werde.«

Tom neigte sich trotz seiner Schwäche zu ihr herüber, als wollte er tröstend seine Hand auf ihre legen.

Was für eine anrührende Geste. »Es tut mir leid«, flüsterte sie. »Darüber wollte ich gar nicht reden. Meine Tochter lebt in Cedar Cove«, fuhr sie fort und zwang einen Anflug von Fröhlichkeit in ihre Stimme. »Sie ist Richterin – Richterin Olivia Lockhart –, und ich bin unglaublich stolz auf sie. Als Mädchen war sie ein dürres kleines Ding, aber heute ist sie eine hochgewachsene Frau. Sehr attraktiv. Sie ist inzwischen Anfang fünfzig und zieht immer noch die Blicke der Männer auf sich. Das liegt an ihrer Haltung. Die Leute brauchen sie nur zu sehen und wissen sofort, dass sie eine wichtige Persönlichkeit ist.

Das ist meine Tochter, die Richterin, aber für mich wird sie immer mein kleines braunäugiges Mädchen sein. Ich habe große Freude daran, im Gerichtssaal zu sitzen, wenn sie den Vorsitz führt.« Sie schüttelte den Kopf. »Was tue ich eigentlich – rede über mich selbst statt über Cedar Cove.« Wenn sie einfach hätte Fragen beantworten können, wäre das einfacher gewesen, aber leider konnte Tom keine Fragen stellen.

»Uns trennt nur eine Fährüberfahrt von Seattle, aber wir sind eine ländliche Gemeinde. Ich lebe mitten in der Stadt, aber viele Leute hier halten Hühner und Pferde. Natürlich außerhalb der Stadtgrenzen.«

Tom nickte ihr zu.

»Ich soll von mir erzählen?«

Wieder verriet ihr sein Lächeln, dass sie richtig geraten hatte.

Charlotte lächelte zurück und fuhr sich mit der Hand verlegen über ihr welliges weiches Haar. In ihrem Alter von zweiundsiebzig Jahren war es mittlerweile vollkommen weiß. Die Farbe stand ihr, das wusste sie. Sie hatte auch nur wenige Falten und war schon immer stolz auf ihren Teint gewesen. Als Frau durfte sie ruhig ein bisschen eitel sein, fand sie.

»Ich bin Witwe«, begann sie. »Clyde ist seit fast zwanzig Jahren tot. Er ist viel zu jung gestorben – Krebs.« Sie senkte den Blick. »Er hat in der Marinewerft gearbeitet. Wir haben zwei Kinder, William und Olivia. Sie wissen schon, die Richterin. William arbeitet bei einem Energieversorgungsunternehmen und reist kreuz und quer durch die Welt. Olivia hat geheiratet und sich hier in Cedar Cove niedergelassen. Ihre Kinder haben dieselbe Highschool besucht wie sie. In der Schule hängen die Bilder jeder Abschlussklasse an der Wand, und es ist wirklich interessant, sich all diese jungen lächelnden Gesichter anzuschauen, wenn man weiß, was aus ihnen geworden ist.« Nachdenklichkeit machte sich in ihr breit. »Auch Justines Bild hängt dort. Sie und Jordan waren Zwillinge, und ich mache mir große Sorgen um sie. Inzwischen ist sie achtundzwanzig und ist mit einem älteren Mann liiert, dem weder ich noch ihre Mutter über den Weg trauen.« Charlotte musste sich bremsen, um nicht noch mehr zu diesem Thema zu sagen. »James ist Olivias jüngster Sohn, und er ist zurzeit bei der Marine. Es war ein Schock für uns alle, als er sich freiwillig für den Dienst gemeldet hat. William und seine Frau haben sich gegen Kinder entschieden, und ich frage mich, ob sie das inzwischen bedauern. Will möglicherweise, glaube ich, Georgia eher nicht.« Obwohl ihre Kinder beide bereits in den Fünfzigern waren, sorgte sich Charlotte immer noch um sie.

Tom fielen die Augen zu, aber er öffnete sie schnell wieder.

»Sie sind müde«, stellte Charlotte fest, und ihr wurde bewusst, dass sie vor allem von ihrer Tochter und ihren Enkeln erzählte, statt Tom Informationen über Cedar Cove zu geben.

Er schüttelte leicht den Kopf, als wollte er nicht, dass sie ging.

Dennoch stand sie auf und legte ihm ihre Hand auf die Schulter. »Ich komme bald wieder, Tom. Sie sollten jetzt etwas schlafen. Außerdem wird es Zeit, dass ich zum Gericht gehe. Olivia führt heute den Vorsitz, und ich kann die Zeit nutzen, eine Babydecke zu Ende zu stricken.« Das bedurfte wohl einer zusätzlichen Erklärung, also fuhr sie fort: »Im Gerichtssaal kann ich immer am besten stricken. Vor ein paar Jahren ist im *Chronicle* sogar ein Artikel über mich erschienen. Mit Foto! Da saß ich im Gerichtssaal mit Stricknadeln und Wolle. Dabei fällt mir ein: Wenn Sie möchten, bringe ich das nächste Mal die Lokalzeitung mit und lese Ihnen daraus vor. Bis letzte Woche kam sie nur einmal wöchentlich heraus, immer mittwochs, aber vor Kurzem hat die Zeitung den Eigentümer gewechselt, und es wurde ein neuer Chefredakteur eingestellt. Jetzt gibt es zwei Ausgaben pro Woche. Ist das nicht schön?«

Tom lächelte.

Als sie sich der Tür zuwandte, wurde ihr bewusst, dass ihr neuer Freund gar keine Reisedecke besaß, die er sich über die Knie legen konnte. Die Damen im Seniorentreff würden schon bald Abhilfe schaffen, schließlich kühlten die Räume hier vor allem in den feuchten Wintern von Cedar Cove unangenehm aus. Wie traurig, dass dieser Mann niemanden hatte, der sich um sein Wohlergehen kümmerte und dafür sorgte, dass er es gemütlich und bequem hatte.

»Ich komme bald wieder«, versicherte sie ihm noch einmal.

Tom nickte und schenkte ihr ein verwegenes kleines Grinsen. Oh ja, in seiner Blütezeit musste er ein Charmeur gewesen sein.

Janet hielt sie auf, als sie das Heim verlassen wollte. »Hast du dich Tom Harding vorgestellt?«

»Ja, das habe ich. Was für ein netter Mann.«

»Ich dachte mir schon, dass du das so sehen würdest. Genau so jemanden wie dich braucht er.«

»Er hat also keine Angehörigen?«

»In seiner Akte sind keine Verwandten vermerkt. Sein Schlaganfall liegt etwa fünf Jahre zurück, und allem Anschein nach wurde er seitdem von niemandem besucht.« Sie hielt einen Moment inne und runzelte die Stirn. »Andererseits wissen wir natürlich nicht, inwieweit wir den Unterlagen von Senior Haven trauen können.«

»Wie lange war er dort?«

Janet zuckte mit den Schultern. »Das weiß ich nicht genau. Mindestens fünf Jahre. Nachdem er aus der stationären Pflege entlassen wurde.«

»Ach, der Ärmste. Er ...«

»... braucht dringend einen Freund«, beendete Janet den Satz für sie.

»Nun, jetzt hat er einen gefunden«, erklärte Charlotte. Sie hatte sich schon immer für ihr Leben gern mit anderen unterhalten, sodass Clyde sogar behauptet hatte, sie könne mit einer Steinmauer Freundschaft schließen. Er meinte das als Kompliment, und so hatte sie es auch aufgefasst.

Bei näherer Überlegung beschloss sie, doch nicht die Damen vom Seniorentreff darum zu bitten, Tom eine Reisedecke zu stricken. Das wollte sie selbst übernehmen, sobald die Babydecke fertig war. Schon bei ihrem nächsten Besuch würde sie ihm etwas mitbringen können, das ihn wärmen würde – die Wolldecke … und natürlich ihre Freundschaft.

Scheidungsfälle bereiteten Richterin Olivia Lockhart immer Probleme, und von allen Fällen, die das Familiengericht verhandelte, mochte sie diese am allerwenigsten. Seit zwei Jahren gehörten Scheidungsprozesse zu ihren Aufgaben, und sie war der Meinung gewesen, mittlerweile alles gesehen zu haben, was dieser Bereich zu bieten hatte. Und dann kam ein Fall wie dieser.

Ian und Cecilia Randall baten um die Annullierung ihres handschriftlich verfassten und notariell beglaubigten Ehevertrages. Sobald das erledigt war, würden die beiden die Scheidung einreichen. Zusammen mit ihren Anwälten standen sie vor der Richterbank.

Olivia warf einen Blick auf die Unterlagen. Sie waren vor weniger als einem Jahr datiert und unterzeichnet worden. Es war ihr unbegreiflich, wie eine Ehe so schnell in die Brüche gehen konnte. Sie blickte auf und musterte das Paar. Beide waren noch so jung und blickten starr zu Boden. Ian Randall, Marinesoldat, machte auf sie den Eindruck eines verantwortungsbewussten jungen Mannes, der vermutlich noch nie von zu Hause fort und von seiner Familie getrennt gewesen war, bevor er geheiratet hatte. Seine Frau wirkte wie ein zerbrechliches Straßenkind, unglaublich mager und mit dunklen, traurigen Augen. Glatte braune Haare, die ihr knapp bis auf die Schultern fielen, umrahmten ihr herzförmiges Gesicht. Immer wieder strich sie sich nervös eine Strähne hinters Ohr.

»Ich muss schon sagen, das ist originell«, murmelte Olivia und las noch einmal ein paar Zeilen des Vertragstextes. Die Formulierung war eindeutig, wenn auch sehr ungewöhnlich. Der Vertrag sah vor, dass der Ehepartner, der die Scheidung einreichte, sämtliche Schulden übernahm.

Offenbar hatten die beiden es sich diesbezüglich anders überlegt, genau wie mit ihrer Ehe. Olivia schaute sich die kurze Liste angesammelter Schulden an und sah, dass sie zu gleichen Teilen auf beide Partner aufgeteilt worden waren. Hätte die Ehe länger gehalten, wäre der Schuldenberg vermutlich höher gewesen – hätte vielleicht eine Hypothek umfasst, einen Kredit für ein Auto und so weiter. Olivia schloss daraus, dass der Vertrag dem unzufriedenen Partner eine Art Ansporn hatte sein sollen, die Ehe nicht leichtfertig aufzugeben. Ian Randall übernahm alle Schulden auf den Kreditkartenkonten und Cecilia Randall die Haushaltsrechnungen, zu denen eine Telefonrechnung über dreihundert Dollar gehörte sowie seltsamerweise eine Zweihundert-Dollar-Rechnung eines Blumengeschäftes. Der größte Posten betraf Begräbniskosten, und diesen wollten die beiden zu gleichen Teilen übernehmen.

»Beide Partner haben sich bezüglich der während der Ehe angesammelten Schulden geeinigt«, erklärte Allan Harris.

Ganz offensichtlich steckte mehr hinter diesem Scheidungsbegehren, als auf Anhieb erkennbar war. »Es gab einen Todesfall in der Familie?«, fragte Olivia den Anwalt.

Allan nickte. »Ein Kind.«

Olivias Magen krampfte sich zusammen. »Verstehe.«

»Unsere Tochter wurde zu früh geboren, und sie hatte einen Herzfehler«, erklärte Cecilia Randall so leise, dass es kaum zu hören war. »Sie hieß Allison.«

»Allison Marie Randall«, setzte ihr Mann hinzu.

Olivia bemerkte, wie die beiden einen Blick wechselten. Cecilia schaute schnell wieder weg, aber der kurze Moment reichte für Olivia, um den Schmerz, den Zorn und die tiefe Trauer in den Augen der jungen Leute zu sehen. Vielleicht erkannte sie das auch nur, weil sie selbst diesen Verlust erlebt hatte und ihre eigene Ehe ebenfalls daran zerbrochen war.

Die beiden Parteien warteten auf ihre Entscheidung. Da alles in Ordnung und einvernehmlich geregelt war, gab es eigentlich keinen Grund, das Verfahren zu stoppen. Diese Anhörung war nichts weiter als eine Formalität auf dem Weg zur Scheidung.

»Siebentausend Dollar – das sind eine Menge Schulden, die sich in nur wenigen Monaten angehäuft haben«, sagte Olivia.

»Da haben Sie recht, Euer Ehren«, erwiderte Brad Dumas rasch, »aber es gab Gründe dafür.«

Olivia entdeckte ihre Mutter im Zuschauersaal. Oft saß sie dort in der ersten Reihe und hantierte eifrig mit Stricknadeln und Wolle, aber jetzt strickte Charlotte nicht. Sie hielt ihre Finger, mit denen sie die Nadeln umklammerte, still in ihrem Schoß, als wäre ihr die Bedeutung dessen, was an der Richterbank geschah, deutlich bewusst.

Entgegen ihrer sonstigen Art zögerte Olivia. Normalerweise war sie dafür bekannt, schnell und entschlossen zu urteilen. Aber dieses Paar brauchte eine sanfte, liebevolle Hand, die es durch die Trauerphase geleitete. Wenn die beiden ihre Ehe beendeten, würde damit kein einziges ihrer Probleme gelöst – das wusste Olivia aus eigener Erfahrung. Wenn die Randalls darauf bestanden, ihre Scheidung durchzuziehen, dann würde Olivia ihnen lediglich eine Einbahnstraße in Richtung Schmerz und Schuldgefühle ebnen. Es bestand jedoch kein rechtlicher Grund, den Vertrag nicht zu annullieren.

»Ich setze eine zehnminütige Pause an … um diesen Vertrag zu begutachten«, verkündete sie. Dann, noch bevor die Betroffenen zeigen konnten, wie schockiert sie waren, stand sie auf und zog sich in ihr Büro zurück. Sie hörte, wie alle im Gerichtssaal sich erhoben und eifriges Getuschel einsetzte.

Als sie an ihrem Schreibtisch saß, lehnte Olivia den Kopf an die hohe Lehne ihres lederbezogenen Stuhls und schloss die Augen. Die Parallelen zwischen Cecilia Randall und ihr selbst waren unübersehbar. Vor fünfzehn Jahren hatte Olivia ihren ältesten Sohn verloren. Obwohl so viele Jahre vergangen waren, hatte der Schmerz über Jordans Tod nie nachgelassen und würde auch nie nachlassen. In den zwölf Monaten, nachdem er ertrunken war, war ihre gesamte Welt in sich zusammengebrochen. Erst hatte sie ihren Sohn verloren, dann ihren Mann. Im Laufe der Jahre hatten sich in ihrer Ehe kleine Probleme ergeben – nichts Großes, nichts Überwältigendes oder Ungewöhnliches, einfach nur der typische Stress, dem jedes voll berufstätige Paar mit drei anstrengenden Kindern ausgesetzt war. Aber nach Jordans Tod verzehnfachte sich dieser Stress und wurde zu einem unüberwindlichen Hindernis. Bevor Olivia überhaupt begriffen hatte, was sie beide taten, hatten sie sich bereits getrennt. Nur wenig später standen sie beide vor dem Familienrichter, und die Scheidung wurde ausgesprochen.

Drei Monate darauf traf sie und alle anderen, die sie kannten, der nächste Schock: Stan heiratete ein zweites Mal. Offenbar hatte er seine Probleme schon längere Zeit mit der anderen Frau besprochen und die Beziehung vor Olivia geheim gehalten.

Es klopfte an ihrer Tür, und noch bevor Olivia reagieren konnte, trat ihre Mutter einfach ein.

Olivia richtete sich auf. Sie hätte sich denken können, dass ihre Mutter die Gelegenheit ergreifen würde, um mit ihr zu sprechen. »Hallo, Mom.«

»Ich störe dich doch nicht, oder?«

Olivia schüttelte den Kopf. Ihre Mutter wusste, dass die Tür zu ihrem Büro ihr immer offen stand.

»Ah, gut.« Charlotte kam ohne Umschweife zum Punkt – *ihrem* Standpunkt: »Es ist doch eine Schande, dass dieses junge Paar aus seiner Ehe ausbrechen will, obwohl die beiden noch kaum eine Chance hatten, einander kennenzulernen.«

Da pflichtete Olivia ihr bei, konnte und wollte das aber nicht zugeben.

»Mir scheint, dass beide nicht allzu erpicht auf die Scheidung sind. Ich mag mich irren, aber …«

»Mutter, du weißt, dass ich meine Fälle nicht mit dir besprechen darf.«

»Ja, ja, natürlich, aber manchmal kann ich einfach nicht anders.« Charlotte steuerte bereits wieder die Tür an, überlegte es sich dann aber offenbar anders. »Ich weiß nicht, ob ich dir das jemals erzählt habe: Dein Vater und ich kamen im ersten Jahr auch nicht miteinander zurecht.«

Das hörte sie tatsächlich zum ersten Mal.

»Clyde war ein starrköpfiger Mann, und wie du vielleicht bemerkt hast, bin ich ebenfalls eigensinnig.«

Wenn das nicht die Untertreibung des Jahrhunderts war …

»In unserem ersten Ehejahr haben wir nur gestritten«, fuhr Charlotte fort. »Und dann, bevor wir uns es versahen, war ich schwanger mit deinem Bruder, und … nun ja, wir rauften uns zusammen. Wir hatten eine Menge guter Jahre miteinander, dein Vater und ich.« Sie umfasste ihre Handtasche und die Tasche mit den Strickutensilien fester. »Er war die Liebe meines Lebens.« Und damit zog Charlotte sich aus dem Zimmer zurück und schloss leise die Tür hinter sich, als hätte sie mehr gesagt, als sie hatte sagen wollen.

Grinsend stand Olivia wieder auf. War doch klar, dass ihre Mutter genau das sagen würde, was sie hatte hören müssen. Ihre Entscheidung war gefallen, und sie kehrte in den Gerichtssaal zurück. Als sie Platz genommen hatte, traten die Randalls mit ihren Anwälten erneut vor, Cecilia Randall, die mit großen traurigen Augen ins Leere starrte, und Ian Randall, der sich mit hartem, unbewegtem Gesichtsausdruck auf das Unausweichliche vorzubereiten schien.

»Ich kann nicht außer Acht lassen«, begann Olivia, »dass die beiden Parteien diesen Vertrag geschlossen haben, um genau dem, weshalb sie jetzt vor Gericht stehen – einer Scheidung – vorzubeugen. Offensichtlich haben sie großen Wert auf die Beständigkeit ihrer Ehe gelegt, und das gab den Ausschlag für einen solchen Vertrag. Offensichtlich wollten sie genau das vermeiden, was sie jetzt anstreben: eine einfache Scheidung. Deshalb werde ich den Ehevertrag nicht annullieren. Die Angelegenheit wird vor Gericht entschieden werden müssen. Für die Zwischenzeit rate ich den Parteien dringend, sich einer Eheberatung zu unterziehen oder eine Schlichtungsstelle anzurufen, um ihre Meinungsverschiedenheiten zu klären.«

Beide Ehepartner und ihre Anwälte beugten sich leicht vor, als glaubten sie, sich verhört zu haben.

Allan Harris und Brad Dumas blätterten hastig in ihren Notizen. Es war beinahe komisch mit anzusehen, wie sie sich beeilten, den Ehevertrag noch einmal durchzulesen.

»Entschuldigen Sie, Euer Ehren.« Brad Dumas reagierte zuerst und hob die Hand.

»Beide Parteien sind sich einig«, warf Allan Harris ein. »Mr. Randall hat sich bereit erklärt, den Ehevertrag als nichtig zu betrachten, und er hat bereitwillig die Verantwortung für einen Teil der Schulden übernommen.«

»Was hat sie gesagt?«, fragte Cecilia Randall und schaute dabei ihren Anwalt an.

»Präzisieren Sie bitte, Euer Ehren«, bat Brad Dumas sichtlich verwirrt.

»Der Vertrag bleibt in Kraft, so wie er niedergelegt ist«, erklärte Olivia.

»Sie annullieren den Vertrag nicht?«, fragte Allan Harris betont langsam. Auch er wirkte verwirrt.

»Nein, das tue ich nicht – aus den bereits genannten Gründen.«

Allan Harris und Brad Dumas starrten sie sprachlos an.

»Gibt es damit ein Problem, meine Herren?«

»Äh …«

Mit einer Handbewegung gab sie ihnen zu verstehen, dass sie nun entlassen waren. »Sprechen Sie mit dem Gerichtsdiener und vereinbaren Sie einen Gerichtstermin.«

»Heißt das, dass wir nicht die Scheidung einreichen können?«, fragte Cecilia ihren Anwalt.

»Ich will die Scheidung genauso sehr wie du«, erklärte Ian Randall.

In dem Moment schlug Olivia mit dem Richterhammer auf den Tisch. »Ruhe im Saal«, forderte sie. Wenn das Paar unbedingt diskutieren wollte, dann durfte es das draußen tun, ohne ihre Zeit zu stehlen.

Wie unter Schock sammelten die beiden Anwälte ihre Unterlagen und Aktentaschen ein.

»Gibt es noch eine andere Option?«, wandte sich Cecilia Randall an Allan Harris, während sie gemeinsam zur Tür gingen.

»Wir können vielleicht Beschwerde einlegen, aber …«

»Das treibt die Kosten nur noch weiter in die Höhe«, protestierte Ian, der den beiden mit seinem eigenen Anwalt folgte. Brad war offensichtlich noch zu perplex, um irgendetwas zu sagen.

»Ich verstehe das alles nicht«, murmelte Cecilia, als sie die Tür erreicht hatte. »Können wir denn gar nichts tun?«

»Die Richterin hat gesagt, wir müssen die Angelegenheit vor Gericht bringen?« Fassungslosigkeit klang aus Ian Randalls Stimme. »Und wie teuer wird das?«

»Sehr teuer«, erwiderte Allan Harris rasch, als würde er die Rechnung des Ehemannes seiner Klientin nur zu gern in die Höhe treiben.

»Aber das will ich doch gar nicht«, jammerte Cecilia.

»Dann schlage ich vor, Sie folgen dem Rat der Richterin und suchen eine Eheberatung auf oder wenden sich an eine Schlichtungsstelle.«

»Ich breite meine Probleme nicht vor einem Haufen fremder Leute aus.« Damit stürmte Ian Randall aus dem Gerichtssaal. Brad Dumas folgte seinem Klienten, aber nicht, ohne Olivia einen verärgerten Blick zuzuwerfen.

Allan Harris stand kopfschüttelnd da, und die Ungläubigkeit war ihm ins Gesicht geschrieben.

Der Gerichtsdiener rief den nächsten Fall auf, doch Allan bewegte sich immer noch keinen Schritt.

Seine Mandantin wandte sich ab, jedoch nicht schnell genug, um zu verbergen, dass ihr Tränen in den Augen standen. Olivia brach es ein wenig das Herz – und doch war sie überzeugt davon, das Richtige getan zu haben.

»Wie konnte das passieren?«, fragte Cecilia Randall.

»Ich verstehe das nicht«, hörte Olivia Allan Harris murmeln. »Das ist völlig verrückt.«

Cecilia schüttelte den Kopf. »Sie haben recht«, murmelte sie und zog sich ihren Mantel an. »Das alles hätte nicht passieren dürfen, ist es aber.«

2. Kapitel

Olivia stöhnte, als das Telefon am Samstagmorgen zum fünften Mal klingelte. Zweifellos hatte sie diesen Anruf wie auch alle anderen zuvor Jack Griffins Zeitungsartikel zu verdanken, der heute Morgen erschienen war. Der neue Redakteur des *Cedar Cove Chronicle* hatte aus irgendeinem Grund einen Artikel über sie geschrieben – ein Editorial mit der fetten Überschrift »Scheidung verweigert«. Olivia seufzte. Diese unerwünschte Aufmerksamkeit ausgerechnet am Wochenende behagte ihr gar nicht.

»Hallo«, meldete sie sich bewusst unfreundlich und abweisend. Wenn auch dieser Anrufer unbedingt mit ihr über ihr Urteil diskutieren wollte, sollte er gleich wissen, dass sie dafür nicht in Stimmung war. Schon die vorherigen vier Anrufe hatte sie rasch abgewürgt.

»Hallo, Mutter.«

Justine! Welche Erleichterung. Olivia wartete schon die ganze Woche darauf, von ihrer Tochter zu hören. »Wie geht es dir?« Früher hatten sie regelmäßig telefoniert, aber das war vorbei. Justine war mit einem Mann verbandelt, der in Olivias Augen kein hohes Ansehen genoss, und das führte zu dauerhaften Spannungen zwischen Mutter und Tochter, weshalb Justine ihr aus dem Weg ging. Warren Saget war achtundvierzig Jahre alt und damit zwanzig Jahre älter als Justine. Obendrein stand der Bauunternehmer im Ruf, zwielichtige Geschäfte abzuwickeln. Der Altersunterschied zwischen den beiden störte Olivia weniger als der Mann selbst.

»Weißt du, dass du heute Morgen in der Zeitung stehst?«, fragte Justine.

Dafür hatten schon genug Leute gesorgt, und es würden mit Sicherheit noch mehr werden. Seit dem ersten Januar erschien der *Cedar Cove Chronicle* zweimal wöchentlich, und die heutige Ausgabe war die erste Samstagsausgabe. Vielleicht hätte Griffin es besser dabei belassen sollen, dass die Zeitung einmal wöchentlich erscheint, dachte Olivia verärgert, da er offenbar nicht genug echte Nachrichten für sein Blatt fand. Seine ganze Kolumne beschäftigte sich nur mit dem Tag, den er in ihrem Gerichtssaal damit verbracht hatte, sich ihre Urteile anzuhören. Zwar erwähnte er die Randalls nicht namentlich, aber er schrieb, dass ihr Urteil in diesem Fall weniger mit Gesetzesbüchern als mit dem Herzen zu tun hatte, und er lobte ausdrücklich ihre Entscheidung, nannte sie mutig und unkonventionell. Olivia hatte nichts dagegen, gelobt zu werden, aber sie hätte es vorgezogen, wenn diesem speziellen Fall nicht so viel Aufmerksamkeit zuteil geworden wäre. Während er ihr mehr oder weniger schmeichelte, hatte er verschiedene ihrer Berufskollegen mit weniger freundlichen Zeilen bedacht. Er schien Vorurteile gegen Anwälte und Richter zu haben und sich nicht zu scheuen, seine diesbezügliche Meinung zum Besten zu geben.

Es war reiner Zufall, dass Jack Griffin sich ausgerechnet an jenem Tag in den Gerichtssaal gesetzt hatte, in dem sie den Vorsitz führte. Ein unglücklicher Zufall, befand sie.

»Was ist geschehen?«, fragte Justine und unterbrach ihre Gedanken. »Ich meine, dass Jack Griffin nicht allzu viel Achtung vor dem Gesetz hat, ist offensichtlich, aber dich scheint er zu mögen.«

Olivia konnte die Belustigung in der Stimme ihrer Tochter hören. »Ich kenne den Mann nicht einmal«, wiegelte sie ab.

»Interessant. Ich dachte, du hättest mir etwas verschwiegen.«

»Verschwiegen? Was denn?«

»Dass du jemanden kennengelernt hast.«

»Ich bitte dich«, entgegnete Olivia stöhnend.

»Nun, er scheint sich jedenfalls zu deinem Fürsprecher aufgeschwungen zu haben. Vor allem in dieser Scheidungsangelegenheit.«

Sie war sich darüber im Klaren gewesen, dass ihre Entscheidung im Fall Randall riskant war. Ihre persönlichen Gefühle hatten am Richtertisch nichts zu suchen, aber sie war sich absolut sicher, dass diese beiden jungen Leute einen schrecklichen Fehler begingen, wenn sie ihre Scheidung durchzogen. Sie hatte ihnen nur ein Hindernis in den Weg gelegt, in der Hoffnung, sie damit zwingen zu können, sich mit ihren Problemen auseinanderzusetzen, statt davor wegzulaufen.

»Jack hat geschrieben, dass du keine Angst davor hattest, eine brisante Entscheidung zu treffen.«

»Ich habe seine Kolumne gelesen«, erklärte Olivia, um ihre Tochter davon abzuhalten, noch weiter daraus zu zitieren.

»Du weißt also Bescheid?«

»Leider ja«, sagte Olivia und seufzte. Dann versuchte sie schnell das Thema zu wechseln. »Hast du heute Nachmittag Zeit für ein gemeinsames Essen? Es ist Wochen her, dass wir uns das letzte Mal gesehen haben.« Justine hatte sie Weihnachten besucht, aber gleich nach dem Auspacken der Geschenke und dem Essen war sie wieder gegangen. Olivia hatte keine Ahnung, wie sie Silvester verbracht hatte. Das heißt, eigentlich wusste sie es schon, wünschte sich aber, sie wüsste es nicht. Ihre Tochter hatte die Nacht mit Warren Saget verbracht. »Deine Großmutter und ich treffen uns und würden uns freuen, wenn du ebenfalls kommen könntest.«

»Tut mir leid, Mom, aber Warren und ich haben bereits etwas anderes vor.«

»Oh.« Das hätte sie sich denken können. Warren nahm Justine ziemlich in Beschlag. Ihr blieb kaum freie Zeit für andere soziale Kontakte. Das betrübte und ärgerte Olivia, aber das Thema anzusprechen oder auch nur irgendetwas in dieser Richtung anzudeuten führte nur dazu, dass ihre Tochter auf Abwehr schaltete.

»Wir können uns bald mal treffen«, versprach Justine. »Ich muss jetzt los.«

Olivia wollte gerade vorschlagen, gleich einen Termin auszumachen, aber noch bevor sie etwas sagen konnte, hatte ihre Tochter bereits aufgelegt.

Schlecht gelaunt vervollständigte sie ihre Einkaufsliste und griff dann nach Jacke und Handtasche. Das Januarwetter war trübe und grau, dazu nieselte es leicht. Sie schloss die Haustür ab und eilte die Vordertreppe hinunter zu ihrem Auto. Olivia liebte ihr Haus in der Lighthouse Road. Von hier hatte sie einen herrlichen Ausblick aufs Wasser. Der Leuchtturm, nach dem die Straße benannt war, stand etwa drei Meilen entfernt auf einer Landzunge, in deren Schutz sich die Bucht erstreckte. Von ihrem Haus aus konnte man ihn jedoch leider nicht sehen.

Vor ihr lag ein straffes Programm. Sie musste Lebensmittel einkaufen, zur Reinigung und zur Stadtbücherei und hoffte, alles bis Mittag erledigt zu haben, denn dann wollte sie sich mit ihrer Mutter zum Essen treffen. Wie schön wäre es gewesen, wenn Justine sich zu ihnen gesellt hätte.

Sie holte ihre Sachen aus der Reinigung, brachte ihre ausgeliehenen Bücher zurück in die Stadtbücherei und fuhr dann weiter zum örtlichen Supermarkt, wo sie für gewöhnlich ihre Wocheneinkäufe erledigte. Wenigstens war sie früh genug dran, um dem üblichen Einkaufsgedränge am Samstagvormittag zu entgehen. Als Erstes wandte sie sich dem Gemüsestand zu. Ein Kopf Salat lachte sie an, aber sie fand den Preis übertrieben hoch. War er das wirklich wert?

»Richterin Lockhart. Ich habe nicht damit gerechnet, Ihnen hier zu begegnen.«

Olivia drehte sich um und sah sich ausgerechnet dem Mann gegenüber, der es geschafft hatte, ihr den Morgen zu verderben. Sie erkannte ihn aus dem Gerichtssaal wieder – das war der Mann, der in der ersten Reihe gesessen hatte, Notizblock und Stift in den Händen. »Sieh an, wenn das nicht Mr. Jack Griffin ist.«

»Ich glaube, wir sind einander noch nicht vorgestellt worden.«

»Glauben Sie mir, Mr. Griffin, nach der Zeitungslektüre von heute Morgen weiß ich, wer Sie sind.« Er war etwa in ihrem Alter, schätzte Olivia, Anfang fünfzig, und ungefähr genauso groß wie sie. Seine dunklen Haare zeigten die ersten Anzeichen grauer Strähnen. Sein Kinn war glatt rasiert und seine Gesichtszüge ebenmäßig. Sie hätte ihn nicht als übermäßig gut aussehend bezeichnet, aber er hatte etwas an sich, was sie äußerst attraktiv fand. Er lächelte gern, und sein Blick war offen und direkt. In seinem lose sitzenden Regenmantel wirkte er etwas schludrig, und ihr fiel auf, dass er darunter ein Freizeithemd trug und die obersten beiden Knöpfe nicht geschlossen hatte.

»Höre ich da leichten Tadel?«, fragte er und lächelte.

Olivia wusste nicht recht, wie sie darauf antworten sollte. Natürlich ärgerte sie sich über ihn, aber es wäre der ganzen Sache nicht gerade zuträglich, wenn sie ihn das spüren ließe. »Ich schätze, Sie haben einfach nur Ihre Arbeit gemacht«, murmelte sie und legte eine grüne Paprikaschote in ihren Einkaufswagen. Rubine kosteten weniger pro Kilo, aber sie liebte grünen Paprika und war der Meinung, sich einen Leckerbissen verdient zu haben. Erst recht nach diesem Morgen. Und grüner Paprika war allemal besser als Pekannuss-Sahne-Eis.

Sie wollte ihren Wagen weiterschieben, aber Jack hielt sie auf.

»Nebenan ist ein Café. Unterhalten wir uns ein wenig.«

Olivia schüttelte den Kopf. »Lieber nicht.«

Jack folgte ihr zu den frischen grünen Bohnen. »Vielleicht bilde ich mir das ja nur ein, aber mir scheint, Sie wollten nicht, dass dieses junge Paar die Scheidung durchzieht, oder?«

»Ich rede außerhalb des Gerichtssaals nicht über meine Fälle«, erklärte sie steif.

»Natürlich nicht«, erwiderte er verständnisvoll, ging aber weiter neben ihr her. »Das war etwas Persönliches, nicht wahr?«

Jetzt riss ihr der Geduldsfaden. Olivia drehte sich zu ihm um und funkelte ihn zornig an. Glaubte er wirklich, sie würde so etwas einem *Reporter* gegenüber zugeben? Damit er daraus einen Verstoß gegen die berufliche Ethik konstruieren konnte? Sie hatte nichts falsch gemacht. Sie hatte in bester Absicht entschieden und sich dabei an die Gesetze gehalten.

»Sie haben einen Sohn verloren, nicht wahr?«, fragte er weiter.

»Sammeln Sie für Ihren nächsten Artikel Informationen über mich?« Ihr Ton war kühl und abweisend.

»Nein. Und ich heiße Jack.« Er hob abwehrend beide Hände, als wollte er sie besänftigen, aber das hatte nicht die erhoffte Wirkung auf sie.

»Ich habe selbst beinahe meinen Sohn verloren«, fuhr er fort.

»Belästigen Sie generell gern Leute, die lieber in Ruhe gelassen werden möchten, oder bin ich ein besonderer Fall?«

»Sie sind ein besonderer Fall«, antwortete er, ohne zu zögern. »Ich wusste es in dem Moment, in dem Sie Ihr Urteil im Fall Randall verkündeten. Sie haben nämlich recht, wissen Sie. Jeder im Gerichtssaal konnte sehen, dass die beiden sich nicht scheiden lassen dürfen. Was Sie getan haben, war sehr mutig.«

»Wie schon gesagt, ich rede außerhalb des Gerichtssaals nicht über meine Fälle – mit niemandem.«

»Aber Sie könnten eine Tasse Kaffee mit mir trinken, oder?« Weder bettelte er, noch bedrängte er sie, aber er hatte etwas

Gutmütiges an sich, das ihren Widerstand langsam schmelzen ließ. Obendrein besaß er offensichtlich Sinn für Humor und wirkte verschmitzt. Sie gab auf. Vermutlich konnte es nicht schaden, sich mit ihm zu unterhalten.

»Na schön.« Sie schaute in ihren Einkaufswagen und versuchte abzuschätzen, wie lange sie für ihre Einkäufe noch brauchen würde.

»Dreißig Minuten«, schlug er mit triumphierendem Grinsen vor. »Wir treffen uns im Café.«

Damit war alles geklärt, und er ging. Olivia konnte nicht anders, die Neugier hatte sie gepackt. Was hatte es mit diesem Mann und seiner Bemerkung, er habe fast seinen eigenen Sohn verloren, auf sich? Vielleicht hatten sie ja mehr miteinander gemein, als sie angenommen hatte.

Fünfundzwanzig Minuten später hatte sie ihre Einkäufe im Kofferraum ihres Autos verstaut und betrat das Java and Juice, das Café neben dem Supermarkt. Und richtig, Jack wartete bereits auf sie, die Hände um einen dampfenden Becher Latte Macchiato gelegt. Er saß an einem runden Tisch am Fenster und erhob sich, als sie näher kam. Es war nur eine kleine Geste, ein Hinweis auf gute Manieren und Respekt, aber sie verriet ihr mindestens genauso viel über ihn wie alles, was er bisher gesagt und getan hatte.

Sie setzte sich auf den Stuhl ihm gegenüber, und er winkte der Kellnerin, die sofort reagierte. Olivia bestellte sich einen Kaffee. Nur eine Minute später wurde ein dickwandiger Keramikbecher vor ihr abgestellt.

Jack wartete, bis die junge Kellnerin wieder gegangen war, bevor er etwas sagte. »Ich wollte Sie nur wissen lassen, dass ich meine, was ich gesagt habe: Ich bewundere, was Sie letzte Woche getan haben. Das kann nicht leicht gewesen sein.« Olivia wollte ihn gerade noch einmal daran erinnern, dass sie mit niemandem über ihre Gerichtsfälle reden konnte, als er den Kopf schüttelte. »Ich weiß, ich weiß. Aber meiner Meinung nach war das ein mutiger Schritt, und das konnte ich nicht einfach übergehen.«

Olivia hätte es vorgezogen, wenn er seine Meinung nicht in der ganzen Stadt herumposaunt und zur Diskussion gestellt hätte. Aber egal, was sie nun sagte oder tat, der Artikel war bereits veröffentlicht worden.

»Wie lange leben Sie schon in Cedar Cove?«, fragte sie stattdessen.

»Seit drei Monaten. Versuchen Sie vorsätzlich von sich abzulenken?«

Olivia grinste. »Selbstverständlich. Also – Sie haben einen Sohn?«

»Eric. Er ist sechsundzwanzig und lebt in Seattle. Mit sechs Jahren wurde ein seltener Knochenkrebs bei ihm diagnostiziert. Niemand erwartete, dass er die Krankheit überleben würde …« Sein Gesicht verfinsterte sich bei dem Gedanken an diese Zeit.

»Aber er hat überlebt.«

Jack nickte. »Er lebt und ist gesund, und dafür bin ich zutiefst dankbar.« Eric arbeite für Microsoft, und er mache seine Sache ordentlich, erzählte er weiter.

Olivias Blick wanderte automatisch auf Jacks Ringfinger. Er hatte seinen Sohn erwähnt, aber nicht seine Frau.

Offensichtlich bemerkte er ihren raschen Blick. »Eric hat den Krebs überlebt«, erklärte er, »meine Ehe leider nicht.«

Also verstand er aufgrund persönlicher Erfahrung, was sich in ihrem eigenen Leben abgespielt hatte. »Das tut mir leid.«

Er zuckte lässig mit den Schultern. »Das ist lange her. Das Leben geht weiter. Sie sind ebenfalls geschieden?« Trotz seiner Frage war sie sich sicher, dass er die Antwort bereits kannte.

»Seit fünfzehn Jahren.«

Danach verlief ihre Unterhaltung flüssig und leicht, und ehe sie sich's versah, musste sie zu ihrer Essensverabredung mit ihrer Mutter aufbrechen. Sie griff nach ihrer Handtasche, stand auf und streckte Jack die Hand entgegen.

»Ich freue mich, Sie kennengelernt zu haben.«

Er erhob sich ebenfalls und ergriff ihre Hand. »Ganz meinerseits, Olivia.« Kurz drückte er ihre Finger, als wollte er damit sagen, dass sie nun etwas miteinander verband. Als sie sich an diesem Tag zum ersten Mal begegnet waren – und auf jeden Fall vor dieser Begegnung –, war Olivia wütend auf ihn gewesen, aber Jack hatte es geschafft: Ihr Unmut über ihn war verflogen. Als sie das Café verließ, hatte sie das Gefühl, einen Freund gewonnen zu haben. Dennoch war ihr bewusst, dass Jack Griffin kein gewöhnlicher Mann war. Sie würde keinesfalls den Fehler machen, ihn zu unterschätzen.

Ian Randall saß in seinem Auto vor dem Wohnhaus, in dem das Apartment seiner Frau lag. Ihm graute vor dem, was ihn erwartete, denn seiner Befürchtung nach würde es wieder einmal zu einem Streit kommen. Die Richterin hatte eindeutig klargestellt, dass sie den Ehevertrag nicht annullieren würde. Was nun? Ihnen blieben ein paar Optionen, die weder ihm noch seiner Frau gefielen.

Cecilia war diejenige, die die Scheidung wollte. Sie hatte sich zuerst einen Anwalt gesucht. Sie hatte ihm diese dämliche Idee in den Kopf gesetzt, denn sie wollte nur noch raus. Na schön, sollte sie ihren Willen haben. Wenn sie nicht bei ihm bleiben wollte, sah er nicht ein, dass er um das Privileg, ihr Ehemann zu sein, kämpfen sollte. Aber jetzt hatte sich ihnen ein unerwartetes Hindernis in den Weg gestellt, und das nur, weil sie diesen Vertrag unterzeichnet hatten, der ihr Ehegelübde schützen sollte. Sie mussten eine Entscheidung treffen.

Noch länger zu warten war sinnlos, also stieg er aus dem Wagen, betrat das Gebäude und schlug den Weg zu der Wohnung im ersten Stock ein, in der sie einst gemeinsam gelebt hatten.

Es ärgerte ihn, dass er klingeln musste, obwohl das doch bis vor Kurzem noch sein Zuhause gewesen war. Nach ihrer Trennung hatte er eine Unterkunft auf dem Stützpunkt beziehen müssen. Zum Glück hatte sein Freund Andrew Lackey ihm gestattet, ein paar Dinge in seinem Haus zu lagern. Er drückte fest auf die Klingel und kämpfte dabei gegen seine Verbitterung an. Dann ließ er den Klingelknopf los, trat einen Schritt zurück und straffte die Schultern. Er drängte seine Emotionen in den Hintergrund, wie er das in der militärischen Grundausbildung gelernt hatte, denn er wollte Cecilia auf keinen Fall Einblick in seine Gedanken oder Gefühle geben.

Seine Frau öffnete die Tür und runzelte die Stirn, als sie sah, wer davorstand.

»Ich dachte, wir sollten eine Entscheidung treffen«, erklärte er entschlossen. Ganz gleich, wie oft er sich schon gesagt hatte, dass er nichts für sie empfinden sollte, er tat es doch. Er konnte nicht im selben Zimmer mit ihr sein und vergessen, wie es war, wenn sie sich liebten oder als er das erste Mal gespürt hatte, wie das Baby sich in ihrem Bauch bewegte. Genauso wenig konnte er vergessen, wie es sich angefühlt hatte, am Grab seiner Tochter zu stehen, nachdem er nie die Gelegenheit gehabt hatte, Allison in den Armen zu halten oder ihr zu sagen, wie lieb er sie hatte.

Cecilia hielt ihm die Tür auf. »In Ordnung.«

Das Zögern in ihrer Stimme war unüberhörbar.

Er folgte ihr in das kleine Wohnzimmer und ließ sich auf dem Sofa nieder. Sie hatten es kurz nach der Hochzeit gebraucht auf einem Garagenflohmarkt gekauft. Ian hatte Cecilia damals verboten, ihm beim Tragen zu helfen, denn sie war bereits im dritten Monat schwanger gewesen. Seine Sturheit hatte zur Folge, dass er sich heftige Rückenschmerzen eingehandelt hatte. Das alte Sofa war mit einer Menge schlechter Erinnerungen verknüpft, genauso wie seine kurzlebige Ehe.

Cecilia setzte sich ihm gegenüber, die Hände im Schoß gefaltet. Ihre Miene verriet nichts.

»Ich muss schon sagen, die Entscheidung der Richterin war ein ziemlicher Schock«, begann Ian.

»Mein Anwalt sagt, wir können Einspruch einlegen.«

»Ja, klar doch«, murmelte Ian, während in ihm der Zorn hochkochte. »Und unsere Anwaltsrechnungen um weitere fünf- oder sechshundert Dollar hochtreiben. Ich habe nicht so viel Geld übrig, um es zum Fenster hinauszuwerfen, und du auch nicht.«

»Du weißt nichts über meine finanziellen Verhältnisse«, fauchte Cecilia.

Und genau so begann jede Diskussion zwischen ihnen. Zuerst waren sie höflich, beinahe überhöflich, aber binnen Minuten begannen sie sich zu streiten, und schon gingen beide an die Decke. In letzter Zeit erreichten sie dieses Stadium irrationaler Wut äußerst schnell, genau genommen seit Allison Maries Geburt – und ihrem Tod. Ian seufzte. Hoffnungslosigkeit machte sich in ihm breit. So, wie es jetzt zwischen ihnen stand, konnte man kaum glauben, dass sie jemals miteinander geschlafen hatten.

Rasch verscheuchte er den Gedanken an ihr ehemals so leidenschaftliches Liebesleben. Im Bett waren sie sich eigentlich immer einig gewesen, aber das war, bevor …

»Wir könnten auch tun, was mein Anwalt vorgeschlagen hat.«

»Und das wäre?« Ian hatte nicht die Absicht, auf Allan Harris' Rat zu hören. Der Mann vertrat die Interessen seiner Frau, nicht aber seine.

»Allan schlägt vor, dass wir der Empfehlung der Richterin folgen und eine Schlichtungsstelle anrufen.«

Ian fiel wieder ein, dass Richterin Lockhart so etwas erwähnt hatte und wie er selbst in dem Moment darauf reagiert hatte.

»Und was genau soll das bewirken?«, fragte er, bemüht, vernünftig und versöhnlich zu klingen.

»Nun, das weiß ich auch nicht so genau, aber ich denke, wir könnten beide unsere Standpunkte einem unparteiischen Dritten vorlegen.«

»Was wird das kosten?«

»Geht es dir eigentlich immer nur ums Geld?«, fragte Cecilia.

»Stell dir vor: Ja.« Diese Scheidung hatte ihn jetzt schon ein Vermögen gekostet. Er war nicht derjenige, der sie unbedingt wollte, redete er sich starrsinnig ein. Sicher, nach Allisons Tod hatten sie sich ein paarmal gestritten, aber dass es einmal so weit kommen würde, damit hatte er nie gerechnet.

Cecilia hatte nie verstanden, wie das Ganze für ihn gewesen war, obwohl er unzählige Male versucht hatte, es ihr zu erklären. Er hatte ihr Familien-Telegramm erst erhalten, nachdem die Dienstfahrt des U-Boots beendet gewesen war. Sein befehlshabender Offizier hatte ihm die Nachricht von der Frühgeburt und dem Tod seiner Tochter verschwiegen, denn ein Flug nach Hause hatte sich zu dem Zeitpunkt nicht realisieren lassen, und eine Kontaktaufnahme mit Cecilia hatte ebenfalls außer Frage gestanden. Als Ian schließlich wieder auf dem Stützpunkt angekommen war, hatte er noch keine Chance gehabt, den Verlust seiner kleinen Tochter zu begreifen und zu verarbeiten.

Seine Frau warf ihm einen angewiderten Blick zu. »Hast *du* denn einen besseren Vorschlag?«, fragte sie in dem überheblichen Ton, der ihm immer tierisch auf die Nerven ging. Sie wusste, wie sehr er es hasste, wenn sie mit ihm redete wie mit einem Schuljungen.

»Stell dir vor, ja, habe ich«, sagte er und stand auf.

»Fein, schieß los, ich kann es kaum erwarten, ihn zu hören.« Damit verschränkte sie eingeschnappt die Arme vor der Brust.

»Ich schlage vor, dass wir einfach so weiterleben.«

Sie runzelte die Stirn. »Was soll das heißen?«

»Hast du vor, wieder zu heiraten?«

»Ich … ich weiß nicht. Irgendwann vielleicht.«

Für Ian war das Thema gegessen. Nie wieder würde er sich freiwillig den wankelmütigen Gefühlen und wechselhaften Launen einer Frau aussetzen. »Ich nicht. Ich habe genug von der Ehe, von dir, von dem ganzen Schlamassel.«

»Mal sehen, ob ich dich richtig verstanden habe.« Cecilia stand ebenfalls auf und begann in dem kleinen Wohnzimmer auf und ab zu gehen. Ein Hauch ihres Parfüms stieg ihm in die Nase, und er musste sich zusammenreißen, um nicht die Augen zu schließen und den Duft zu genießen. Er hasste die Macht, die sie immer noch über ihn hatte, die ihn schwach machte und dafür sorgte, dass er sie begehrte …

»Ich bin sicher, du kannst es begreifen«, sagte er sarkastisch, denn nun war er wütend. Er konnte nicht in Cecilias Nähe sein, ohne verbittert und feindselig zu reagieren. Nicht nur ihr gegenüber, sondern auch gegenüber sich selbst, weil er immer noch Gefühle hegte, die einfach nicht vergehen wollten.

Sie ignorierte seinen Tonfall. »Schlägst du vor, dass wir uns nicht scheiden lassen?«

»Sozusagen.« Sie sollte nicht auf die Idee kommen, er strebe eine Aussöhnung an. Das würde nicht funktionieren, wie ihm inzwischen klar war. In den Monaten nach Allisons Tod hatten sie beide versucht, das Beste aus der schmerzlichen Situation zu machen – vergeblich.

»Sozusagen?« Sie wedelte mit der Hand. »Erzähl mir mehr. Dein Konzept macht mich neugierig.«

Darauf hätte er wetten können. »Wir können einfach so tun, als wären wir geschieden.«

»So tun als ob?« Cecilia gab sich keine Mühe, ihren Ärger zu verbergen. »Das ist die dämlichste Idee, von der ich je gehört habe. So tun als ob«, wiederholte sie kopfschüttelnd.

»Du glaubst allen Ernstes, wir könnten unsere Probleme ignorieren und so tun, als gäbe es sie nicht?«

Er funkelte sie wütend an und schwieg, weil er seiner Stimme nicht traute. Na schön, vielleicht hatte sie recht. Er wollte sich nicht mit der Scheidung befassen.

»Du suchst immer nach einem leichten Ausweg«, meinte sie höhnisch.

Er mochte ja vieles sein, aber verantwortungslos gewiss nicht. Die US-Marine vertraute ihm ein etliche Millionen Dollar teures Atom-U-Boot an – bewies das etwa nicht, wie verlässlich er war? Verdammt noch mal, er war dazu erzogen worden, seinen Verpflichtungen nachzukommen und sein Wort zu halten.

»Wenn ich mich um meine Verantwortung drücken wollte, hätte ich dich nie geheiratet.« Ian wusste, dass er das Falsche gesagt hatte, kaum dass die Worte über seine Lippen gekommen waren.

Cecilia ging förmlich an die Decke. »Ich wollte nie, dass du mich wegen Allison heiratest! Wir wären auch ohne dich zurechtgekommen …« Ihre Stimme brach, und sie wandte abrupt den Blick ab. »Ich habe dich nicht gebraucht …«

»Ach, nein? Du brauchst mich doch immer noch.« Mochten seine Frau und seine Tochter ihn auch nur für die Krankenversicherung der Marine gebraucht haben.

»Du hättest mich nie geheiratet, wenn ich nicht schwanger gewesen wäre.«

»Das ist nicht wahr.«

Sie strich sich das Haar aus dem Gesicht. »Ich fasse es nicht, dass ich so dumm war.«

»Du?«, brach es aus ihm heraus. Anscheinend glaubte Cecilia, nur sie habe Grund, etwas zu bedauern. Dabei hatte auch er Gründe, und jeder davon hatte mit ihr zu tun.

»Allison und ich waren …« Sie zögerte, fand plötzlich keine Worte mehr. »Wir …«

»Allison war auch meine Tochter, und ich werde dir nicht gestatten, mir zu sagen, was ich empfinde. Hör auf, mir Worte in den Mund zu legen oder kleinzureden, was ich für sie empfunden habe. Dass ich nicht da sein konnte, als sie geboren wurde, heißt noch lange nicht, dass sie mir gleichgültig war. Um Himmels willen, ich war unter dem Polareis, als deine Wehen einsetzten. Der Geburtstermin hätte erst sein sollen, als …«

»Jetzt gibst du *mir* die Schuld.« Zutiefst verletzt schlug sie die Hand vor den Mund.

Es hatte keinen Sinn zu reden. Er hatte es versucht, immer wieder, aber es brachte ihn keinen Schritt weiter. Es war ihnen einfach nicht möglich, einen gemeinsamen Nenner zu finden.

Anstatt sich noch länger zu quälen, stürmte er aus der Wohnung. Die Tür knallte hinter ihm ins Schloss, und er hätte nicht einmal sagen können, ob er sie zugeworfen oder Cecilia sie hinter ihm zugeschlagen hatte.

Von Wut getrieben verließ er das Haus und stieg ins Auto. Ihm war durchaus bewusst, dass er in seiner Verfassung besser nicht fahren sollte, aber er wollte auf keinen Fall hier stehenbleiben. Cecilia dachte sonst womöglich noch, er würde im Wagen vor ihrem Wohnhaus sitzen, weil er sich nach ihr verzehrte.

Also ließ er den Motor aufheulen, legte den Gang ein und raste mit quietschenden Reifen davon. Keine Viertelmeile später sah er die blauroten Lichter eines Polizeiautos im Rückspiegel.

Verdammt, verdammt, verdammt. Er fuhr an den Straßenrand, hielt an und ließ das Autofenster herunter. Als der Polizist seinen Wagen erreichte, hielt Ian bereits seinen Militärführerschein bereit.

»Guten Morgen, Sir«, grüßte er. Ob er wohl gut genug schauspielern konnte, um sich aus der Sache herauszuwinden?

»Sie hatten's wohl ein bisschen eilig eben, oder?«, fragte der Polizist. Er war mittleren Alters, wirkte streng und trug einen kurzen Militärhaarschnitt. Alles an ihm schrie: ehemaliger Soldat. Vielleicht wäre er deshalb ja bereit, bei Ian ein Auge zuzudrücken.

»Eilig?«, wiederholte Ian und bemühte sich, entspannt zu wirken. »Nicht wirklich.«

»Sie waren in einer Tempo-30-Zone mit vierzig unterwegs.« Der Mann warf einen Blick auf Ians Führerschein und zückte seinen Strafzettelblock. Ians militärischer Rang schien ihn völlig kaltzulassen.

So, wie es aussah, würde Ian sich nicht herauswinden können. Rasch überschlug er, was der Strafzettel ihn kosten und um wie viel seine Versicherungsprämie angehoben werden würde.

Danke, Cecilia, dachte er verbittert. Der Preis, den er für seine Ehe zahlen musste, stieg unaufhaltsam.

Grace Sherman und Olivia Lockhart waren schon fast ihr ganzes Leben lang eng befreundet. Kennengelernt hatten sie sich in der siebten Klasse, als die Schüler der Grundschulen von South Ridge und Mariner's Glen auf die Colchester Junior High wechselten. Grace war Olivias Brautjungfer gewesen, als diese kurz nach ihrem College-Abschluss Stan Lockhart geheiratet hatte, und sie war die Taufpatin von Olivias jüngstem Sohn James.

Grace' eigene Hochzeit mit Daniel Sherman hatte im Sommer nach ihrem Highschool-Abschluss stattgefunden. Kurz darauf war sie Mutter zweier Töchter geworden. Als ihre Jüngste, Kelly, sechs Jahre alt wurde, schrieb Grace sich an der Universität ein, studierte Bibliothekswissenschaft und machte ihren Bachelor. Anschließend ergatterte sie eine freie Stelle in der Stadtbücherei und arbeitete sich binnen zehn Jahren zur Bibliotheksleiterin hoch.

Auch in der Zeit, in der Olivia ein renommiertes Frauen-College in Oregon besuchte und Grace als Vollzeitmutter zweier kleiner Kinder zu Hause blieb, verloren sie einander nicht aus den Augen und hatten sich bis heute ihre enge Verbundenheit bewahrt. Da sie beide beruflich und privat gut ausgelastet waren, hatten sie Routinen entwickelt, um ihre Freundschaft am Leben zu erhalten. Einmal monatlich gingen sie gemeinsam essen, und sie besuchten jeden Mittwochabend um sieben einen Aerobic-Kurs, der vom örtlichen YMCA angeboten wurde.

Grace wartete an diesem Mittwoch auf dem gut ausgeleuchteten Parkplatz auf ihre Freundin. Sie fühlte sich nicht besonders gut, und dieses Unwohlsein betraf Körper und Psyche gleichermaßen.

Körperlich war sie müde und ausgelaugt, sie hatte zugenommen und konnte das nicht mehr auf ihre Periode schieben. Jahrelang hatte sie es geschafft, ein Gewicht zu halten, das maximal fünf Kilo über dem lag, was sie in der Highschool gewogen hatte. In den letzten fünf Jahren jedoch hatte sie weitere acht Kilo zugelegt – allen Anstrengungen, ihr Gewicht zu halten, zum Trotz. Ein Gramm hatte sich einfach zum anderen gesellt. Auch mit anderen Aspekten ihrer äußeren Erscheinung war sie unzufrieden. Ihr grau meliertes Haar musste dringend geschnitten werden. Dabei konnte sie es eigentlich riskieren, es wachsen zu lassen. Ihr war nach Veränderung, obwohl sie sich kaum vorstellen konnte, dass sich das auf ihr Befinden auswirken würde.

Psychisch ging es ihr nicht besser. Nach fünfunddreißig Jahren Ehe kannte sie ihren Mann so gut wie sich selbst. Irgendetwas belastete Dan, aber als sie vorsichtig danach gefragt hatte, hatte er abweisend reagiert, und sie hatten sich gestritten. Er hatte ihre Gefühle verletzt, und Grace war aus dem Haus gestürmt, ohne sich mit ihm zu versöhnen.

Während der längsten Zeit ihrer Ehe hatte Dan als Holzfäller gearbeitet. Als die Branche zunehmend in Schwierigkeiten geraten war, hatte er seinen Job verloren und eine Stelle in einem lokalen Baumpflegebetrieb angenommen. Der Arbeitsanfall dort war nicht so konstant, wie sie sich das gewünscht hätten, aber zusammen mit dem, was Grace verdiente, und dank einfallsreicher Haushaltsplanung kamen sie über die Runden. Für kleinere Luxusanschaffungen blieb nichts übrig, aber darauf hatte Grace noch nie Wert gelegt. Sie hatte ihren Mann, ihre Kinder, ihre Freunde und ein anständiges Dach über dem Kopf.

Olivias dunkelblaue Limousine bog auf den Parkplatz ein, und ihre Freundin stieg aus, die Sporttasche in der Hand.

Grace verließ ebenfalls ihren Wagen. »Na, wie fühlst du dich so als Berühmtheit?«

»Jetzt fang du nicht auch noch damit an«, murrte Olivia, als sie nebeneinander auf das Gebäude zugingen. Sie hielt Grace die Tür auf. »Dieser dämliche Artikel macht mir nur Ärger.«

Grace lächelte, als sie sah, dass ihre Freundin dabei rot anlief.

»Ich habe ihm gründlich die Meinung gegeigt«, fuhr Olivia mürrisch fort, als sie an einer Gruppe Jugendlicher vorbeigingen, die in die Schwimmhalle wollten. In der Umkleide stellten sie beide ihre Taschen auf der Bank ab, entledigten sich ihrer Trainingsanzüge und wechselten die Schuhe.

Einen Fuß auf die Bank gestellt, schnürte Grace ihren Laufschuh zu. »Du hast Griffin getroffen? Wann?«

»Am Samstag.«

Grace zog die Augenbrauen hoch. Interessant, dass Olivia nicht von sich aus mit Einzelheiten herausrückte. »Wo?«

»In der Stadt.«

»Hey, was genau läuft da?«

»Nichts, absolut gar nichts«, versicherte ihre Freundin. »Ich bin Jack nur zufällig im Supermarkt begegnet, und wir … haben uns ein bisschen unterhalten.«

»Warum werde ich das Gefühl nicht los, dass du mir etwas verschweigst?«

Olivia zog sich ein Schweißband in die Stirn. »Da gibt es nichts zu verschweigen, glaub mir.«

»›Glaub mir‹?«, echote Grace und folgte ihrer Freundin aus der Umkleide in den Aerobic-Saal. Kinder und Erwachsene wuselten durch die engen Gänge, und sie mussten etliche Male stehen bleiben, um andere vorbeizulassen. »Ist dir schon mal aufgefallen, dass Leute nur dann sagen, man soll ihnen vertrauen, wenn man ihnen vermutlich auf keinen Fall vertrauen sollte?«

Olivia zögerte kurz und begann dann mit einigen Aufwärmübungen. »Nein, ist mir noch nicht aufgefallen, aber du hast recht.« Sie legte ein Bein gestreckt auf der Ballettstange ab und senkte die Stirn aufs Knie.

Grace lehnte sich gegen die Stange. Sie beneidete ihre Freundin um ihre Gelenkigkeit. Ihr eigener Körper war bei Weitem nicht so biegsam. »Wusstest du, dass schon die ganze Woche über den Artikel geredet wird?«

»Großartig.«

»Tatsächlich dreht sich das Gerede größtenteils um Jack Griffin«, setzte Grace in verräterisch lockerem Tonfall hinzu, ohne auf Olivias Sarkasmus einzugehen.

Die hob den Kopf. »Und? Gibt es da was Interessantes?«

Grace zuckte mit den Schultern und zog den Bund ihrer Gymnastikhose zurecht. »Hmm, das eine oder andere.«

»Zum Beispiel?«

Grace war entschlossen, es ihrer Freundin nicht zu leicht zu machen. Soweit sie sich erinnern konnte, hatte Olivia seit ihrer Scheidung nicht ein einziges Mal so viel Interesse an einem Mann gezeigt. Grace war schon länger der Meinung, dass ihre Freundin sich wieder für eine Beziehung öffnen sollte. »Willst du das wirklich wissen?«

Darüber schien Olivia eine Weile nachdenken zu müssen. »Ach, nein, vergiss es.« Im nächsten Moment überlegte sie es sich bereits anders. »Okay, ich bin neugierig. Was hast du über ihn gehört?«

»Er ist vor drei Monaten nach Cedar Cove gezogen.«

»Alte Kamellen«, murrte Olivia. »Wenn du sonst nichts zu bieten hast …«

»Aus der Gegend um Spokane.«

Das hatte Olivia anscheinend noch nicht gewusst. »Wo er für eine Zeitung gearbeitet hat, nehme ich an?«

»Ja, und zwar für eine Zeitung mit zehnmal so hoher Auflage wie die des *Chronicle*.« Grace war alles andere als eine Klatschtante, aber Jack Griffin beschäftigte sie, seit sie seine erste Kolumne in der Samstag-Ausgabe gelesen hatte. Ihr gefiel, was er zu sagen hatte, und anscheinend hatte Olivia seine Anerkennung gewonnen. Sie selbst war ihm nur einmal auf einer Handelskammersitzung begegnet, kurz nachdem er nach Cedar Cove gezogen war, und hatte sich noch kein Urteil über ihn bilden können.

»Warum gibt ein Mann seinen Job bei einer renommierten Tageszeitung auf und zieht ans andere Ende des Bundesstaats in eine Kleinstadt wie Cedar Cove?«, fragte sie Olivia.

Die zuckte mit den Schultern. »Ich kann auch nur raten. Vielleicht wollte er in der Nähe seines Sohnes wohnen.«

»Er hat einen Sohn?« Niemand von den Leuten, mit denen Grace sich über ihn unterhalten hatte, wusste das.

»Eric. Er lebt in Seattle.«

Interessant, aber bevor sie etwas dazu sagen konnte, betrat ihre Aerobic-Lehrerin Shannon Devlin den Saal und klatschte in die Hände, um die Kursteilnehmer um sich zu versammeln.

»Glaub mir, an seinem Berufswechsel ist mehr dran, als offensichtlich ist.«

»*Dir* soll ich glauben?«

»Ja, vertrau mir«, gab Grace scherzhaft zurück.

Grinsend stemmte Olivia ihre Hände in die Hüften, drehte und beugte den Oberkörper weit nach vorn gemäß Shannons Anweisungen fürs Aufwärmen. »Du hast in der Stadtbücherei zu viele Krimis gelesen«, flüsterte sie, als sie ihre Plätze vor der deckenhohen Spiegelwand einnahmen.

Shannon war höchstens zwanzig, ein hübsches Mädchen mit biegsamen Gliedern und keinem Gramm Fett zu viel. Grace rief sich in Erinnerung, dass sie früher auch schlank und perfekt gebaut gewesen war – vor der Geburt ihrer beiden Kinder und den Wechseljahren.

Die laute Musik verlieh ihr Schwung. Sie liebte diesen Kurs und hasste ihn zugleich. Ohne Olivia hätte sie schon ein Dutzend Mal aufgegeben. Doch leider brauchte sie die körperliche Anstrengung, und die Bewegung tat ihr gut. Obwohl ihre Muskeln sich beschwerten, störte sie sich nicht an den Übungen auf der Matte, an Sit-ups und dergleichen, aber sie verabscheute Shannons kleine Tanzeinlagen. Schritt zurück, nach links gleiten, Fuß nach rechts über den anderen setzen … Olivia schien nie Probleme mit den komplizierten Bewegungsabläufen zu haben. Grace war hingegen weit von jeglicher Anmut entfernt.

Nach fünfzig schweißtreibenden Minuten, in denen sie sich immer wieder leise beklagte, hatten sie es überstanden. Kein bisschen zu früh für Grace. Erst als sie geduscht und sich ihre Trainingsanzüge wieder angezogen hatten, kam Olivia erneut auf Jack zu sprechen. Es überraschte Grace, dass sie das Thema tatsächlich noch einmal aufgriff.

»Hast du sonst noch etwas über Jack Griffin erfahren?«

Grace überlegte. Ihre grauen Zellen schienen jedes Mal ein wenig Zeit zu brauchen, um sich nach all der Hopserei während des Aerobic-Kurses neu zu sortieren. »Du weißt mehr über ihn als ich«, sagte sie schließlich.

Olivia griff nach ihrer Sporttasche. »Das bezweifle ich.«

»Du interessierst dich für ihn, richtig?«

Lachend wehrte Olivia ab. »Ach was, ich habe schon genug Sorgen, da kann ich nicht auch noch eine Beziehung gebrauchen.«

»Sorgen?« Natürlich hatte auch ihre Freundin Sorgen, die hatte schließlich jeder.

»Mom wird langsam alt und Justine ... Irgendwie kann ich nicht mehr mit ihr reden, und von James habe ich auch seit zwei Wochen nichts mehr gehört.«

»Ich dachte, er wäre auf See.«

»Das ist er, aber er kann mir schließlich E-Mails schicken.«

»Okay, okay, wir haben alle Probleme mit unseren Kindern und machen uns Sorgen um unsere Eltern, aber deshalb müssen wir doch nicht aufhören zu leben.«

»Du glaubst, ich hätte aufgehört zu leben? Nur weil da kein Mann in meinem Leben ist?«

Grace begriff, dass die Antwort ihre Freundin gekränkt hatte. Erst Dan, jetzt auch noch ihre beste Freundin – dabei hatte sie keinen von beiden verletzen wollen.

»So habe ich das nicht gemeint«, versicherte sie. »Ich denke nur, du solltest dir deine Optionen offenhalten, was Jack angeht.«

»Warum?«

»Darum.« Mehr wollte sie dazu nicht sagen, aber Grace war sich sehr sicher, dass der neue Redakteur des *Cedar Cove Chronicle* ein bisschen Aufregung in Olivias Leben bringen würde.

3. Kapitel

Cecilia hatte als Tischanweiserin im Captain's Galley gearbeitet, als sie Ian Randall kennengelernt hatte, und sie arbeitete dort auch jetzt noch an fünf Abenden in der Woche. Ihr Vater, Bobby Merrick, war einer der Barkeeper und hatte ihr den Job besorgt.

Kurz nach ihrem Highschool-Abschluss war Cecilia auf Drängen ihres Vaters nach Cedar Cove gezogen. Nachdem lange Zeit Funkstille zwischen ihnen geherrscht hatte, hatte er sich überraschend bei ihr gemeldet und ihr versprochen, die verlorenen Jahre wiedergutzumachen. Er schien es ernst zu meinen, und da sie sich in ihrer Kindheit um ihren Vater betrogen gefühlt hatte, war sie bereitwillig auf seinen Vorschlag eingegangen. Nach der Scheidung ihrer Eltern – damals war sie zehn Jahre alt gewesen – hatte sie ihren Vater kaum noch gesehen, und die unerwartete Gelegenheit, ihn wieder in ihrem Leben zu wissen, war ihr hochwillkommen gewesen. Also schlug sie die Warnungen ihrer Mutter in den Wind, packte ihre Siebensachen und zog von New Hampshire quer über den nordamerikanischen Kontinent in diesen kleinen Küstenort in Washington. Nur drei Monate später war ihr klar, dass sie einen Fehler gemacht hatte. Ihr Traum von einer Collegeausbildung erwies sich als genau das: ein bloßer Traum. Bobbys Vorstellungen davon, ihr die Zukunft zu ebnen, bestanden in einem Gespräch mit seinem Boss und der Vermittlung einer Stelle im selben Restaurant, in dem er arbeitete. Als Tischanweiserin und Cocktail-Kellnerin ihr Geld zu verdienen, entsprach nicht ihren Vorstellungen davon, wie sie die nächsten

Jahrzehnte leben wollte, aber genau darauf lief es anscheinend hinaus. Ohne es zu wollen, hatte sie zugelassen, dass sie ihr Ziel aus den Augen verloren hatte und in einer Sackgasse gelandet war.

Und jetzt stand sie kurz vor der Scheidung, war bis über beide Ohren verschuldet und fühlte sich entsetzlich elend. Die Illusionen, die sie in Bezug auf ihren Vater und auf Männer im Allgemeinen gehegt hatte, waren geplatzt. Bobby wollte ihr Freund sein, aber sosehr Cecilia auch einen Freund brauchte, einen Vater brauchte sie dringender.

Eines Tages, so schwor sie sich, würde sie das College besuchen, aber erst einmal musste sie einen Weg finden, das dafür nötige Geld aufzubringen. Mit den Anwalts- und Gerichtskosten sowie der Summe, die sie für die Beerdigung ihrer Tochter hatte aufwenden müssen, befürchtete sie, sich frühestens mit dreißig eine Weiterbildung leisten zu können. Bobby konnte ihr finanziell nicht aushelfen. Das hatte er ihr eindeutig zu verstehen gegeben.

Um ihren Verdienst aufzubessern, machte sie an den Wochenenden Überstunden und servierte ab zehn Uhr abends Drinks in der Bar, wenn der Speisesaal geschlossen war. Oft war sie nicht vor halb drei Uhr morgens zu Hause.

Als sie am späten Freitagnachmittag zur Arbeit kam, ahnte sie bereits, dass die Schicht hektisch werden würde. Der Flugzeugträger *Carl Vinson* lag im Hafen, und das bedeutete, dass etwa 2.500 Seeleute in der Stadt waren. Das Captain's Galley war dafür bekannt, das beste Fisch- und Meeresfrüchte-Restaurant der Gegend zu sein, und die Bar war ein beliebter Treffpunkt.

Hier hatte sie Ian kennengelernt, an einem Abend im letzten Januar. Er hatte den Blick nicht von ihr wenden können, und sie hatte ihn genauso interessiert beobachtet. Und dann hatte er … Nein, rief sie sich zur Ordnung. Sie wollte nicht über ihren Mann nachdenken und versuchte, ihn aus ihren Gedanken zu verbannen. Vergebens.

Seit er vor einer Woche wutentbrannt aus ihrem Apartment gestürmt war, hatte sie weder etwas von ihm gehört noch gesehen. Bisher hatten sie nicht beschlossen, was sie als Nächstes tun wollten. Das ist so typisch für ihn, dachte sie zornig. Immer überließ er ihr alle Entscheidungen. Wenn sie die Scheidung wirklich durchziehen wollten, war ihre beste Option die Schlichtungsstelle. Nicht, dass sie glaubte, ihr Konflikt könne jemals geschlichtet werden ... Sie seufzte resigniert. Offenbar blieb es an ihr hängen, den Termin zu vereinbaren. Ians sogenannter Vorschlag, einfach nur so zu tun, als wären sie geschieden, war lächerlich. Absolut lächerlich!

In der Bar war bereits der Teufel los, als das Restaurant schloss. Cecilia holte sich ihr Serviertablett und gesellte sich zu Beverly und Carla, den anderen beiden Cocktail-Kellnerinnen. Die Luft war geschwängert von Zigarettenrauch und Bierdunst. Aus der Jukebox tönte ohrenbetäubend laute Musik, sodass Cecilia Mühe hatte, zu verstehen, was die Gäste bei ihr bestellten.

Ein Mann, der allein trank, schien extra leise zu sprechen, damit sie sich näher zu ihm herunterbeugen musste. Er war etwas älter, mindestens vierzig, und jede seiner Gesten signalisierte eindeutiges Interesse an ihr. Da er ihr alles andere als geheuer war, gab sie ihr Bestes, ihn zu ignorieren. Wie er sie mit seinem Blick verfolgte, machte ihr Angst.

Kurz bevor die Bar schließen wollte, waren nur noch wenige Gäste da. Leider gehörte ihr Bewunderer dazu. Cecilia taten die Füße weh, und ihre Augen brannten vom Zigarettenrauch. Sie wollte nur noch ihr Trinkgeld kassieren und nach Hause. Gerade als sie glaubte, für heute Feierabend machen zu können, betraten Ian und Andrew Lackey, der ebenfalls Marinesoldat war, die Bar.

Augenblicklich verspannte sich Cecilia, zumal ihr Ians Benehmen auffiel. Ganz offensichtlich war das Captain's Galley nicht die erste Station auf ihrer Tour durch den Ort. Ihr Mann vertrug Alkohol nicht gut, das hatte er noch nie getan, und mied normalerweise härtere Sachen als Bier.

Sie beobachtete ihn aufmerksam, obwohl sie besser daran getan hätte, den einsamen Trinker im Auge zu behalten, der sie seit vier Stunden mit seinen Blicken verfolgte.

»Willst du noch eine Kleinigkeit essen?« Die heisere Stimme eines Mannes erklang direkt hinter ihr.

Cecilia wirbelte herum.

»Ich heiße Bart und du Cecilia, richtig?«

»Richtig.« Sie registrierte, wie Ian und sein Freund sich dem Bartresen näherten. Ihr Mann tat so, als wäre sie gar nicht da. Aber das war ja sowieso die von ihm bevorzugte Herangehensweise an Dinge, die ihm unangenehm oder lästig waren. Sie ließ ihren Blick zu Bart zurückwandern. »Es war ein langer Abend«, erklärte sie, »ein andermal.« Davon träumst du auch nur, fügte sie in Gedanken hinzu.

»Du musst doch hungrig sein.«

»Äh …«

Jetzt warf Ian einen Blick in ihre Richtung, und seine Augen wurden schmal, als er sah, dass sie mit dem anderen Mann sprach.

»Hey, ist doch keine große Sache. Frühstück, ein bisschen unterhalten.« Bart ließ nicht locker. »Du siehst so aus, als könntest du einen Freund gebrauchen, und ich kann ein sehr guter … Freund sein.«

Cecilia machte sich im Moment mehr Sorgen wegen Ian als darum, wie sie Bart abwimmeln konnte. »Nein, danke.«

»Dann eben morgen, nur du und ich.«

»Ich …« Sie richtete ihren Blick von Bart zurück auf Ian, der ausgesprochen finster dreinblickte. Womöglich würde er eine Szene machen, und das wollte sie unbedingt verhindern.

Ian steckte den Kopf mit seinem Freund zusammen und flüsterte etwas, aber Andrew schüttelte entschieden den Kopf. Cecilia sah, dass Ian Ärger machen wollte, und sein Freund versuchte, ihn davon abzubringen.

»Vielleicht ein andermal«, wiederholte Cecilia rasch, um Bart hinzuhalten. Das schien ihr die beste Methode, ihn loszuwerden, bevor Ian irgendeine Dummheit beging.

Ihr Mann löste sich vom Bartresen. »Belästigt er dich?«, fragte er. Die Worte kamen genuschelt und undeutlich über seine Lippen.

»Zisch ab«, fuhr Bart ihn an, eindeutig zornig darüber, dass Ian sich einmischte. Offenbar glaubte er, bei Cecilia anzukommen. Das war nicht der Fall, aber das wusste Ian nicht und Bart anscheinend genauso wenig.

Andrew versuchte seinen Freund zurückzuhalten, aber der schüttelte ihn schroff ab und trat einen drohenden Schritt nach vorn. Mochte Bart auch fünfundzwanzig Kilo schwerer sein als er, einen Rückzieher würde er nicht machen. »Für den Fall, dass Sie es nicht wissen: Sie machen meine Frau an.«

Bart warf einen prüfenden Blick auf Cecilia. Sie wagte es nicht, ihm in die Augen zu sehen.

»Wir sind geschieden, weißt du noch?«, wandte sie sich spöttisch an ihren Ehemann und erinnerte ihn damit daran, dass es schließlich seine Idee gewesen war, so zu tun, als wären sie nicht mehr verheiratet.

»Von wegen.«

»Du hast gesagt, wir sollen einfach jeder unser eigenes Leben führen.«

»Ich … ich …« Ian geriet ins Stottern, weil ihm darauf keine zufriedenstellende Antwort einfiel.

»Wieso sollte es dich stören, wenn ich mit einem anderen Mann ausgehe?«

»Solange kein Richter die Scheidung ausspricht, bist du vor dem Gesetz meine Frau!«

»Bist du nun verheiratet oder nicht?«, murmelte Bart.

»Verheiratet!«, brüllte Ian.

»Getrennt«, korrigierte Cecilia.

Bart griff nach seiner Jacke. »Okay, dann lass uns gehen.«

»Kommt nicht infrage.« Ian rückte Bart bedrohlich näher, aber Andrew trat zwischen die beiden.

»Wann immer du willst, Kumpel«, knurrte Bart.

»Genau jetzt scheint mir der richtige Zeitpunkt«, erwiderte Ian und hob die geballten Fäuste.

»Macht, dass ihr rauskommt!«, rief Cecilia. »Alle beide! Ich gehe mit keinem von euch irgendwohin.« Damit rannte sie in das Hinterzimmer, in das ihr Vater sich bequemerweise zurückgezogen hatte, angeblich, um den Lagerbestand zu kontrollieren.

»Was ist denn da draußen los?«, fragte Bobby, als wäre er sich der Lage nicht bewusst, mit der er sie allein gelassen hatte. Ian und Bobby hatten sich noch nie gut verstanden, und Bobby ging jeder Auseinandersetzung aus dem Weg, indem er sich aus dem Staub machte.

Cecilia schüttelte den Kopf. »Nichts.«

»Alles in Ordnung?«

»Ian ist da, und er ist auf Streit aus. Das ist alles.«

Ihr Vater starrte sie an und runzelte die Stirn. »Ich will hier keinen Ärger. Sag ihm, er soll das draußen ausmachen.«

»Ja«, seufzte Cecilia müde. »Das habe ich. Und jetzt gehe ich nach Hause.«

»Sieh zu, dass du erst Ian loswirst.«

»Keine Sorge. Ich bin sicher, er ist bereits weg.«

Sie holte sich ihren Mantel und ihre Handtasche, nahm sich ihren Anteil an den Trinkgeldern und ging zum Vordereingang, in der Hoffnung, draußen nicht Zeuge einer Prügelei zwischen ihrem Mann und dem einsamen Trinker zu werden. Zu ihrer Überraschung war Ian doch noch nicht gegangen. Er stand an einem Ende des Raumes, sie am anderen, und sie starrten einander an.

In der Bar war nur noch Beverly, die das Bargeld in der Kasse zusammenrechnete, um es zur Bank zu bringen. Sie murmelte ihr ein »Gute Nacht!« zu, ohne von ihrer Arbeit aufzublicken.

»Wir haben geschlossen«, wandte Cecilia sich an Ian.

Er beachtete ihre Worte überhaupt nicht. »Hattest du ernstlich vor, mit diesem Widerling mitzugehen?«

Die Verachtung in seiner Stimme wurmte sie. »Das geht dich nichts an.«

Er betrachtete sie lange, dann wandte er sich ab und stakste zur Tür hinaus.

Cecilia musste sich zusammenreißen, um ihm nicht nachzulaufen. Ian war nicht mehr in der Verfassung, sich ans Steuer seines Wagens zu setzen. Sie zögerte, focht einen inneren Kampf aus. Er würde es nicht zu schätzen wissen, dass sie sich um ihn sorgte, und womöglich gewann er dadurch einen falschen Eindruck. Immerhin hatte sie ihn gerade erst dazu aufgefordert, sich aus ihrem Leben herauszuhalten. Da war es nur angebracht, ihrem eigenen Rat zu folgen und sich aus seinem Leben herauszuhalten.

Die Tür wurde geöffnet, und sie blickte erwartungsvoll auf, denn es konnte ja sein, dass Ian zurückkam. Stattdessen stand dort sein Freund. Andrew wirkte peinlich berührt und unsicher. Sie kannte den Mann kaum, denn er war erst kürzlich nach Bremerton versetzt worden.

»Ja?«, fragte sie steif.

»Ich dachte, Sie sollten vielleicht wissen, dass Ian wieder in See sticht. Er ist auf die *John F. Reynolds* versetzt worden.«

Das ergab keinen Sinn. Die *John F. Reynolds* war ein Flugzeugträger. Ian war U-Bootfahrer, Nukleartechniker. »Er wird sechs Wochen auf See bleiben?«, fragte sie benommen und verständnislos.

»Eher sechs Monate.«

Sechs Monate? »Oh.«

»Deshalb ist er heute Abend hergekommen. Er wollte es Ihnen erzählen.«

Cecilia wusste nicht, was sie sagen sollte.

»Er wollte keinen Ärger machen.«

Sie schluckte schwer. »Das hat er nicht … nicht wirklich.«

Andrew warf einen Blick über die Schulter, als hätte er jemanden nach sich rufen hören. »Ich muss los. Ich wollte Ihnen nur sagen, dass es mir sehr leidtut um Ihr kleines Mädchen.«

»D-danke«, brachte sie mühsam über die Lippen, aber er war schon fort. Sie wartete einen Moment, entschied dann, dass ihr Seelenfrieden ihr wichtiger war als ihr Stolz. Sie musste sichergehen, dass Ian sich nicht ans Steuer setzte. Also eilte sie nach draußen, blieb auf dem Gehweg stehen und sah sich nach dem Auto ihres Mannes um. Er war weit und breit nicht zu sehen.

Ein starkes Verlustgefühl überwältigte sie, eine innere Leere. Ian stach für sechs Monate in See, und diese Vorstellung gefiel ihr ganz und gar nicht. Sie wollte nichts für ihn empfinden, aber sie tat es nun einmal. Jedenfalls, so sagte sie sich voller Ironie, hatte er bekommen, was er wollte. Wenn er auf See war, konnte sie die Scheidung nicht vorantreiben.

Müde und mutlos schlenderte sie zu ihrem klapprigen Wagen, die Schultern gegen die Kälte hochgezogen. Sie konnte das Meer riechen, und aus der Bucht zog Nebel heran. Ein Auto fuhr langsam an ihr vorbei. Cecilia blickte auf und erkannte Ians Wagen. Glücklicherweise saß Andrew am Steuer, und dann begegnete sie Ians Blick.

Schockiert erkannte sie die Sehnsucht in seinen Augen. Sie musste sich unglaublich zusammenreißen, um nicht nach ihm zu rufen. Zu gern hätte sie ihm eine sichere Fahrt gewünscht und Abschied von ihm genommen, ohne dass diese Feindseligkeit zwischen ihnen stand.

Aber dafür war es zu spät. Viel zu spät.

Charlotte Jefferson trug ihr bestes Kleid, als sie Tom Harding zum zweiten Mal im Cedar-Cove-Rehazentrum besuchte. Es war blau gepunktet, langärmelig und hatte einen Tellerrock. In den letzten Tagen hatte sie fieberhaft an der Reisedecke gestrickt, und das Ergebnis konnte sich sehen lassen. Es war ein Meisterwerk, wie sie mit Fug und Recht behaupten konnte.

Tom saß in seinem Rollstuhl, als sie in sein Zimmer spazierte. »Wie versprochen – da bin ich wieder«, begrüßte sie ihn und lächelte freundlich. Unter dem Arm trug sie die aktuelle Ausgabe des *Chronicle*. Ihr neuer Freund sah gut aus. Er hatte Farbe in den Wangen, und sein Blick war hell und klar.

Tom nickte, offensichtlich erfreut, sie zu sehen. Mit der rechten Hand deutete er zittrig auf den leeren Stuhl.

»Danke«, sagte sie und ließ sich erleichtert auf den Stuhl sinken. »Normalerweise kleide ich mich nur sonntags so feierlich, aber ich komme gerade von der Beerdigung eines Freundes meines Mannes.«

Tom sah sie nur verständnislos an.

»Wir sind seit Jahren mit den Iversons befreundet«, fuhr Charlotte fort. »Lloyd war ein guter Mann. Ist an Lungenkrebs gestorben. Er hat geraucht wie ein Schlot.« Traurig schüttelte sie den Kopf, schlug die Beine übereinander und zog sich den linken Schuh aus. »Ich war fast den ganzen Nachmittag auf den Beinen. Die Jüngste bin ich auch nicht mehr, und Lloyds Tod hat mich ziemlich mitgenommen.« Seufzend schaute sie Tom an. »Und wie war Ihre Woche?«

Er zuckte mit den Schultern.

»Werden Sie hier gut behandelt?«

Er nickte, als wollte er sagen, er habe keinen Grund zur Klage.

»Und wie steht es mit dem Essen?«

Wieder ein Schulterzucken.

»Wo wir gerade vom Essen reden«, meinte Charlotte strahlend, »bei der Totenwache bin ich auf ein fantastisches Rezept für Brokkoli-Lasagne gestoßen. Ich freue mich immer, wenn ich ein gutes Rezept finde. Im letzten Monat haben wir Marion Parsons beerdigt, und eine Dame aus ihrer Kirchengemeinde brachte einen unglaublichen Nudelsalat mit. Für das Dressing hat sie Schlagsahne verwendet – das ist der Clou daran. Spaghetti mit einem Dressing aus Marshmallows und Schlagsahne! Das hat einfach himmlisch geschmeckt.« Plötzlich fiel ihr ein, dass Tom sich womöglich nicht dafür interessierte, wie bei Totenwachen Rezepte ausgetauscht wurden, und sie sagte: »Ich freue mich zu hören, dass es Ihnen hier in Cedar Cove gefällt.«

Er nickte.

»Ich glaube, ich werde eine große Portion dieser Brokkoli-Lasagne zubereiten und die Hälfte davon meiner Tochter bringen. Sie lebt allein, und ich kann mir einfach nicht vorstellen, dass sie genug Gemüse isst. Auch wenn sie schon zweiundfünfzig ist, bleibt sie doch immer mein kleines Mädchen, und ich mache mir Sorgen um sie.«

Tom lächelte schwach.

»Soll ich Ihnen auch etwas davon mitbringen?«

Grinsend schüttelte Tom den Kopf.

»Brokkoli ist gut für die Verdauung, und das ist wichtig für uns beide, vor allem in unserem Alter.« Sie musste lachen, als sich ihr die Frage aufdrängte, wie Olivia wohl reagieren würde, wenn sie sie jetzt hören könnte.

Tom schob sich mit seinem rechten Fuß mühsam im Rollstuhl an sein Nachtschränkchen heran.

»Soll ich Ihnen etwas holen?«, fragte sie.

Er nickte.

»Aus dieser Schublade?«

In seinen dunklen Augen stand Dringlichkeit, und er bedeutete ihr, dass sie richtig geraten hatte.

Charlotte öffnete vorsichtig die Schublade. Darin lagen ein Schreibstift, ein Notizblock und eine kleine Geldbörse mit Reißverschluss. Vor Jahren hatte Clyde eine ähnliche Geldbörse besessen. Sie vermutete, dass Tom etwas aufschreiben wollte, und nahm Stift und Block heraus.

Stirnrunzelnd schüttelte Tom den Kopf.

Also griff sie stattdessen nach der Geldbörse und sah ihn fragend an.

Er nickte lächelnd.

»Soll ich sie öffnen?« Offenbar wollte er das, und sie zog vorsichtig den Reißverschluss der kleinen Lederbörse auf. Darin steckte ein zusammengefaltetes Blatt gelbes Papier, und sie nahm es heraus. Dann legte sie die Geldbörse weg und entdeckte, dass etwas in das Papier eingewickelt war: ein Schlüssel.

»Was ist das?«, fragte sie neugierig.

Tom lehnte sich zurück. Anscheinend wartete er darauf, dass sie die Antwort auf ihre Frage selbst herausfand.

Charlotte faltete das Blatt Papier auseinander: Es war eine Quittung für einen Lagerraum in Cedar Cove. Wie er das arrangiert hatte, war ihr rätselhaft. Sie würde Janet Lester fragen müssen.

Da sie nicht wusste, was sie mit dem Schlüssel anfangen sollte, schaute sie Tom fragend an. »Das scheint alles in Ordnung zu sein«, versicherte sie ihm und steckte Schlüssel und Quittung wieder in die Geldbörse. Als sie diese allerdings in die Schublade zurücklegen wollte, hinderte er sie daran. Er beugte sich vor und umklammerte mit der rechten Hand ihren Unterarm.

Flehend schaute er sie an.

»Sie wollen nicht, dass ich sie zurücklege?«

Er schüttelte den Kopf, schwer atmend vor Anstrengung.

»Was soll ich dann damit tun?«

Sein Blick wanderte direkt zu ihrer Handtasche, die neben ihrer großen Tasche mit den Strickutensilien auf dem Fußboden stand.

»Ich soll sie mitnehmen?«

Er nickte.

»Soll ich sie nicht lieber jemandem im Büro geben?« Das wäre ganz sicher angemessener.

Doch er schüttelte den Kopf, seine Miene ließ keinen Zweifel daran, dass er auf seinem Wunsch beharrte.

»Na schön, aber ich finde, ich sollte Janet davon erzählen.«

Als Antwort zuckte er nur mit den Schultern.

»Keine Sorge, Ihr Schlüssel ist in guten Händen. Ich passe auf, dass er nicht verloren geht.« Damit steckte sie die Geldbörse in ihre Handtasche und griff nach ihrer Stricktasche. »Ich habe eine Reisedecke für Sie gestrickt. Sie brauchen etwas, um Ihre Beine warm zu halten. Jetzt im Januar ist es morgens recht kühl, nicht wahr?« Sie breitete die Decke über seinen Beinen aus und trat einen Schritt zurück, um sie zu bewundern.

Tom lächelte und zeigte seinen Dank mit einer zittrigen Geste.

»Sehr gern geschehen«, sagte Charlotte.

Ihm fielen kurz die Augen zu, und sie begriff, dass er müde war. Es wurde Zeit zu gehen. »Nächsten Donnerstag komme ich wieder«, sagte sie und nahm ihre Taschen an sich.

Er nickte leicht.

»Machen Sie sich nur keine Sorgen. Ach ja, ich bringe Ihnen etwas von der Lasagne mit.«

Grinsend schüttelte er den Kopf.

»Na schön, dann erspare ich Ihnen das.« Vermutlich bekam

er ohnehin eine besondere Schonkost. »Aber ich verspreche, dass ich gut auf diesen Schlüssel aufpassen werde.«

Seufzend strich er mit der Hand über die Reisedecke.

»Wirklich gern geschehen. Auf Wiedersehen bis nächste Woche.«

Leise verließ sie das Zimmer und suchte sofort die Sozialarbeiterin auf. Sie wollte den Schlüssel nicht einfach mitnehmen, ohne jemanden zu informieren.

Janet saß in ihrem Büro und telefonierte. Sie winkte Charlotte herein und beendete das Gespräch eine Minute später.

»Hallo, Charlotte, was kann ich für dich tun?«

Charlotte erzählte von Tom Harding und dem Schlüssel, den er ihr anvertraut hatte.

Daraufhin rollte Janet mit ihrem Schreibtischstuhl zum Aktenschrank hinüber, zog die oberste Schublade auf, entnahm eine Akte und legte sie auf den Schreibtisch. Während sie darin las, warf Charlotte noch einmal einen Blick auf die Quittung für den Lagerraum. Jetzt erst sah sie, dass es sich um eine Verlängerung handelte, die von staatlicher Seite bezahlt worden war – und zwar für ein ganzes Jahr. Offenbar hatte Tom kein Geld mehr, um für seine Pflege zu bezahlen, und war damit zum Staatsmündel geworden. Alles, was er besaß, wurde in dem Lagerraum verwahrt und würde nach seinem Tod verkauft werden.

Janet las immer noch in der Akte. »Leider finde ich hier nur sehr wenige Informationen. Tom hat vor fünf Jahren einen Schlaganfall erlitten, aber seine Familie wird nicht erwähnt, und über seine Vergangenheit und Herkunft steht hier so gut wie nichts.«

»Er schien zu wollen, dass ich den Schlüssel aufbewahre«, meinte Charlotte unsicher.

»Dann, denke ich, solltest du das tun. Ich weiß, dass du ihn hast, und Tom weiß es auch.«

»In Ordnung.« Charlotte stand auf, um sich zum Gehen zu wenden. »Er ist ein sehr netter Mann.«

»Ja, das ist er, aber auch ein bisschen geheimnisvoll.«

Dem konnte sie nur beipflichten, und sie musste zugeben, dass er sie faszinierte.

Grace Sherman griff nach einer Packung Milch und legte sie in ihren Einkaufswagen, bevor sie sich auf den Weg zur Kasse machte. Unterwegs fiel ihr ein, dass sie noch einen kurzen Blick auf die Auslage mit den Taschenbüchern werfen könnte. Bücher waren ihre Leidenschaft – ganz gleich, welcher Art, von klassischen Romanen über Krimis bis hin zu Liebesromanen, von Bestsellern über Biografien bis hin zu historischen Romanen und Sachbüchern und … eben beinahe alle. Deshalb hatte sie sich entschieden, Bibliothekarin zu werden. Sie las unglaublich gern und häufig bis spät in die Nacht hinein. Ihre Töchter teilten ihre Freude an Büchern, wohingegen Dan nicht viel las.

Sobald Grace die Kassen erreichte, musste sie feststellen, dass die Leute an jeder in langen Schlangen warteten. Sie stellte sich an einer an, nahm sich die aktuelle Ausgabe des *People Magazine* vor und blätterte sie durch, während sie wartete. Als sie schon fast an der Reihe war, wurde ihr etwas klar: Ihr graute davor, nach Hause zu fahren.

Diese Erkenntnis verschlug ihr den Atem. Ja, sie hatten nicht mehr viel Milch, aber es war trotzdem keinesfalls nötig gewesen, dafür extra den Supermarkt anzusteuern. Für einen oder zwei Tage hätte sie noch ohne Weiteres gereicht. Und da sie nun schon einmal hier war, hatte sie noch mehrere Päckchen Nudeln in den Einkaufswagen geworfen, dazu Toilettenpapier, Joghurt … als wollte sie damit ihren Besuch im Supermarkt rechtfertigen. Tatsächlich aber zögerte sie nur das Unausweichliche hinaus.

Dan war in letzter Zeit schrecklich gedrückter Stimmung gewesen. Anscheinend gab es Probleme auf der Arbeit, aber das konnte sie nur raten, weil ihr Mann sich weigerte, mit ihr über anderes zu reden als über alltägliche Banalitäten. Fragte sie ihn nach irgendetwas, gab er nur einsilbige Antworten. Das Fernsehprogramm schien ihm bei Weitem interessanter, als sich mit ihr zu unterhalten und irgendetwas von sich preiszugeben.

Zu gern hätte sie erfahren, was los war, aber wann immer sie sich bemühte, dahinterzukommen, reagierte er verärgert. Abend für Abend vollzog sich dasselbe Spiel. Sobald sie nach Feierabend das Haus betrat, hatte sie das Gefühl, sich im Zentrum eines Unwetters zu befinden – sie wusste nie, wann ein Blitz einschlagen würde. Und weil Dan verschlossen, einsilbig und schlecht gelaunt war, plauderte sie endlos über dies und das und jenes, in der Hoffnung, ihn ein bisschen aufzuheitern – und seinen Wutausbrüchen vorzubeugen. Zu denen kam es immer ohne Vorwarnung.

Dan hörte ihren Bemerkungen zu, nickte, wenn es ihm angemessen erschien, ja, er lächelte manchmal sogar. Aber er trug selbst nichts zur Unterhaltung bei. Je wortkarger er war, desto mehr bemühte sie sich, ihn aus der Reserve zu locken – vergebens. Praktisch jeden Abend hockte er sich vor den Fernseher und rührte sich nicht mehr von der Stelle, bis es an der Zeit war, schlafen zu gehen.

Das war keine Ehe. So, wie sie zusammenlebten, hätten sie ebenso gut Zimmergenossen am College sein können.

Genau genommen hatte ihre Ehe noch nie Grace' Erwartungen an eine Ehe erfüllt. Sie hatte Dan mit achtzehn geheiratet, als sie bereits mit Maryellen schwanger gewesen war. Er meldete sich freiwillig zum Militärdienst und wurde beinahe sofort nach Vietnam geschickt. Die zwei Jahre, die er dort war, waren die Hölle gewesen, sowohl für ihn als auch für sie. Als Dan zurückkam, war er nicht mehr der junge Mann, den sie geheiratet hatte. Er war verbittert und zynisch, neigte zu Wutausbrüchen. Er experimentierte mit Drogen, und als sie ihm verbot, sie ins Haus zu bringen, trennten sie sich für eine Weile.

Um Maryellens willen gelang es ihnen, sich so weit auszusöhnen, dass Grace ein zweites Mal schwanger wurde. Später hatten sie ihrer Tochter zuliebe hart an ihrer Ehe gearbeitet.

Der Vietnamkrieg verfolgte Dan immer noch, und jahrelang wachte er Nacht für Nacht aus Albträumen auf. Er redete nie über das, was er erlebt hatte. Wie alles andere fraß er auch diese Erfahrungen in sich hinein. Im Laufe ihrer Ehe hatte Grace immer gehofft, dass sich alles zum Besseren wenden würde. Wenn die Mädchen erst zur Schule gingen, wenn sie erst ihr Studium abgeschlossen hätte, wenn sie den Job in der Stadtbücherei hätte, wenn die Mädchen ihren Highschool-Abschluss erlangt hätten – ganz sicher musste dann doch alles besser werden. Und sie hoffte, bangte, versuchte, Anzeichen für eine Besserung zu erkennen …

Natürlich war nicht alles schlecht. Es hatte auch gute Zeiten gegeben. Als die Mädchen auf die Grundschule kamen, besuchte Grace das Olympic College und später die University of Washington in Seattle. Damals hatte Dan sie großartig unterstützt. Er hatte ihren Lebensunterhalt mit zwei Jobs finanziert und bei allen Aktivitäten der Mädchen geholfen.

Maryellen und Kelly waren als Teenager ziemlich schwierig gewesen, hatten sich aber zu verantwortungsbewussten jungen Frauen entwickelt. Dan liebte seine Töchter über alles. Und Grace hatte keinen Grund, das infrage zu stellen, aber sie bezweifelte ernsthaft, dass er sie selbst immer noch liebte.

Die letzten paar Jahre hatten seiner Selbstachtung sehr geschadet. In seinem eigentlichen Beruf fand er keine Anstellung mehr, und sein Job bei der Baumpflegefirma war längst nicht so befriedigend wie seine Holzfällerarbeit. Jetzt war es ihr Gehalt, das einen größeren Anteil an ihren Ausgaben abdeckte, und sie vermutete, dass ihn das quälte, auch wenn er das nicht zugab. Allerdings redeten sie ja auch nie über Geld, vor allem, weil sie jedes Thema vermied, über das er sich aufregen konnte.

Obwohl sie eine halbe Stunde später als üblich nach Hause kam, sagte Dan nichts, als sie, mit Einkäufen beladen, die Küche betrat.

»Ich bin zu Hause«, verkündete sie überflüssigerweise, als sie die Einkaufstüte auf die Arbeitsplatte stellte.

Dan saß bereits vor dem Fernseher und schaute sich die Lokalnachrichten an. Die Stiefel hatte er ausgezogen und seine Füße auf dem Schemel platziert, der zu seinem alten Polsterstuhl gehörte.

»Ich dachte, ich mache uns einen Taco-Salat zum Abendessen. Was hältst du davon?«

»Klingt gut«, erwiderte er ohne Begeisterung.

»Wie war dein Tag?«

»In Ordnung.« Er wandte den Blick keinen Moment vom Fernsehbildschirm ab.

»Fragst du mich nicht, wie mein Tag war?« Allmählich wurde sie wütend. Er konnte doch wenigstens ein bisschen Interesse an ihrem Leben äußern, auch wenn er nur so tat, als ob.

»Wie war dein Tag?«, fragte er unbeteiligt.

»Schrecklich.«

Keine Reaktion.

»Willst du gar nicht wissen, warum?«

»Du kannst es mir sagen, wenn du willst.«

Dem Mann, mit dem sie seit fünfunddreißig Jahren zusammenlebte, konnte sie nicht gleichgültiger sein, und Grace hielt es nicht länger aus. Jeder Versuch, ihn aus der Reserve zu locken, führte nur dazu, dass er sich verweigerte und ihr Vorwürfe machte. Wenn sie unglücklich war, war das ihre Schuld und nicht seine – genau das hatte er beim letzten Mal gesagt, als sie versucht hatte, mit ihm zu reden.

Sie betrat das Wohnzimmer, schnappte sich die Fernbedienung und schaltete den Ton ab. Dann setzte sie sich auf den Schemel und schaute ihren Mann an.

»Was?«, fragte er ärgerlich, weil sie ihn bei den Nachrichten störte.

Unbeirrt starrte sie ihn an. »Liebst du mich?«

Dan lachte, als hätte sie einen Witz gemacht. »Ob ich dich liebe? Wir sind seit fünfunddreißig Jahren verheiratet.«

»Das ist keine Antwort auf meine Frage.«

»Was willst du denn hören? Natürlich liebe ich dich. Ich fasse es nicht, dass du meinst, mich das fragen zu müssen.«

»Gibt es eine andere?«

Er lehnte sich zurück, schaute sie fest an und schüttelte den Kopf. »Die Frage ist lächerlich.«

»Gibt es eine andere?«

»Nein. Wann ist das Essen fertig?«

»Erinnerst du dich noch an das letzte Mal, dass wir miteinander geschlafen haben?«

»Führst du etwa Buch darüber?«

Sie ließ sich nicht täuschen. Fragen mit Gegenfragen zu beantworten gehörte zu seinen üblichen Strategien. »Nein, aber ich erinnere mich nicht. Erinnerst du dich?«

»Ich mag es nicht, wenn du mir so kommst.« Er stieß gegen den Fußschemel und stand auf, die Hände tief in den Hosentaschen vergraben. »Wenn wir uns schon streiten müssen, dann sollten wir uns wenigstens über etwas streiten, das sich lohnt. Mir war nicht klar, dass du so unsicher bist. Hast du es wirklich nötig, dir sagen zu lassen, dass ich dich immer noch liebe?«

»Ich brauche Gewissheit, dass du unsere Ehe immer noch willst.«

»Ich hatte ja keine Ahnung, dass du so paranoid bist.« Er wandte sich ab und entfernte sich ein Stück von ihr.

»Ich bin nicht paranoid!«

»Du wirfst mir vor, eine Affäre zu haben.«

Das glaubte sie nicht wirklich, und es gab auch keine Hinweise darauf, aber sie hatte gehofft, ihn mit dieser Frage so zu schockieren, dass er ihr endlich einmal zuhörte.

»Was willst du von mir?«, fragte er verärgert.

»Ein Zeichen, dass du noch lebst!«, rief sie.

Er funkelte sie zornig an. »Ist dir schon mal der Gedanke gekommen, dass ich müde und erschöpft sein könnte?«

»Zu müde, um dich zu unterhalten?«

»Ich war noch nie gut im Unterhalten. Das hast du gewusst, als du mich geheiratet hast, und ich werde mich in meinem Alter nicht mehr ändern. Keine Ahnung, was dich plagt, Grace, aber werde damit fertig.«

»Das ist nicht fair! Ich versuche nur, dich dazu zu bringen, ein bisschen Verantwortung dafür zu übernehmen, was mit uns beiden geschieht.«

»Du bist diejenige, die unglücklich ist.«

»Weil ich mir mehr von unserer Ehe wünsche als das hier«, versuchte sie vergebens zu erklären.

Er runzelte die Stirn. »Ich gebe dir alles, was ich geben kann.«

Das tat sie auch.

»Wenn dir das nicht reicht, weiß ich auch nicht, was ich dazu sagen soll.«

Der Schmerz schnürte ihr die Kehle zu. Mehr war also nicht zu erwarten, weder jetzt noch in Zukunft, und es reichte einfach nicht.

Das Telefon klingelte, und sie schauten beide zur Wand in der Küche, an der es hing. Tränen rollten ihr über die Wangen. Sie wischte sie hastig weg, als sie in die Küche eilte.

»Lass den Anrufbeantworter das Gespräch annehmen«, sagte Dan.

»Wozu? Damit wir noch ein bisschen reden können?«

»Nein«, erwiderte er mürrisch.

»Das dachte ich mir.« Sie nahm den Hörer ab und räusperte sich, bevor sie sich mit erzwungener Ruhe meldete. »Hallo?«

»Mom? Oh, Mom, du wirst nie erraten, was ich gerade erfahren habe!«, rief Kelly. »Wir sind schwanger!« Solche ungetrübte, süße Freude, wie sie in der Stimme ihrer jüngsten Tochter lag, hatte Grace selbst noch nie erlebt.

»Schwanger? Bist du sicher?« Ihr kamen erneut die Tränen, aber diesmal aus einem ganz anderen Grund. Kelly und Paul waren seit zehn Jahren verheiratet und sehnten sich nach einem Kind. Sie hatten unzählige Tests und Behandlungen über sich ergehen lassen, sodass Grace schon fast die Hoffnung aufgegeben hatte, ihre Tochter könnte jemals schwanger werden. Sie wünschte sich Enkelkinder, aber dass dieser Wunsch erfüllt werden würde, war alles andere als wahrscheinlich erschienen. Ihre andere Tochter Maryellen war geschieden und noch kinderlos. Umso mehr freute Grace sich über diese unglaublichen, fantastischen Neuigkeiten.

Dan betrat die Küche. »Es ist Kelly«, erzählte sie aufgeregt und legte die Hand über die Sprechmuschel. »Sie ist schwanger.«

Seine Augen begannen zu leuchten, und er lächelte. Sein erstes echtes Lächeln seit Monaten. »Das ist großartig.«

»Oh, Süße, dein Vater und ich freuen uns sehr.«

»Lass mich mit Daddy reden.«

Grace reichte ihm den Telefonhörer. Kelly hatte ihrem Vater schon immer besonders nahegestanden, und sie plauderten etliche Minuten miteinander.

Schließlich legte Dan den Hörer auf und kam zum Herd herüber, an dem Grace gerade damit beschäftigt war, den Hamburger fürs Abendessen zu braten. Er legte ihr von hinten die Arme um die Taille und drückte sie an sich.

»Ich liebe dich«, flüsterte er.

»Ich weiß. Ich liebe dich auch.«

»Alles wird gut.«

»Ich weiß.« Davon war sie wirklich überzeugt. Daran glaubte sie. Sie hatte Hoffnung geschöpft. Und jetzt hatte sie einen Grund, weiterzumachen. Einen Grund, optimistisch in die Zukunft zu schauen. Ihre Ehe war vielleicht nicht ganz das, was sie sich wünschte, aber möglicherweise war es ja genug. Sie würde dafür sorgen, dass es genug war. Fünfunddreißig Jahre lebte sie schon mit Dan zusammen. Sie hatten gute Zeiten gehabt und nicht ganz so gute.

Ein Enkelkind schenkte ihr Hoffnung für die Zukunft.

4. Kapitel

»Heute Abend fahre ich«, verkündete Olivia ihrer Mutter. Als sie das letzte Mal bei Charlotte mitgefahren war, hatte sie sich geschworen, dass sie nie wieder in einen Wagen steigen würde, den ihre Mutter fuhr. Der Gedanke daran, dass Charlotte allein auf der Straße unterwegs war, bereitete ihr Sorgen. Sie vermutete, dass ihre Mutter zu den Autofahrern gehörte, die zwar nie selbst einen Unfall hatten, aber Unfälle verursachten.

»Nun, eigentlich bin ich an der Reihe, aber ich gebe zu, dass ich nicht gern im Dunkeln fahre.«

Olivia zog ihre schwarze Richterrobe aus und hängte sie in den kleinen Garderobenschrank in ihrem Büro. Für diese Woche war Feierabend, und ihre aufregende Freitagabend-Verabredung war ihre Mutter. Mit ihr ging sie öfter essen als mit jedem anderen. »Es macht mir nichts aus, zu fahren«, erklärte Olivia.

»Na schön, wenn du darauf bestehst.«

Oh ja, sie bestand darauf. Beim letzten Fahrabenteuer mit ihrer Mutter waren sie nur mit knapper Not einem Unfall entgangen. Offenbar konnte Charlotte ihren Kopf nicht mehr weit genug drehen, um nach hinten zu schauen. Deshalb verließ sie sich ausschließlich auf Rück- und Seitenspiegel und hupte einfach, bevor sie von ihrem Parkplatz auf die Straße preschte. Außerdem hatte sie gestanden, dass ihre Augen nicht mehr die besten waren. Das war ein echtes Dilemma, denn einerseits wollte Olivia die Unabhängigkeit ihrer Mutter nicht beschneiden, doch andererseits fürchtete sie um die Gesundheit aller beteiligten Verkehrsteilnehmer.

»Hach, ein Mädelsabend«, freute sich Charlotte. »Aber ich muss spätestens um elf zu Hause sein. Harry wird unruhig, wenn ich nicht da bin.«

Ihre Mutter liebte und verwöhnte ihren Kater über alle Maßen. »Kein Problem. Das Stück beginnt um acht, sollte also lange vor elf zu Ende sein.«

»Wollen wir vorher essen gehen?«, schlug Charlotte vor.

»Gern, warum nicht?« Olivia war in der Stimmung für ein bisschen Spaß. Ihre beste Freundin würde demnächst Großmutter sein, ihre zweiundsiebzigjährige Mutter hatte so etwas wie einen Verehrer – seit Kurzem sprach sie unablässig über ihren Freund Tom aus dem Rehazentrum. Die Einzige, in deren Leben sich nichts Bemerkenswertes abspielte, war anscheinend Olivia. Sie war bereit für eine Veränderung, bereit, ein Risiko einzugehen. Eigentlich hatte sie gehofft, dass Jack Griffin sich bei ihr melden würde, aber er hatte weder angerufen, noch war er erneut im Gerichtssaal erschienen. Offenbar hatte er kein Interesse. Nun, das konnte sie verkraften.

Kurz nach halb acht erreichten sie das Stadtkino in der Harbor Street, der Hauptstraße, die durch das Stadtzentrum führte. In diesem alten Kino wurden immer noch Spielfilme gezeigt, aber im Allgemeinen nur solche, die schon sehr viel früher im Multiplex-Kino auf dem Hügel gelaufen waren. Das Theater lag im ersten Stock desselben Gebäudes. Es war ein kleiner, aber gemütlicher Saal über dem Kinosaal. Jedes Mal wenn Olivia sich hier eine Aufführung ansah, staunte sie aufs Neue, wie viele talentierte Laienschauspieler es in einer so kleinen Stadt wie Cedar Cove gab.

Da jeder seinen Sitzplatz frei wählen konnte, entschied Charlotte sich für die erste Reihe. Sie hatten sich kaum gesetzt, da trat Jack Griffin zu ihnen.

»Ist dieser Platz noch frei?«, fragte er mit Blick auf den leeren Sitz neben Olivia.

»Jack!« Ihr rutschte sein Name heraus, bevor sie die Freude in ihrer Stimme unterdrücken konnte.

»Jack Griffin? Das ist Jack Griffin?« Charlotte war sofort auf den Beinen. Bevor Olivia noch ahnte, was ihre Mutter vorhatte, schloss diese Jack auch schon begeistert in die Arme.

Über Charlottes Schulter hinweg begegneten sich ihre Blicke. Seine Überraschung und seine Belustigung angesichts der stürmischen Begrüßung waren unübersehbar.

»Ich habe schon darauf gebrannt, Sie kennenzulernen«, erklärte Charlotte, während sie sich nun auf seine andere Seite setzte und auffordernd auf den leeren Platz zwischen ihr und ihrer Tochter klopfte. »Sie haben eine so tolle Kolumne über Olivia geschrieben. Ich habe dafür gesorgt, dass all meine Freunde sie lesen.«

Jack zog skeptisch die Augenbrauen hoch, als wollte er darauf hinweisen, dass ihre Mutter zwar beeindruckt gewesen sein mochte, Olivia aber ganz und gar nicht.

»Es hat mir so gefallen, was Sie über meine Tochter geschrieben haben. Sie ist wirklich eine mutige Richterin und denkt nicht in eingefahrenen Gleisen.«

Olivia war zutiefst peinlich berührt, aber sie hütete sich, etwas dazu zu sagen. Also lächelte sie höflich und spürte doch, dass ihre Wangen vor Verlegenheit brannten.

Ihre Mutter hatte es geschafft, dass Jack jetzt zwischen ihnen beiden saß. Olivia hatte nicht schnell genug begriffen, was sie vorhatte, um das zu verhindern. Sie wollte wirklich gern Zeit mit Jack verbringen, aber vorzugsweise ohne dass Charlotte dabei war.

Es dauerte nicht lange, und Jack und ihre Mutter waren in eine angeregte Unterhaltung vertieft. Plötzlich lachte Jack auf und wandte sich abrupt Olivia zu, immer noch lächelnd.

Sie hatte keine Ahnung, was ihn so amüsiert haben mochte, aber sie war sich ziemlich sicher, dass es etwas mit ihr zu tun hatte. Was mochte ihre Mutter ihm erzählt haben? Bestimmt irgendetwas Peinliches aus ihrer Teenagerzeit.

»Ihre Mutter ist urkomisch«, flüsterte er ihr einen Moment später zu.

Das entsprach den Tatsachen. Olivia nickte nur, und Jack wandte sich wieder Charlotte zu, um sich von ihr unterhalten zu lassen. Derweil studierte Olivia das Programmheft. »Wer die Nachtigall stört« war ein ambitioniertes Projekt für eine so kleine Theatergruppe, aber wer die Aufführung bereits gesehen hatte, berichtete begeistert von der Leistung der Schauspieler. Sie vermutete, dass Jack hier war, um eine Theaterkritik zu schreiben.

Während ihr Blick ziellos durch den Zuschauerraum wanderte, sah sie zufällig, wie Justine hereinkam. Sie trug eine schwarze Hose und einen kurzen Kaschmirpullover in zartem Grün. Die langen dunklen Haare fielen ihr fast hinunter bis zur Taille. Sie hatte sich bei Warren Saget untergehakt und schaute mit großen bewundernden Augen zu dem älteren Mann auf. In Olivia stieg sofort Unmut auf. Sie mochte Warren nicht, hatte ihn noch nie gemocht, und es missfiel ihr zutiefst, dass ihre Tochter mit ihm ging.

Vor zwanzig Jahren war Warren nach Cedar Cove gezogen, wo er etliche große Grundstücke aufgekauft und darauf jede Menge Reihenhäuser errichtet hatte. Die Häuser waren aus den billigsten Materialien erbaut worden und zeigten schnell viele Mängel. Zuerst wurden die Dächer undicht, dann bildete sich Schimmel in der Dämmschicht. Keller liefen voll Wasser, Mauern setzten sich, Zimmerdecken entwickelten Risse. Ein Gerichtsprozess folgte dem anderen.

Olivia konnte sich nicht entsinnen, wie die Angelegenheit geregelt worden war – in der Zeit war ihr eigenes Leben von Katastrophen überschattet gewesen –, aber irgendwie hatten Warren und seine Firma überlebt.

Doch nicht nur seine Geschäftspraktiken störten sie. Jeder wusste, dass Warren seine Frau betrogen hatte – halt, nein, seine *Frauen*. Die letzte Mrs. Saget hatte vor etwa fünf Jahren die Segel gestrichen, und seitdem hatte er eine junge Frau nach der anderen vernascht. Es schmerzte Olivia, dass ihre eigene Tochter einem so skrupellosen Mann auf den Leim gegangen war.

Warren konnten die Frauen offenbar nicht jung genug sein. Eine Frau wie Justine – hochgewachsen, elegant und schön – war seinem Image förderlich. Sie machte sich gut an seiner Seite, und er wusste das.

Olivia fragte sich, wessen Idee es wohl gewesen war, sich das Theaterstück anzuschauen. »Wer die Nachtigall stört« entsprach wohl nicht den Vorstellungen von Unterhaltung, die Warren hatte, so vermutete sie. »Das schönste Freudenhaus in Texas« dürfte eher nach seinem Geschmack sein.

Offenbar hatte Justine ihre Mutter nicht bemerkt. Oder wenn doch, dann zog sie es vor, die Tatsache zu ignorieren, dass Olivia und ihre Großmutter in der ersten Reihe des Theaters saßen. Justine und Warren setzten sich in die letzte Reihe, wo es besonders dunkel war und sie nicht so leicht gesehen werden konnten.

Diese Beziehung hatte Olivia von Anfang an Kummer bereitet, und das lag nicht nur an Warrens Alter und seinem Ruf. Im Laufe der Jahre war Olivia ein bestimmtes Muster aufgefallen: Justine bevorzugte ältere Männer, und es hatte eine ganze Reihe davon gegeben, die sich alle in ihrer Position und ihrer Persönlichkeit ziemlich ähnelten. Die Beziehung zu Warren hatte bisher am längsten gehalten. Olivia wand sich jedes Mal innerlich, wenn sie daran dachte, dass ihre Tochter jemanden wie Warren Saget heiraten könnte. Aber mit achtundzwanzig schien Justine immer noch nicht den Wunsch zu verspüren, vor den Traualtar zu treten. Olivia betete darum, dass nicht ausgerechnet Warren es schaffen würde, ihre Einstellung zu ändern.

Im Herzen wusste sie, dass das Verhältnis ihrer Tochter zu Männern eng mit dem verhängnisvollen Tag im August 1986 zu tun hatte. Justine wollte einfach nicht riskieren, noch einmal einen solchen Schmerz durchleben zu müssen, den eine wirklich echte enge Bindung mit sich bringen konnte. Sie war bei ihrem Zwillingsbruder gewesen, als er starb, und die Liebe, die sie mit ihm verband, hatte sich in unerträgliches Leid verwandelt. In ihrer eigenen Trauer gefangen, war es Olivia damals entgangen, wie verheerend sich sein Tod auf ihre Tochter ausgewirkt hatte.

Olivia vermutete, dass Justine sich tief in ihrem Inneren die Schuld am Tod ihres Bruders gab. Sie war mit Jordan und einigen Freunden am See gewesen und hatte nicht auf ihren Zwillingsbruder geachtet. Er machte einen Kopfsprung nach dem anderen von einem schwimmenden Ponton aus, alberte und plantschte herum, und alle lachten über ihre eigenen Faxen. Es war ein heißer, fauler Nachmittag, und die Welt wirkte wunderschön. Dann aber änderte sich innerhalb von Sekunden alles. Ihre Freude an unbeschwertem Vergnügen ging für immer verloren. Jordan, der mit seinen Freunden herumalberte, sprang kopfüber in den See und tauchte nicht wieder auf. Als seine Freunde begriffen, dass er sich nicht nur einen Scherz erlaubte, war es zu spät. Jordan hatte sich das Genick gebrochen und war ertrunken.

Justine schwamm zu dem Ponton hinaus und bemühte sich um den leblosen Körper ihres Bruders, bis die Sanitäter kamen, aber es war hoffnungslos. Danach hatte das arme Mädchen eine ganze Woche lang nicht eine Nacht durchgeschlafen. Verloren und verwirrt glaubte sie, sie hätte in der Lage sein müssen, *irgendetwas* zu tun.

Auch Olivia plagten Schuldgefühle und Reue. Wenn sie sich mehr um Justines Trauer gekümmert hätte, dafür gesorgt hätte, dass sie psychologisch betreut worden wäre, Zeit darauf verwandt hätte, ihr zu helfen, mit der Tragödie fertigzuwerden …

Aber damals hatte Olivia mehr als genug mit sich selbst zu tun gehabt. Jeder Tag war ein Kampf. Um ihres Mannes und ihrer zwei anderer Kinder willen versuchte sie, stark zu sein. Jeden Tag stopfte sie voll mit sinnlosen Beschäftigungen, damit ihr keine Zeit zum Nachdenken blieb. Doch sie scheiterte kläglich mit ihrer Selbsttäuschung. Ihre Ehe war zerbrochen, und ihre hübsche Tochter hatte sich nie von dem Schicksalsschlag erholt.

»Ich hatte Sie anrufen wollen«, unterbrach Jacks Stimme ihre Gedanken.

Das war ermutigend. Olivia hatte als junges Mädchen gelernt, dass man als Frau nicht bei Männern anrief – diese gesellschaftliche Prägung hatte sie nie abschütteln können. Nach ihrer Scheidung war sie gelegentlich mit Männern ausgegangen, aber nicht oft. Freunde hatten zwar versucht, sie zu verkuppeln, doch ohne nennenswerten Erfolg.

Jack schien auf eine Reaktion ihrerseits zu warten, auf einen Hinweis, dass sie sich über seinen Anruf gefreut hätte.

»Ich wünschte, Sie hätten es getan.« Jetzt hatte sie es ausgesprochen, und es entsprach der Wahrheit. Sie mochte Jack Griffin und hatte ihre unverhoffte Begegnung sowie die nachfolgende Unterhaltung genossen.

Er starrte sie an, als wäre er nicht sicher, ob er ihr glauben konnte. Er schien gerade etwas sagen zu wollen, als Bob Beldon die kleine Bühne betrat. Gemeinsam mit seiner Frau Peggy führte er das Thyme and Tide, ein Bed and Breakfast vor den Toren der Stadt. Und er gehörte zu den aktiven Mitgliedern der Theatergruppe.

Nachdem er die Aufmerksamkeit des Publikums erlangt hatte, gab Bob ein paar Sicherheitshinweise, wies auf die Brandschutzverordnung hin und erklärte, wo sich die Notausgänge befanden. Anschließend stellte er das Stück und die Schauspieler vor. Bevor er die Bühne verließ, schaute er zu Jack Griffin und Olivia herüber – und dann tat er etwas sehr Seltsames: Er zwinkerte Jack zu.

»Was sollte das denn?«, fragte Olivia.

»Bob ist ein Freund von mir.«

»Sie haben ihn gekannt, bevor Sie nach Cedar Cove gezogen sind?«

Er nickte abwesend, während er zusah, wie die Schauspieler auf der Bühne ihre Plätze einnahmen. »Das ist Bobs Art, mir Mut zu machen«, murmelte er.

»Mut wofür?«, hakte Olivia nach.

Jack straffte die Schultern. »Sie zum Essen einzuladen.« Er warf ihr einen Blick zu. »Sind Sie dabei?«

Sind Sie dabei? Wenn das keine kreative Einladung war …

»Hast du sie schon gefragt?« Charlotte beugte sich vor, um einen besseren Blick auf sie beide zu erhaschen.

»Gerade eben«, erwiderte Jack.

»Was gefragt?«, rief irgendwer, dessen Stimme Olivia nicht erkannte, von zwei Reihen hinter ihnen.

Peinlichst berührt, rutschte Olivia tiefer in ihren Sitz und zog den Kopf ein.

Jack tat es ihr gleich. »Und? Sind Sie?«

Sie nickte. Warum auch nicht? Sie hatte ja schon zugegeben, dass sie gern von ihm gehört hätte. Jetzt tat er also den zweiten Schritt. Eine Einladung zum Essen.

Sie nahm sich vor, die Zeit mit ihm zu genießen.

Als Cecilia am Samstagmorgen aufwachte, fühlte sie sich ausgesprochen deprimiert. Von Ian hatte sie nichts gehört. Sie hatte sich der Illusion hingegeben, er würde anrufen. Inzwischen war er womöglich bereits auf See. Sie wusste nicht, ob die *John F. Reynolds* schon ausgelaufen war, aber woher sollte sie das auch wissen? Für Informationen dieser Art war sie auf Hörensagen und den *Chronicle* angewiesen. Ian selbst hatte nicht einmal erwähnt, dass er von seinem U-Boot auf den Flugzeugträger versetzt worden war. Offensichtlich gab es so einiges, was er ihr nicht gesagt hatte.

Inzwischen wünschte sie sich, sie hätte sich mit den anderen Soldatenfrauen angefreundet. Zu Beginn hatte sie sich bemüht dazuzugehören, sich dabei aber wie ein Eindringling gefühlt. Die Frauen hatten bereits kleine Cliquen gebildet, und sie war die Außenseiterin. Neben ihrem Job und wegen ihrer Schwangerschaft hatte sie weder die Zeit noch die Kraft, Kontakte mit ihnen zu knüpfen, und die wenigen Einladungen, die sie erhielt, schlug sie aus.

Nach Allisons Geburt besuchte niemand sie im Krankenhaus, und nach dem Tod ihrer Tochter wies Cecilia alle ab, die versuchten, ihr zu helfen, mit ihrem Verlust fertigzuwerden – Soldatenfrauen, Ians Angehörige in Georgia, Krankenschwestern und einen Militärgeistlichen. Für sie war das alles zu wenig und kam zu spät. Ihr Vater hatte nichts mit solchen Dingen wie Tod und Sterben zu tun haben wollen und war ihr ausgewichen, soweit es nur irgend ging. Mehr als eine Beileidskarte und ein paar gemurmelte Worte des Trostes hatte er nicht für sie übriggehabt.

Und Ian … war nicht da gewesen.

Es brachte nichts, über Ian, die Scheidung und ihr vergangenes Leid zu grübeln, also duschte Cecilia, zog sich eine saubere Jeans und ein abgewetztes, bequemes Sweatshirt an. Wie immer hatte sie sich den Samstag für Erledigungen frei gehalten, aber heute fehlte ihr die Energie dafür. Sie fuhr zum Einkaufen, besorgte aber nur einen großen Strauß Blumen.

Der Friedhof lag am Stadtrand. Dichter Nebel hing über der Bucht, sodass man nicht einmal die andere Straßenseite sehen konnte, geschweige denn das andere Ufer und die Marinewerft. Cecilia hatte sich bewusst für diese Grabstätte entschieden, weil man von hier einen Blick auf den Marinestützpunkt hatte.

Vielleicht ergab das ja keinen Sinn, aber sie wollte, dass ihre Tochter in der Nähe ihres Vaters war, und sie hatte nicht gewusst, wie sie das anders hätte bewerkstelligen sollen.

Der Rasen war feucht und fühlte sich wie ein Schwamm an, ihre Füße sanken tief ein, als sie auf das Grab zuging. Sie hockte sich nieder und fegte ein paar tote Blätter von dem kleinen flachen Grabstein. Die Vase war zu schmal für den Strauß, also löste sie die schönsten Blumen heraus und arrangierte sie in der Vase. Anschließend verteilte sie die restlichen Blumen auf die Gräber links und rechts vom Grab ihrer Tochter.

Als sie damit fertig war und sich aufrichtete, entdeckte sie, dass Ian nur wenige Meter von ihr entfernt stand und sie beobachtete.

Keiner von ihnen sagte ein Wort. Er trug seinen dicken Uniformmantel und seine Seemannsmütze, hatte die Hände tief in den Manteltaschen vergraben und die Arme eng an den Körper gedrückt.

»Ich habe dich aus dem Supermarkt kommen sehen«, murmelte er schließlich.

»Du bist mir hierher gefolgt?« Der Gedanke gefiel ihr nicht.

Er nickte. »Ich mache das nicht ständig, falls du das glaubst. Ich habe dich nur zufällig gesehen und wollte mit dir reden.«

Jetzt steckte auch Cecilia ihre Hände in die Taschen. Abwartend stand sie da, unsicher, was sie sagen sollte.

»Ich habe vermutet, dass du hierherkommen würdest«, fuhr Ian fort, »und ich habe recht behalten.« Er zögerte, dann zuckte er mit den Schultern. »Ich dachte, wir könnten reden.«

Sie versteifte sich. »Worüber sollten wir denn noch reden?« Als sie ihn das letzte Mal gesehen hatte, war er betrunken gewesen. Und streitsüchtig.

Er seufzte, schaute an ihr vorbei, ließ den Blick über die Gräber schweifen. »Ich möchte mich entschuldigen, dass ich neulich Abend im Restaurant aufgekreuzt bin.«

»Andrew hat mir erzählt, dass du mit der *John F. Reynolds* in See stichst.«

»Ja.« Das war alles. Keine Erklärung, warum er versetzt worden war.

»Wann bist du auf den Flugzeugträger versetzt worden?«

»Du bräuchtest nicht zu fragen, wenn du es nicht so eilig gehabt hättest, die Scheidung einzureichen«, erklärte er mit unverhohlener Verbitterung.

»Wir konnten – können – nicht miteinander reden, ohne uns gegenseitig anzufauchen.« Damals genauso wenig wie heute. Es tat schrecklich weh, sich über das Grab ihrer Tochter hinweg zu unterhalten.

»Spielt es eine Rolle?«, fragte er. »Ich bin bei der Marine – daran hat sich nichts geändert.«

Sie schüttelte den Kopf. Die Gründe waren unwichtig, und er schuldete ihr keine Erklärung. So weit war es gekommen, dass sie automatisch auf Abwehr schaltete, um die Leute auf Abstand zu halten. Vor allem aber ihn …

»Verdammt«, stieß er ungeduldig hervor. »Warum nur ist es so schwer, mit dir zu reden?«

Wusste er das nicht längst? Was sollte sie noch sagen?

»Wie schon gesagt, es tut mir leid wegen neulich Abend. Kommt nicht wieder vor.« Damit wandte er sich abrupt ab.

»Der Flugzeugträger läuft schon bald aus?«, rief sie ihm nach, weil sie nicht wollte, dass er jetzt schon ging.

Er drehte sich erneut zu ihr um und nickte.

»Ich wüsste gern, wie es zu der Versetzung gekommen ist.«

Er starrte auf das Grab ihrer Tochter hinunter. »Ich habe darum gebeten. Wenn ich dort stationiert gewesen wäre, als Allison geboren wurde, hätte ich einen Flug nach Hause bekommen können. Um bei dir zu sein … Jetzt spielt es im Grunde keine Rolle mehr, aber ich wollte nicht riskieren, dass jemals wieder so etwas passiert.«

Sie hatte nicht gewusst, dass eine solche Versetzung möglich war.

»Ich werde sechs Monate fort sein«, erklärte er.

Für sie klang das länger als ein ganzes Leben, und dieses Gefühl spiegelte sich offenbar in ihrer Miene.

»Ich kann es nicht ändern«, setzte er hinzu.

»Ich weiß«, flüsterte sie.

»Ich schätze, du machst dir Sorgen wegen deiner Scheidung.«

Jedes Mal redete er von *ihrer* Scheidung und betonte damit, wer die Entscheidung getroffen hatte. »Die Verzögerung spielt keine Rolle«, sagte sie. »Ich habe sowieso kein Geld für einen Anwalt.«

»Ich dachte, du wolltest eine Schlichtungsstelle anrufen?«

»Das wollte ich, aber wenn du auf See bist, ist das Zeitverschwendung, nicht wahr?« Natürlich konnte sie mit einem neutralen Unbeteiligten reden, aber wenn Ian nicht zur Verfügung stand, konnten sie so wohl kaum ihre Probleme lösen.

»Wir sind dann also vor dem Gesetz immer noch verheiratet – richtig?«

Ob er ihr damit sagen wollte, dass er seinen Vorschlag von der Woche zuvor bedauerte, einfach so zu tun, als wären sie geschieden?

»Ja«, erwiderte sie. »Du brauchst dir keine Sorgen zu machen, dass ich mit jemand anderem ausgehe.«

Er runzelte die Stirn.

Vielleicht hatte sie ihn missverstanden. »Darauf wolltest du doch hinaus, oder?« Seine Reaktion auf den Mann in der Bar hatte sie noch lebhaft vor Augen.

Verständnislos schaute er sie an. »Nein, aber ich freue mich, das zu hören. Kein Mann hat es gern, wenn seine Frau sich mit jemand anderem trifft, egal, unter welchen Umständen.«

Jetzt war Cecilia verwirrt. »Worauf genau willst du dann

hinaus? Willst du, dass wir verheiratet bleiben? Oder willst du mich nur daran erinnern, dass ich vor dem Gesetz noch an dich gebunden bin?«

»Ich möchte dich nur daran erinnern, dass wir immer noch aneinander gebunden sind – sowohl gesetzlich als auch finanziell –, bis wir den ganzen Schlamassel in Ordnung bringen können. Verstehst du?«

Sie nickte und verschränkte die Arme vor der Brust. Mittlerweile ahnte sie, dass ihr nicht gefallen würde, was er zu sagen hatte.

»Beim letzten Mal, als ich fort war …« Er stockte und warf einen Blick auf Allisons Grabstein. »Du hast unsere Kreditkarten bis zum Äußersten ausgereizt. Solange wir noch verheiratet sind, stehe ich vor dem Gesetz für diese Schulden gerade. Ich würde es deshalb begrüßen, wenn du dich ein bisschen zurückhalten könntest.«

Wenn er sie geschlagen hätte, hätte das weniger geschmerzt.

»Du willst damit sagen, dass du befürchtest, ich könnte zu viel Geld ausgeben, während du auf See bist?« Sie konnte es nicht fassen. »Jeder Cent, den ich ausgegeben habe, jeder Cent, mit dem diese Kreditkarten belastet wurden, diente dazu, Allison begraben zu können.« Cecilia zitterte, erst vor Zorn, dann vor Empörung. Wie konnte er es wagen? Wie konnte er es wagen! Wenn es noch eines Hinweises bedurft hätte, warum sie nicht länger in dieser Ehe verharren durfte, dann hatte er ihr den jetzt gegeben.

»So habe ich das nicht gemeint«, wehrte er ab.

»Kommt nicht wieder vor«, erwiderte sie tonlos und wiederholte damit bewusst, was er zuvor zu ihr gesagt hatte.

Ian schüttelte den Kopf. »Ich weiß nicht mal, warum ich das angesprochen habe. Es tut mir leid.«

Sie ignorierte ihn. Es sollte ihm Antwort genug sein, dass sie nicht darauf reagierte.

»Jedes Mal verhältst du dich so«, fuhr er entnervt fort. »Ich versuche mit dir zu reden, will eine offene Aussprache zwischen uns, und du ziehst dich in dein Schneckenhaus zurück und tust so, als wäre ich gar nicht da.«

Sie blieb mit verschränkten Armen und gesenktem Kopf reglos stehen. »Jeder Cent, den ich ausgegeben habe, war für das Begräbnis unserer Tochter«, wiederholte sie stumpf. »Und die Telefonrechnung über dreihundert Dollar … Ich weiß, dass dich das geärgert hat, aber …« Plötzlich hatte sie keine Gewalt mehr über ihre Stimme. Und keine Kontrolle mehr über ihre Gefühle.

»Aber das war für mich!«, schrie sie, schleuderte ihm ihren ganzen Zorn und ihren Schmerz entgegen. »Damit am Ende nicht *zwei* Beerdigungen nötig sein würden. Es tut mir leid, Ian, dass ich so schwach bin. Ich bin nun mal nicht wie du. Ich habe meine Mutter gebraucht. Ich musste mit jemandem reden. Mein Dad konnte nicht damit umgehen, und du warst nicht da. Meine Mutter …« Weil sie nicht wollte, dass er sie weinen sah, wirbelte sie herum und kramte hektisch in ihrer Handtasche.

»Cecilia?«

Sie fand, wonach sie suchte, und riss das kleine Kunststoffetui auf. »Hier«, fuhr sie mit erstickter Stimme fort, nahm die VISA-Karte heraus und warf sie ihm hin. Die Karte landete im nassen Gras. »Nimm sie! Ich will sie nicht …«

Er zögerte, bevor er sie schließlich aufhob. »Du brauchst sie vielleicht für Notfälle.«

Als wäre der Tod ihrer Tochter kein Notfall gewesen!

Heftig schüttelte sie den Kopf. Eher wollte sie in der Hölle schmoren, als jemals wieder eine Kreditkarte zu benutzen, auf der sein Name stand. Sie würde sich eine auf ihren eigenen Namen ausstellen lassen. Ihren Mädchennamen.

Ian betrachtete die Karte, strich mit dem Daumen über die aufgeprägten Buchstaben, die ihren Namen bildeten: Cecilia Randall.

»Ich bin nicht gekommen, um mir deine Kreditkarte zu holen.«

»Tja, jetzt hast du sie jedenfalls«, gab sie flapsig zurück, ohne ihn anzusehen.

Eine Weile sagte Ian nichts. »Es tut mir leid«, flüsterte er schließlich.

»So, was denn diesmal?«

Wieder herrschte einen Moment Schweigen. »Ich werde sechs Monate fort sein«, murmelte er schließlich. »Ich wünschte, wir hätten die Scheidung regeln können, bevor ich in See steche, aber …«

Das hatten sie schon zu oft durchgekaut.

»Ich hätte gern die Unstimmigkeiten und den Ärger zwischen uns ausgeräumt, bevor ich abreise. Ich weiß, dass du es vorziehen würdest, nicht mehr mit mir verheiratet zu sein, aber im Moment können wir nichts tun.«

»Worauf willst du eigentlich hinaus?«, fragte sie bewusst sarkastisch.

»Verdammt noch mal, Cecilia, hör dir doch nur mal an, wie wir miteinander reden? Willst du das wirklich? Soll es wirklich so sein? Ich will das nicht. Ich bin dir hierher gefolgt, weil ich dachte … Ich hatte gehofft, wir könnten vielleicht freundschaftlich voneinander Abschied nehmen.«

»Eine Scheidung ist keine freundschaftliche Sache.«

»Du hast recht, aber bereitet dir das Vergnügen?«

Das tat es nicht. Sie wusste, warum er gekommen war. In ein paar Tagen würde er die Stadt verlassen, und wenn es so weit war, wollte er nicht ständig ihretwegen Bauchschmerzen haben, weil sie im Streit auseinandergegangen waren.

»Auf Wiedersehen, Ian«, sagte sie leise. »Und gute Reise.«

Er runzelte die Stirn, als sei er nicht sicher, ihr trauen zu können. »Meinst du das ernst?«

Sie nickte. »Ich will mich nicht streiten. Das wollte ich

nie. Geh nur, du brauchst kein schlechtes Gewissen zu haben. Wenn du wiederkommst, regeln wir alles Rechtliche.«

»Danke.« Seine Erleichterung war offensichtlich, und sein Blick wurde weicher, als er sich abwandte und ging. Cecilia sah ihm nach, bis er im Nebel verschwand und sie nicht einmal mehr seinen dunklen Schatten erkennen konnte.

Sie schloss die Augen, stellte sich vor, wie ihr Abschied hätte aussehen können, wenn Allison überlebt hätte. Sie würde mit den anderen Soldatenfrauen auf dem Pier stehen, Ian hätte sie zum Abschied geküsst, erst sie, dann Allison und dann noch ein letztes Mal sie. Dann wäre er auf den Flugzeugträger zugelaufen, und sie hätte dagestanden, das Baby in den Armen, und hätte Allisons kleines Ärmchen gehalten und damit ihrem Daddy nachgewunken. Stattdessen hatten sie am Grab ihrer Tochter Abschied nehmen müssen.

Justine war ihrer Mutter das ganze Wochenende über aus dem Weg gegangen, und sie hatte gute Gründe dafür. Sobald sie zusammen sein würden, würde Olivia anfangen, Kritik an Warren zu äußern. Keine offene Kritik, aber indirekte Andeutungen. Zum Beispiel würde sie irgendwelchen Klatsch über eine seiner Ex-Frauen erwähnen, den sie angeblich aufgeschnappt hatte. Oder Probleme mit dem einen oder anderen Haus ansprechen, das seine Firma gebaut hatte.

Justine war der Meinung, dass Olivia ihre Beziehung mit Warren nichts anging. Er war ein paar Jahre älter, na und? Und sie war sogar bereit zuzugeben, dass ihm nicht gerade der beste Ruf vorauseilte. Aber es gab Dinge an Warren, von denen ihre Mutter und auch die meisten anderen Leute nichts wussten und wovon sie auch nie erfahren würden. Er vertraute ihr, und sein Vertrauen bedeutete ihr sehr viel.

Der zweite Grund, warum sie ihre Mutter gemieden hatte, hing mit ihrem jüngeren Bruder James zusammen. Vor einem

Jahr war er ohne Vorwarnung zur Marine gegangen und deshalb zum ersten Mal von zu Hause fort. Er sehnte sich nach seiner Familie, und ihre Mutter machte sich Sorgen um ihn. Und jetzt hatte er eine weitere Entscheidung getroffen, die sein Leben drastisch veränderte, und es Justine überlassen, ihre Mutter zu informieren.

»Sag du es ihr für mich«, hatte er gebettelt, und weil sie ihn liebte, hatte sie sich dummerweise dazu bereiterklärt.

Jetzt war die Konfrontation unvermeidlich. Am Montagmorgen hatte sie schon halb beschlossen, ihre Großmutter anzurufen und es ihr zu überlassen, die Neuigkeit zu überbringen. Sie hatte Charlottes Nummer bereits gewählt, legte beim ersten Klingelton jedoch wieder auf und schimpfte sich selbst einen Feigling.

Den ganzen Nachmittag fiel es ihr schwer, sich auf Kreditanträge und Besprechungen mit dem Personal zu konzentrieren – sie war Filialleiterin der *First National Bank* in Cedar Cove und hatte jede Menge um die Ohren, womit sie sich hätte ablenken können. Justine seufzte. Ihr war klar, dass sie es ihrer Mutter persönlich sagen musste, und das so schnell wie möglich.

Nach Feierabend fuhr sie direkt von der Bank zu ihrem Elternhaus in der Lighthouse Road. Dort hatte sie gelebt, bis sie vor zehn Jahren ans College gegangen war, und auch danach war sie mehrfach für kürzere Zeit zurückgekommen. Ihr Elternhaus war ihr Zuhause, und etwas, das seinen Platz einnehmen konnte, hatte sie bisher nicht gefunden. Jedes Mal wenn sie die letzte Kurve vor dem Haus nahm und es vor ihr auftauchte, überkam sie ein Gefühl, das sich an keinem anderen Ort einstellen wollte, an dem sie zwischenzeitlich gewohnt hatte.

Sie parkte vor dem Haus. Ihre Mutter musste am Fenster gestanden haben, denn sie öffnete die Haustür, als Justine die Treppe zur Vorderveranda erreicht hatte.

»Liebling«, sagte Olivia und breitete ihre Arme aus, um sie an sich zu drücken. »Das ist eine schöne Überraschung.«

Justine lächelte gezwungen.

»Du kommst gerade richtig zum Abendessen.«

Warum ihre Mutter ihr immer etwas zu essen anbot, begriff Justine nicht. Mit ihrer Großmutter ging es ihr genauso. Vermutlich war es einfach ein mütterliches Bedürfnis, die Kinder zu nähren, aber sie konnte darauf verzichten. »Großartig«, sagte sie ohne jede Begeisterung. Ihr Magen rebellierte sowieso schon.

Olivia musterte sie genauer. »Bedrückt dich etwas?«

Justine hätte schwören können, dass ihre Mutter über eine besondere Art von Radar verfügte.

»Wie wäre es mit einer Tasse Tee?«, fragte sie zurück.

Ihre Mutter erstarrte. »Du bist doch nicht etwa schwanger, oder? Großer Gott, sag bitte nicht, dass du Warren heiraten willst!«

»Mutter, brüh uns bitte einen Tee auf, und nein, ich bin nicht schwanger.«

»Gott sei Dank!« Unüberhörbare Erleichterung lag in ihrer Stimme. Merkte sie eigentlich gar nicht, wie beleidigend ihre Reaktion war?

Olivia ging in die Küche, und Justine folgte ihr.

»Ich habe mich danebenbenommen, Süße. Verzeih mir«, sagte ihre Mutter und stellte den Wasserkessel auf den Herd. Sie seufzte. »Du weißt, was ich von Warren halte.«

Das brauchte sie Justine nun wirklich nicht zu sagen.

»Aber du scheinst dich in seiner Gesellschaft wohlzufühlen, und das ist das Einzige, was zählt.«

Justine verzichtete darauf, auf die halbherzige Entschuldigung ihrer Mutter zu reagieren. Wozu auch? Ja, sie mochte Warren, aber sie war keineswegs blind für seine Fehler. Das Anziehendste an ihm war sein Alter. Sie fühlte sich zu älteren

Männern hingezogen. Die waren beständig, ruhig, selbstsicher und meistens abgesichert. Sie hatte nicht vor, selbst Kinder in die Welt zu setzen, und war auf der Suche nach einer reifen Partnerschaft. Die meisten Männer ihres Alters kamen ihr kindisch und verantwortungslos vor.

Inzwischen war der Tee fertig, Olivia goss zwei Tassen ein und brachte sie zum Esstisch. »Na schön«, sagte sie, als sie beide sich setzten. »Wenn du nicht schwanger bist, was hast du für ein Problem?«

Justine ignorierte die Frage und rührte in ihrem Tee herum. »Ich habe letzte Woche mit James telefoniert.«

Ihre Mutter schaute sie verständnislos an. »Was hat James damit zu tun?«

»Er klang gut.«

»Gut?«

»Glücklich.«

»Hat er eine neue Freundin?«

Justine konnte kaum glauben, dass ihre Mutter immer noch nicht begriff. »Nicht … direkt.«

»Er geht also mit demselben Mädchen wie bisher auch? Selina? Mir fällt gerade ihr Nachname nicht ein.«

»Solis.«

»Hmm. Immer wenn James sie erwähnt, haben sie sich über irgendetwas gestritten.«

»Sie kommen im Augenblick sehr gut miteinander zurecht«, meinte Justine. Es fiel ihr schwer, nicht in lautes Lachen auszubrechen. Ihre Mutter schien absolut nichts zu begreifen.

»Das freut mich zu hören.«

»Tatsächlich?«

»Natürlich.« Olivia zögerte. »Bist du hier, um mir zu sagen, dass die beiden sich verlobt haben?«

»Nein, ich bin hier, um dir zu sagen, dass die beiden geheiratet haben.«

»Geheiratet?« Olivia sprang auf und setzte sich sofort wieder. »Geheiratet? Ohne mir etwas zu sagen? Ohne ein einziges Wort?«

»James hatte Angst vor deiner Reaktion.«

»Er sollte viel mehr Angst davor haben, wie ich *jetzt* reagieren werde«, grummelte Olivia erzürnt. »Wie kommt er nur auf eine solche Idee? Und was ist mit Selinas Familie? War es für sie ein genauso großer Schock?«

»Offenbar nicht.«

»Wie meinst du das?«

»Selinas Vater hat darauf bestanden, dass sie sich von einem Priester trauen lassen.«

»James ist kein Katholik.«

»Er ist konvertiert.« Die Bestürzung in den Augen ihrer Mutter zeigte Justine, dass es ihr schwerfiel, die Neuigkeit zu verarbeiten. Der Sohn, den sie protestantisch erzogen hatte, war über Nacht zum Katholizismus konvertiert.

»Er muss sie sehr lieben«, sagte Olivia nachdenklich.

»Ich bin sicher, das tut er.«

»Mit anderen Worten, mein Sohn und diese junge Frau, die ich bisher nicht kennengelernt habe, wurden in einer katholischen Zeremonie getraut, ohne jemanden von unserer Familie einzuweihen?«

»Ja.«

»Warum?«

Justine hielt einen Moment den Atem an. »James wollte dich und Dad dabeihaben, aber er hatte Angst, ihr könntet nicht einverstanden sein.«

»Um Himmels willen, warum denn? James sollte uns doch wohl besser kennen!«

Justine zuckte mit den Schultern. Sie war nicht einverstanden mit dem, was ihr Bruder getan hatte, aber es lohnte sich nicht, sich jetzt noch Gedanken darüber zu machen – es war zu spät.

»Wann werde ich sie kennenlernen?«

»Mom, das ist noch nicht alles.«

Olivia stellte ihre Tasse zurück auf die Untertasse.

»Selina ist schwanger, stimmt's?«

Endlich, Mom. Hat lange genug gedauert, bis der Groschen gefallen ist. »Ich habe mit Selina gesprochen«, meinte Justine fröhlich. »Sie klingt einfach nur nett. James ist verrückt nach ihr, und ich bin sicher, dass sie ihm eine gute Ehefrau sein wird.«

Ihre Mutter wirkte nicht überzeugt. »Wie weit ist sie?«

Jetzt kam das Schwerste. »Der errechnete Geburtstermin ist in vier Monaten.«

»In vier Monaten? Ich werde in vier Monaten Großmutter?«

»Sieht ganz so aus.«

Eine ganze Weile sagte ihre Mutter gar nichts. Dann glänzten ihre Augen verdächtig, und Justine erkannte, dass sie gegen ihre Tränen ankämpfte.

»Mom, ist es wirklich so schlimm, dass du Großmutter wirst?«

Olivia schüttelte den Kopf und tupfte sich die Augen mit ihrer Serviette ab. »Oh, nein ... ich wünschte nur, mein Sohn hätte den Mut aufgebracht, mir das selbst zu erzählen.«

Justine nahm sie fest in die Arme. »Er wartet jetzt darauf, von dir zu hören. Soll ich für dich die Nummer wählen?«

Ihre Mutter nickte. »Bitte, tu das.«

5. Kapitel

Cecilia kam schon um vier Uhr zur Arbeit, eine Stunde, bevor ihre eigentliche Schicht begann. In der Bar des Captain's Galley war bereits eine Menge los. Sie ließ sich auf einem der gepolsterten Barhocker nieder, in der Hoffnung, mit ihrem Vater reden zu können.

»Wie geht's dir, Kleine?«, fragte Bobby Merrick über den Tresen hinweg. »Kann ich dir etwas zu trinken anbieten?«

Cecilia verabscheute es, wenn er sie behandelte wie einen normalen Gast. »In Ordnung, wie wäre es mit einer Tasse Kaffee?«

»Sicher, dass du nichts Stärkeres möchtest?«

»Ganz sicher.« In mancher Hinsicht war ihr Vater nie erwachsen geworden. Er kleidete und gab sich noch immer wie ein junger Mann. Die ergrauenden Haare trug er schulterlang, und seine Garderobe bestand aus knallig bedruckten Shirts und Jeans. Normalerweise störte Cecilia das nicht, aber manchmal brauchte sie ihn als Vater, so wie an diesem Nachmittag.

Er brachte ihr einen Becher abgestandenen schwarzen Kaffee und bediente dann einen Gast, bevor er zu ihr zurückkam. »Hast du in letzter Zeit von deiner Mutter gehört?«, fragte er.

Nach der Scheidung ihrer Eltern war Bobby – er bestand darauf, dass Cecilia ihn so nannte – von New Hampshire nach New Mexico, dann nach Arizona gezogen und schließlich weiter nach Norden, bis er in Washington gelandet war.

»Sie hat mich am Wochenende angerufen.«

»Geht es ihr gut?« Soweit sie wusste, hatten ihre Eltern jahrelang nicht miteinander gesprochen, geschweige denn einander gesehen, bevor ihre Mutter im letzten Mai zu Cecilias Hochzeit angereist war, und jetzt plötzlich fragte Bobby nach ihr.

»Mom geht es gut.«

»Das freut mich zu hören.« Er lehnte sich gegen die Bar. »Sie ist eine tolle Frau.«

Wenn das stimmte, fragte Cecilia sich, warum er sie beide verlassen hatte, aber sie wollte kein unangenehmes Thema anschneiden. Außerdem verstand sie ihren Vater. Er war über alle Maßen konfliktscheu. Wenn es nach ihm ginge, dann würden alle Menschen einander lieben und miteinander auskommen, das hatte er Cecilia schon häufig erzählt. Er konnte einfach nicht damit umgehen, wenn jemand sauer auf ihn war, ja, er ertrug es sogar kaum, wenn andere Leute sich in seiner Gegenwart stritten. Wurde die Situation für ihn zu schwer erträglich, zog er sich einfach zurück.

Obwohl er nun nach ihrer Mutter fragte, hatte er seit Jahren jeden Kontakt gemieden und sie weder angerufen noch ihr geschrieben. Das machte durchaus Sinn. Er wollte nichts von Problemen und Enttäuschungen hören, schon gar nicht, wenn er dazu beigetragen hatte. Nach Allison Maries Tod war er einfach ferngeblieben, sowohl emotional als auch physisch. Er war unfähig gewesen, Cecilia so zu unterstützen, wie sie es dringend gebraucht hätte. Er konnte das einfach nicht. Sie hatte lange gebraucht, um zu dieser Schlussfolgerung zu gelangen. Sie hätte auf ihn wütend sein können, vielleicht sogar sollen, aber es hätte nichts gebracht. Bobby war und blieb Bobby, und sie konnte ihn nur so akzeptieren oder musste ohne einen Vater auskommen, so wenig er die Rolle auch ausfüllte.

»Ich war heute Nachmittag am Olympic College.«

»Tatsächlich?«

»Ja, ich habe mich für einen Algebra- und einen Englisch-Kurs eingeschrieben.« Beides waren Einführungskurse, vermittelten also Grundkenntnisse, aber irgendwo musste sie anfangen. Zum ersten Mal seit Langem schaute sie nach vorn, beschäftigte sich mit der Zukunft, statt in der Vergangenheit zu verharren.

»Algebra?«

»Ich konnte schon immer gut mit Zahlen umgehen.« An Mathematik hatte sie ihren Spaß, und auf der Highschool war sie gut darin gewesen. Ihr behagte das Gefühl von Ordnung, das die Mathematik ihr bot: Alles ergab sich sauber wie von selbst, und für jedes Problem gab es eine Lösung. Wahrscheinlich gefiel ihr das am meisten an der Sache.

»Was kannst du denn mit Algebra anfangen?«

Das wusste sie noch nicht, aber der Kurs diente in erster Linie der Auffrischung und nicht der Berufsvorbereitung. »Es ist wichtig zu wissen, wie man nach x auflöst«, meinte sie scherzhaft. »So kann ich die Geheimnisse des Universums entschlüsseln. So wie Einstein, weißt du. Alles beginnt mit x.«

Bobbys Augen weiteten sich erstaunt. »Wirklich?«

Sie hatte einen Scherz gemacht, und er nahm sie ernst. »Sicher. Na ja, in gewisser Weise.« Offensichtlich wäre er ihr in ihrer Schulzeit keine große Hilfe in Mathe gewesen, wenn er denn da gewesen wäre. »Was hältst du davon, dass ich diese Kurse belegt habe?«, fragte sie in der Hoffnung, er würde sie bestärken und ihr Mut machen.

»Hey, das ist cool«, meinte er, und sein Blick zeigte pure Verständnislosigkeit.

Cool?

Sie hatte es wieder getan. Wieder einmal hatte sie sich einer Illusion hingegeben und war enttäuscht worden. Sie hätte vorher wissen müssen, dass Bobbys Reaktion im besten Falle unzulänglich ausfallen würde.

Er wandte sich einem Gast zu, um ihn zu bedienen, und Cecilia glitt vom Barhocker, um ihre eigene Schicht im Restaurant anzutreten.

»Wir reden später weiter!«, rief Bobby ihr nach.

Sie nickte. Tiefer gehende Unterhaltungen hatte sie mit ihm noch nie geführt. Er begriff das meiste einfach nicht, und das würde sich nicht ändern lassen, ganz gleich, was sie sagte oder tat.

Schon bald begann sich das Restaurant zu füllen. Ihre Aufgaben bestanden darin, Gäste zu ihren Tischen zu geleiten, Anrufe entgegenzunehmen und die Kasse zu bedienen, und damit hatte sie reichlich zu tun. Ihr war es nur recht so, denn wenn sie zu viel Zeit hatte, schweiften ihre Gedanken automatisch zu Ian ab. Vor zwei Tagen war die *John F. Reynolds* aus Cedar Cove ausgelaufen. Sie hatte es in den Abendnachrichten gesehen, in denen gezeigt worden war, wie der gewaltige Flugzeugträger aus der ruhigen Bucht auf die offene See hinausglitt.

Cecilia hatte angespannt vor dem Fernseher gesessen. Selbst wenn sie gewollt hätte, hätte sie sich das nicht entgehen lassen können. Ian war fort, für sechs lange Monate, und sie fragte sich, ob er ihr wohl schreiben würde. Natürlich konnte sie in die Stadtbücherei gehen und ihm eine E-Mail schicken, aber sie war nicht davon überzeugt, dass es das Richtige war. Dabei hätte sie am liebsten genau das getan.

Warum nur musste alles so kompliziert sein? Sie verstand ihre eigenen Gefühle nicht, und seine ganz sicher erst recht nicht. All diese widerstreitenden Emotionen – Zorn, Sehnsucht, Bedauern. Nun, sie hatte jetzt sechs Monate Zeit, über die Scheidung nachzudenken und darüber, wie sie vorgehen sollte. Ian konnte nun ebenfalls alles in Ruhe erwägen. Es war gut für sie beide, dass er in See gestochen war. Und doch musste sie zugeben, dass ihr die Vorstellung überhaupt nicht gefiel, ihn ein halbes Jahr lang weder sehen noch mit ihm reden zu können.

Seit jener Nachrichtensendung grübelte Cecilia immer wieder darüber nach, was sie an dem Tag hätte sagen sollen, als sie sich auf dem Friedhof begegnet waren. Sie bedauerte, so schnell verärgert reagiert zu haben, denn inzwischen hatte sie begriffen, dass Ian sie nicht hatte ärgern wollen, als er das Thema Kreditkarte ansprach. Er hatte sich nur ungeschickt ausgedrückt. Später wurde ihr auch klar, dass er seine wahren Gefühle nicht besser ausdrücken konnte als sie selbst, und sie wünschte, sie hätte ihn zum Abschied in die Arme genommen. Es hätte sich gut angefühlt, in seinen Armen zu liegen.

Cecilia packte gerade alles zusammen, um in den Feierabend zu gehen, als ihr Vater sie ansprach.

»Hast du das von Ian gehört?«, fragte er.

»Was gehört?«

»Er kommt vielleicht zurück.«

»Ian?«

»Du sagtest doch, er sei auf der *John F. Reynolds*?«

Cecilia zog verwirrt die Stirn kraus. »Willst du damit sagen, dass der Flugzeugträger wieder auf dem Weg nach Bremerton ist?«

»So klingt es jedenfalls. Zwei Seeleute haben sich darüber unterhalten, und sie meinten, mit der Navigationsanlage stimmt etwas nicht.«

Cecilia wusste, dass sie sich weder darüber freuen noch etwas auf das Gerede der Leute geben sollte. Solche Gerüchte hatte sie schon öfter gehört, und sie hatten sich nie als wahr erwiesen.

»Du kannst die beiden selbst fragen«, meinte Bobby und zuckte mit den Schultern.

»Ich denke, das werde ich.« Sie betrat die Bar, in der die Luft inzwischen völlig verqualmt war, weil die meisten Gäste rauchten. Zwei Seeleute saßen am Tresen vor ihrem Bier.

Cecilia ging zu ihnen. Die beiden Männer wandten sich ihr zu und lächelten sie freundlich an.

»Bobby hat mir gerade gesagt, ihr hättet Informationen über die *John F. Reynolds*?«

Einer der beiden nickte. »Magst du dich zu uns setzen?«

»Nein, danke, ich will gleich nach Hause. Könnt ihr mir sagen, was ihr wisst?«

Sichtlich enttäuscht wechselten die beiden einen Blick. »Ich habe einen Kumpel auf der *John F. Reynolds*«, sagte der Mann, der sie eingeladen hatte, zu bleiben. »Er hat mir per E-Mail mitgeteilt, dass sie technische Probleme haben.«

»Das Schiff kommt also zurück?« Hoffnung schwang in ihrer Stimme mit.

»Vielleicht. Er glaubt es jedenfalls, aber …«

»Für wie lange?«

»Er war sich nicht sicher, ob sie wieder den Hafen anlaufen. Das erfahren sie erst in ein oder zwei Tagen. Warum fragst du?«

»Mein Mann ist an Bord.«

Beide Männer warfen einen Blick auf ihre linke Hand, an der sie immer noch ihren schlichten Ehering trug.

»Du wirst sicher bald von ihm hören«, meinte der eine.

»Aber freu dich nicht zu früh«, fügte der andere hinzu.

Obwohl Cecilia wusste, dass er recht hatte, keimte Hoffnung in ihr auf. Ian kam vielleicht zurück – doch nur Gott und die Marine wussten, für wie lange.

Das Telefon klingelte, als Olivia gerade letzte Hand an ihr Make-up für die Essensverabredung mit Jack Griffin anlegte. Ein Blick auf die Uhr zeigte ihr, dass sie noch fünfzehn Minuten Zeit hatte, bis er sie abholen würde.

»Hallo«, meldete sie sich fröhlich, halb in der Erwartung, dass ihre Mutter am anderen Ende der Leitung war. Charlotte war mit Haut und Haaren Jacks Zauber verfallen und lobte ihn seit ihrer Begegnung am letzten Freitagabend in den allerhöchsten Tönen.

»Ich bin es. Stan.«

Ihr Ex-Mann war ein nüchterner Mensch und kam wie üblich direkt zur Sache. »Du hast von James gehört?«

Olivia hatte noch am selben Nachmittag, an dem Justine sie aufgeklärt hatte, mit ihrem Sohn und seiner Frau gesprochen. Das Gespräch war hochemotional verlaufen, sie hatte die beiden beglückwünscht, und es waren jede Menge Tränen geflossen, nicht nur bei ihr, sondern auch bei Selina. Sobald sie wieder etwas ruhiger geworden war, hatte sie die beiden noch einmal angerufen, um all die Fragen zu stellen, die sie beim ersten Telefonat vergessen hatte. »Ich habe letzte Woche zweimal mit ihm telefoniert«, sagte sie.

»Dann weißt du Bescheid.«

»Dass er verheiratet ist und demnächst Vater wird? Ja.«

»Und was hat es damit auf sich, dass James zum katholischen Glauben konvertiert ist?«

»Das fragst du ihn besser selbst.« Einen Moment schwieg sie, weil ihr die Frage durch den Kopf ging, warum er gerade diesen Punkt ansprach. »Du bist doch deswegen nicht sauer, oder?« Es würde sie wundern, wenn er es wäre. Stan hatte noch nie allzu viel mit Religion am Hut gehabt. Er hatte nichts dagegen gehabt, wenn sie zum Gottesdienst gegangen war oder die Kinder mitgenommen hatte, aber es hatte ihn auch nie wirklich interessiert. Seiner Meinung nach gehörte der Sonntagmorgen dem Golfspiel.

»Das ist mir völlig egal. Es überrascht mich nur.«

»Das dachte ich mir«, murmelte sie. »Er klingt glücklich, findest du nicht? Wann hast du mit ihm gesprochen?«

Stan zögerte. »Vor ein paar Minuten erst. Er schien es so eilig zu haben, dass ich dachte, du könntest mir mehr erzählen.«

Offenbar glaubte ihr Ex, sie wüsste mehr, als der Fall war. »Ich weiß nicht, was ich dir sagen soll. Unser Sohn ist verheiratet, und wir werden schon bald zum ersten Mal Großeltern werden.«

Stan lachte, aber es klang ein bisschen wehmütig. »Ich habe schon gezweifelt, ob das jemals geschehen würde.«

Ihre Anspannung ließ nach, und sie lächelte. Zwar waren die Umstände nicht so, wie sie sich das gewünscht hätte, aber die Aussicht auf ein Enkelkind machte sie unglaublich froh.

»Ich schätze, du wirst das Baby gnadenlos verwöhnen.«

»Das habe ich definitiv vor«, erwiderte sie, dabei war Stan der Nachsichtigere und Duldsamere von ihnen, und das wussten sie beide.

»Ich wünschte, James wäre etwas mitteilsamer gewesen«, murmelte er.

Olivia pflichtete ihm bei: »Ich habe beschlossen, zu ihnen zu fliegen, wenn das Baby geboren ist, Selina und ihre Familie kennenzulernen und sie in unserer Familie willkommen zu heißen.«

»Gute Idee. Ich habe ihnen einen Scheck über fünfhundert Dollar als Hochzeitsgeschenk geschickt.«

Stan war schon immer mehr als großzügig gewesen, und das sagte sie ihm auch. »Ich habe Blumen geschickt«, meinte sie reuevoll. »Mein richtiges Hochzeitsgeschenk bekommen sie, wenn ich sie besuche.«

»Er ist das erste unserer Kinder, das geheiratet hat – und er bekommt ein Baby. Das war das Mindeste, was ich tun konnte.«

Es klingelte an der Tür, und Olivia stellte überrascht fest, dass sie sich schon seit fünfzehn Minuten unterhielten. »Das ist meine Essensverabredung«, sagte sie.

»Du gehst mit einem Mann aus?« In der Frage schwang keine Eifersucht mit, nur Neugier.

Sie lachte leise. »Kling nicht so schockiert.«

»Ich bin nicht schockiert. Wer ist der Glückliche?«

»Jack Griffin. Er ist neu in der Stadt.«

»Dann lass ihn nicht warten.«

»Mach's gut, Stan. War schön, mit dir zu reden.«

»Danke, geht mir genauso, Olivia, und hör mal …«

»Ja?« Inzwischen hatte sie es eilig, aufzulegen.

»Mach dir einen schönen Abend. Du hast einen anständigen Mann in deinem Leben verdient.«

»Danke«, flüsterte sie, legte auf und betrachtete nachdenklich das Telefon. Das intensive Gefühl von Bedauern, das sie überkam, überraschte sie. Sie hatten einst eine gute Ehe geführt … Schon vor Jahren hatten sie sich scheiden lassen, aber trotzdem liebte sie Stan immer noch. Ja, sie hatten ihre Probleme gehabt, das war in jeder Ehe so, aber sie hatte daran geglaubt, dass ihre Bindung zueinander stark genug wäre, um eine Krise zu überstehen. Leider hatte sie sich geirrt, und doch würde sie ihm allezeit verbunden bleiben. Sie hatten gemeinsame Kinder und eine gemeinsame Geschichte, und nichts konnte daran etwas ändern.

Rasch eilte sie zur Haustür und öffnete. Jack stand vor der Tür und sah so aus wie jedes Mal, wenn sie ihn sah: Regenmantel, bequeme schwarze Hose und ein blaues Hemd, dessen oberste zwei Knöpfe offen standen. So allmählich fragte sie sich, ob er überhaupt etwas anderes zum Anziehen besaß.

»Wow«, sagte er bei ihrem Anblick. »Sie sehen fantastisch aus.«

Da sie davon ausgegangen war, dass formelle Kleidung angebracht war, hatte sie sich große Mühe gegeben. Das marineblaue Wollkleid war neu, der gerade geschnittene Rock hatte eine schmeichelhafte Länge, und das Oberteil mit den Goldknöpfen betonte ihre Figur. Bewusst hatte sie sich für hochhackige Schuhe und dunkle Strümpfe entschieden und als Farbkontrast die Perlenkette gewählt, die ihr Vater vor fünfzig Jahren in Japan gekauft hatte.

»Habe ich mich zu sehr herausgeputzt?« Die Frage war überflüssig. Sie hatten nicht darüber gesprochen, wo sie essen gehen wollten.

»Nein«, erwiderte er. »Ich bin zu leger gekleidet.«

»Mach dich nicht lächerlich – und lass uns zum Du übergehen. Wohin gehen wir?« Das hätte sie viel früher fragen sollen.

»Ich dachte ans *Taco Shack*«, erklärte er sichtlich verlegen.

Das Restaurant am Highway vor der Stadt war eine Art Rasthaus, wo die Gäste am Tresen ihre Bestellung aufgaben und sich selbst bedienten. Das Essen war ausgezeichnet, außerdem bekam man es schnell und günstig. Die Salsa wurde täglich frisch zubereitet, und jeder im County wusste, wie gut sie war.

»Ich ziehe mich um«, erklärte Olivia rasch und verschwand im Schlafzimmer, bevor Jack protestieren konnte. So viel zu einer heißen Verabredung. Sie hatte geglaubt, sie würden bei Wein und Kerzenlicht zusammensitzen, und er hatte an Tacos und Margaritas gedacht. Zum Glück war sie flexibel.

Als sie zurückkam, trug sie eine blaugrün karierte Wollhose und einen dazu passenden grünen Rollkragenpullover. »Das ist passender«, sagte sie, um Jack zu beruhigen.

»Es macht dir nichts aus?«

»Ich liebe das Taco Shack«, erklärte sie, und das entsprach der Wahrheit. Außerdem hätte ihr klar sein müssen, dass er sie nicht in ein feines französisches Restaurant ausführen würde. Jack war einfach der Typ für Tacos.

Er wirkte ausgesprochen erleichtert, als er sie zu seinem Auto begleitete. Offensichtlich hatte er sich Mühe gegeben, den Beifahrersitz zu säubern – alles, was darauf gelegen hatte, war jetzt auf und vor dem Rücksitz verteilt: zusammengeknüllte Tüten aus Fastfood-Restaurants, zerlesene Zeitungen, Bücher und anderer Kram, den sie nicht genauer erkennen konnte.

Jack schien blind dafür zu sein. Olivia war von Natur aus reinlich und ordentlich. Ein Blick in seinen Ford Taurus zeigte ihr, dass Jack Griffin das exakte Gegenteil von ihr war.

Ihr Sicherheitsgurt ließ sich nur mit Mühe schließen. Er hatte wohl selten einen Beifahrer im Wagen.

»Hast du schon mal pfannengerührte Jalapeños im Shack gegessen?«, fragte er sie, während sie aus der Stadt herausfuhren.

»Pfannengerührt? Das geht?«, fragte Olivia, für die das mehr nach chinesischer als nach mexikanischer Küche klang.

»Natürlich. Man brät sie, bis die Haut Blasen schlägt. Dann gibt man Limettensaft und grobes Meersalz darüber und serviert sie mit reichlich Wasser.«

»Du isst ganze Jalapeños?«

»Du nicht?«

Olivia probierte gelegentlich gern mal etwas Scharfes, aber an Speisen, die auf dem Weg in den Magen brannten wie Feuer, hatte sie kein Interesse. »Essen sollte nicht wehtun«, erklärte sie.

Jack lachte. »Du hast Humor. Ich wusste, es gibt einen Grund, warum ich dich mag.«

Olivia mochte ihn auch.

Er bog auf den Kiesparkplatz vor dem Taco Shack ein und eilte um den Wagen herum, um ihr beim Aussteigen zu helfen. Erst, als er die Wagentür zuschlug, fiel ihr auf, dass sie zerbeult war und nicht richtig schloss.

Als echter Gentleman hielt er ihr die Tür des Restaurants auf. Sie gingen zum Tresen und stellten sich an. Der Laden war verdientermaßen sehr beliebt. Olivia studierte die Speisekarte, eine handbeschriebene große Tafel, die von der Decke herabhing. Sie bestellte sich ein Menü, bestehend aus Käse-Enchilada, Bohnen-Burrito und Eistee. Jack entschied sich für etwas, von dem sie noch nie gehört hatte, und nahm dazu eine Portion pfannengerührte Jalapeños. Daraus schloss sie, dass er nicht vorhatte, sie zu küssen – definitiv eine Enttäuschung.

Sie sicherte ihnen Plätze am Fenster, die vor kaum einer Minute von einem anderen Paar geräumt worden waren. Als sie über die Bank des rot gestrichenen Picknicktisches stieg, war sie froh, sich umgezogen zu haben. Sie war schon Ewigkeiten nicht mehr hier gewesen und hatte völlig vergessen, wie rustikal das Lokal war. Das Fenster war mit einer Girlande geschmückt, die sie zunächst an eine rote Weihnachtslichterkette denken ließ, aber bei genauerem Hinsehen erkannte sie, dass sie aus glänzenden Paprikaschoten aus Plastik bestand. Sie fand es amüsant.

Jack brachte Servietten und Besteck an den Tisch sowie eine große Schüssel frische Salsa. Als ihre Bestellung aufgerufen wurde, holte er erst ihre Teller und dann die Getränke. Das Essen roch köstlich. Sie schloss die Augen und sog tief den Duft nach Jacks Jalapeños, Salsa und Koriander ein.

Während des Essens unterhielten sie sich angenehm über alle möglichen Themen: Lokalpolitik, die Zeitung, das Theaterstück, das sie sich beide angeschaut hatten. Sie hatte das Gefühl, ihn schon seit Jahren zu kennen. Dass er ihr Typ war, konnte sie nicht behaupten, aber so allmählich glaubte sie auch, gar keinen bestimmten Typ zu bevorzugen. Stan war Ingenieur und genau wie sie ein durch und durch organisierter Mensch.

»Sagte ich schon, dass mein Sohn kürzlich geheiratet hat?«, fragte sie beiläufig.

»Nein«, erwiderte Jack. »Das ist toll!«

»Er macht mich demnächst zur Großmutter.«

»Dann bist du die schönste Großmutter, die ich je gesehen habe«, erklärte er und lächelte dabei gewinnend.

Das tat ihrem Ego gut. »Sowohl seine Heirat als auch die Schwangerschaft seiner Frau waren eine wirkliche Überraschung für mich, aber das macht mir nichts aus.« Na ja, das stimmte nicht … jedenfalls nicht ganz. »James klang glücklich, und obwohl ich seine Frau noch nicht persönlich kennengelernt habe, scheint sie mir sehr nett zu sein.« Olivia hatte durchaus ihre Befürchtungen, aber sie wollte ihren Sohn und seine Entscheidungen nicht kritisieren. Schließlich war es sein Leben und nicht ihres.

»Als du vorhin gekommen bist, haben Stan und ich gerade am Telefon darüber gesprochen, dass wir demnächst Großeltern werden. Deshalb habe ich so lange gebraucht, um dir die Tür zu öffnen.«

»Du musst ein gutes Verhältnis zu deinem Ex haben.«

»Ich wünschte, wir wären so gut miteinander ausgekommen, als wir noch verheiratet waren«, scherzte sie. »Jetzt kommt seine Frau in den Genuss all dessen, was ich ihm beigebracht habe.«

»Stan hat wieder geheiratet?«

Olivia nickte.

Einen Moment hielt Jack den Blick auf sein Essen gesenkt. »Eric wird nie eigene Kinder zeugen können wegen der Krebsbehandlung, die er über sich ergehen lassen musste.«

Was bedeutete, dass Jack niemals Großvater werden konnte. »Das tut mir leid«, sagte Olivia.

»Das muss es nicht.« Offensichtlich wollte er das Thema wechseln. »Sprichst du oft mit Stan?«

»Nur, wenn es um die Kinder geht. Sie sind inzwischen beide erwachsen, sodass wir kaum einen Grund haben, uns gegenseitig anzurufen. Ich schätze, wir werden wieder etwas mehr in Kontakt stehen, wenn James' Baby geboren ist. Wie sieht das bei dir und deiner Ex aus?«

Jack zerriss seine Papierserviette, und als er begriff, was er getan hatte, wirkte er regelrecht entsetzt. »Ich habe seit Jahren nicht mehr mit Vicki gesprochen. Leider war unsere Scheidung eine bittere Angelegenheit.«

»Das tut mir leid«, wiederholte sie, denn sie konnte sehen, wie sehr es ihn quälte, über seine ehemalige Frau zu reden.

»Was ist heutzutage nur mit den Leuten los?«, fragte er. »Bleiben denn keine Ehepaare mehr auf Dauer zusammen?«

»Die Beldons haben kurz nach der Highschool geheiratet«, meinte Olivia und lenkte damit das Gespräch auf Bob, denn es interessierte sie, woher Jack ihn kannte.

»Ah, ja, Bob und Peggy.«

»Ich bin mit beiden zusammen auf der Highschool gewesen«, erläuterte Olivia.

»Sie waren damals schon ein Paar?«, fragte Jack.

»Seit der zehnten Klasse.«

»Bob war in Vietnam«, sagte Jack.

»Kennst du ihn daher?«

Er schüttelte den Kopf. »Wir haben uns später kennengelernt. Vor etwa zehn Jahren.«

Olivia wartete ab, ob er ihr erzählen würde, wie sie einander begegnet waren, aber er tat es nicht.

»Bob hat mir vorgeschlagen, mich für den Job hier in Cedar Cove zu bewerben. Ich wollte es langsamer angehen lassen und beschloss, sein Angebot anzunehmen, sein kleines Bed and Breakfast zu besuchen. Dabei habe ich mich sofort in die Gegend verliebt.«

»Also hast du dein ganzes Leben umgekrempelt.«

Ihre Blicke begegneten sich, und sie lächelten beide.

»Ich bin froh, dass ich das getan habe«, meinte er und bot ihr eine Jalapeño an.

Sie lehnte heftig kopfschüttelnd ab. »Darüber bin ich auch froh.«

Sehr froh!

In den frühen Stunden des Sonntagmorgens goss Cecilia sich ein Glas Milch ein und setzte sich an den kleinen Tisch in ihrer winzigen Küche. Die nackten Füße auf den zweiten Stuhl hochgelegt, lehnte sie sich zurück und schloss die Augen.

Sie war den ganzen Abend auf den Beinen gewesen, und ihre Zehen schmerzten. Besonders schlimm war es während ihrer Schwangerschaft gewesen. Sie wusste noch gut, wie stark ihre Knöchel beinahe jeden Abend angeschwollen waren. Von Beginn an hatte die Schwangerschaft ihr sehr zu schaffen gemacht, und sie hoffte, dass es bei der nächsten leichter werden würde. Dann wurde ihr bewusst, dass es keine nächste geben würde. Nie wieder wollte sie solchen emotionalen Schmerz, solches Leid riskieren.

Schluckweise trank sie ihre Milch, in der Hoffnung, so besser einschlafen zu können. Die *John F. Reynolds* hatte im Laufe des Tages wieder in der Marinewerft angelegt, genau wie vorhergesagt, und Cecilia fragte sich, ob sie von Ian hören würde.

Vermutlich nicht. Sie ging im Geiste all die Gründe durch, warum sie sich voneinander fernhalten sollten, als das Telefon klingelte.

Aufgeschreckt durch den unerwarteten Anruf griff Cecilia nach dem Hörer.

»Hallo.«

Schweigen in der Leitung.

Na toll, ein Telefonstreich. Wenn sie es sich hätte leisten können, die Anrufernummer anzeigen zu lassen, hätte sie umgehend zurückgerufen und dem Trottel am anderen Ende der Leitung die Meinung gegeigt.

»Hi.«

Ian.

Ihr verschlug es den Atem und die Sprache zugleich.

»Ich habe schon früher versucht, dich anzurufen, aber du warst nicht zu Hause«, sagte er.

»Ich habe gearbeitet.«

»Ich weiß. Ich hätte im Captain's Galley vorbeigeschaut, aber ich hatte dir ja versprochen, es nicht zu tun.«

Vermutlich wollte er sie so wissen lassen, dass er Wort gehalten hatte. »Ich bin erst vor Kurzem nach Hause gekommen.«

»Das dachte ich mir. Ich habe dich doch hoffentlich nicht geweckt?«

»Nein.«

»Wie geht es dir?«

Cecilia konnte im Hintergrund Verkehrslärm hören und ging davon aus, dass er von einem Münztelefon anrief. »Mir geht es gut.« In der einen Woche seit ihrer letzten Begegnung hatte sich nichts geändert.

»Du hast gehört, dass die *John F. Reynolds* wieder den Hafen anlaufen musste, oder?«

»Ja.« Sie erwähnte nicht, dass man in der Stadt schon am Mittwoch davon gehört hatte, also vor vier Tagen.

»Ich weiß nicht, wie lange wir hier festliegen werden. Vermutlich nicht lange.« Einen Moment herrschte Schweigen. »Ich möchte dich gern sehen. Wärst du bereit, mich zu treffen?«

Cecilia schloss fest die Augen. Sie konnte im Moment nicht klar genug denken, um ihm zu antworten. Ihr Gefühl sagte Ja, ihr Verstand Nein. Vermutlich würde sie einen großen Fehler begehen, wenn sie sich darauf einließ.

»Ich war diese Woche am College«, sagte sie, um der Frage erst einmal auszuweichen.

»Am Olympic College?«

»Ich habe mich für zwei Kurse eingeschrieben.«

»Das ist großartig!« Wenigstens Ian unterstützte und ermutigte sie, wenn ihr Vater schon nicht dazu bereit war. »Gibt es sonst noch etwas Neues?«

»Ich arbeite an den Wochenenden in der Bar, damit ich helfen kann, die Kreditkartenrechnungen zu bezahlen.« Und auch die Anwaltskosten. »Am Freitag war Zahltag, und da ich mit allen Zahlungen auf dem Laufenden bin, wollte ich das Geld, das übrig war, zur Bank bringen.«

»Gute Idee.«

»Das dachte ich auch, bis ich einen Schaufensterbummel gemacht habe.« Schon seit fast einem Jahr hatte sie sich nichts Neues mehr gekauft. Ihre letzte Anschaffung war die Umstandskleidung während ihrer Schwangerschaft gewesen. Die hatte sie vor Kurzem der Kleiderkammer gespendet. Letzte

Woche war die Versuchung, das Geld auszugeben, das sie übrig hatte, gewaltig gewesen. Die Frühjahrsmode sah so verlockend aus. Außerdem waren da neue interessante Bücher. Kosmetika. Ein wunderschönes Paar Schuhe. Sie seufzte. »Alles schrie förmlich danach, gekauft zu werden.«

»Und da hast du beschlossen, wenn du schon das Geld ausgibst, dann wenigstens für etwas Sinnvolles.«

Ian kannte sie gut. »Ja.«

»Gute Entscheidung. Wann hast du Unterricht?«

»Drei Tage die Woche, jeweils am frühen Morgen.« Sie hatte Glück gehabt, noch in die Kurse aufgenommen worden zu sein, denn das Semester hatte bereits begonnen. Weil der Unterricht am frühen Morgen stattfand, konnte sie an den Tagen nicht richtig ausschlafen, aber das war nicht so schlimm. In den Monaten nach Allisons Beerdigung hatte sie fast nur noch geschlafen. Der Schlaf war ihr willkommen, denn er erlöste sie wenigstens zeitweilig von ihrem Schmerz und ließ sie für ein paar Stunden vergessen.

»Fährst du mit dem Auto zum Unterricht?«

Cecilia lachte. »Ja, natürlich.«

»Dein Auto ist nicht mehr das zuverlässigste.«

Ihr Ford Tempo Baujahr 1993 hatte fast hundertfünfzigtausend Meilen auf dem Tacho. »Das geht schon«, wiegelte sie ab. »Wenn es Probleme macht, kann ich immer noch den Bus nehmen.« Kurz war die Fahrt mit dem Bus nicht gerade und bequem erst recht nicht, aber immerhin machbar.

Ian zögerte, als ringe er mit sich. »Du hast meine Frage nicht beantwortet«, sagte er schließlich.

»Du möchtest mich treffen?«

»Ja.«

»Warum?«

»Brauche ich dafür einen Grund? Du bist meine Frau.«

»Wir haben uns getrennt.«

»Erinnere mich nicht daran.«

Cecilia umklammerte den Telefonhörer fester. »Wir haben seit Monaten nicht miteinander geredet. Das weißt du doch. Warum ist es dir so wichtig, dass wir uns jetzt treffen?«

»Ich möchte dich etwas fragen.«

»Frag mich jetzt.«

»Nein«, erwiderte er entschlossen. »Das möchte ich dich lieber persönlich fragen, nicht am Telefon.«

»Wann?« Ihr war klar, dass ihre Fragerei nur eine Verzögerungstaktik war.

»Bald. Hör mal, ich weiß nicht, wie viel Zeit mir bleibt, bevor wir wieder auslaufen. Ich möchte dir einen Vorschlag machen.« Sie antwortete nicht. »Okay, okay, du hast ja recht. Wir haben uns getrennt, aber das war *dein* Wunsch.«

Zu der Zeit, als er aus der Wohnung auszog, war er mit der Trennung völlig einverstanden gewesen, und jetzt wollte er ihr die ganze Schuld zuschieben.

»Na schön, du willst mich nicht treffen«, stellte er knapp fest.

Cecilia seufzte. »Das stimmt so nicht.« In Wahrheit *wollte* sie ihn sehen. Sie wünschte sich das mehr als alles andere.

»Dann sag mir, wann.«

Sie schloss die Augen und presste die Fingerspitzen an ihre Stirn, während sie versuchte, einen klaren Gedanken zu fassen.

»Soll ich meinen Anwalt bitten, mit deinem Anwalt Kontakt aufzunehmen?«, fragte er.

»Nein!«, fauchte sie, wütend, dass er so etwas überhaupt vorschlagen konnte.

»Dann sag mir, wann ich zu dir kommen soll.«

»Du willst hierherkommen?« Damit hatte sie nicht gerechnet.

»Na schön, wir können uns auch woanders treffen«, lenkte er ein. »Wann und wo immer du willst. Du musst es mir nur sagen. Ich werde dich nicht noch einmal bitten.« In seiner Stimme lag auf einmal eine gewisse Schärfe.

»In Ordnung«, flüsterte sie. »Wie wäre es mit nächster Woche? Irgendwo in Bremerton? Such du's dir aus.«

Seine Erleichterung war selbst übers Telefon mit Händen greifbar. »Das war doch gar nicht so schwer, oder?«

Doch, das war es, furchtbar schwer sogar, und Ian wusste das.

»Wann hast du Zeit für ein Treffen?«, fragte sie und brachte die Worte kaum über die Lippen.

»Ich sage dir Bescheid. In Ordnung? Das hängt davon ab, wie es mit der *John F. Reynolds* weitergeht, aber auf jeden Fall bald.«

Soviel zu »wann und wo immer du willst«, aber er war nun mal Marinesoldat, und das Militär bestimmte sein Leben – und damit auch ihres.

6. Kapitel

Am Donnerstagnachmittag fand das monatliche Potluck Dinner im Jackson Senior Center statt, das nach dem langjährigen Washingtoner Senator Henry M. Jackson benannt worden war. Charlotte freute sich jedes Mal auf diese Treffen mit ihren besten Freundinnen. Man kam zusammen, erzählte einander das Neueste, genoss ein fantastisches Büfett, zu dem alle beigetragen hatten, und hörte sich einen Vortrag an, normalerweise von jemandem aus der Gemeinde. Im Januar hatte ein Politiker eine Rede gehalten, ein Schwätzer, wie Charlotte befand. Im Dezember hatte der Sherriff Sicherheitstipps für Senioren gegeben. Sein Vortrag war ganz besonders gut angekommen, er war interessant und informativ gewesen.

Wie der Zufall es so wollte, sollte in der ersten Februarwoche Jack Griffin am Rednerpult stehen. Um nichts in der Welt hätte Charlotte seinen Vortrag verpassen wollen. Sie kam schon frühzeitig und belegte einen Tisch für ihre Freundinnen, die ebenso gern strickten wie sie. Den Platz neben sich hielt sie frei für Jack.

»Huhu, Laura«, rief sie und winkte ihrer Freundin zu, damit sie wusste, welchen Tisch sie ansteuern musste. Bei diesen Veranstaltungen saßen die Damen aus der Strickgruppe immer zusammen, und da Charlotte als inoffizielle Gruppenleiterin fungierte, wurde von ihr erwartet, dass sie früh genug kam, um einen Tisch für die Gruppe zu ergattern. Diese Aufgabe übernahm sie immer gern.

Laura nickte ihr zu und trug ihre Schüssel mit Russischen Eiern hinüber zum Büfett. Das Rezept ihrer Freundin war einfach umwerfend – sie füllte sie nicht etwa mit der üblichen Mischung aus Eigelb und Mayonnaise, sondern mit einem Krabben-Garnelen-Salat. Monat für Monat gehörte ihre Schüssel zu den ersten, über die man sich hermachte.

Charlotte hatte die Brokkoli-Lasagne zubereitet, deren Rezept sie der Totenwache von Lloyd Iverson zu verdanken hatte. Sie hatte ein bisschen damit experimentiert und sie nach eigenem Gusto verfeinert: mit Pilzen zum gebratenen Bacon und überbacken mit einer Mischung aus Cheddar und Mozzarella. Dieses Mal war ihr die Entscheidung, was sie zum Potluck mitbringen sollte, schwergefallen, da sie in letzter Zeit eine ganze Reihe ausgezeichneter Rezepte gesammelt hatte. So war das nun mal, wenn man in drei Wochen drei Beerdigungen besuchte. Das Dessertrezept vom letzten Montag, aus Zitronenpudding und Sahnefrischkäse, war die zweistündige Totenwache mehr als wert gewesen, auch wenn sie Kathleen O'Haras Mann nicht sonderlich gemocht hatte.

Laura gesellte sich zu ihr, kurz darauf folgten Evelyn und Helen. Die drei saßen kaum, da griffen sie auch schon nach ihren Desserttellern, eilten ans Büfett und holten sich ihren Anteil. Jeder machte das so. Charlotte gefiel das zwar nicht, aber nur, wer sich frühzeitig sein Dessert reservierte, konnte sicher sein, dass er etwas davon abbekam.

»Ah, Jack ist auch gerade gekommen«, sagte Charlotte und lief rasch durch den schmalen Gang zwischen den Tischen zu ihm hinüber.

»Jack!«, rief sie. Angesichts ihrer Prahlerei sollten ihre Freundinnen sehen, dass der Redakteur sie als seine persönliche Freundin betrachtete. Also schloss sie ihn vor aller Augen in die Arme, damit es auch jeder mitbekam, und war froh, dass er ihre Umarmung erwiderte.

Mary Berger, die Leiterin des Seniorenzentrums, trat zu ihnen und streckte Jack ihre Hand entgegen. »Es freut mich sehr, dass

Sie heute Abend kommen konnten, Mr. Griffin«, begrüßte sie ihn förmlich und warf Charlotte einen stirnrunzelnden Blick zu.

»Das Vergnügen ist ganz meinerseits.« Über Marys Kopf hinweg zwinkerte er Charlotte zu.

Die wurde unwillkürlich rot. Oha, dieser junge Mann war ja ein Herzensbrecher, und sie war keineswegs immun gegen seinen Charme. Jetzt musste nur noch Olivia endlich aufwachen und begreifen, welcher Schatz da auf sie wartete. Sie hoffte jedenfalls von Herzen, dass er der richtige Mann für ihre Tochter war. Charlotte hatte ihn auf Anhieb sympathisch gefunden, und es kam nicht allzu oft vor, dass sie sich so rasch für einen Mann erwärmen konnte. In letzter Zeit geschah ihr das anscheinend öfter. Erst Tom Harding, jetzt Jack Griffin, und beide waren neu in der Stadt.

»Ich habe dir einen Platz an meinem Tisch freigehalten«, informierte sie Jack, schließlich wollte sie unbedingt, dass ihre Freundinnen ihn kennenlernten.

»Das geht nicht, ich habe für Jack bereits einen Platz am Ehrentisch reserviert«, warf Mary ein und funkelte Charlotte zornig an.

»Aber Jack und ich sind befreundet«, erklärte Charlotte in der Gewissheit, dass er ihre Gesellschaft vorziehen würde, anstatt bei den Wichtigtuern zu sitzen, die den Seniorentreff leiteten.

»Überlassen wir die Entscheidung doch einfach Jack«, schlug Mary vor, trat einen Schritt zurück und verschränkte die Arme vor der Brust. Ihre Miene ließ erkennen, dass sie sich seiner Entscheidung sicher war.

Jack lächelte. »Nun, es ist schon lange her, dass zwei so nette Frauen um mich gewetteifert haben.«

Mary warf Charlotte ein zuckersüßes Lächeln zu, und die hatte Mühe, sich nicht zu übergeben.

»Was haltet ihr davon, wenn ich mich zum Essen zu Charlotte und ihren Freundinnen setze«, sagte Jack, »und mich dann zum Dessert zu Mary und ihren Freunden geselle?«

»Ein ausgezeichneter Vorschlag«, befand Charlotte. Ohne zu zögern, nahm sie ihn fest am Arm und führte ihn resolut an den Tisch, an dem ihre Freundinnen warteten, damit gar nicht erst jemand auf die Idee kam, ihn anzusprechen und aufzuhalten.

Charlotte wusste, dass Evelyn und Helen darauf brannten, sich mit Jack zu unterhalten. Sie hatten beide Ideen für Zeitungsartikel, die sie mit ihm besprechen wollten. Ihre Freundinnen waren der Meinung, die Gemeinde ignoriere die älteren Mitbürger und ihren Beitrag zum Gemeindeleben zu sehr. Jetzt, da Jack Chefredakteur der Zeitung war, würde sich das ändern, glaubte Charlotte.

Genau wie erwartet, eroberte Jack ihre Freundinnen im Sturm, und das kostete ihn kaum mehr als ein Lächeln. Da sie ihn schon an dem Abend, an dem sie im Theater nebeneinandergesessen hatten, in Beschlag genommen hatte, war sie bereit, ihn jetzt weitgehend ihren Freundinnen zu überlassen. Die Damen stürzten sich auf ihn wie auf ein Stück Sahnetorte, begierig, ihn ihre Meinung zur Lokalzeitung wissen zu lassen.

Evelyn und Helen redeten ohne Punkt und Komma und unterbreiteten ihm pausenlos ihre Ideen und Themenvorschläge.

»Meine Damen, Sie haben recht.«

Freudestrahlend nahmen Charlottes Freundinnen diese Anerkennung entgegen.

»Was der *Cedar Cove Chronicle* braucht, ist eine Seite speziell für Senioren. Interviews, Gesundheitsthemen …«

»Rezepte«, warf Charlotte ein.

Mit dem Zeigefinger auf sie weisend, stimmte Jack zu: »Rezepte.«

»Manchmal habe ich das Gefühl, dass die jungen Leute die Geschichte unserer Stadt weder verstehen noch schätzen«, fügte Laura hinzu. »Wusstet ihr, dass Cedar Cove in den letzten hundert Jahren drei verschiedene Namen hatte?«

»Drei?« Charlotte wusste nur von zweien.

»Mich interessiert mehr, *warum* der Name geändert wurde«, warf Jack ein. »Laura, Sie scheinen es zu wissen. Schreiben Sie mir einen Artikel darüber für die nächste Ausgabe, und ich werde ihn veröffentlichen.«

»Aber werden die Leute das auch lesen?«, fragte Laura zweifelnd.

»Das werden sie, dafür sorge ich schon«, versicherte Jack.

Charlotte lachte in sich hinein. Sie konnte sich vorstellen, wie er das tun würde – mit einer irreführenden Schlagzeile, die garantiert die Neugier der Leser wecken würde.

»Ihre Ideen gefallen mir«, sagte er zu den Frauen. »Wer von Ihnen ist bereit, die leitende Betreuung der Seniorenseite zu übernehmen?«

Laura, Evelyn, Helen und Bess, das stillste Mitglied der Strickgruppe, schauten einmütig Charlotte an.

»Wenn es darum geht, dass etwas angepackt und erledigt wird, dann sollte man Charlotte darum bitten – jeder weiß das«, erklärte Bess und lief rot an. »Sie hat mehr Tatkraft als wir alle zusammen.«

Jack grinste. Scheinbar gefiel ihm der Gedanke, mit ihr zusammenzuarbeiten. »In Ordnung«, murmelte Charlotte. Sie musste verrückt geworden sein, sich noch eine Arbeit aufzuhalsen. »Ich werde das übernehmen, aber ich brauche Hilfe dabei.«

»Wir werden dich alle unterstützen«, versprach Laura.

»Komm mit deinen Ideen zu mir«, sagte Jack, »dann arbeiten wir gemeinsam daran.«

Diese wenigen Worte reichten ihr als Ansporn. Ihr lag daran, dass sich die Beziehung zwischen Jack und ihrer Tochter weiterentwickelte, und eine bessere Gelegenheit, ihn mit Informationen über Olivia zu versorgen, gab es nicht. Ihre Tochter brauchte ein wenig Hilfe von ihrer Seite. Das war schon so gewesen, als Olivia noch ein schüchterner Teenager gewesen war.

Damals hatte Charlotte mit Betty Nelson gesprochen, damit diese ihren Sohn dazu brachte, Olivia zum Schulabschlussball einzuladen. Olivia hatte nie erfahren, dass diese Verabredung von den beiden Müttern arrangiert worden war – was sie nicht wusste, tat ihr auch nicht weh.

Hochzufrieden mit der Entwicklung der Ereignisse genoss Charlotte ihr Mittagessen. Viel zu schnell musste Jack sie verlassen, um am Ehrentisch Platz zu nehmen. Kaum war er außer Hörweite, beugte Charlotte sich zu ihren Freundinnen hinüber. »Ist er nicht ein Schatz?«

Alle gaben ihr recht. Die Strickgruppe hatte ihn in ihr Herz geschlossen. Es war auch niemandem entgangen, dass er sich entschieden hatte, sich zum Essen an ihren Tisch zu setzen. Charlottes Ansehen war dadurch beträchtlich gestiegen.

»Er trifft sich mit meiner Tochter, wisst ihr«, verkündete sie. Es fiel ihr schwer, sich nicht allzu sehr damit zu brüsten.

»Jack trifft sich mit Olivia?« Erstaunt riss Laura die Augen auf.

»Ja, und so, wie ich das sehe, passen die beiden perfekt zueinander.« Charlotte setzte große Hoffnung in diese Beziehung. Sehr große Hoffnung.

»Er ist ein guter Mann«, flüsterte Bess, »aber schon ein bisschen ungeschliffen, findest du nicht?«

»Wie meinst du das?«, ergriff Charlotte sofort Partei für Jack. Auch wenn er sich nicht gerade elegant kleidete, so war er doch ehrlich und aufgeschlossen. Obendrein schätzte er ihrer aller Ansichten. Zum ersten Mal nahm jemand, der bei der Zeitung arbeitete, ihre Vorschläge ernst.

»Ich weiß nicht.« Bess zuckte mit den Schultern und griff nach ihrem Strickzeug. »Versteh mich nicht falsch. Ich mag Mr. Griffin, aber ich glaube, er ist schwer durchschaubar.«

»Soll ich im Internet nach ihm fahnden?«, fragte Evelyn heiser flüsternd.

»Das ist doch lächerlich«, murrte Charlotte. Evelyn hatte früher als Lehrerin gearbeitet und vor einiger Zeit einen Computerkurs belegt. Seitdem war sie geradezu unerträglich geworden. Ständig erzählte sie, was sie alles über ihre Mitmenschen herausfinden konnte. Offenbar hält sie sich für eine Privatdetektivin, dachte Charlotte verärgert.

Bevor das Thema weiter vertieft werden konnte, stand Mary Berger auf, um Jack vorzustellen, und er trat ans Podium. Lampenfieber hatte er ganz offensichtlich nicht.

Charlotte fand das, was er zu sagen hatte, faszinierend. Er begann mit einer Schilderung seines ersten Besuchs in Cedar Cove und den Eindrücken, die er von der Stadt gewonnen hatte. Bob Beldon hatte erwähnt, dass der *Cedar Cove Chronicle* einen neuen Redakteur suchte. Jack hatte das Glück, an dem Wochenende in die Stadt gekommen zu sein, an dem der alljährliche Seagull Calling Contest stattgefunden hatte, und seine Schilderung dieses Tages sorgte dafür, dass seine Zuhörerschaft sich vor Lachen kringelte.

Seine Rede war die unterhaltsamste, die sie hier jemals gehört hatten, und die dreißig Minuten vergingen wie im Flug.

Die Senioren dankten ihm, indem sie sich von ihren Plätzen erhoben und anhaltend applaudierten.

»Ist dir aufgefallen«, flüsterte Bess ihr ins Ohr, während sie aufstanden, um zu applaudieren, »dass er kein Sterbenswörtchen über seine Vergangenheit verraten hat?«

»Doch, das hat er«, widersprach sie, bevor ihr klar wurde, dass ihre Freundin recht hatte. Nun, es war ihr egal. Wo er gelebt und gearbeitet hatte, bevor er nach Cedar Cove gezogen war, spielte keine Rolle. Sie hatte schon immer eine gute Menschenkenntnis besessen, und ihr Instinkt sagte ihr, dass sie Jack Griffin vertrauen konnte. Außerdem hatte Olivia ihr erzählt, dass Jack aus der Gegend um Spokane stammte.

Später siegte dann doch ihre Neugier. Bess und Laura hatten recht: Man konnte nie vorsichtig genug sein. Außerdem ging es jetzt auch um ihre Tochter, und das bedeutete, dass sie verpflichtet war, alles an Informationen an den Tag zu bringen, was sie finden konnte.

Unter dem Vorwand, mehr über die geplante Seite für Senioren im *Cedar Cove Chronicle* erfahren zu wollen, machte Charlotte einen Abstecher zur Zeitungsredaktion neben dem Waschsalon im Seaview Drive. Seit Jahren war sie nicht mehr dort gewesen.

Die Redaktionsräumlichkeiten waren in einem Neubau untergebracht, und sie registrierte wehmütig die ordentlichen Schreibtischreihen mit den Computerbildschirmen. Innerlich sehnte sie sich nach der Zeit zurück, in der Tintengeruch in der Luft hing, Reporter ins Telefon brüllten und in ihren Schubladen Schnapsflaschen versteckt hatten. So, wie man es in den Kinofilmen aus den Vierzigerjahren sah. Vielleicht hatte sie dabei auch die Fernsehserie »Lou Grant« vor Augen. Solche Zeitungsleute gab es nicht mehr, aber Jack Griffin fand trotzdem Gnade vor ihren Augen.

Er kam aus seinem Büro, um sie persönlich zu begrüßen. »Hat dir mein Vortrag gestern gefallen?«

»Sehr«, versicherte sie, »aber ich war enttäuscht, dass ich nicht mehr über dich erfahren habe.«

»Über mich?« Er lachte leichthin. »Was könnte an mir interessant sein?«

»Zum Beispiel, bei welchen Zeitungen du schon warst.«

Daraufhin nannte er eine Reihe von Zeitungen, für die er im Laufe der Jahre gearbeitet hatte. Sowohl die Liste der Städte als auch die Positionen, die er innegehabt hatte, klangen beeindruckend. Am Ende seiner Aufzählung schien er auf eine Reaktion ihrerseits zu warten.

»Nun ja«, meinte Charlotte seufzend, »das klingt großartig.«

»Und langweilig. Genau deshalb habe ich in meinem Vortrag lieber über etwas Unterhaltsameres gesprochen. Es tut mir leid, dich damit enttäuscht zu haben.«

»Oh, aber *mich* doch nicht«, erwiderte sie rasch. Enttäuscht waren ihre misstrauischen Freundinnen gewesen, die Jack nicht annähernd so gut kannten wie sie.

Ian bat Cecilia, ihn im thailändischen Restaurant in Bremerton zu treffen, in das er sie damals zu ihrer ersten offiziellen Verabredung ausgeführt hatte. Den Ort ihres Treffens hatte er bewusst gewählt, weil er hoffte, seine Frau habe an jenen Abend genauso schöne Erinnerungen wie er.

Cecilia willigte ein, obwohl eine Essensverabredung an einem Donnerstagabend für sie bedeutete, dass sie jemanden finden musste, der im Captain's Galley ihre Schicht übernahm. Ian bedauerte das zwar, aber anders konnte er es nach drei Tagen Dienst rund um die Uhr nicht einrichten. Die *John F. Reynolds* würde vermutlich nicht mehr lange im Dock liegen, und deshalb war es durchaus möglich, dass dieser Abend seine einzige und letzte Gelegenheit blieb, vor dem erneuten Auslaufen Zeit mit Cecilia zu verbringen.

Er wartete bereits am Tisch, als Cecilia eintraf. Während sie auf ihn zukam, wurde ihm wieder einmal bewusst, wie schön und liebenswert sie war. Sie sah besser aus – gesünder – als seit Monaten. Nach Allisons Tod hatte sie mehr Gewicht verloren, als gut für sie war, aber das war noch nicht alles gewesen. Ihm schien, als hätte seine Frau aufgegeben, auf sich selbst zu achten. Sie gab sich keine Mühe mit ihrer Frisur, schminkte sich nicht mehr und unterließ auch sonst alles, was sie als frischverheiratete Frau noch getan hatte. Ihr Liebesleben hatte genauso darunter gelitten wie alles andere in ihrer Beziehung. Er versuchte, ihr zu helfen, aber jeder seiner Vorschläge ging ins Auge. Er bat seine Mutter, anzurufen und mit ihr zu reden, aber das nahm Cecilia ihm übel. Vielleicht wäre alles anders gekommen, wenn sie sich persönlich getroffen hätten … aber seine Eltern lebten in Georgia. Seine Mutter bot an, nach Washington zu fliegen – doch Cecilia lehnte ab. Ian versuchte, einen Termin mit einem Psychologen der Marine zu arrangieren, aber sie weigerte sich hinzugehen. Er redete mit ihrer Mutter, aber Cecilia machte ihm Vorwürfe, weil er sich einmischte. Auch wenn er Sandra Merrick nicht kritisieren wollte, spürte er, dass sich ihr Mitgefühl nicht gerade positiv auf Cecilia auswirkte. Soweit er das beurteilen konnte, machte Sandra ihrer Tochter nicht etwa Mut, ihre Trauer zu verarbeiten, sich zu erholen und wieder nach vorn zu schauen. Und weil Cecilia seine Familie nicht kannte, interessierte sie sich auch nicht für ihre Bemühungen, ihr zu helfen. Seine eigenen Versuche, sie emotional zu erreichen, scheiterten. Dabei litt auch er unter dem Verlust! Cecilia war wütend auf ihn, und so irrational ihr Zorn auch war, er verstand sie. Trotzdem hätte er nicht bei ihr sein können, als Allison starb. So einfach war das.

»Du schaust so finster drein«, lautete ihre Begrüßung.

Vermutlich stimmte das. Wenn er über die Ereignisse des letzten Jahres nachdachte, deprimierte ihn das unweigerlich.

Er stand auf und rückte ihr den Stuhl zurecht. Ian wusste noch gut, wie sie ihm nach ihrer ersten Verabredung erzählt hatte, dass diese kleinen altmodischen Gesten sie beeindruckt hatten. Das hatte er seinem Vater zu verdanken. Denny Randall hatte großen Wert auf Etikette gelegt und seine vier Söhne zu Gentlemen erzogen.

»Ich bin froh, dass du gekommen bist.«

Lächelnd griff Cecilia nach ihrer Leinenserviette und breitete sie auf ihrem Schoß aus, bevor sie die Speisekarte zur Hand nahm. Zwar entschieden sie sich immer für dasselbe Gericht, nämlich Phad Thai, aber ein Blick auf die Speisekarte konnte nicht schaden.

Ian vermutete, dass sie bereits bereute, sich auf das Treffen eingelassen zu haben. Wenn er ihr erklärte, warum er sie hergebeten hatte, würde sie vielleicht ihre Meinung ändern. Das hoffte er jedenfalls. Er vergaß immer wieder, dass er sie eigentlich nicht mehr lieben sollte, denn er liebte sie nun einmal. Hatte nie aufgehört, sie zu lieben.

Die Kellnerin trat an ihren Tisch, und sie gaben ihre Bestellung auf. Leicht überrascht hörte Ian, wie Cecilia etwas Ungewohntes bestellte. Was genau, hatte er nicht verstanden. Vielleicht wollte sie ihn auf diese Weise wissen lassen, dass sie bereit war, etwas Neues auszuprobieren, sich zu verändern. Er war sich jedoch nicht sicher, ob er nicht einfach nur nach Anzeichen für eine entsprechende Entwicklung Ausschau hielt und zu viel in ihr Verhalten hineininterpretierte. Und wenn es tatsächlich etwas zu bedeuten hatte – war es etwas Gutes?

Sobald die Kellnerin gegangen war, setzte Ian an, Cecilia seinen Vorschlag zu unterbreiten.

»Ich freue mich wirklich, dass du dich für diese College-Kurse eingeschrieben hast«, sagte er. »Wie läuft es denn?«

»Gut, auch wenn ich das Gefühl habe, mindestens tausend Jahre älter als alle anderen Kursteilnehmer zu sein.«

Dabei war sie erst vier Jahre zuvor von der Highschool abgegangen. Er war hingegen schon zwei Jahre älter als seine Frau.

»Dein Auto macht dir doch hoffentlich keine Probleme?«

»Nein.« Das klang beinahe trotzig.

»Gut.« Er wollte sie unbedingt spüren lassen, wie sehr er es begrüßte, dass sie wieder zur Schule ging. Sie hatten sich etliche Male über ihre Arbeit im Restaurant gestritten. Cecilia glaubte, er sei eifersüchtig wegen der Männer in der Bar. Vielleicht war das auch tatsächlich einer der Gründe für seine Reaktion, aber der wahre Kern des Ganzen lag tiefer. Er sah, dass Cecilia ihr Talent und ihr Potenzial in dieser Bar verschwendete. Sie war klug, ein ganzes Ende klüger, als sie selbst glaubte.

Sie warf ihm einen Blick zu, und Ian musste sich zusammenreißen, um nicht über den Tisch zu reichen und seine Hand auf ihre zu legen. Manchmal sehnte er sich schmerzlich danach, sie einfach nur zu berühren. Seit Monaten hatte er sie weder in den Armen gehalten noch geküsst. Nach Allison schien jegliche körperliche Anziehungskraft, die sie einmal für ihn empfunden hatte, gestorben zu sein.

»Mein Auto ist erst zwei Jahre alt«, fuhr er fort.

Doch sie reagierte nicht darauf. Vielleicht glaubte sie, er wolle angeben.

»Ich weiß, dass du dich fragst, warum ich dich unbedingt treffen wollte. Es hängt mit meinem Auto zusammen.« Jetzt hatte er ihre Aufmerksamkeit – immerhin ein Anfang. »Ich möchte, dass du es fährst, solange ich fort bin.« Ihr war anzusehen, dass sie widersprechen wollte. »Es ist zuverlässiger, vor allem frühmorgens«, fügte er rasch hinzu, in der Hoffnung, sie würde erkennen, wie vernünftig es wäre, sein Angebot anzunehmen.

Sie schüttelte den Kopf. »Ich weiß das zu schätzen, aber …«

»Offen gestanden würdest du mir damit einen Gefallen tun.« Sie glaubte ihm nicht, das konnte er sehen. »Ich meine das ernst.«

»Aber …«

»Es ist nicht gut, wenn der Motor sechs Monate stillsteht«, fügte er unbeirrbar hinzu. »Aus diesem Grund verleihen eine Menge der Jungs ihre Autos, wenn sie auf See sind.« Ob das stimmte oder nicht, wusste Ian nicht, aber es wäre zumindest logisch.

»Ich … ich weiß nicht recht.«

Ihre Speisen wurden an den Tisch gebracht, und Ian sah sich genauer an, was Cecilia bestellt hatte. Hühnerbrust auf Spinat mit Erdnusssoße. Er hatte nicht gewusst, dass sie Spinat mochte. Auch wenn es nur eine Kleinigkeit war, so zeigte es ihm doch, dass sie immer noch eine ganze Menge nicht übereinander wussten.

»Was meinst du?«, fragte er. »Wegen des Autos.«

»Wir stecken in einer Scheidung, Ian.«

Daran wollte er nicht erinnert werden. »Das hat doch nichts damit zu tun.«

»Aber …«

»Die Entscheidung liegt bei dir, aber wie gesagt: Ich werde das Auto verleihen, und wenn du es benutzen möchtest, ist mir das recht. Wenn nicht, überlasse ich es einem Freund.« Das würde er vermutlich nicht tun, aber sie sollte es glauben.

»Du musst das nicht tun.«

»Ich wäre weniger besorgt um dich.« Es war nicht unbedingt klug, das zuzugeben, aber es entsprach der Wahrheit. Wenn sie jeden Morgen mitten im dicksten Berufsverkehr mehr als zwanzig Meilen zurücklegen musste, dann war es ihm lieber, sie in einem zuverlässigeren Auto zu wissen als in ihrer eigenen Schrottkiste.

Endlich lächelte sie, und schon war ihm, als hätte sich alles in der Welt zum Guten gewendet. »Das ist wirklich rücksichtsvoll von dir.«

Verdammt, war es schwer, sie nicht zu berühren. Doch er ließ sich nichts anmerken und zuckte mit den Schultern, als würden ihm ihre Worte nichts bedeuten. »Ich tue es vor allem für mich und das Auto.«

Ihr Lächeln erlosch.

»Wie schon gesagt, du würdest mir damit einen Gefallen tun.«

Sie aßen und tranken gemeinsam noch einen Tee. Dabei ließen sie sich Zeit. Nach etwa anderthalb Stunden füllte sich das Restaurant, und die Kellnerin gab ihnen mehr oder weniger deutlich zu verstehen, dass sie ihren Tisch räumen sollten, aber Ian wollte nicht, dass der Abend schon zu Ende ging.

»Was hältst du davon, noch ins Kino zu gehen?«, fragte er in der Hoffnung, sie würde Ja sagen.

Zu seiner Überraschung nickte sie lächelnd.

Freude erfüllte ihn … und Optimismus. Welchen Film sie sich ansahen, war ihm völlig egal, solange er nur neben ihr sitzen und so tun konnte, als wären die letzten acht Monate nie geschehen.

Er überließ Cecilia die Wahl des Films, und während er die Eintrittskarten kaufte, holte sie eine Tüte gebuttertes Popcorn. Sie saßen in der hintersten Reihe, und weil es Donnerstagabend war, war das Kino fast leer. Nur noch ein Paar tauchte auf, bevor die Vorschau begann, und die beiden setzten sich weit nach vorn.

Ian legte seinen Arm über die Rückenlehne von Cecilias Sitz.

»Bei unserer ersten Verabredung waren wir auch in dem thailändischen Restaurant und anschließend im Kino«, meinte sie beiläufig.

Als könnte Ian das jemals vergessen. »Tatsächlich?«

»Ja.« Cecilia nahm sich eine Handvoll Popcorn.

»Habe ich dich geküsst?«

Sie schaute ihn verdutzt an. »Sag bloß, du weißt das nicht mehr?«

Er drückte ihre Schulter. »Ich weiß noch alles, was bei der Verabredung geschehen ist«, flüsterte er. Und alles, was bei jeder der folgenden geschehen war. Im ersten Monat nach ihrem Kennenlernen hatte er an nichts anderes denken können als an sie. Dass die Marine diese Zeit überstanden hatte, war nicht ihm zu verdanken, denn er war mit seinen Gedanken ganz und gar nicht bei seiner Arbeit gewesen.

Außer der Etikette hatte sein Vater ihm auch alles Nötige über Verhütung beigebracht. Aber alles Wissen war vergessen gewesen, als Cecilia und er sich zum ersten Mal geliebt hatten. Normalerweise handelte er nicht verantwortungslos, aber er war so verrückt nach ihr, dass sie beide alle Vorsicht in den Wind schlugen. Ihm war es gleichgültig, denn er liebte sie. Wenn sie schwanger wurde, hätte er gleich die richtige Ausrede, sie auf der Stelle zu heiraten. Er wollte sie heiraten. Mit dieser Einstellung musste es früher oder später passieren – und bei ihnen passierte es eher früher.

Er brauchte Wochen, um sie dazu zu überreden, ihn zu heiraten. Das hatte seinem Selbstbewusstsein sehr zugesetzt. Die gescheiterte Beziehung ihrer Eltern hatte Cecilia in Bezug auf die Ehe traumatisiert – zu groß war die Angst vor dem Scheitern –, und ironischerweise war sie jetzt diejenige, die die Scheidung wollte.

»Ich erinnere mich noch gut an unseren ersten Kuss«, sagte sie leise.

»Tatsächlich?« Ian war überrascht, dass sie das zugab.

»Niemand hat mich jemals so geküsst, wie du … das getan hast.«

»Immer noch tue«, korrigierte er, beugte sich über sie und streifte ihre Lippen mit seinem Mund. Es war ihm egal, ob sie womöglich jemand beobachtete. Dieser Kuss war ein Experiment, ein Versuch herauszufinden, wie sie darauf reagierte. Als ihre Lippen sich öffneten und ihre Zungenspitze die seine berührte, hatte Ian Mühe zu verhindern, dass er laut aufstöhnte. Ihre Lippen waren weich und schlüpfrig von der Butter, und sie schmeckte nach Popcorn und Salz. Sein Puls raste. Er liebte sie so sehr.

Er wusste, dass er aufhören sollte. Sie waren schließlich keine Teenager, die sich nirgendwohin zurückziehen konnten, wo sie ungestört waren. Außerdem wollte Ian auf keinen Fall, dass ihn jemand dabei ertappte, wie er im Kino mit seiner Frau herummachte. Aber diese Gedanken wurden, kaum dass sie aufkamen, durch eine ganze Reihe überzeugender Gründe verdrängt, warum er genau das tun sollte, was er tat.

»Ian«, flüsterte sie, und er löste sich nur langsam von ihr. Mit geschlossenen Augen lehnte er seine Stirn an ihre.

»Danke, dass du mir deinen Wagen überlässt.«

Er wollte ihr sagen, wie sehr er sie liebte, aber er hatte Angst, dass sie dann zurückschrecken würde und der Augenblick ruiniert wäre.

»Ich werde gut darauf aufpassen«, versprach sie.

»Mir wäre es lieber, du würdest gut auf dich aufpassen«, gab er flüsternd zurück.

Dann begann der Film, und Cecilia lehnte sich zurück, ließ den Kopf auf seine Schulter sinken. Er legte seinen Arm um sie, und sie ließ es geschehen. Ian hatte keine Ahnung, worum es in dem Film ging. Er dachte nur an Cecilia, schwelgte in Erinnerungen an die erste Zeit ihrer Beziehung und genoss ihre Nähe.

Als der Film zu Ende war, verließen sie langsam das Kino, aber Ian war noch nicht bereit, sich von ihr zu trennen. »Ich möchte mit zu dir nach Hause kommen«, sagte er, als er neben ihrem Auto an der offenen Fahrertür stand. Und um gar nicht erst Missverständnisse darüber aufkommen zu lassen, was er vorhatte, küsste er sie noch einmal, innig und intensiv.

Die Augen immer noch geschlossen, beendete Cecilia schließlich den Kuss und ließ den Kopf sinken. »Ich halte das für keine gute Idee.«

»Ich schon. Wir sind verheiratet. Wir haben seit Monaten nicht mehr miteinander geschlafen.«

»Wir stecken mitten in unserer Scheidung.«

»Okay, lass dich später von mir scheiden, aber liebe mich jetzt. Ich brauche dich.«

»Ian …«

Sie sagte nicht Nein, aber auch nicht Ja. Ian folgte ihr nach Hause. Dort angekommen, stieg er rasch aus seinem Auto und öffnete die Haustür für sie.

Er wartete im Flur, während sie die Wohnungstür aufschloss. Sie warf ihm einen Blick über die Schulter zu.

Eine weitere Einladung brauchte er nicht. Gleich hinter der Tür trafen sie sich, er schob die Tür mit dem Fuß zu und griff nach ihr. Sie drängte sich an ihn und schlang ihre Arme um seinen Nacken.

Ohne zu zögern hob er sie hoch, und sie küssten sich mit solcher Inbrunst, dass um sie herum die Welt hätte untergehen können, ohne dass sie es bemerkt hätten. Er zog ihr den Pullover aus, öffnete ihren BH, küsste sie, während er sie Stück für Stück von ihrer Kleidung befreite. Ihre Brüste schienen in seinen Händen zu pulsieren.

»Lass mich nicht warten«, bat sie.

Selbst im Dunkeln fand Ian mühelos das Schlafzimmer. Er nahm sie bei der Hand und führte sie dorthin. Legte sie aufs Bett, drückte sich an sie, küsste sie langsam, zog jeden Kuss in die Länge, bis er glaubte, gleich zu explodieren. Das Blut hämmerte in seinen Ohren, als er schließlich zurücktrat und sich seiner eigenen Kleidung entledigte. Cecilia zog ihre Hose aus.

Es war so lange her, viel zu lange, und er war bereit. Dass sie es auch war, konnte er nur hoffen. Im schwachen Mondlicht, das durch die Schlafzimmervorhänge fiel, versuchte er, in ihren Augen zu lesen. Sie lächelte leicht und hob ihm ihre Arme entgegen. Die Erleichterung, die er empfand, war überwältigend – und schon kniete er über ihr.

Sie verschränkte ihre Arme in seinem Nacken, und sie küssten sich, bis sie dringend Atem schöpfen mussten. Dann drang er in sie ein. Langsam, ganz langsam, weil er Angst hatte, ihr wehzutun. Als er innehielt, wimmerte sie leise, drängte ihn, weiterzumachen.

»Cecilia …«, stöhnte er, als ihm plötzlich aufging, was er da tat. Er hatte Kondome dabei, und doch riskierten sie schon wieder eine Schwangerschaft. »Ich habe nicht … ich sollte …«

»Nein.« Sie hielt ihn fester. »Hör nicht auf. Nicht jetzt. Es ist okay … ich kann jetzt nicht schwanger werden.«

Gott vergebe ihm seine Schwäche, aber er tat, worum sie ihn bat, und ergoss sich in ihr.

Hinterher hielt er sie in den Armen, küsste sie immer wieder. Vielleicht war ja jetzt der Irrsinn mit der Scheidung vorbei. Vielleicht konnten sie jetzt wieder einfach verheiratet sein. Aber er hatte Angst, ihr diesen Vorschlag zu unterbreiten, Angst, sie könnte ihn zurückweisen.

Ein paar Minuten später stand er auf und sammelte seine Kleidung auf. Cecilia setzte sich im Bett auf, umklammerte ihre Knie mit beiden Armen und sah zu, wie er sich anzog. Schweigend flehte er darum, dass sie etwas zu ihm sagte, ihn aufforderte, über Nacht zu bleiben. Aber sie tat es nicht.

Das war verrückt, es war idiotisch! Sie hatten gerade miteinander geschlafen. Sie musste einfach wissen, was er für sie empfand. Er hatte nicht versucht, seine Gefühle für sie zu verbergen. Also wartete er, dass sie etwas sagte, dass sie ihn aufhielt. Ein Wort nur, mehr hätte es nicht gebraucht. Ein einziges verdammtes Wort. Sie war nicht bereit, es für ihn auszusprechen. Also ging er.

Grace war bester Stimmung. Sie sah die ganze Welt durch eine rosarote Brille, denn sie würde schon bald Großmutter werden. Diese Neuigkeit war genau das, was sie gebraucht hatte, und würde ihrem Leben und ihrer Ehe neuen Schwung geben. Auch Dans Stimmung hatte sich deutlich gehoben, und sie hatten ein tolles Gespräch geführt, in Erinnerungen an die ersten Jahre ihrer Ehe geschwelgt, als ihre Töchter noch klein gewesen waren. In den Wochen seit Kellys Anruf war die schon fast erloschene Liebe, die Grace für ihren Mann empfand, neu angefacht worden. Die schwere Zeit, die sie kürzlich durchlebt hatten, hatte ihr den Blick auf die gemeinsam verbrachten

Jahre verstellt. Es mochte ja sein, dass sie von Dan nicht immer bekam, was sie sich wünschte und was sie brauchte, aber dennoch liebte sie ihn.

Bei ihrer Hochzeit waren sie beide fast noch Teenager gewesen. So jung ... Damals spielte es keine Rolle, dass sie unter der Armutsgrenze lebten. Sie waren glücklich. Vietnam hatte ihr Leben auf den Kopf gestellt, aber sie hatten überlebt, genauso wie ihre Ehe überlebt hatte.

Am Mittwochabend fand wie gewöhnlich ihr Aerobic-Kurs statt, und Grace kam direkt von der Stadtbücherei nach Hause, denn sie hatte es eilig. Zu ihrer Überraschung war es in ihrem Haus in der Rosewood Lane dunkel und still.

»Dan?«, rief sie. Er war fast immer vor ihr zu Hause.

Nichts.

Wenn ihr Mann nach Hause kam, schaltete er immer als Erstes den Fernseher ein. Dann duschte er und zog sich um, aber der Fernseher lief, auch wenn er nicht hinschaute.

An diesem Morgen hatte er nichts davon gesagt, dass er später kommen würde. Sie schaute im Kalender nach, ob er vielleicht einen Termin beim Zahnarzt oder Allgemeinarzt hatte, aber dort war nichts vermerkt. Rasch nahm sie das Rinderhack aus dem Kühlschrank, bereitete eilig einen Auflauf zu und schob ihn in den Backofen. Dann suchte sie ihre Gymnastikkleidung und die Tennisschuhe zusammen und packte sie in die Sporttasche.

Das Telefon klingelte, und sie meldete sich sofort in der Erwartung, Dans Stimme zu hören. Stattdessen wollte jemand sie überreden, an einer Umfrage teilzunehmen. Sie wimmelte ihn kurzerhand ab, und weil sie schon am Telefon war, warf sie noch einen Blick auf den Anrufbeantworter, aber niemand hatte auf Band gesprochen.

Sechzig Minuten später war der Rinderhack-Reis-Auflauf fertig, und Grace holte ihn aus dem Backofen, damit er ein wenig abkühlte. An Mittwochabenden herrschte immer Hektik. Dan hatte zwar nichts dagegen, dass sie zum Sport ging, aber er wollte vorher essen. Es missfiel ihm sehr, wenn er warten musste, bis sie zurückkam. Deshalb beeilte Grace sich jedes Mal, nach Hause zu kommen, um schnell das Essen zuzubereiten und zu servieren. Anschließend war es höchste Zeit, wieder loszufahren, um sich mit Olivia für den Kurs um sieben Uhr zu treffen.

Als offensichtlich war, dass Dan nicht rechtzeitig zu Hause sein würde, um sich zu ihr zu setzen, aß sie allein. Lustlos stocherte sie in dem Auflauf herum, der zu Dans Lieblingsgerichten gehörte, aber nicht zu ihren. Wenn sie ihn abends allein ließ, entschied sie sich immer für ein Essen, das er besonders gern mochte. Jeden Mittwoch tat sie das, ohne sich dessen wirklich bewusst zu sein.

Als sie so allein am Tisch saß, dachte sie über die morgendliche Unterhaltung mit ihrem Mann nach. Vielleicht war ihr ja irgendetwas entgangen. Der Wecker hatte zur üblichen Zeit geklingelt. Dan hatte Kaffee gekocht und sein Mittagessen eingepackt. In der Zwischenzeit duschte Grace und zog sich an. Sie aßen Toast mit hausgemachter Erdbeerkonfitüre, während sie ihre Aufgabenliste für den Tag niederschrieb und er die *Bremerton Sun* las. Wenn man fünfunddreißig Jahre zusammenlebte, entwickelte man Gewohnheiten, mit denen man sich wohlfühlte.

Grace konnte sich nicht erinnern, dass Dan am Morgen irgendetwas Ungewöhnliches gesagt oder getan hätte. Wie immer hatte sie ihm einen Kuss gegeben, als er aus dem Haus ging, hatte erwähnt, was sie zum Abendessen zubereiten wollte, und ihm das übliche »Bis heute Abend!« hinterhergerufen. Mit der Thermoskanne und dem Henkelmann in der Hand war er zu seinem Wagen geeilt und davongefahren. Eine Stunde später, nachdem sie die Küche auf Vordermann gebracht und eine

Waschmaschinenladung gewaschen hatte, hatte auch Grace sich auf den Weg zur Arbeit gemacht. Alles war wie immer gewesen, aber wo steckte Dan?

»Du machst dir zu viele Gedanken«, sagte Grace in die Stille hinein. Das Haus kam ihr so seltsam leer vor. Ohne ihn fühlte sich alles ein bisschen falsch an, als ob etwas nicht stimmte. Er hätte vor dem Fernseher sitzen, seinen Kaffee trinken und die Nachrichten anschauen sollen.

Sie wartete bis zur letzten Minute, bevor sie sich auf den Weg zu ihrem Aerobic-Kurs machte. Vorher schrieb sie noch eine kurze Notiz und legte sie auf die Arbeitsplatte, wo Dan sie sofort sehen würde, wenn er zur Hintertür hereinkam.

Als sie ein paar Minuten zu spät auf den Parkplatz des YMCA fuhr, wartete Olivia bereits auf sie. Ihre Freundin wirkte fröhlich und aufgeräumt, und Grace fragte sich, was wohl eher für ihre gute Laune verantwortlich war: die gute Nachricht von James oder die Verabredung mit Jack Griffin.

»Du siehst großartig aus«, stellte Grace fest, als sie gemeinsam das Gebäude betraten.

Olivia lachte. »Ich *fühle* mich großartig.«

»Wie war deine Verabredung?«

Ihre Freundin antwortete nicht sofort. »Interessant«, meinte sie schließlich.

»Was soll das heißen?«

»Das heißt, ich finde, Jack Griffin ist ein interessanter Mann. Umsichtig, belesen, mit überzeugenden Ansichten. Er wirkt offen und ehrlich, und dennoch ist da etwas … Mysteriöses an ihm. Vermutlich ist es nichts Wichtiges, aber du weißt ja, wie sehr ich Geheimnisse und Schwindeleien hasse.«

»Inwiefern mysteriös?«

»Nun, da wäre zum Beispiel seine Freundschaft mit Bob Beldon. Anscheinend kennen die beiden sich schon seit zehn Jahren, aber er hat nicht ein einziges Mal erwähnt, wie sie sich kennengelernt haben. Das kommt mir seltsam vor, verstehst du?«

Nicht ganz, aber Grace ließ ihre Freundin reden, denn das lenkte sie von ihrer Grübelei wegen Dan ab. Du reagierst übertrieben, sagte sie sich zum wiederholten Mal, aber genau dazu neigte sie nun einmal. Ihre Fantasie ging häufig mit ihr durch. Die Mädchen kamen nie einfach nur zu spät, sie hatten einen grässlichen Unfall erlitten, lagen blutend im Straßengraben und schrien nach ihr. Wahrscheinlich waren die vielen Krimis, die sie las, schuld daran, dass sie so dachte.

»Du bist ungewöhnlich still«, stellte Olivia fest.

»Ich?«, gab Grace sich überrascht.

»Ja, du. Stimmt etwas nicht?«

»Was sollte denn nicht stimmen? Es geht mir gut – großartig. Ich freue mich wegen Kelly.«

»Wie geht es Dan?«

Mit traumwandlerischer Sicherheit hatte Olivia das eigentliche Problem eingekreist – wie sie es eigentlich immer tat. Grace warf ihr seufzend einen Blick zu.

»Es hat mit Dan zu tun, nicht wahr? Ist er wieder mal in einer seiner Stimmungen?«

Sie betraten den überfüllten Umkleideraum, und Grace suchte sich einen freien Platz auf der Bank. »Nein. Eigentlich war er in letzter Zeit recht gut gelaunt. Ich weiß, wir hatten im Laufe der Jahre unsere Höhen und Tiefen, aber im Moment läuft es richtig gut bei uns.«

»Stan und ich hatten auch unsere Achterbahnfahrt.«

Das fand Grace nicht gerade ermutigend, denn ihre Freundin war seit fast fünfzehn Jahren geschieden.

Olivia wandte den Blick ab. »Du weißt schon, was ich meine.«

Grace nickte. Auch wenn Olivia geschieden war und ganz gleich, wie oft sie das Gegenteil behauptete, sie fühlte sich nicht nur durch die gemeinsamen Kinder immer noch mit Stan verbunden. Er war die Liebe ihres Lebens gewesen, und weder der Tod ihres ältesten Sohnes noch die nachfolgende Scheidung hatten daran etwas geändert. Stan würde immer ein Teil ihres Lebens sein, auch wenn er inzwischen mit einer anderen Frau verheiratet war. Grace verstand das. Sie bezweifelte jedoch, dass Olivia sich der Stärke dieser Bindung wirklich bewusst war.

»Was ist mit Dan?«, hakte Olivia nach.

Grace war bereits dabei, sich umzuziehen. »Er ist noch nicht von der Arbeit nach Hause gekommen. Wahrscheinlich hat er einen Termin oder eine Verabredung und vergessen, mir das zu sagen«, fügte sie rasch hinzu, bevor Olivia ihr sagen konnte, sie mache sich zu viele Sorgen.

»Vielleicht hat er etwas gesagt, und du hast es nur vergessen.«

»Wahrscheinlich.« Über diese Möglichkeit hatte Grace bereits nachgedacht, aber sie glaubte nicht daran. Irgendetwas stimmte nicht. Ihr Herz sagte ihr das, ihr Verstand stimmte zu, und Angst durchströmte sie.

Vermutlich wegen dieser aufgestauten Angst wurde die Trainingsstunde zur besten ihres Lebens. Anschließend war sie so geschafft, dass sie kaum noch in der Lage war, in den Umkleideraum zurückzugehen.

»Ruf mich an«, sagte Olivia, als sie wenig später zum Parkplatz schlenderten. Die Luft war feucht und kühl. Ihr Atem bildete kleine Wölkchen, und die Parkplatzbeleuchtung tauchte den Asphalt in ein bläuliches Licht.

»Ich bin sicher, inzwischen ist er zu Hause«, murmelte Grace.

»Das denke ich auch«, sagte Olivia, aber es klang nicht sonderlich überzeugt.

Grace wartete, bis Olivia im Auto saß, bevor sie in ihren eigenen Wagen stieg. Als sie in die Rosewood Lane einbog, klopfte ihr Herz so laut, dass der Puls in ihren Ohren dröhnte. Sie fühlte sich fast wie im Kino, wenn die Musik immer weiter anschwoll, um einen besonders dramatischen Moment des Films anzukündigen.

Das Haus lag immer noch dunkel da, nur das Verandalicht brannte. Grauen packte sie, sodass sie kaum atmen konnte.

Wo steckte Dan?

Dann kam ihr der Gedanke, er könne vielleicht im Bett liegen und schlafen. Wenn er Überstunden machen musste oder im Stau gesteckt hatte, war er vermutlich erschöpft gewesen, als er nach Hause gekommen war. Dann hatte er wahrscheinlich nur noch geduscht und war ins Bett gegangen.

Aber sein Wagen stand nicht auf seinem Parkplatz. Grace betrat das Haus, stellte ihre Sporttasche im Waschraum ab, ging ins dunkle Wohnzimmer hinüber und ließ sich langsam auf den Sessel ihres Mannes sinken. Das Polster gab nach, alt und durchgesessen, wie es war, und sie versank förmlich in dem bequemen alten Möbelstück, das er so sehr liebte. In dem Moment begann sie zu zittern.

Sie wartete fünfzehn Minuten, bevor sie in die Küche ging und den Telefonhörer zur Hand nahm. Ohne das Licht einzuschalten, wählte sie Olivias Nummer und ließ es klingeln, bis ihre Freundin sich meldete.

»Dan ist nicht hier.«

Angespannte Sekunden verstrichen, ohne dass Olivia etwas sagte. Dann, als wäre es das Alltäglichste auf der Welt, kam die Antwort: »Ich bin gleich bei dir.«

7. Kapitel

Grace blieb die ganze Nacht wach, von unkontrollierbarer Angst beherrscht. Olivia war bis kurz nach Mitternacht mit ihr aufgeblieben, dann aber aus purer Erschöpfung auf dem Sofa eingeschlafen. Nun ließ Grace ihre Freundin schlafen. Olivia konnte sowieso nichts sagen oder tun, um sie zu beruhigen. Keine von ihnen konnte irgendetwas tun. Das Ganze fühlte sich irreal an.

Um halb sieben, als die Morgendämmerung anbrach, wachte Olivia auf. Schlagartig fuhr sie hoch, blinzelte ein paarmal und sah sich um.

»Gibt es irgendetwas Neues?«, fragte sie und rieb sich mit beiden Händen über das Gesicht.

Grace schüttelte den Kopf. Sie hatte eine Kanne Kaffee aufgebrüht, hauptsächlich, um sich zu beschäftigen und abzulenken, nicht, weil es sie nach Koffein gelüstete.

»Ich glaube, ich sollte jetzt Troy Davis anrufen«, erklärte Olivia in der für sie typischen sachlichen Art. »Er ist jetzt seit fast vierundzwanzig Stunden fort, stimmt's?«

Grace nickte und schenkte ihnen je eine Tasse Kaffee ein. Während sie in der Küche stand und ihren Kaffee trank, hörte sie zu, wie Olivia im Büro des Sheriffs anrief. Es fiel ihr schwer, einen klaren Gedanken zu fassen, wozu auch die schlaflose Nacht beigetragen hatte. Angst beherrschte sie, und ihre Gedanken kreisten immerzu um dieselben Fragen: Wo mochte Dan sein? Was war passiert? Welche plausiblen Gründe konnte es geben, dass er nicht nach Hause kam?

»Troy ist erst ab sieben im Dienst«, erklärte Olivia, als sie den Anruf beendete.

»Sollen wir hinfahren?«

»Nein, ich habe mit Lowell Price gesprochen. Er meinte, Troy würde hierherkommen. Er kennt Dan und wird die Sache persönlich in die Hand nehmen wollen.«

Ungeheure Erleichterung durchflutete Grace. »Was meinst du, sollte ich die Mädchen anrufen?« Nach den vielen schlaflos durchsorgten Stunden fühlte sie sich nicht mehr in der Lage, Entscheidungen zu treffen.

Olivia schien das Für und Wider abzuwägen. »Ich schlage vor, du wartest, bis du mit Troy gesprochen hast.«

»In Ordnung.« Sie wollte ihre Töchter zwar nicht in Angst und Schrecken versetzen, aber sie hatten das Recht zu erfahren, dass ihr Vater verschwunden war. Wo konnte er nur sein? Noch nie in all den Jahren, die sie verheiratet waren, hatte Dan so etwas getan. Irgendetwas stimmte ganz und gar nicht.

»Hast du noch mal darüber nachgedacht, wo Dan stecken könnte?«

Das hatte sie, aber es fiel ihr schwer, es auszusprechen. »In letzter Zeit ... bevor Kelly uns eröffnet hat, dass sie schwanger ist ... war Dan ...« Sie stockte, wusste nicht weiter und kämpfte gegen die drohenden Tränen. »Ich glaube, es könnte da eine andere Frau geben.«

»Für Dan? Auf keinen Fall! Dafür ist er nicht der Typ.« Olivia schüttelte nachdrücklich den Kopf. »Nicht Dan«, wiederholte sie, »auf keinen Fall.«

Grace konnte es selbst nur schwerlich glauben, aber so unwahrscheinlich es auch schien, der Gedanke wollte sie nicht loslassen. »Ich habe schon vor langer Zeit erkannt, dass unsere Ehe nicht perfekt ist, aber in letzter Zeit ... Es ist, als hätte sich etwas in Dan verändert. Er ist anders.« So, jetzt hatte sie es ausgesprochen, aber in Worte zu fassen, was an ihrem Mann so anders war, erwies sich als sehr viel schwieriger. Sie wusste, dass er keine Ruhe fand. In den letzten dreißig Jahren, seitdem er in

Vietnam gewesen war, hatte er unter Stimmungsschwankungen gelitten, aber die waren in letzter Zeit stärker geworden, extremer. Wann immer sie versuchte, ihn aus der Reserve zu locken und dazu zu bringen, sich ihr anzuvertrauen, schien er ihr das zu verübeln. Das hatte dazu geführt, dass Grace sich fragte, ob es jemand anderen gab, mit dem er redete, jemand anderen, der ihm am Herzen lag. In letzter Zeit war er nur einmal er selbst gewesen, nämlich, als sie von Kellys Schwangerschaft erfuhren. Nach dieser Ankündigung ihrer Tochter war alles besser gewesen – jedenfalls für eine Weile. Und nun das.

»Dan würde dich nicht betrügen«, erklärte Olivia im Brustton der Überzeugung.

»Kennen wir unsere Ehemänner wirklich so gut?«, fragte Grace leise. Sie wollte nicht grausam sein, aber ihre Freundin hatte ihre Lektion auf die harte Tour lernen müssen. Offenbar hatte Stan seine jetzige Frau bei der täglichen Fährüberfahrt zur Arbeit nach Seattle kennengelernt. Grace glaubte nicht, dass er damals schon eine Affäre mit ihr gehabt hatte, aber Marge war für ihn da gewesen, hatte ihm mitfühlend zugehört, nachdem Jordan gestorben war, und sie hatte Stan geholfen, mit den daraus resultierenden Schuldgefühlen und der Wut fertigzuwerden. Seine Beziehung zu Marge war eher emotionaler Natur gewesen und weniger sexueller. Nur so ließ sich erklären, wie schnell er nach der Scheidung von Olivia wieder geheiratet hatte.

Olivia ließ sich Zeit mit ihrer Antwort. Mit ihre Tasse in der Hand lief sie vor dem Sofa auf und ab. »Was lässt dich vermuten, dass Dan etwas mit einer anderen Frau hat?«

Mit Einzelheiten konnte Grace nicht dienen. »Das ist mehr so ein Bauchgefühl«, sagte sie und zuckte hilflos mit den Schultern.

»Denk mal über das letzte halbe Jahr nach. Hat er besondere Sorgfalt auf seine äußere Erscheinung gelegt, ist er zu merkwürdigen Zeiten – tagsüber oder abends – zu irgendwelchen Besprechungen gefahren?«

Ihr fiel nichts ein. »Nicht dass ich wüsste.«

»Hast du mir nicht erzählt, dass er im letzten Herbst zur Jagd gegangen ist?«

Grace nickte. Nach sehr langer Pause hatte er dieses Hobby wieder aufgenommen, und obwohl es keines war, das ihr auch nur annähernd gefiel, war sie doch dankbar dafür, dass er an etwas anderem Interesse zeigte als am Fernsehen. Er war an einem Freitagnachmittag im späten Oktober losgefahren und am Sonntagabend zurückgekommen. Hinterher hatte er begeistert von seiner Wanderung durch die Wälder erzählt und war so gesprächig gewesen wie seit Langem nicht mehr.

»Ist er allein zur Jagd gegangen?«, fragte Olivia.

Dan hatte niemanden erwähnt, aber damals war Grace das nicht merkwürdig vorgekommen. Er hatte nicht viele Freunde und zog es oft vor, allein zu sein.

»Hat er erlegtes Wild mit nach Hause gebracht?«

»Nein.« Aber auch das war erklärbar, schließlich war er schon seit Jahren nicht mehr auf der Jagd gewesen. Grace stellte ihre Kaffeetasse ab und runzelte die Stirn, während sie über jenes Wochenende nachdachte. »Willst du andeuten, dass er mit einer anderen Frau zusammen gewesen sein könnte?«

Olivia schaute sie direkt an. »Keine Ahnung, aber ich denke, du weißt es.«

Vielleicht stimmte das. Das freie Wochenende war wunderschön für sie gewesen. Sie hatte zwei herrliche Tage mit Maryellen und Kelly verbracht, eine Shoppingtour zu einem Outlet-Center in Oregon unternommen. Das war das erste Mal gewesen, dass sie und ihre beiden Töchter sich eine Wochenendreise gegönnt hatten, und sie hatten sich vorgenommen, das künftig einmal jährlich zu wiederholen.

»Er wirkte … glücklich«, murmelte Grace. Er war so selten in guter Stimmung, dass es ihr ungewöhnlich vorgekommen war. Sie konnte nicht glauben, dass ein Mann mit einer anderen

Frau ins Bett stieg und dann nach Hause zu seiner eigenen Frau kam, ohne dass sich in irgendeiner Form sein Schuldbewusstsein bemerkbar machte. Sie konnte nicht akzeptieren, dass ihr Mann zu so etwas fähig war, und doch …

Draußen fuhr ein Auto vor, und Olivia schaute aus dem Wohnzimmerfenster. »Troy ist da.«

Grace hatte die Haustür bereits geöffnet und wartete auf der Veranda, als der Sheriff auf ihr Haus zulief.

»Danke, dass Sie gekommen sind«, sagte Grace, die wirklich dankbar dafür war, dass er sich selbst um diese Angelegenheit kümmern wollte.

Troy nahm seinen Hut ab, bevor er eintrat, und nickte Olivia zu.

»Ich wusste nicht, wen ich sonst anrufen sollte«, erklärte Olivia.

»Das war genau richtig.« Troy war ein gut aussehender Mann, zwei Jahre älter als sie beide und schon in der Schulzeit der Schwarm aller Mädchen in Cedar Cove gewesen. Nach seinem Schulabschluss war er zum Militär gegangen, anschließend zur Polizei. Seit achtunddreißig Jahren sorgte er bereits für Ordnung in der Stadt, und vor zehn Jahren war er zum Sheriff gewählt worden. Die Leute mochten ihn und vertrauten ihm.

Grace lud ihn ein, es sich bequem zu machen, und er setzte sich auf Dans Sessel, Klemmbrett und Stift in der Hand.

»Wenn ich richtig verstanden habe, wollen Sie eine Vermisstenmeldung aufgeben.«

»Ja, bitte«, erwiderte Grace mit erstickter Stimme.

»Erzählen Sie mir einfach, was Sie wissen«, meinte er freundlich.

Grace erzählte ihm alles, was ihr einfiel. Obwohl es ihr das Herz brach, erwähnte sie den Jagdausflug und Olivias Verdacht, dass es eine andere Frau in seinem Leben geben könnte.

»Glauben *Sie*, dass es eine andere gibt?«

Grace hob resigniert die Hände. »Wie heißt es doch gleich? Die Ehefrau erfährt es immer als Letzte.« Je öfter sie über die Möglichkeit nachdachte, desto realer erschien sie ihr. Sie redete sich ein, Dan würde das weder ihr noch ihren Töchtern antun. Das *musste* sie einfach glauben. Und doch wusste sie, dass etwas nicht stimmte, seit sehr langer Zeit schon.

»Was geschieht jetzt?«, fragte sie, als Troy die Meldung aufgenommen hatte.

Troy warf einen Blick zu Olivia hinüber, dann schaute er wieder sie an. »Offen gesagt: Nichts.«

»Nichts?« Grace war entsetzt.

»Ich habe in beiden Krankenhäusern hier in der Gegend nachgefragt. Dort wurde niemand unter Dans Namen aufgenommen, und sie haben auch keine unbekannten Patienten.«

»Verhaftet wurde er auch nicht?«

»Nein. Weder von uns noch von der Landespolizei.« Mit anderen Worten, niemand wusste etwas über Dans Verbleib. »Soweit ich es beurteilen kann, spricht nichts für ein Verbrechen.«

Grace nickte. Sie war während der Nacht etliche Male durchs Haus gewandert, hatte nach kleinsten Hinweisen Ausschau gehalten, die ihr hätten verraten können, wo Dan sein mochte. Sie hatte seine Jacken- und Hosentaschen durchsucht, seine Kommode, einfach alles.

»Dann müssen wir davon ausgehen, dass er aus freien Stücken verschwunden ist«, fuhr Troy ruhig fort.

Verwirrt schaute Grace ihre Freundin an. »Was Troy damit sagen will, ist: Es ist kein Verbrechen, wenn ein Erwachsener fortläuft«, erklärte Olivia.

»Es kommt immer wieder vor, dass Ehemänner und Ehefrauen ihre Familien im Stich lassen. Leider geschieht das sogar recht häufig.«

»Wenn das so wäre«, gab Grace aufgebracht zurück, »dann hätte Dan doch wohl irgendetwas mitgenommen, meinen Sie nicht? Er hat nichts bei sich außer den Kleidern, die er am Leib trägt.«

»Ich sehe, dass das möglicherweise keinen Sinn ergibt«, erklärte Troy.

»Keinen Sinn ergibt? Das ist lächerlich! Mein Mann wird vermisst, und die Behörden tun nichts, um mir zu helfen, ihn zu finden?«

Der Sheriff begegnete ihrem Blick. »Es tut mir leid, aber so will es das Gesetz. Wenn ihn jemand sieht, lasse ich es Sie wissen.«

»Danke für nichts«, grummelte sie und verschränkte die Arme vor der Brust. Sie war wütend, peinlich berührt und so voller nervöser Energie, dass sie nicht wusste, wohin damit.

Im selben Moment wurde die Hintertür geöffnet und wieder geschlossen, und gleich darauf betrat ihr Mann das Wohnzimmer, als wäre absolut nichts gewesen.

»Was ist denn hier los?«, fragte er, sichtlich überrascht, Olivia und Troy in seinem Haus vorzufinden.

»Dan!« Grace war so erleichtert, ihn zu sehen, dass sie in Tränen ausbrach. »Oh, Dan, um Gottes willen, wo warst du nur? Ich war außer mir vor Sorge.«

Er ignorierte sie. »Gibt es hier irgendein Problem, Troy?«, fragte er steif.

»Nein.« Der Sheriff stand auf, riss die Vermisstenmeldung von seinem Klemmbrett und faltete sie zusammen. Dann reichte er sie Grace und verließ das Haus, ohne sich zu verabschieden.

»Ich sehe lieber zu, dass ich zum Gericht komme«, sagte Olivia, funkelte Dan zornig an und brach eilig auf.

»Du hast den Sheriff gerufen?«, fragte Dan, kaum dass er mit Grace allein war. Dabei sah er sie so wütend an, als hätte sie etwas Falsches getan.

»Wo warst du?«, rief Grace noch einmal. Sie konnte weder ihren Zorn noch ihre Tränen länger im Zaum halten. »Ist dir gar nicht klar, was ich deinetwegen durchgemacht habe?«

»Es geht dich verdammt noch mal gar nichts an, wo ich war!«

»Von wegen!«, brüllte sie. »Du bist mein Mann.«

Dan schaute sie finster an. »Ich lasse mich durch diese Ehe nicht in Ketten legen.«

Grace war so schockiert, dass sie sich nicht länger beherrschen konnte. »Du ziehst los und verbringst die ganze Nacht wer weiß wo«, kreischte sie, »und dann kommst du nach Hause und verhältst dich, als wäre nichts gewesen? Du erwartest allen Ernstes, dass ich so tue, als wäre alles in Ordnung?« Das konnte sie nicht. Und wollte sie nicht.

»Wo ich war und was ich getan habe, geht ganz allein mich etwas an.« Damit marschierte er ins Schlafzimmer. Grace folgte ihm.

»Du warst bei einer anderen Frau, richtig?« Ihr brach das Herz, als sie die Frage stellte.

»Ja, Gracie, ich war bei einer anderen.«

»Bei wem?«

Seine Antwort war ein Lachen bar jeglichen Humors.

»Ich habe ein Recht darauf, das zu erfahren.«

Dan weigerte sich, ihre Frage zu beantworten. Er trat an seine Kommode und nahm sich frische Unterwäsche heraus. »Für solchen Blödsinn habe ich keine Zeit.«

»*Du* hast keine Zeit?«, wiederholte sie. Wie konnte er es wagen, nach all der Angst, die sie seinetwegen durchlitten hatte? Einen Moment glaubte sie, sie müsse sich gleich übergeben.

Wortlos stapfte er ins angrenzende Badezimmer. Grace ging in die entgegengesetzte Richtung und knallte die Schlafzimmertür so heftig zu, dass die Schulabschlussfotos ihrer Töchter von der Wand fielen, auf den Holzfußboden krachten und das Glas zersplitterte.

Entsetzt über das, was sie angerichtet hatte, und zutiefst frustriert starrte Grace auf die hübschen Gesichter ihrer Töchter hinunter.

Sie wandte sich um. »Fahr zur Hölle!«, schrie sie in Richtung Schlafzimmer.

Die Tür ging auf, und da stand Dan, mit harter, unnachgiebiger Miene. »Da war ich schon, Gracie. Oder wie würdest du die letzten fünfunddreißig Jahre nennen?«

Die nächste Sportstunde ließ Grace ausfallen. Olivia wusste, dass die Beziehung zu Dan seit seinem Verschwinden sehr schwierig war. Grace hatte ihr nicht gesagt, warum und wohin Dan verschwunden war, und Olivia bedrängte sie nicht. Wenn eine andere Frau dahintersteckte, dann war es am besten, wenn die Ehepartner das unter sich ausmachten. Trotzdem sorgte Olivia sich natürlich.

Hinzu kamen andere Probleme, und das größte im Moment war Justine.

Ihre Tochter ging ihr wieder einmal aus dem Weg, obwohl Olivia sich bemüht hatte, die Kluft zwischen ihnen zu überwinden. Sie wäre ihrer Tochter so gern näher gewesen und wünschte sich eine Bindung zu ihr, die so eng war wie die zu ihrer eigenen Mutter. Vielleicht war es dafür zu spät, aber sie hegte noch immer Hoffnung und war gern bereit, weitere Annäherungsversuche zu wagen. Unter keinen Umständen, so schwor sie sich, würde sie das Gespräch auf Warren Saget bringen. Olivia wünschte sich nur eines, nämlich dass sie und Justine ein paar nette Stunden miteinander verbrachten.

Sie hatte Justine für den Samstag zum Mittagessen eingeladen, und diese hatte die Einladung angenommen. Nach einem der Lieblingsrezepte ihrer Mutter bereitete sie einen Geflügelsalat als Hauptmahlzeit vor. Eigentlich hätte sie lieber im Restaurant gegessen, denn das war in jeder Hinsicht einfacher, aber ein Essen zu Hause hatte auch Vorteile: Es konnte in entspannter, zwangloser Atmosphäre stattfinden, und sie waren unter sich. Im Restaurant bestand immer die Möglichkeit, auf Leute zu treffen, die sie kannten, und dadurch abgelenkt zu werden.

Justine kam pünktlich. Sie brachte einen kleinen Strauß gelber Narzissen mit und küsste Olivia flüchtig auf die Wange, als sie das Haus betrat.

»Wie nett«, sagte Olivia gerührt. Sie holte eine Vase für die Blumen aus dem Schrank und stellte sie mitten auf den Küchentisch.

»Es ist schon eine Weile her, dass wir uns zum Essen getroffen haben«, meinte Justine und nahm sich eine Brotstange vom Tisch.

»Zu lange.« Olivia holte den Salat aus dem Kühlschrank, füllte ihn auf zwei Teller und trug sie zum Tisch. Auf dem Herd wartete bereits der Wasserkessel für den Tee nach dem Essen.

Ihre schöne Tochter setzte sich ihr gegenüber an den Tisch, und Olivia hatte plötzlich das Bedürfnis, ihre Gefühle zu offenbaren. »Ich glaube, ich sage dir nicht oft genug, wie sehr ich dich liebe.«

Justine starrte sie an, als wüsste sie nicht, wie sie reagieren sollte, dann lächelte sie. »Das hat etwas mit James zu tun, richtig?«

Hatte es absolut nicht, aber trotzdem hakte Olivia nach. »Wie meinst du das?«

»Ich weiß, dass es ein Schock für dich war, dass er plötzlich geheiratet hat, ohne dass die Familie davon wusste oder zur Hochzeit kommen konnte.«

»Nein, mit deinem Bruder hat das nichts zu tun. Nur mit uns beiden.« Olivia spürte, dass sie sich zu ärgern begann, sowohl über Justine als auch über sich selbst. Es konnte doch nicht so schwer sein, dem eigenen Kind zu sagen, dass man es von Herzen liebte.

»Ach, Mutter, jetzt fang nicht damit an.«

»Womit?«

»Du machst dir Sorgen, weil ich mit Warren ausgehe, und …«

»Das hat auch nichts mit deinem Verehrer zu tun.«

Ihre Tochter lachte. »Verehrer? Das klingt, als wäre ich erst sechzehn.«

»Justine«, sagte Olivia, bemüht, sich ihre Verärgerung nicht anmerken zu lassen. »Wie schon gesagt, es geht nicht um deinen Bruder, deinen Partner, deinen Job oder sonst irgendetwas. Ich bin deine Mutter, und ich möchte nur, dass wir miteinander reden, uns einander anvertrauen, miteinander lachen können. Und ich hoffe, dass du das auch willst. Ich habe das Gefühl … ich weiß nicht … dass wir uns irgendwie entfremdet haben. Unser Verhältnis zueinander sich abgekühlt hat. Ich weiß nicht, warum es dazu gekommen ist, aber es gefällt mir nicht. Ich habe dich lieb.«

Wenn Justine jetzt die Augen verdrehte – Olivia schwor, sie würde … nein, sie wusste nicht, was sie tun würde. Vielleicht weinen.

Justine aber verzog weder spöttisch das Gesicht, noch machte sie eine flapsige Bemerkung. Tatsächlich schien es ihr schwerzufallen, zu verarbeiten, was Olivia gesagt hatte. Sie wurde ganz still, schaute nach einem Moment auf und begegnete Olivias Blick. »Ich hab dich auch lieb, Mom«, flüsterte sie.

Olivia schluckte den Kloß hinunter, der ihr die Kehle verengte, und nahm ihre Gabel zur Hand. Vielleicht bestand ja doch noch Hoffnung, ihre Tochter zu erreichen.

»Worüber möchtest du gern reden?«, fragte Justine.

Olivia war sich nicht sicher. Rasch ging sie in Gedanken ein paar mögliche Themen durch und erinnerte sich dann an eine Meldung in der Zeitung von Mittwoch. Woher sie ihre Information hatte, wollte sie aber nicht preisgeben, denn dadurch würde das Gespräch womöglich auf ihre Beziehung zu Jack Griffin gelenkt. »Habt ihr dieses Jahr nicht euer zehnjähriges Abschlussklassentreffen?«, fragte sie leichthin.

Justine legte ihre Gabel aus der Hand und seufzte. »Ja, ich weiß.«

Zehn Jahre war das schon her? Es schien kaum vorstellbar. »Du gehst bestimmt hin.«

Zur Überraschung ihrer Mutter zögerte Justine. »Offen gesagt, ich weiß es noch nicht.«

»Warum?« Dabei kannte Olivia den Grund: Warren. Womöglich war es Justine peinlich, mit einem Mann aufzukreuzen, der alt genug war, um ihr Vater zu sein. Wahrscheinlicher aber war, dass Warren ganz einfach nicht mitkommen wollte.

»Ich müsste wohl allein hingehen. Schlimm genug, dass ich immer noch nicht verheiratet bin, aber ganz ohne Begleitung aufzukreuzen – ich weiß nicht, ob mein Ego das ertragen könnte.«

»Du hast doch mehrere alleinstehende Freundinnen, die vermutlich auch kommen werden.«

»Vermutlich«, meinte Justine zweifelnd.

Womöglich wäre diese Veranstaltung bestens geeignet, um Justine die Augen zu öffnen. Wenn Justine ihre Freundinnen aus der Highschool wiedersah, erkannte sie vielleicht, wie wenig Warren zu ihr passte.

»Ende der Woche ist ein vorbereitendes Treffen geplant«, sagte Justine.

Olivia fiel wieder ein, dass ihre Tochter Klassensprecherin gewesen war. Bestimmt nahm sie an der Planung des Klassentreffens teil. Da Justine Filialleiterin der örtlichen Bank war, würde das Planungskomitee ihre Finanzkenntnisse sicherlich zu schätzen wissen.

»Wirst du bei der Planung helfen?«, hakte Olivia nach.

Justine seufzte. »Vermutlich«, meinte sie resigniert, aber dann hellte sich ihre Miene auf. »Erinnerst du dich noch an Julie Wyatt und Annie Willoughby? Ich habe beide seit Jahren nicht mehr gesehen, dabei wohnen sie hier in Cedar Cove.«

Olivia erinnerte sich an beide Familien.

»Seth Gunderson lebt auch noch in der Stadt«, murmelte Justine.

An Seth erinnerte sich Olivia besonders gut, weil er Jordans bester Freund gewesen war. Er war mit seinem Vater in Alaska zum Fischen gewesen, als ihr Sohn den tödlichen Unfall gehabt hatte. Olivia hatte nie den Brief vergessen, den der Dreizehnjährige nach der Nachricht über Jordans Tod an sie und Stan geschickt hatte. Die wenigen kurzen Zeilen, in denen er schlicht seine Trauer und sein Mitgefühl ausdrückte, hatten sie ganz besonders berührt.

»Ich mochte Seth schon immer«, sagte sie nachdenklich. »Was mag wohl aus ihm geworden sein?«

Justine zuckte mit den Schultern. »Keine Ahnung. Ich weiß, dass er im Sommer immer noch in Alaska fischt. Das heißt dann wohl, dass er nicht beim Klassentreffen sein wird.«

Das stimmte Olivia traurig. Wenn sie einen Mann für ihre Tochter hätte wählen können, dann jemanden wie Seth.

»Oh, nein, Mom, das wirst du nicht tun.« Justine drohte ihr spielerisch mit dem Zeigefinger. »Ich kann sehen, wie sich die Rädchen in deinem Kopf drehen. Du möchtest mich mit Seth verkuppeln, aber ich bin nicht interessiert.«

»Was stört dich an ihm?«

»Nun, in allererster Linie, dass er keinen Verstand hat.«

»Oh, Justine, das stimmt doch nicht!«

»Er hat sich immer nur für Sport interessiert.«

»Ach ja, und er war ein ausgezeichneter Sportler.« Seth war der Star-Football- und Basketballspieler der Highschool gewesen.

»Himmel noch mal: Er ist Fischer!«

Olivia runzelte die Stirn. Sie hatte ihre Tochter nicht zum Snob erzogen. »Er ist ein hart arbeitender Mann, Justine, und daran ist nichts auszusetzen.«

»Ganz anders als an Warren?«

»Nein!« Olivia wollte nicht mit ihrer Tochter über dieses Thema streiten. »Wir reden über Seth.«

»Mom, er lebt auf seinem Boot im Jachthafen. Ich mag Seth, versteh mich nicht falsch, aber er ist ein Dummkopf. Ich habe seit meinem Schulabschluss nicht mehr mit ihm gesprochen, und ich bezweifle ehrlich, dass wir heute mehr gemeinsam haben als in der Schule.«

Olivia verkniff sich ein Seufzen. »Süße, ich wollte doch nicht sagen, dass Seth der richtige Mann für dich ist.« Oh, doch, das wollte sie, aber zugeben konnte sie das natürlich nicht. »Eines Tages findest du den Richtigen, und wer weiß, vielleicht hast du ihn ja schon gefunden.« Sie hatte sich überwinden müssen, um das über die Lippen zu bringen, aber wenn Justine eines Tages Warren heiratete, dann würde sie es irgendwie schaffen, ihn in der Familie willkommen zu heißen.

Ihre Tochter wandte den Blick ab. »Als James mich anrief, um mir zu sagen, dass er und Selina geheiratet haben – und dass sie schwanger ist –, war ich unendlich erleichtert.«

»Erleichtert?« Was für eine merkwürdige Reaktion.

»Das hat den Druck von mir genommen. Ich weiß, dass du dir Enkelkinder wünschst, und ich wünsche sie dir auch.« Sie straffte sich und schaute ihrer Mutter in die Augen. »Nur leider wirst du sie nicht von mir bekommen.«

»Justine …«

»Hör mir zu, Mom, wenigstens dieses eine Mal, bitte. Ich habe nicht die Absicht, jemals zu heiraten oder Kinder zu bekommen. Mir ist klar, dass du dir über meine Beziehung zu Warren Sorgen machst, aber das ist unnötig. Er behandelt mich gut, und meistens genieße ich seine Gesellschaft, aber diese Beziehung ist nichts Ernstes.«

»Du willst nicht heiraten?«

Sie schüttelte den Kopf. »Ich weiß, dass ich dich damit enttäusche, und es tut mir leid, aber akzeptiere bitte, dass ich kein Interesse daran habe, Ehefrau oder Mutter zu werden.«

Olivia ließ diese Information erst einmal sacken, dann nickte sie. »Ich habe es schon einmal gesagt, und ich meine es ernst: Ich liebe dich, Justine, unabhängig davon, was du tust, einzig dafür, wer du bist.«

Ihre Tochter blinzelte, um die Tränen zurückzudrängen, und senkte den Kopf, um ihre Gefühlsaufwallung vor Olivia zu verbergen, aber zu spät. Es war ihr nicht entgangen.

»Danke, Mom.«

Und dann, als wäre nichts Bemerkenswertes zwischen ihnen geschehen, machten sie sich wieder über ihren Geflügelsalat her.

Jeden Nachmittag, wenn Cecilia an ihrem Arbeitsplatz ankam, schaute sie über Cedar Cove hinweg zur Marinewerft von Bremerton hinüber, wo immer noch die *John F. Reynolds* lag. Ihr Essen mit Ian lag mehr als eine Woche zurück, und seitdem hatte sie nichts mehr von ihm gehört. Bevor er an jenem Abend gegangen war, hatte er ihr versprochen, sich zu melden, bevor sie wieder auslaufen würden. Anscheinend waren die Reparaturarbeiten an dem Flugzeugträger noch nicht abgeschlossen.

Cecilia wusste, dass sie nicht enttäuscht sein durfte, weil er nicht angerufen hatte. Warum sollte er Kontakt mit ihr aufnehmen, außer um ihr die Schlüssel zu seinem Auto zu überlassen?

Das Essen und der Besuch im Kino waren fantastisch gewesen, genau wie ihre Liebesnacht. Bis zu dem Moment, in dem er abrupt aufgebrochen war, hatte Cecilia das Gefühl gehabt, dass sie einen Durchbruch in ihrer Beziehung erreicht hatten. Jetzt wusste sie nicht, was sie von der ganzen Sache halten sollte. Außerdem war sie entsetzt, dass sie so dumm gewesen waren, ungeschützt miteinander zu schlafen. Zwar war die Wahrscheinlichkeit für eine Schwangerschaft äußerst gering, aber man hätte meinen können, sie habe aus dem ersten Mal gelernt. Offenbar nicht. Wenn sie in seinen Armen lag, fühlte sie sich begehrt – und sicher. Dann aber hatte er sich angezogen und Hals über Kopf die Wohnung verlassen, als könnte er nicht schnell genug von ihr fortkommen.

Und jetzt diese Funkstille. Sie verstand es einfach nicht.

Vielleicht wartete Ian auf ihren Anruf. Sie wusste nicht mehr genau, was sie gesagt hatten, bevor er aus der Wohnung verschwunden war. Nichts Wichtiges. Nichts, woran sie sich erinnern konnte. In dem Moment hatte sie daran gedacht, dass sie nicht wollte, dass er ging, ihn aber auch nicht bitten konnte zu bleiben.

Je länger sie darüber nachdachte, desto verlockender wurde der Gedanke, sich bei ihm zu melden. Als ihre Schicht am Montag zu Ende war, hatte sie entschieden, gleich am nächsten Tag nach ihrem Unterricht mit ihm zu telefonieren. Sie hatte keine Ahnung, wie sein Dienstplan aussah, und konnte nur hoffen, ihn zu erreichen. Wenn nicht, würde sie ihm eine Nachricht hinterlassen.

Sie wusste, dass er auf dem Stützpunkt wohnte und ein Mobiltelefon besaß. Die Nummer stand seit über einem Jahr in ihrem Adressbuch. Sie rief von einem öffentlichen Telefon auf dem Collegecampus an. Am anderen Ende klingelte es viermal, dann meldete sich seine Mobilbox und forderte sie auf, eine Nachricht zu hinterlassen.

»Ian«, sagte sie, inzwischen verunsichert, ob sie womöglich das Falsche tat. »Ich bin es, Cecilia … Ich habe nichts von dir gehört und frage mich, ob du es dir anders überlegt hast mit dem Auto … Das wäre in Ordnung. Ich meine, ich brauche es nicht. Mein Auto funktioniert einwandfrei. Ich melde mich später noch mal – jedenfalls, wenn du noch mit mir reden willst.« Der letzte Satz klang abwehrend. Er hatte sie heftig genug begehrt, aber anscheinend war es ihm wirklich nur um Sex gegangen. Rasch legte sie auf und kam sich dabei dumm vor. Hätte sie doch nur nicht ihrem Impuls nachgegeben.

Als sie am Mittwochnachmittag an ihrem Arbeitsplatz ankam, war sie fest davon überzeugt, dass Ian nichts mehr mit ihr zu tun haben wollte. Gerade als das Mittagsgeschäft begann und sie mehr als genug zu tun hatte, stand ihr Vater plötzlich neben ihr.

»Anruf für dich.«

Ihr Herz begann zu rasen. »Für mich?« Das musste Ian sein. Niemand sonst käme auf die Idee, sie hier anzurufen.

»Du kannst das Gespräch an der Bar annehmen«, sagte ihr Vater und sah sich unauffällig nach ihrem Boss um.

Cecilia ließ sofort alles stehen und liegen und eilte hinüber in die Bar. Ihre Hände waren feucht, ihr Mund trocken vor Anspannung.

»Cecilia Randall am Apparat«, meldete sie sich in der freudigen Erwartung, Ians Stimme zu hören.

Am anderen Ende der Leitung war jedoch nicht ihr Mann, sondern Andrew Lackey.

»Wir sind uns vor Kurzem begegnet, wissen Sie noch?«

»Natürlich. Wo ist Ian?« Vielleicht war er erneut versetzt worden. Die Marine tat das, oft genug ohne Sinn und Verstand, wie sie fand.

»Hören Sie, ich dachte, Sie sollten es erfahren: Ian liegt im Krankenhaus.«

Sie schnappte hörbar nach Luft. »Was hat er denn?«

»Nichts allzu Ernstes. Er ist gestürzt und hat sich den Rücken verrenkt. Außerdem ist er wohl mit dem Kopf aufgeschlagen, er hat nämlich eine Gehirnerschütterung. Sie behalten ihn zur Beobachtung da.«

»Wann ist das passiert?«

»Gestern früh.«

»Oh.«

»Sie brauchen sich keine Sorgen zu machen. Ich dachte nur, Sie wüssten vielleicht gern Bescheid.«

»Ja, vielen Dank.«

Gleich im Anschluss ging Cecilia zu ihrem Vater. »Ian ist verletzt … Ich fahre ins Krankenhaus. Sorge du bitte dafür, dass jemand für mich einspringt. Machst du das?«

»Ja, natürlich. Geh du nur, ich halte hier die Stellung.«

Dankbar lächelte sie ihn an und nahm ihn spontan in die Arme. »Danke, Dad.« Tränen schossen ihr in die Augen.

»Hey, Schluss damit. Grüß Ian von mir und lass mich wissen, wenn ich irgendetwas für dich tun kann.«

»Das werde ich«, versprach sie und griff eilig nach Mantel und Handtasche.

Die Fahrt zum Marinekrankenhaus in Bremerton schien ewig zu dauern. Ihr Auto stieß fette Rauchwolken aus, als sie von der Schnellstraße abbog und auf den riesigen Parkplatz vor dem Krankenhaus fuhr.

Schnell brachte sie in Erfahrung, wohin sie musste, und stürzte atemlos in den Fahrstuhl. Vor Ians Zimmer blieb sie einen Moment stehen, strich sich rasch mit der Hand durch die Haare und holte tief Luft. Dann klopfte sie an die Tür.

Keine Antwort, also öffnete sie die Tür und trat ein. Beim Anblick ihres Mannes traf sie fast der Schlag. Andrew hatte so getan, als wäre Ian leicht gestürzt und läge nur vorsichtshalber zur Beobachtung im Krankenhaus. Ein Blick reichte ihr, um zu erkennen, dass er wesentlich schwerer verletzt war, als sie erwartet hatte.

Er hob den bandagierten Kopf, und als er sah, wer da eingetreten war, stöhnte er auf.

»Was ist passiert?«, fragte sie und trat ganz ein.

»Was tust du hier?«, beantwortete er ihre Frage mit einer Gegenfrage, und es war nur zu offensichtlich, dass sie die Letzte war, die er hier sehen wollte.

»Ich … ich … Andrew hat mich angerufen, und …«

Er schaute sie finster an und verzog dabei schmerzlich das Gesicht. Kein Wunder, dachte sie. Die eine Gesichtshälfte war angeschwollen und blutunterlaufen. Sein linkes Auge war komplett zugeschwollen, sein linker Arm bandagiert.

»Wie sieht der andere Kerl aus?«, fragte sie in der Hoffnung, ein kleiner Scherz würde ihn entspannen.

Er ignorierte die Frage.

»Ian … was ist los.«

»Ich habe dich nicht gebeten herzukommen«, gab er schroff zurück.

»Ich weiß. Ich bin hergekommen, um mich zu vergewissern, dass es dir gut geht.« Sie erwähnte nicht, dass sie dafür ihren Job riskierte. Ihr Vater hatte zwar versprochen, für sie einzuspringen, aber in ihrer Eile hatte sie nicht mit ihrem Chef gesprochen und war unerlaubt gegangen.

»Wie du siehst, geht es mir bestens. Du kannst also wieder gehen.«

Das tat weh. »Du bist gemein.«

»Falls du es noch nicht gemerkt hast, ich habe gerade keine Lust auf Gesellschaft.«

»In Ordnung«, flüsterte sie und zog sich einen Schritt zurück.

»Nun geh schon. Hau ab hier!«

Sie blinzelte, weil es unerträglich schmerzte, wie Ian mit ihr redete. »Wenn du so empfindest, dann …«

»Geh endlich!«, rief er und wies auf die Tür.

Sie drehte auf dem Absatz um und rannte aus dem Zimmer. Wenn er nicht wollte, dass sie sich um ihn sorgte … oder ihn liebte, sollte es ihr recht sein.

»Cecilia!«, rief er ihr nach, aber sie ignorierte das. Eilig rannte sie zum Fahrstuhl und hämmerte auf den Knopf. Vielleicht wurde es doch Zeit, dass sie mit ihrem Anwalt sprach. Mit einem Mann, der sie so behandelte, wollte sie nicht verheiratet bleiben.

8. Kapitel

Inzwischen war es März, und der übliche Märzregen hatte eingesetzt. Justine Lockhart hatte zu nichts weniger Lust, als sich in einem stickigen Raum mit einer Gruppe ehemaliger Klassenkameraden zusammenzusetzen und eine Veranstaltung zu planen, an der sie voraussichtlich nicht einmal teilnehmen würde. Und doch musste sie genau das tun. Wie erwartet, war sie vom Planungskomitee kontaktiert und darum gebeten worden zu helfen. In einem Moment der Schwäche hatte sie eingewilligt.

Unglücklicherweise hatte sie den Fehler gemacht, das Klassentreffen Warren gegenüber zu erwähnen. Er weigerte sich, auch nur in Betracht zu ziehen, sie zu begleiten. Angesichts der vielen Male, die sie seinetwegen tödlich langweilige Besprechungen über sich ergehen lassen hatte, um auf ihn zu warten, oder die Gastgeberin für ein paar seiner Geschäftsfreunde gespielt hatte, war sie davon ausgegangen, dass er ihr diesen kleinen Gefallen tun würde. Offensichtlich hatte sie sich geirrt.

Er versuchte, ihren Streit mit einer hübschen Saphirkette und einer Einladung zum Essen auszubügeln. Bisher hatte Justine diese Art der Entschuldigung immer akzeptiert, und sie hatten weitergemacht wie bisher. Warrens Fehler waren ihr bestens vertraut, und normalerweise ignorierte sie sie einfach. Er konnte unterhaltsam sein und verwöhnte sie, weil sie ihm Gesellschaft leistete. Das klang vielleicht berechnend, aber dieses Arrangement war für sie beide von Vorteil. Außerdem hatte er trotz seines Geldes nur wenige Freunde. Und sie betrachteten beide ihre Beziehung nicht als etwas Langfristiges oder gar Dauerhaftes. Jeder wusste genau, was er zu erwarten hatte.

Das Planungstreffen fand bei Lana Sullivan statt, die mit Jay Rothchild verheiratet war. In den zehn Jahren, die seit ihrem Schulabschluss vergangen waren, hatte Justine nicht ein einziges Mal mit Lana gesprochen.

»Justine!« Lana begrüßte sie enthusiastisch und umarmte sie, als wäre sie eine lange Zeit verschollene Freundin. »Komm rein! Seth ist schon da und Mary auch.«

Justine warf einen Blick ins Wohnzimmer und sah, dass Mary O'Donnell hochschwanger war. »Schön, dich zu sehen, Mary«, sagte Justine lächelnd, dann nickte sie Seth zu.

Der ehemalige Starathlet der Schule hatte sich kaum verändert, zumindest körperlich nicht. Er war hochgewachsen und immer noch muskulös, dabei wirkte er jedoch deutlich erwachsener und reifer. Auch seine hellblonden Haare waren noch dieselben. So gut aussehend war er ihr als Teenager nicht vorgekommen, aber an die Highschool-Zeit hatte sie sowieso nur verschwommene Erinnerungen.

»Was tust du so heutzutage?«, wollte Mary wissen.

Sie zuckte mit den Schultern. »Ich arbeite für die First National Bank.« Sie war mit einem Geschichtsdiplom vom College abgegangen, das Fachgebiet hatte sich aber als brotlose Kunst erwiesen.

»Ich habe gehört, du bist die Filialleiterin«, warf Seth ein.

»Das stimmt.« Es überraschte sie, dass er das wusste. Kunde der Bank war er nämlich nicht.

Ein wenig unbehaglich nahm Justine gegenüber von Mary Platz, schob ihre Hände unter die Oberschenkel und übte sich in höflicher Konversation mit der kleinen Gruppe. Die angebotene Tasse Kaffee lehnte sie ab.

Wann aus der leicht angespannten und verkrampften Unterhaltung ein ungezwungener Austausch wurde, hätte sie nicht sagen können, aber es geschah. Schon bald lachte sie mit diesen Leuten, die für sie kaum mehr als vage vertraute Fremde waren.

Als man sich auf einen Terminplan geeinigt und die Verantwortlichkeiten verteilt hatte, war das Treffen beendet. Justine brach zur selben Zeit auf wie Seth.

»Hast du schon gegessen?«, fragte er sie zu ihrer Verwunderung und klimperte mit seinen Wagenschlüsseln, während er auf ihre Antwort wartete.

Justine begriff: Das war mehr als nur eine Frage. Es war eine Einladung. »Nein, habe ich nicht.« Warren hatte vorgeschlagen, sie solle anrufen, wenn das Treffen vorbei war, dann könne er vielleicht auf einen Drink mit ihr irgendwohin gehen –, aber damit hatte sie es nicht eilig. »Soll ich dir Gesellschaft leisten?«, frage sie Seth.

»Gern.«

Wie Justine schon früh an diesem Abend bemerkt hatte, war Seth ganz und gar nicht so, wie sie ihn in Erinnerung hatte. Schon nach kurzer Zeit war ihr klar geworden, dass er alles andere als die hohlköpfige Sportskanone war, die sie in ihm gesehen hatte. Er besaß einen scharfen Verstand, und sein herzhaftes Lachen gefiel ihr außerordentlich. Auch seine Ideen für das Klassentreffen überzeugten sie, denn die bewiesen nicht nur Fantasie, sondern waren auch leicht umsetzbar.

Sie fuhren jeder im eigenen Auto zum D. D., einem angesagten Meeresfrüchte-Restaurant direkt am Wasser in der Nähe des Jachthafens. Das Restaurant hatte im Sommer des Vorjahres eröffnet, und Justine war ein paarmal zum Mittagessen dort gewesen, aber noch nie am Abend.

Da es schon nach acht war, bekamen sie sofort einen Tisch zugewiesen, noch dazu einen besonders guten an einem der Fenster, von denen aus man den Hafen überblicken konnte und die Lichter der Marinewerft von Bremerton auf der anderen Seite der Bucht sah. Justine warf einen raschen Blick auf die Speisekarte und traf ihre Wahl.

»Kaum zu glauben, dass wir vor zehn Jahren von der Schule

abgegangen sind, oder?«, stellte sie fest. »Alle sehen noch fast genauso aus wie damals. Nun ja, bis auf Mary …«

»Ich habe gemischte Gefühle, was das Klassentreffen angeht«, gestand Seth.

»Weshalb?«, fragte sie erstaunt.

»Falls ich überhaupt hingehe, dann vermutlich allein. Gar nicht gut für mein Image, weißt du?« Grinsend schaute er sie an, und Justine musste unwillkürlich lächeln.

»Dabei warst du doch der Schwarm aller Mädchen, als wir noch zur Schule gingen«, neckte sie ihn.

»Nicht aller, nicht des einen Mädchens, für das ich mich wirklich interessiert habe.« Seine blauen Augen schauten sie unverwandt an.

»Wem willst du das weismachen? Du hättest doch mit jeder gehen können.«

»Nicht mit dir«, erwiderte er und ließ sie nicht aus den Augen.

»Mit mir?«, fragte sie entgeistert zurück. »Du wolltest mit *mir* gehen?«

Das konnte nur ein Scherz sein, und kein besonders witziger dazu. Gerade wollte sie das sagen, als ihr aufging, dass er das womöglich ernst gemeint hatte.

»Wie meinst du das?«, fragte sie kaum hörbar.

»Ich war bis über beide Ohren in dich verknallt.«

»Du hast nicht ein einziges Mal versucht, dich mit mir zu verabreden«, erinnerte sie ihn.

»Wärst du denn mit mir ausgegangen, wenn ich es versucht hätte?«

Die Frage konnte Justine nicht beantworten – sie wusste es nicht.

»Du hast in mir einen Schwachkopf gesehen, und ich kann dir das nicht mal verübeln. Wann immer wir uns irgendwo begegnet sind, wann immer du in meiner Nähe warst, habe ich vor lauter Verlegenheit kein Wort herausgebracht oder mich wie ein Volltrottel benommen. Und genauso habe ich mich auch gefühlt und kam wochenlang nicht darüber hinweg.«

»Ich hatte ja keine Ahnung«, sagte Justine schwach und schüttelte den Kopf.

»Gott sei Dank«, meinte er und lachte in sich hinein. Dann wandte er sich wieder der Speisekarte zu, als sei damit alles zu diesem Thema gesagt.

Die Kellnerin brachte einen Korb mit warmem Brot, nahm ihre Bestellung auf und verschwand wieder. Justine griff nach einem Stück Sauerteigbrot. Offenbar war Seth schon längst nicht mehr in sie verknallt.

»Ich werde vermutlich auch allein zum Klassentreffen gehen«, murmelte sie.

»Du?« Das klang, als hielte er das für absolut unglaubwürdig. »Ich dachte, du und dieser Saget seid ein Paar.«

»Das sind wir … sozusagen.« Sie wusste nicht recht, wie sie ihre Beziehung mit Warren erklären sollte, und beschloss, es lieber gar nicht erst zu versuchen.

»Gehst du auch mit anderen Männern aus?«

Justine wollte Seth nicht unbedingt wissen lassen, dass sie zu haben war. Sein Geständnis hatte eine seltsame Wirkung auf sie. Es weckte den beinahe unbeherrschbaren Drang in ihr, laut in Gelächter auszubrechen. Während ihrer gesamten Highschool-Zeit hatte sie sich zu groß, zu ungeschickt und zu sehr als Außenseiterin gefühlt. Für gesellschaftlichen Erfolg, wie er in der Highschool definiert war, war sie zu intelligent und zu ernst gewesen.

Seth riss sich ein Stück Brot ab und lächelte traurig. »Ist schon gut. Du musst nicht antworten. Ich habe dich in Verlegenheit gebracht, oder?«

»Nein, ich weiß einfach nicht, was ich sagen soll. Ich hätte es mir nie träumen lassen … Du hättest mit jedem Mädchen ausgehen können, das du wolltest!« Erneut schüttelte sie den Kopf. »Während der Highschool-Zeit bin ich nicht oft ausgegangen. Es war eine schlimme Zeit für mich.«

»Wegen Jordan?«

So wenige Menschen erwähnten den Namen ihres Zwillingsbruders, dass sie einen Moment sprachlos war. Sie ließ den Schock sacken, bevor sie antwortete. »Teilweise. Wir standen uns nahe, weißt du, und … irgendwie war nach seinem Tod nichts mehr so wie vorher.«

»Für mich auch nicht.«

Natürlich wusste Justine, dass Seth und Jordan eng befreundet gewesen waren, aber sie hatte nicht damit gerechnet, dass der Tod ihres Bruders solch einen bleibenden Eindruck bei ihm hinterlassen hatte.

»Ich habe immer gedacht, wenn ich an jenem Tag bei ihm gewesen wäre, wäre er nicht ertrunken.«

Bis Seth es nun aussprach, hatte Justine vergessen gehabt, dass ihr an dem Tag des Unglücks der gleiche Gedanke immer wieder durch den Kopf gegangen war. Tränen schossen ihr in die Augen, und sie wandte heftig blinzelnd den Blick ab.

»Vielleicht sollten wir lieber nicht über Jordan reden«, sagte sie schließlich. Sie starrte immer noch aus dem Fenster, obwohl die Tränen ihr den Blick auf die Lichter von Bremerton verschleierten. »Der Unfall liegt schon so lange zurück.« Das Unglück war der Wendepunkt ihres Lebens gewesen. Mit dreizehn Jahren hatte sie nicht nur ihren Zwillingsbruder verloren, sondern ihre Familie, ihre Sicherheit, ihr Selbstwertgefühl. Seitdem stolperte sie ziellos durchs Leben und suchte nach einem Halt, nach etwas, das ihr half, sich wieder zu erden.

Für einen Moment waren sie beide still, gefangen in ihren Erinnerungen. Dann gaben sie sich einen Ruck. Als ihr Essen serviert wurde, plauderten sie wieder miteinander, ungezwungen und entspannt. Anschließend ließen sie sich Kaffee bringen. Keiner von ihnen hatte es eilig, schon zu gehen. Als das D.D. um zehn schloss, bot Seth ihr an, ihr sein Boot zu zeigen, die *Silver Belle*. Justine nahm das Angebot an.

»Es ist nichts Besonderes.«

Das erwartete Justine auch nicht, aber neugierig war sie dennoch. Sie gingen zu Fuß zum Jachthafen hinüber, und sie zog die Schultern hoch, um sich gegen den kalten Nieselregen zu schützen, der eingesetzt hatte, während sie im Restaurant gewesen waren. Gemeinsam betraten sie den schwimmenden Betonkai, der wegen der Nässe äußerst glatt war. Justine versuchte sich an den Lichtern zu orientieren, die sich im tiefschwarzen Wasser spiegelten, während Seth leichtfüßig vorauseilte. Er bewegte sich sicher und lässig auf der schwankenden Plattform und war schon mehrere Meter vor ihr, als ihm auffiel, wie unsicher sie ihm folgte. Als er es bemerkte, bot er ihr seine Hand an. Die Kraft seiner Finger erstaunte sie. Er hatte die Hände eines Mannes, der regelmäßig körperliche Arbeit verrichtete. Das erinnerte sie an etwas, was ihre Mutter gesagt hatte. *»Er ist ein hart arbeitender Mann, Justine, und daran ist nichts auszusetzen.«*

Im Laufe ihres Gesprächs im Restaurant hatte sie erfahren, dass Seth nicht nur im Jachthafen wohnte, sondern im Winter auch dort arbeitete. Im Sommer flog er nach Alaska und verdiente sein Geld als Fischer auf einem der großen Fangschiffe. Schon sein Vater und sein Großvater waren Fischer gewesen, und ihm, so sagte er selbst, lag es im Blut.

Er betrat das etwas über sieben Meter lange Segelboot und half Justine an Bord. Als sie sicher an Deck stand, führte er sie nach unten in die Kajüte. Dort war es eng, aber ordentlich und aufgeräumt.

»Kaffee?«, fragte er und griff nach dem Wasserkessel.

»Nein, ich hatte genug, danke.« Sie wollte nicht, dass er sich die Mühe machte, zumal sie nicht lange bleiben wollte.

Er schob die Hände in die Gesäßtaschen und stand unschlüssig vor ihr. Die Besichtigung seines Zuhauses hatte nicht mehr als eine Minute in Anspruch genommen.

»Ich begleite dich zu deinem Auto«, bot er an.

Justine war ihm dafür dankbar, denn der Gedanke, allein über das schwimmende Dock zurückzugehen, behagte ihr gar nicht. Wieder nahm Seth ihre Hand, und sie wechselten kein Wort miteinander, bis sie vor ihrem Wagen standen. Bevor sie aufschloss, wandte sie sich Seth zu. »Danke. Ich habe das Essen genossen und fand es schön, dein Boot gesehen zu haben.«

»Ich habe den Abend mit dir genossen.« Er trat einen Schritt zurück. »Wirst du an weiteren Planungstreffen teilnehmen?«

»Ich weiß noch nicht, aber wahrscheinlich schon. Wie steht es mit dir?«

»Solange ich in der Stadt bin, ja.«

»Oh, richtig.« Wenn das Klassentreffen stattfand, würde Seth auf einem Fangschiff in Alaska arbeiten. Der Gedanke, dass er nicht dabei sein würde, deprimierte sie. Bei ihrer Ankunft bei Lana war sie so sicher gewesen, nichts mit den Leuten dort gemein zu haben. Dann hatte sie erfreut festgestellt, dass sie durchaus etwas mit ihnen gemein hatte. Nun ja, immerhin mit *einem* von ihnen …

»Ich werde dich vermissen«, sagte sie.

»Meinst du das ernst?« Seth starrte sie an.

Justine nickte.

»Das freut mich.« Dann, ohne ihr eine Chance zu geben, auch nur zu erraten, was er vorhatte, zog er sie in seine Arme und senkte langsam seine Lippen auf ihre.

In vollem Bewusstsein dessen, was sie tat, schloss Justine ihre Augen und reckte sich ihm entgegen. Seine Lippen schlossen sich warm und feucht um ihre. Während sie so in seinen Armen lag, stellte sie erstaunt fest, dass sie genau das wollte. Dringend wollte …

In seinem Kuss lag Erregung, aber auch Zärtlichkeit. Sie hatte nicht erwartet, dass ein so großer, kräftiger Mann so … zärtlich und sanft sein konnte, aber Seth Gunderson hatte sie schon den ganzen Abend lang überrascht.

Die *John F. Reynolds* war ausgelaufen, und Cecilia hatte kein Sterbenswort von Ian gehört. Verbittert sagte sie sich, dass es völlig in Ordnung war, wenn er abreiste, ohne ihr Bescheid zu geben. Ihre letzte Begegnung war so grauenhaft verlaufen, dass es ihr gleichgültig war, ob sie den Mann, der schon bald ihr Ex-Mann sein würde, jemals wiedersehen würde.

»Geht's dir gut, Kleines?«, fragte ihr Vater sie am Samstagmorgen, als sie ins Restaurant kam, um ihren Gehaltsscheck abzuholen.

»Warum sollte es das nicht?«, gab sie kurz angebunden zurück.

»Schon gut, schon gut«, erwiderte er und hob die Hände, als wollte er Ärger abwehren.

Sie hatte ihn nicht anfauchen wollen, aber in letzter Zeit bemühte ihr Vater sich immer mehr darum, ihr Freund und Vertrauter zu sein. Das ärgerte sie, denn sie lehnte ihn in beiden Rollen ab.

»Wie läuft es in der Schule?«, fragte er, offensichtlich, um mit ihr ins Gespräch zu kommen.

»Warum interessiert dich das auf einmal so sehr?«, wollte sie wissen. Als sie ihm erstmalig davon erzählt hatte, bestand sein einziger Kommentar in der gleichgültigen Bemerkung, wie »cool« das sei. Von Zuspruch und Unterstützung keine Spur.

»Schon gut«, wiederholte er und wandte sich ab. Wahrscheinlich bereute er es bereits, überhaupt gefragt zu haben.

Cecilia seufzte. Sie verstand sich selbst kaum. »Es tut mir leid … Ich habe es nicht so gemeint.«

Bobby starrte sie an. »Was belastet dich, Kleines? Du bist schon seit ein paar Wochen in merkwürdiger Stimmung.«

»Das ist nicht wahr.«

Er runzelte die Stirn, wollte offenbar widersprechen, zuckte dann aber mit den Schultern. »Egal.«

»Es ist nur so, dass ich bis spät in die Nacht arbeite und dann früh aufstehe, um zur Schule zu gehen.« Die Erklärung war ziemlich dürftig, aber mehr wollte sie nicht sagen. Schlafmangel konnte vieles erklären, aber nicht alles.

»Du gehst also noch zum Unterricht?« Anscheinend glaubte er, sie müsse inzwischen das Interesse verloren haben.

»Ja, ich gehe noch zu den Kursen.« Und sie liebte die Herausforderung, auch wenn es sie viel Zeit und Energie kostete.

»Ist Ian in der Stadt?«, fragte ihr Vater vorsichtig.

»Anscheinend nicht«, erwiderte sie lässig. »Die *John F. Reynolds* ist Anfang der Woche ausgelaufen.« Ignorieren konnte man das kaum. Die Medien – sowohl die Lokalzeitung als auch die Tagesblätter von Seattle und die Fernsehnachrichten – hatten groß darüber berichtet, dass der Flugzeugträger nach Abschluss der Reparaturarbeiten zum zweiten Mal in diesem Monat auslief. Obendrein war das auch Gesprächsthema Nummer eins in Cedar Cove gewesen.

»Hast du in letzter Zeit mit ihm gesprochen?«

Ihr fiel auf, dass Bobby fast zwei Meter Abstand zu ihr hielt, um sich notfalls schnell verdrücken zu können, wenn sie ihn wieder anfuhr.

»Ian und ich wollen uns scheiden lassen«, erinnerte sie ihn.

»Ich weiß, aber schau, ich dachte, ihr söhnt euch vielleicht wieder aus.«

Das hatte Cecilia auch gedacht. An dem Abend, an dem sie gemeinsam essen gegangen waren und sich geliebt hatten, hatte sie Hoffnung geschöpft. Freudige Erwartung hatte sie erfüllt, ähnlich der, die sie gefühlt hatte, als sie sich seinerzeit kennengelernt hatten. Dann aber hatte er in der Nacht fluchtartig ihre Wohnung verlassen, und alles hatte sich geändert. Sie konnte nicht verstehen, warum.

»Ich wünschte, ihr beide würdet euch wieder zusammenraufen«, fuhr Bobby fort.

Unmut stieg in ihr auf. »Ich wünschte auch, du und Mom hättet euch mehr bemüht, aber Wünschen hilft mir kein bisschen weiter, richtig?« Damit griff sie nach ihrem Gehaltsscheck und knallte auf dem Weg nach draußen die Tür hinter sich zu.

Sie war wütend, und dafür hatte sie nicht einmal einen Grund. Ihr Vater regte sie auf, ihre Kollegen regten sie auf – jeder tat das in letzter Zeit –, und das war so gar nicht typisch für sie. Bobby wollte nur helfen, und sofort hatte sie etwas an ihm zu bemängeln. Seit ihrer Schwangerschaft war Cecilia nicht mehr so unausgeglichen gewesen. Diesmal konnte sie ihr Verhalten nicht damit entschuldigen, denn ihre Periode hatte absolut pünktlich eingesetzt – Gott sei Dank. Ihre schlechte Laune war nichts anderes als das – schlechte Laune. Zumindest redete sie sich das ein.

Nachdem sie den Gehaltsscheck zur Bank gebracht hatte, ging sie einkaufen. Sie brauchte ein paar Dinge, um über die Woche zu kommen. Und obwohl sie es sich eigentlich nicht leisten konnte, kaufte sie einen Strauß Frühlingsblumen – für Allison. Seit fast einem Monat hatte sie das Grab ihres Babys nicht mehr besucht. Ihm fernzubleiben fiel ihr nicht leicht. Sie hatte sich zurückhalten müssen, um nicht jeden Tag zum Friedhof zu fahren, wie sie das zu Anfang getan hatte.

Sie hatte mehr sein wollen als nur eine gute Mutter. Sie hatte ihrer Tochter alles geben wollen, was sie selbst nie gehabt hatte. Keine materiellen Dinge, sondern Aufmerksamkeit, Liebe, Sicherheit, Geborgenheit. Wie der Zufall es wollte, hatte sie Allison nicht einmal das Allerwichtigste geben können: das Leben. Ihr Baby wurde von Anfang an um alles betrogen, und

Cecilia hatte trotz all ihrer guten Absichten versagt. Vom Verstand her wusste sie, dass sie keine Schuld daran trug, aber ihr Gefühl wollte das nicht begreifen. Sie konnte den Gedanken nicht abschütteln, dass es irgendetwas geben musste, was sie zu tun versäumt hatte. Irgendetwas, was sie hätte tun sollen. Der Arzt versicherte ihr, das sei eine ganz normale Reaktion in solch einem Fall, und riet ihr dringend zu einer therapeutischen Beratung. Cecilia sah sich außerstande, sich darauf einzulassen.

Erst am späten Nachmittag fuhr sie zum Friedhof. Unter Tränen ging sie den Weg hinunter, der zu dem Teil des Friedhofs führte, wo Allisons Grab lag. Ab und zu blieb sie stehen, fegte Blätter oder Gras von einem Grabstein, las Namen und Daten, dachte über jedes verlorene Leben nach.

An Allisons Grab angekommen, fielen ihr sofort die frischen Blumen auf. Gelbe Chrysanthemen, ihre Lieblingsblumen.

Ian. Das konnte nur er gewesen sein.

Er hatte sie nicht angerufen, um ihr zu sagen, dass sein Schiff auslaufen würde, aber er hatte ihre Tochter besucht. Cecilia hockte sich nieder und legte ihren eigenen Strauß neben den, den ihr Mann dort abgelegt hatte. Sie berührte die Blüten mit einer Fingerspitze und fragte sich, ob darin wohl eine Nachricht für sie steckte.

Nein, entschied sie und wappnete sich damit gegen jedes Gefühl, das sie noch für Ian hegte. Er hatte ihr sehr deutlich zu verstehen gegeben, dass er sie nicht mehr in seinem Leben haben wollte. Ihren Körper hatte er gewollt, aber nicht sie. Diese Botschaft war klar und deutlich gewesen. Er hatte sie in absolut unmissverständlicher Weise aus dem Krankenzimmer gejagt. Und nicht einmal angerufen, um sich zu entschuldigen. Na schön, wenn er es so wollte. Sie brauchte sein Auto sowieso nicht.

Je stärker Cecilia sich aber einzureden versuchte, dass Ian ihr egal war, desto weniger konnte sie sich selbst davon überzeugen, und das lag nicht daran, dass sie ihn gernhaben *wollte*.

Dass sie so niedergeschlagen und zornig war, lag nur an ihm. Sie hatte ihn wieder in ihr Bett gelassen … und in ihr Herz. Jetzt trug sie die Konsequenzen.

Es schmerzte, dass er Bremerton ohne ein Wort verlassen hatte. Kein »Auf Wiedersehen«, kein »Es tut mir leid«, nichts. Grob war er gewesen, unvernünftig, und das nicht zum ersten Mal.

Zurück in ihrer kleinen Wohnung, versuchte Cecilia ihre Englisch-Hausaufgaben zu erledigen, aber ihre Gedanken schweiften immer wieder ab von den romantischen Dichtern Englands und schlugen Wege ein, die sie lieber gemieden hätte.

Als das Telefon klingelte, zuckte sie zusammen. Mit übertriebenem Seufzen hob sie ab.

»Hallo«, meldete sie sich.

»Hi«, meldete sich fröhlich die Stimme einer Frau. »Du kennst mich nicht, aber ich schätze, es wird Zeit, dass ich mich vorstelle. Ich bin Cathy Lackey.«

»Wer bitte?«

»Cathy Lackey, Andrews Frau.«

Ians Freund. »Sie sind unterwegs zu einem Einsatz, nicht wahr?«

»Seit drei Tagen. Hat Ian nicht angerufen?«

»Nein.« Sie gab sich Mühe, gleichgültig zu klingen, obwohl sie zutiefst verletzt war.

»Dieser Feigling! Am liebsten würde ich ihm einen Tritt in den Allerwertesten verpassen«, grummelte Cathy.

Zum ersten Mal an diesem Tag musste Cecilia grinsen. »Ich auch.«

»Hör mal, mir ist klar, dass wir uns noch nie begegnet sind, aber ich fände es schön, wenn wir uns anfreunden. Andrew und Ian verstehen sich so gut und … na ja, wir sind erst vor ein paar Wochen hierher versetzt worden, und ich kenne noch nicht viele Leute.«

»Ich kenne auch nicht viele Leute meines Alters.« Es sei denn, sie rechnete ihre Kolleginnen im Captain's Galley mit ein, aber irgendwie war sie in dieser Gruppe eine Außenseiterin geblieben. Da sie schon immer eher still und zurückhaltend gewesen war und eine chaotische Kindheit durchlebt hatte, fiel es ihr nicht leicht, Freundschaften zu schließen. »Wir sollten uns demnächst mal treffen.«

Cathy wird mir etwas von Ian erzählen können, ging es ihr durch den Kopf.

»Großartig!« Cathy schien sich zu freuen. »Hast du heute Abend schon etwas vor?«

Es war einer der seltenen Samstagabende, an denen Cecilia freihatte. »Woran denkst du?«

»Wir könnten uns einen Film ausleihen und Popcorn machen.«

Das konnte Cecilia sich gerade eben noch leisten. »Gern. Willst du herkommen, oder soll ich zu dir fahren?«

»Ich komme zu dir, wenn es dir recht ist.«

»Gern.« Cecilia schaute sich kurz in der Wohnung um, ob sie auch sauber war. Es reichte, wenn sie schnell durchsaugte und ihre Bücher sowie den Papierkram wegräumte. Ansonsten war ihr Apartment in einem akzeptablen Zustand.

»Kannst du mich hinterher nach Hause fahren?«

»Kein Problem. Soll ich dich auch abholen?«

»Nein, ich habe Ians Auto.«

Die Worte trafen sie wie ein Blitz aus heiterem Himmel, aber bevor sie reagieren konnte, redete Cathy schon weiter. »Ist sechs Uhr zu früh?«

»Das ist in Ordnung«, brachte sie mühsam über die Lippen, »aber …«

»Ich gebe dir dann die Schlüssel, die Papiere und alles andere«, fuhr Cathy fort.

»Die … was, bitte?«

»Für Ians Auto. Er sollte dich anrufen, aber da ich nichts von dir gehört habe, habe ich mir schon gedacht, dass er die Nerven verloren hat. Männer!« Cathy kicherte, und Cecilia runzelte verwirrt die Stirn. Sie verstand überhaupt nichts mehr.

»Du meinst, er hat gesagt, ich soll seinen Wagen benutzen?«

»Er hat darauf bestanden«, versicherte Cathy.

Zu gern hätte sie das geglaubt, aber konnte sie das wirklich? Er hatte ihr schon einmal einen Tiefschlag versetzt, und einen zweiten konnte sie nicht vertragen. »War das, bevor er ins Krankenhaus gekommen ist oder hinterher?«

»Hinterher. Er hat mir selbst die Schlüssel übergeben und mich gebeten, auf jeden Fall dafür zu sorgen, dass du das Auto bekommst.«

»Oh«, sagte Cecilia leise und atmete langsam tief aus. Obwohl sie sich geweigert hatte, sein Angebot anzunehmen und das Auto zu benutzen, wollte er, dass sie es fuhr. Sie war ihm nicht gleichgültig. Ganz und gar nicht.

»Wir sehen uns um sechs. Und ich besorge unterwegs einen Film. Eine Komödie, einverstanden? Was hältst du von *Notting Hill*? Hast du den Film schon gesehen?«

»Nein, habe ich nicht, und ich würde ihn liebend gern sehen.«

Das letzte Rezept, das Charlotte ergattert hatte – Schokosplitter-Pekannuss-Kuchen – war das beste. Bekommen hatte sie es anlässlich der Beerdigung des alten Vaters eines Nachbarn. Es kamen viele Trauergäste, aber das war nicht überraschend, denn Herbert hatte einundachtzig Jahre in Cedar Cove gelebt. Der Kuchen würde ein hervorragendes Oster-Dessert abgeben. Außerdem wollte sie wie immer ihren Kokosnusskuchen backen. Ihre Familie würde darauf bestehen, obwohl sie sicher war, dass weder Olivia noch Justine eine Ahnung hatten, wie viel Arbeit in diesem verflixten Kuchen steckte.

Charlotte beharrte darauf, alles auf altmodische Art und Weise zu machen. Selbst wenn ihr Leben davon abgehangen hätte, hätte sie niemals zu einer Backmischung gegriffen. Oh nein, sie verwendete nur Grundzutaten, wie es schon ihre Mutter getan hatte. Und ihre Großmutter. Für den Kokosnusskuchen brauchte sie drei Tage, und die erste und wichtigste Zutat war eine frische Kokosnuss, aber das Ergebnis war die Mühe wert. Niemals hätte sie solche Traditionen freiwillig aufgegeben.

Am Donnerstagmorgen suchte sie wie gewohnt das Seniorenzentrum auf, wo sie sich mit ihrer Strickgruppe traf. Ihre besten Freundinnen saßen um den großen Tisch versammelt, jede mit ihrer eigenen Strickarbeit beschäftigt. Einige von ihnen strickten für ihre Enkelkinder, andere für Pflegekinder oder für die Wohlfahrt. Es gab nichts Tröstlicheres und Bequemeres als einen Pullover oder eine Decke, die mit Liebe von Hand gestrickt waren.

»Hallo, Charlotte«, begrüßte Evelyn sie. Die Afghandecke, die sie für ihre Tochter strickte, war fast fertig. Sie hatte ein wunderschönes Muster, und auch schon etliche andere in der Gruppe hatten es verwendet.

»Hast du in letzter Zeit Jack Griffin gesehen?«, fragte Evelyn. Trotz allem hegte sie immer noch Verdacht gegen den Redakteur des *Chronicle*. So war Evelyn nun einmal, besonders seit sie gelernt hatte, wie man das Internet benutzte. Sie zweifelte praktisch an jedem, und meistens sah Charlotte einfach über Evelyns Mangel an Vertrauen in andere hinweg.

»Gestern Nachmittag«, antwortete Charlotte im Plauderton. Sie hatte sehr viel Zeit in die Seniorenseite der Zeitung gesteckt und war mit dem Ergebnis hochzufrieden. Jack gefielen ihre Ideen, und er hatte ihr vorgeschlagen, sie könne doch eine wöchentliche Kolumne schreiben. Zunächst war Charlotte davor zurückgescheut. Zum einen fühlte sie sich nicht zum Schreiben berufen, zum anderen fürchtete sie, sie würde weder genug Berichtenswertes finden noch genügend Ideen entwickeln können, um eine wöchentliche Kolumne zu füllen. Aber Jack hegte so großes Vertrauen in sie, dass sie beschlossen hatte, es zumindest zu versuchen. Ihre erste Kolumne war in der Woche zuvor auf der Seniorenseite erschienen und enthielt ein Rezept, ein bisschen Lokalgeschichte und ein paar Buchvorstellungen von neu in der Stadtbücherei verfügbaren Leihbüchern, die Olivias Freundin Grace ihr gegeben hatte.

»Ich habe dein Rezept ausprobiert«, sagte Helen, die eifrig an einem Pullover für ihre fünfzehnjährige Enkelin strickte.

»Die Cheddar-Cracker?« In Sachen Rezepte hatte Charlotte schon für drei Monate vorgeplant. Da sie immer wieder auf neue spannende Kreationen stieß, fiel es ihr schwer zu entscheiden, welche sie als erste veröffentlichen sollte. »Oh, aber die sind noch gar nichts gegen den Schokosplitter-Pekannuss-Kuchen, den ich diese Woche gekostet habe.«

»Auf Herbert Monks Beerdigung?«, fragte Bess.

»Ich habe davon gehört«, meinte Helen. »Wenn auf einer Totenwache etwas wirklich Gutes serviert wird, spricht sich das herum.«

»Ich habe nur eine Bitte: Irgendwer soll bitte die Brokkoli-Lasagne zu meiner Totenwache mitbringen«, warf Evelyn ein. »Dann wird jeder wissen, dass ich gestorben und in den Himmel gekommen bin.«

Charlotte lachte in sich hinein.

»Wie geht es deinem Freund Tom?«, wollte Helen wissen.

Zugegebenermaßen hatte sie wegen Tom Harding schon ein schlechtes Gewissen. »Ich habe ihn die ganze Woche nicht besucht«, gab sie zu. Sie war so mit der Seniorenseite beschäftigt gewesen, dass sie nicht dazu gekommen war, das Rehazentrum aufzusuchen.

Bei ihrem letzten Besuch war Tom ziemlich gedrückter Stimmung gewesen. Sie hatte versucht, ihn aufzuheitern, allerdings erfolglos, obwohl er zuhörte und gelegentlich reagierte.

Wie immer hatte Charlotte über alles Mögliche geplaudert. Sie hatte ihm auch gesagt, dass sie seinen Schlüssel an einem sicheren Ort verwahrte, und das schien ihn zu beruhigen.

»Ich glaube, es geht ihm nicht gut«, sagte Laura.

Laura war immer am besten über alles im Bilde. Mit sieben Kindern, die alle in der Stadt lebten, wusste sie mehr darüber, was in Cedar Cove geschah, als der Bürgermeister.

»Wirklich?« Charlotte hoffte, dass ihm nichts Ernstes fehlte, denn sonst hätte Janet Lester sie sicherlich angerufen.

»Vielleicht schaust du einfach mal nach ihm?«

»Das tue ich noch heute Nachmittag.« Ein bisschen ärgerte es Charlotte, dass Laura mehr über ihren Freund wusste als sie selbst. Andererseits war ihr natürlich klar, dass sie ganz allein dafür verantwortlich war. In letzter Zeit hatte sie einfach so viel zu tun.

Sie blieb etwa eine Stunde, strickte und unterhielt sich mit den anderen. Dann packte sie ihr Strickzeug ein und eilte zum Rehazentrum. Ohne erst einen Abstecher in Janets Büro zu machen, ging sie direkt zu Toms Zimmer.

Von Janet hatte sie erfahren, dass es Toms ursprünglicher Wunsch gewesen war, nach Cedar Cove zu kommen. Warum, das hatte er nicht gesagt. Auch, was es mit den Dingen im Lagerraum auf sich hatte, blieb ein Rätsel. Er hatte nichts erklärt, und als Charlotte ihn danach fragte, tat er so, als wäre er eingeschlafen.

Heute hatte sie ihre neueste Kolumne mitgebracht, um sie ihm vorzulesen, außerdem ein Stück von dem Pekannuss-Kuchen, das sie extra für ihn beiseitegestellt hatte. Sie hoffte, sich damit für die letzten zwei Wochen, in denen sie sich nicht um ihn gekümmert hatte, entschuldigen zu können.

Zu ihrer Überraschung war sein Zimmer leer. Soweit sie wusste, sollte er eine Physiotherapie bekommen, deshalb vermutete sie, dass er vielleicht gerade in Behandlung war.

Da sie unbedingt wissen wollte, wie es ihm ging, eilte sie zu Janets Büro und klopfte höflich an die halb offene Tür.

»Charlotte.« Sofort war Janet auf den Beinen, wich aber ihrem Blick aus. »Ich hätte dich früher anrufen sollen.«

»Das hättest du allerdings.« Es war ihr peinlich, erst von ihren Freundinnen erfahren zu haben, dass es Tom nicht gut ging.

»Ich bitte um Entschuldigung.«

»Was ist passiert?«

»Wir vermuten, dass er einen weiteren Schlaganfall hatte.«

Charlotte schnappte erschrocken nach Luft. Armer, armer Tom. Ein weiterer Schlaganfall hatte seine gesundheitlichen Probleme sicherlich noch verstärkt.

»Wie schlimm ist es?«

»Schlimm?«, fragte Janet und setzte sich wieder. »Du weißt es gar nicht«, fügte sie langsam hinzu.

Charlotte schüttelte den Kopf, begriff aber allmählich, dass es schlimmer sein musste, als sie es sich ausgemalt hatte. Sie rückte sich einen Stuhl zurecht und setzte sich ebenfalls.

»Tom ist gestern Nacht gestorben.«

»Gestorben?« Das hätte sie eigentlich nicht so unerwartet treffen dürfen, wenn sie sein hohes Alter und seinen schlechten Gesundheitszustand bedachte, aber sie hatte trotzdem das Gefühl, einen guten Freund verloren zu haben. »Ich … Mir war nicht klar … Ich wusste nicht …« In ihrem Alter war der Tod nichts Besonderes, sondern ein regelmäßiger Begleiter. Schon vor Jahren hatte sie ihren Mann beerdigt, und jeden Tag, so kam es ihr vor, stieß sie auf einen Nachruf auf jemanden, den sie kannte. Dennoch traf der Tod dieses Mannes sie hart.

»Alles in Ordnung mit dir?«, fragte Janet.

»Natürlich«, wiegelte Charlotte ab, aber es stimmte nicht. Ihr zitterten die Hände, und sie fröstelte.

»Ich weiß, dass ihm deine Freundschaft viel bedeutet hat.«

Charlotte nickte und kramte in ihrer Handtasche nach einem Taschentuch, um sich die drohenden Tränen zu trocknen.

»Deine Besuche waren ihm sehr wichtig.«

»Das letzte Mal war ich vor zwei Wochen hier – ich hätte öfter kommen sollen.«

»Charlotte, du konntest nicht wissen, was passieren würde«, versuchte Janet sie zu trösten.

Natürlich wusste Charlotte, dass sie recht hatte. Trotzdem blieb das Gefühl, Tom Harding im Stich gelassen zu haben. Bevor sie angefangen hatte, für die Zeitung zu arbeiten, hatte sie ihn mindestens einmal wöchentlich besucht. Tom war der Erste gewesen, dem sie ihre allererste Kolumne vorgelesen hatte. Er hatte lächelnd zugehört und sie für gut befunden. Jack Griffin dagegen hatte sich mit dem Rotstift über ihr Werk hergemacht und darin herumgestrichen, bis sie es kaum wiedererkannte. Natürlich war sie keine erfahrene Schreiberin, geschweige denn ein Profi, dennoch hatte das ihren Stolz verletzt. Als sie sich bei Tom darüber beklagte, schaute er sie mitfühlend an. Genau das brauchte sie in dem Moment.

An dem Tag hatte sie ihn zum letzten Mal gesehen.

Janet griff zum Telefon und bestellte in der Küche Tee für sie beide. Fünf Minuten später wurde ein Tablett ins Büro gebracht.

»Er war ein besonderer Mann«, sagte Charlotte dankbar für den heißen, beruhigenden Tee. Er half gegen die Enge in ihrer Kehle.

»Ja, das war er«, stimmte Janet ihr zu.

»Was soll ich jetzt tun?«, fragte Charlotte.

Sie erntete nur einen verständnislosen Blick.

»Mit dem Schlüssel, meine ich. Erinnerst du dich? Er hat mir den Schlüssel zu seinem Lagerraum gegeben.«

Janet legte die Stirn in Falten. »Ich schätze, der Staat wird ihn haben wollen. Du solltest ihn so schnell wie möglich zurückgeben.«

9. Kapitel

Jack Griffin fühlte sich außerordentlich zu Olivia Lockhart hingezogen, und das war kein gutes Zeichen. Oder vielleicht doch. So oder so würde es ihn seine emotionale Unabhängigkeit kosten, wenn er dieser Anziehungskraft nachgab, und er war sich nicht sicher, ob ihm das gefiel. Dennoch konnte er sich nicht dagegen wehren. Er ertappte sich dabei, Ausflüchte zu erfinden, um mit ihr zu reden. Mehr über sie zu erfahren.

Nach dem Fiasko ihrer ersten Verabredung legte er keinen großen Wert darauf, sie erneut zu bitten, mit ihm auszugehen. Das lag vor allem daran, dass er befürchtete, sie könnte ihn einfach abblitzen lassen. Das hätte er ihr nicht einmal verübeln können, aber da er ihr keine Gelegenheit dazu geben wollte, suchte er nach Vorwänden, um in ihrer Nähe sein zu können.

Er verbrachte viel mehr Zeit im Gericht, als seine Arbeit rechtfertigte. Außerdem fuhr er jeden Samstagmorgen zum Supermarkt, in der vagen Hoffnung, sie dort wieder zu treffen. Das war ihm zwei- oder dreimal geglückt, und jedes Mal tranken sie anschließend gemeinsam Kaffee. Er mochte sie einfach. Richterin Lockhart war bodenständig, klug und sexy. Was ihn aber am meisten beeindruckte, war die Tatsache, dass ihr das nicht bewusst zu sein schien.

Am Freitagnachmittag wollte er auf dem Nachhauseweg etwas von der Reinigung abholen. Es regnete in Strömen, und er rannte vom Parkplatz bis zur Tür und verfluchte das grässliche Wetter. Schon die ganze Woche war der Himmel bleigrau gewesen, und es hatte immer wieder Regenschauer gegeben. Der einzige Lichtblick am Horizont war seine geplante Story über die alljährliche Veranstaltung, die an diesem Abend stattfinden sollte: den Wettkampf darum, wer die Schreie der Seemöwen am besten nachahmen konnte.

Er stürzte durch die Tür und wäre fast mit Olivia zusammengestoßen. Sie so unerwartet zu sehen, beraubte ihn all seiner Schlagfertigkeit, und er brachte nicht mehr als ihren Namen heraus. »Olivia.«

Ihr Lächeln wirkte ansteckend. »Nun schau nicht so überrascht. Ich lasse meine Kleidung regelmäßig reinigen, weißt du.« Ihre Handtasche stand offen auf dem Tresen.

»Ich auch.« Wow, was für eine intelligente Erwiderung. Am liebsten hätte er die Augen über sich selbst verdreht. Mit anderen Frauen konnte er ausgesprochen witzig und geistreich reden, aber Olivia brachte ihn völlig aus dem Konzept.

Die Reinigung gehörte Duck-Hwan Hyo, der in den Sechzigerjahren aus Korea eingewandert war. Jack hatte schon kurz nach seinem Dienstantritt als Redakteur des *Cedar Cove Chronicle* einen Artikel über ihn geschrieben, weil ihn die hart arbeitende Einwandererfamilie beeindruckt hatte. Kaum hatte Duck-Hwan ihn gesehen, eilte er auch schon herbei, um ihn sofort zu bedienen. Dabei überging er Olivia, die vor Jack an der Reihe gewesen wäre.

Jack hatte das Bedürfnis, den Umstand zu erklären.

»Schon gut«, wehrte sie ab. »Ich habe es nicht eilig.«

An einem Freitagabend hatte sie es nicht eilig? Er griff nach seiner Geldbörse und bezahlte die Rechnung. Dabei fragte er sich die ganze Zeit, ob Olivia ihm damit womöglich zu verstehen geben wollte, dass sie an diesem Abend noch nichts vorhatte. Täuschte er sich, oder hatte sie ihm tatsächlich den dezenten Hinweis gegeben, er solle sie ausführen? War das möglich?

Den Bügel mit seinen gereinigten Kleidungsstücken in der Hand, wartete er, bis auch sie bedient worden war.

»Soll das heißen, du gehst heute nicht in die Aula der Highschool?« Jack ging davon aus, dass ein Großteil der Einwohner der Stadt zu der Veranstaltung strömen würde.

»Der Seagull Calling Contest findet heute Abend statt?«

Bevor er es sich anders überlegen konnte, fragte er einfach. »Möchtest du gern hingehen? Mit mir?« Er präzisierte seine Frage, damit sie nicht auf die Idee kam, er hätte einfach nur eine Eintrittskarte übrig, die er ihr überlassen wollte.

»Gern«, erwiderte sie spontan.

Er war versucht, sie zu fragen, ob sie sicher sei, vor allem nach ihrer letzten Verabredung, entschied sich dann aber doch dagegen, sein Glück herauszufordern. »Großartig«, sagte er. »Das ist toll.«

»Ich habe lange darauf gewartet, dass du dich wieder mit mir verabredest«, meinte Olivia beiläufig auf dem Weg zur Tür. »Wann holst du mich ab?«

Sie machte Witze, anders konnte es nicht sein, aber anstatt ein Freudentänzchen aufzuführen, warf Jack nur einen Blick auf die Uhr. »Ist in einer Stunde zu früh?«

»Das ist perfekt.«

Da er nun schon Glück gehabt hatte, ließ er es gern auf ein zweites Mal ankommen. »Und wollen wir anschließend gemeinsam essen gehen?«

»Im Taco Shack?«

Er konnte erkennen, dass sie ihn aufziehen wollte, aber er ließ es ihr durchgehen. »Wenn du möchtest. Ansonsten würde ich das D. D. am Wasser vorschlagen oder das Captain's Galley.«

»Hey, ein gesellschaftlicher Aufstieg für mich«, erwiderte sie lachend. »Die Entscheidung überlasse ich dir.«

Es gab etwas, das Olivia nicht wusste, weil er nicht den Mut hatte, es ihr zu beichten: In den örtlichen Restaurants, auch denen der gehobeneren Klasse, die Anzeigen im *Chronicle* schalteten, konnte er gratis essen gehen. Die Zeitung betrieb eine Art Tauschhandel: Anzeigenfläche gegen Restaurant-Gutscheine. Dass er das nutzen konnte, war einer der Vorteile seines Jobs. Das Taco Shack zum Beispiel stand bei der Zeitung mit mehreren Hundert Dollar in der Kreide. So viele Tacos konnte Jack nie und nimmer allein verzehren.

Sie trennten sich vor der Reinigung, und Jack eilte zu seinem alten Taurus, leichteren Schrittes als seit Monaten, ach was, seit Jahren.

Eine Dreiviertelstunde später hatte er geduscht, sich umgezogen, sein Auto ausgeräumt und geputzt und war auf dem Weg zu Olivia. Als er ankam, war sie bereit zur Abfahrt. Sie trug Jeans und einen handgestrickten Pullover. Auf einen Schirm verzichtete sie. Das war ihm bei den Leuten hier oben an der Pazifikküste bereits aufgefallen: Nur wenige trugen einen Schirm mit sich herum, und wer es tat, wurde automatisch als Tourist eingestuft.

Als sie die Aula der Highschool betraten, war diese bereits gedrängt voll, aber da er für die Zeitung arbeitete, hatte man ihm zwei Plätze in der ersten Reihe reserviert.

Sie saßen kaum, da kamen Roy und Corrie McAfee zu ihnen herüber. Jack kannte das Paar aufgrund eines Artikels, den er Anfang des Jahres geschrieben hatte. Roy hatte früher für die Polizei von Seattle gearbeitet und im Ruhestand eine eigene Detektei eröffnet. Sein beruflicher Hintergrund und seine Erfahrung machten ihn zu einem gefragten Privatdetektiv. Seine Frau kümmerte sich um die Büroarbeiten und assistierte ihm. Roy und Jack hatten sich auf Anhieb verstanden und trafen sich seither des Öfteren. Roy war begeisterter Wanderer, und Jack, den es nie sonderlich in die freie Natur gezogen hatte, wollte es wenigstens einmal damit versuchen.

Ohne Umschweife reagierte Roy auf den Umstand, dass Jack von Olivia begleitet wurde.

»Hey, Richterin, was tust du mit jemandem wie Griffin?«, neckte er sie.

»Mich blendend amüsieren. Hallo, Roy, Corrie.«

Corrie ließ sich auf dem freien Platz neben Olivia nieder, während Roy sich neben Jack setzte. Schon bald waren die beiden Frauen in irgendeine Diskussion vertieft, und Roy unterhielt sich mit Jack über die Politik des Bundesstaates. Ganz so hatte sich Jack den Abend nicht vorgestellt, aber bei näherer Betrachtung stand er so nicht unter dem Druck, sich als brillanter Unterhalter beweisen zu müssen.

Gerade als Bürgermeister Benson die Bühne betrat, lehnte Olivia sich zu Jack herüber, um flüsternd eine Frage zu stellen. »Geht es in Ordnung, wenn Roy und Corrie mit uns zum Essen kommen?«

Jack zögerte.

»Ist es dir recht?«

»Wenn du nichts dagegen hast.«

Offensichtlich hatte sie nichts dagegen, denn sie lehnte sich wieder zu ihrer Freundin hinüber, und er sah, wie Corrie nickte.

Wie erwartet, war der Wettkampf des Abends sehr unterhaltsam. Jack erfuhr, dass er ursprünglich eingeführt worden war, um eine lustige Veranstaltung als Ausgleich für das verregnete graue Frühjahr zu schaffen. Inzwischen gab es den Wettkampf schon seit etlichen Jahren. Die Regeln waren einfach: Jung und Alt gaben ihr Bestes, so zu rufen, wie die zänkischen Seemöwen, die Cedar Cove bevölkerten. Jack lachte, rief, jubelte und buhte mit dem Rest des Publikums.

Der Sieger, ein vierzehnjähriger Junge, brachte jeden mit seiner Mimikry zum Staunen und gewann haushoch. Jack und Olivia gingen dicht nebeneinander, als sie die Aula verließen. Er legte ihr die Hand beschützend auf den Rücken – und wünschte sich, er hätte den Mut zu mehr, nämlich, sie bei sich unterzuhaken.

Ein paar Minuten später trafen sie sich mit Roy und Corrie im Captain's Galley. Eine ernst dreinblickende junge Frau, die ihm vage bekannt vorkam, führte sie an ihren Tisch und reichte ihnen die Speisekarte. Wie einstudiert wünschte sie ihnen einen angenehmen Abend und ging.

»Wer ist das?«, fragte Jack.

Olivias Augen weiteten sich, und sie gab ihm wortlos zu verstehen, dass sie nicht darüber reden konnte. Erst später ging ihm ein Licht auf. Die Tischanweiserin war die Frau, die an dem Tag, als er Olivia zum ersten Mal gesehen hatte, vor Gericht gestanden hatte. Die Frau, deren Scheidungsantrag sie verhindert hatte. Er hatte in der Zeitung unter der Überschrift »Scheidung verweigert« über sie berichtet.

»Was haltet ihr von einer Flasche Wein?«, fragte Roy.

Alle schienen einverstanden. Jack studierte die Speisekarte und überließ Roy die Bestellung. Als die Kellnerin mit den Gläsern kam, lehnte er jedoch ab.

»Nur ein Glas«, drängte Roy.

»Nein, danke.« Er trank nicht, und er entschuldigte sich dafür nicht.

Das Restaurant hatte einen ausgezeichneten Ruf, und die gebratenen Austern, die Jack gewählt hatte, machten diesem Ruf alle Ehre. Olivia hatte sich für Fettuccine mit Meeresfrüchten entschieden. Nach dem angenehmen gemeinsamen Abendessen verabschiedeten Roy und Corrie sich, während Jack und Olivia sich noch für einen Kaffee entschieden und sitzen blieben.

Die junge Tischanweiserin kam an ihrem Tisch vorbei, und Olivia warf Jack einen Blick zu. »Du hast sie inzwischen erkannt, oder?«

Er nickte, überwältigt von Mitgefühl für die junge Frau, die gerade mal Anfang zwanzig sein mochte. Er hatte im Gerichtssaal gesessen, ihre tragische und doch nur zu alltägliche Geschichte gehört. Eine Geschichte, die er aus eigener Erfahrung kannte, die Geschichte einer Ehe, die einer echten Krise nicht standgehalten hatte. Eines Paares, das die Trauer auseinanderriss. Er wusste nicht, was seit jenem Gerichtstermin geschehen war oder ob die beiden inzwischen die Scheidung eingereicht hatten. Aber er brauchte Cecilia Randall nur anzusehen, um zu erkennen, dass sie sehr unglücklich war.

»Glaubst du, sie hat dich erkannt?«, fragte Jack.

Olivia schüttelte den Kopf, und Jack war ihrer Meinung.

»Das gibt mir zu denken«, murmelte Olivia.

Jack konnte spüren, dass sie bestürzt war. »Du glaubst, die falsche Entscheidung getroffen zu haben?«

Sie zuckte mit den Schultern und starrte in ihre Kaffeetasse. »Das arme Mädchen wirkt, als würde es die Last der ganzen Welt auf seinen Schultern tragen.«

»Vielleicht hatte sie nur einen schlechten Abend«, sagte er.

»Vielleicht«, stimmte Olivia zu, aber er konnte sehen, dass sie das nicht glaubte, und er selbst glaubte es auch nicht.

Als Seth Gunderson in der ersten Aprilwoche nach Alaska aufbrach, war Justine erleichtert. Es war besser so. Sie dachte viel zu oft an ihn, schätzte jede Minute, die sie zusammen verbracht hatten. Sie wollte keine enge Bindung zu Seth, wollte ihn nicht gernhaben und wollte sich auf gar keinen Fall in ihn verlieben, aber genau das geschah. Nein, es war bereits geschehen.

Nach ihrem spontanen Restaurantbesuch hatte sie seine nächste Einladung ausgeschlagen. Da kam ein gewaltiges Problem auf sie zu, und sie war sich ihrer eigenen Schwäche nur zu bewusst. Er wollte sie, und sie wollte ihn. Aber Justine war zu intelligent, um solchem Verlangen nachzugeben. Sie war eine Frau, die sich nicht von Gefühlen beherrschen ließ.

Seth aber ließ sich nicht so einfach abwimmeln. Er eröffnete ein Konto bei der First National Bank und suchte die Filiale unter einem Vorwand mindestens einmal wöchentlich auf. Er bedrängte sie nicht, stritt nicht mit ihr und tat auch sonst nichts Ungewöhnliches – er war einfach nur da. Und eines Tages hielt sie es einfach nicht mehr aus.

Sie folgte ihm nach draußen. »Warum tust du das?«, fragte sie ihn auf dem Parkplatz, wo die Sonne kurz davor stand, den dichten Nebel zu besiegen. Justine war zum Weinen zumute, zugleich war sie aber viel zu wütend, um ihm gegenüber durchblicken zu lassen, wie sehr er sie aufwühlte.

Seth leugnete seine Absichten nicht, begegnete ihrem Zorn jedoch mit einer Liebenswürdigkeit, die ihr fast das Herz brach.

»Wenn du möchtest, dass ich damit aufhöre, tue ich das«, sagte er nur.

»Hör auf damit!«, rief sie und marschierte in die Bank zurück. Eine Woche später, nach sieben schlaflosen Nächten, machte sie sich auf die Suche nach ihm. Da sie nicht genau wusste, wo sie ihn suchen sollte, ging sie hinunter zum Jachthafen.

Er tauchte beinahe sofort auf, kam ihr auf dem Anleger entgegen, in schwerer Wolljacke und mit einer Strickmütze auf dem Kopf. Sie stand mit dem Rücken ans Geländer gelehnt da, und Seth lächelte und legte ihr wortlos seine warme Hand auf die kalte Wange.

Nur mit Mühe widerstand sie dem Drang, die Augen zu schließen und ihr Gesicht an seine Hand zu schmiegen. »Ich bin hier, um dir zu sagen, dass Warren Saget genau der richtige Mann für mich ist«, erklärte sie.

»Nein, das ist er nicht.«

Am liebsten hätte sie trotzig mit dem Fuß aufgestampft wie ein kleines Kind. Sie war sich nicht sicher, warum sie überhaupt hierhergekommen war – um ihre Sehnsucht nach einem Wiedersehen zu stillen? Um die Geschichte ein für alle Mal zu beenden? Jetzt, wo sie hier war, wusste sie jedenfalls, dass es ein Fehler gewesen war, herzukommen.

»Warren ist älter, reifer und wohlhabend. Du bist nichts dergleichen.«

»Stimmt.«

Warum nur musste er ihr so bereitwillig zustimmen? Das machte alles nur noch viel schlimmer. »Warren ist ein geachteter Geschäftsmann.«

»Und ich bin Fischer.«

»Genau!«, rief sie, wütender auf sich selbst als auf Seth.

»Aber du willst mich.«

Ihm darauf zu antworten kam nicht infrage, also drehte sie sich wortlos um und rannte zurück zur Bank. Seitdem hatte sie ihn nicht mehr gesehen. Dass er nach Alaska abgereist war, wusste sie nur, weil jemand in der Bank es am Anfang der Woche erwähnt hatte.

Am Freitagabend rief Warren sie während der Arbeitszeit an. »Gehen wir heute Abend gemeinsam essen?« Er klang selbstsicher, erwartete eindeutig ein Ja.

»Nicht heute Abend, Warren.«

Einen Moment herrschte unbehagliches Schweigen. »Warum nicht?«

»Mir geht es nicht gut.« Das war leicht übertrieben. Sie hatte Kopfschmerzen, aber die ließen sich leicht bekämpfen: ein Aspirin, ein paar Minuten die Augen schließen.

Er mochte es nicht, wenn Justine ihm einen Korb gab. Warren war es gewohnt, seinen Willen zu bekommen. »Du bist immer noch sauer wegen dieses Klassentreffens, richtig?«

»Nicht wirklich.« Genau in diesem Moment beschloss Justine, nicht zu dem Treffen zu gehen. Womöglich würde Seth doch noch überraschend dort sein, und seine Nähe ließ sie so schwach werden, dass sie nicht einmal darüber nachdenken mochte. Ein Kuss von ihm hatte sie zugrunde gerichtet.

Ein einziger Kuss. Jetzt rannte sie fort, wann immer Warren versuchte, sie zu berühren. Seth Gunderson war dafür verantwortlich.

»Ich habe mörderische Kopfschmerzen«, übertrieb sie, um einer Begegnung auszuweichen.

»Kann ich irgendetwas für dich besorgen?«, fragte er sanft und versöhnlich.

»Nein. Geh allein essen. Ich melde mich demnächst bei dir.«

»In Ordnung, Schatz. Pass auf dich auf.«

»Das werde ich.« Genau das hatte Justine vor: Sie wollte sich so richtig verwöhnen. Nach der Arbeit kaufte sie sich eine Ein-Liter-Packung ihrer Lieblingseiscreme, lieh sich zwei Videofilme aus und eilte direkt nach Hause in ihre Wohnung.

Als es an der Tür klingelte und ein Bote ihr einen riesigen Blumenstrauß überreichte, glaubte sie im ersten Moment, der sei von Seth. Dann las sie Warrens Namen auf dem Kärtchen und brach ohne ersichtlichen Grund in Tränen aus.

Sie warf die Blumen in die Küchenspüle, zog sich ihren ältesten Flanellschlafanzug an, hockte sich im Schneidersitz vor den Fernseher und aß das Eis direkt aus der Packung.

Wieder klingelte es an der Tür, aber Justine hatte keine Lust auf Gesellschaft. »Hau ab! Ich bin beschäftigt!«, rief sie in Richtung Tür.

Wer immer davor stand, akzeptierte jedoch kein Nein. Jetzt war sie wütend. Sie stellte das Eis weg und kam mühsam auf die Beine. Wie betrunken von ihrem Elend taumelte sie zur Tür und riss sie trotzig auf.

Vor ihr stand Seth Gunderson.

Verdutzt starrte Justine ihn an und schnappte nach Luft.

»Justine?«

Sie musste einen grauenhaften Anblick bieten. »Du bist schuld!«, schrie sie ihn an. Dann stieß sie die Fliegengittertür auf, packte ihn mit beiden Händen am Jackenaufschlag und zerrte ihn über die Schwelle. Er stolperte in die Wohnung, aber sie gab ihm keine Gelegenheit, etwas zu sagen, sondern warf sich in seine Arme. Völlig überrumpelt stolperte Seth einen Schritt zurück und hätte fast das Gleichgewicht verloren, bevor er ihr seine Arme um die Taille schlang und sie fest an sich zog.

Sie küssten sich leidenschaftlich und wie im Rausch. Ihre Lippen waren kalt vom Eis, seine heiß vor Verlangen. Er war vollständig für einen Aufenthalt in der Kälte gekleidet, Justine war unter dem dünnen Flanellschlafanzug nackt. Mit den Händen strich sie erkundend über seinen Körper, und er drückte sie fest an sich.

Sie musste gegen ihn kämpfen, um die großen runden Knöpfe seiner Jacke zu öffnen und sie ihm ungeschickt abzustreifen. Sein Hemd sollte folgen, aber die Knöpfe setzten ihr mehr Widerstand entgegen, und sie mühte sich ungeduldig und fiebernd vor Verlangen damit ab. Sie fühlte sich, als müsste sie in Flammen aufgehen, wenn er sich nicht endlich beeilte, mit ihr ins Bett zu steigen. Ihr ganzer Körper pochte vor Verlangen. Sie wollte ihn, wie sie noch nie einen Mann gewollt hatte.

»Justine, nein.« Seth hielt sie auf Armeslänge von sich. Sein Atem ging schwer, denn es kostete ihn Anstrengung, ihre rauschhaften Küsse zu beenden.

»Nein?«, rief sie entrüstet. Er hatte das heftige Feuer in ihr entfacht, und jetzt sollte er es gefälligst auch löschen.

»Nicht so, wenn wir beide nicht wissen, was wir tun.«

»Ich weiß ganz genau, was ich tue«, protestierte sie, die Fäuste in die Hüften gestemmt. »Weist du mich etwa zurück?« Ihr entging nicht, dass ihre Haltung ihm freien Blick auf ihre Brüste gewährte, und sie unternahm nichts dagegen.

Seth wandte sich ab, ging zum Sofa hinüber und ließ sich erschöpft in die Polster fallen, während sie verzweifelt versuchte, sich einen Rest Würde zu bewahren. Sie gab sich gelassen, aber ihr war längst klar, dass sie alles nur Menschenmögliche getan hatte, um sich zum Narren zu machen.

»Es wäre das Einfachste der Welt, dich ins Schlafzimmer zu tragen und die nächsten zwei Tage mit dir im Bett zu verbringen«, sagte Seth leise.

Ihr wurden die Knie weich, und sie war nahe daran – sehr nahe –, ihn anzuflehen, genau das zu tun.

»Aber das werde ich nicht tun«, fuhr er fort, »denn ich liebe dich. Ich habe dich schon geliebt, als wir noch Kinder waren, und ich werde keinem von uns einen Vorwand liefern, das hier zu vermasseln.«

Ihre stolze Haltung verflog rasch. »Warum bist du hergekommen?«

»Ich konnte mich nicht länger von dir fernhalten.«

»Im Moment scheinst du dieses Problem aber nicht zu haben«, murmelte sie.

Seth lachte und sagte leise etwas, was sie nicht verstand.

»Was hast du gesagt?«, fragte sie, weil sie fürchtete, er mache sich insgeheim über sie lustig.

Er lächelte schwach. »Glaub mir, das willst du nicht wissen.«

Und ob sie das wollte, aber sie würde nicht nachhaken.

Er stieß einen tiefen Seufzer aus und begegnete ihrem Blick. Diese leuchtend blauen Augen … »Du hast mich also vermisst?«

»Ja, verdammt noch mal.«

Er wirkte viel zu zufrieden angesichts ihres Geständnisses. »Ich habe dich auch vermisst.«

Sie wandte den Blick ab.

»Triffst du dich noch mit Warren Saget?«

Justine war froh, dass er ihre Augen nicht sehen konnte. »Manchmal.«

Ihre Antwort schien ihm den Antrieb gegeben zu haben, den er brauchte. Er stand auf und hob seine Jacke vom Fußboden auf. »Lass mich wissen, wenn du es nicht mehr tust.«

»Was soll das heißen?« Sie war nicht bereit, sich als Seths exklusives Eigentum zu betrachten, genauso wenig, wie sie jemals Warren gehören würde. »Ich treffe ihn, wann immer ich möchte.«

»Ich weiß.«

Wenigstens könnte er mit ihr streiten, statt so … so liebenswürdig zu sein.

»Wie ich schon sagte: Warren ist nicht der Richtige für dich«, fuhr er sanft fort.

»Und du bist es?«

Er nickte sachlich. »Ja.«

Justine hatte genug gehört, und offenbar hatte Seth das Gefühl, alles gesagt zu haben, was sie hören musste. Er ging zur Tür und öffnete sie. »Lass mich wissen, wenn du mit Warren Schluss gemacht hast, in Ordnung?«

»Darauf kannst du lange warten«, schleuderte sie ihm entgegen, denn sie war wütend auf ihn und nicht bereit, auch nur das kleinste Zugeständnis zu machen oder ihm die geringste Hoffnung zu geben. Nötig wäre das nicht gewesen. Mit Warren war es vorbei, und das wusste Justine, auch wenn sie das Gegenteil behauptete.

»Wenn du überhaupt irgendetwas über mich gelernt hast, dann muss dir aufgefallen sein, dass ich ein sehr geduldiger Mensch bin.« Und damit ging er.

Obwohl Justine davon überzeugt war, dass Seth immer noch in der Stadt war, hörte sie übers Wochenende nichts von ihm. Am Sonntagabend rief er an.

»Wo bist du?«, fragte sie, so dankbar, seine Stimme zu hören, dass sie glatt vergaß, so zu tun, als sei sie wütend auf ihn.

»In Alaska.«

»Du hättest mich nicht anrufen können, solange du noch in der Stadt warst?«

»Nein.« Seine Stimme klang heiser und erschöpft. »Das wäre zu einfach gewesen.«

»Machst du es dir immer möglichst schwer?«

»Ich hoffe, nicht«, murmelte er.

»Ich schätze, ich sollte dir danken«, flüsterte sie, die Augen geschlossen und den Hörer ans Ohr gedrückt, während sie sich auf einen Küchenstuhl fallen ließ. Seth hatte sie davor bewahrt, einen noch viel größeren Fehler zu begehen, als sich ihm nur an den Hals zu werfen.

»Tu's nicht«, erwiderte er und klang dabei plötzlich schroff. »Auf der Fahrt hierher hätte ich mir selbst andauernd in den Hintern treten können. Beim nächsten Mal werde ich nicht so verdammt edelmütig handeln.«

»Beim nächsten Mal«, gab Justine leise zurück, »werde ich dir keine Chance dazu geben.«

Grace trug zwei schwere Einkaufstüten mit Lebensmitteln ins Haus und stellte sie auf die Arbeitsplatte. Es war Montagabend, und das Wochenende war relativ gut verlaufen. Inzwischen wusste sie grundsätzlich nicht mehr, womit sie bei Dan rechnen musste. An manchen Tagen war er deprimiert, an anderen wieder guter Dinge. In letzter Zeit jedoch schienen seine Stimmungsschwankungen weniger ausgeprägt zu sein.

Kelly und ihr Mann waren am Sonntag zum Abendessen gekommen, und es war ein sehr schöner Abend geworden. Die Nachricht von der Schwangerschaft ihrer Tochter hatte Freude in Grace' Leben gebracht. Sie konnte es nicht erwarten, das Baby in den Armen zu halten. Was in ihrer Ehe fehlte, das hoffte sie durch ihre Enkelkinder wiederzufinden.

Das Haus war dunkel und still. Jeden Augenblick musste Dan nach Hause kommen. Sie hatte eine Stunde früher Feierabend gemacht, um einen Arzttermin wahrzunehmen, der sie nur ein paar Minuten gekostet hatte.

Dankbar für die Gelegenheit, ihre Küche aufzuräumen, begann Grace die Einkaufstaschen zu leeren und die Lebensmittel zu verstauen. Plötzlich hielt sie inne. Irgendetwas stimmte nicht. Sie konnte es spüren. Es war wie ein sechster Sinn, eine Vorahnung von irgendetwas, das sie nicht bestimmen konnte. Lauschend legte sie den Kopf schräg. Im ersten Moment wollte sie das Gefühl als Spinnerei abtun, aber es ließ sich nicht abschütteln.

Also holte sie tief Luft, um sich zu beruhigen, ging ins Schlafzimmer hinüber und blieb wie angewurzelt stehen. Die Schubladen der Kommode standen offen, der Inhalt war durchwühlt und teilweise herausgerissen und im Zimmer verteilt worden. Ihr erster Gedanke war, dass hier Einbrecher am Werk gewesen sein mussten. Aber als sie rasch alles überprüfte, fand sie keinen Hinweis darauf. Merkwürdigerweise schien nichts Wertvolles zu fehlen. Ihr Schmuck lag offen da.

Sie ging ins Wohnzimmer, ließ sich auf einen Sessel fallen und schloss die Augen.

Dan würde nicht nach Hause kommen.

Auch diesmal hatte er nichts mitgenommen – nur die Sachen, die er am Leib trug. Alles andere hatte er zurückgelassen. Seine Kleidung, seine persönlichen Besitztümer, seine Ehe, seine Familie.

Woher sie das wusste, hätte sie nicht sagen können, aber sie spürte es mit unerklärlicher Gewissheit.

Sie informierte niemanden, rief weder Troy Davis noch Olivia an. Bevor nicht wenigstens ein paar Tage vergangen waren, wollte sie niemandem davon erzählen. Beim letzten Mal hatte ihr Mann wütend reagiert. Erst verschwand er spurlos und ohne ein Wort, sodass sie sich entsetzliche Sorgen machte, und dann empörte er sich darüber, dass sie den Sheriff informiert hatte. Dan sagte, sie habe ihn damit in eine unangenehme Situation gebracht. Dabei interessierte es ihn nicht im Geringsten, was *sie* seinetwegen durchgemacht hatte. Zwei Tage verbittertes, mürrisches Schweigen waren vergangen, bevor sie wieder miteinander hatten reden können. Und jetzt das.

Grace behielt recht. Dan kam weder nach der Arbeit nach Hause, noch ließ er sich später am Abend blicken. Obwohl sie sich größte Mühe gab, konnte sie nicht schlafen. Ihr Verstand spielte ihr so lange Streiche, bis sie schließlich vor Erschöpfung doch noch einnickte – nur für eine Stunde, bis der Wecker klingelte. Sie war versucht, sich krank zu melden, entschied sich aber doch dagegen. Es half nichts, wenn sie zu Hause blieb, auf und ab ging und sich fragte, wo ihr Mann stecken mochte und mit wem er zusammen war.

Am Dienstagabend betrat sie das Haus voller Hoffnung und fand es kalt und still vor. Dan war nicht zurückgekommen. Das Telefon klingelte, und sie hätte den Apparat fast von der Wand gerissen, so eilig hatte sie es, den Hörer abzunehmen.

»Mom, ich möchte dir und Dad dafür danken, dass ihr uns zum Essen eingeladen habt.«

»Es war uns ein Vergnügen«, erwiderte Grace, bemüht, ihre Angst zu verbergen.

»Daddy war in guter Stimmung.«

»Ja, das war er.« Grace schloss die Augen, um sich besser auf das Telefongespräch konzentrieren zu können.

»Mom«, hakte ihre Tochter vorsichtig nach, »ist alles in Ordnung?«

»Natürlich … ich denke, schon.«

Am anderen Ende der Leitung wurde es still. »Was soll *das* denn heißen?«

Da sie nicht wusste, an wen sie sich sonst wenden konnte, erzählte Grace es ihrer Tochter. »Ich habe deinen Vater seit fast zwei Tagen nicht mehr gesehen.«

»Du hast Dad nicht mehr gesehen? Wo ist er denn?«, fragte Kelly scharf zurück. Furcht lag in ihrer Stimme.

»Ich … weiß es nicht.«

»Solltest du nicht irgendjemanden informieren?«

»Beim ersten Mal habe ich den Sheriff angerufen und erfahren, dass …«

»Das ist schon mal passiert?«, unterbrach Kelly sie. »Warum weiß ich davon nichts?«

Jetzt war ihre Tochter wütend auf sie, und das wollte Grace ganz und gar nicht. Nicht jetzt, wo Kelly schwanger war. Hinzu kam, dass es eine Risikoschwangerschaft war.

»Ich komme sofort zu dir«, erklärte Kelly entschieden.

»Nein, du kannst nichts tun.«

»Weiß Maryellen Bescheid?«

Grace stieß einen zittrigen Seufzer aus. »Ich … ich habe niemandem davon erzählt.«

»Ich komme«, wiederholte ihre Tochter und knallte den Hörer auf die Gabel.

Zwanzig Minuten später standen Maryellen und Kelly vor der Tür und stürmten aufgebracht ins Haus.

»Was ist passiert?«, wollte Maryellen wissen. Die beiden setzten sich an den Tisch, an dem sie schon als Kinder gesessen hatten.

Grace erzählte ihnen alles, woran sie sich erinnern konnte.

»Wohin kann Daddy gegangen sein?«

Grace zwang sich, den Blick abzuwenden. Obwohl sie sich diese Möglichkeit nicht eingestehen wollte, musste sie die beiden wissen lassen, was sie vermutete. »Ich glaube, es gibt da womöglich eine andere Frau.«

Ihre Töchter wiesen diesen Gedanken vehement von sich.

»Nein«, reagierte Maryellen als Erste.

»Nicht Daddy«, stimmte Kelly ihr zu. »Wie kannst du so etwas auch nur denken?«

Dan hatte es ebenfalls geleugnet, aber er war ihr gegenüber in letzter Zeit so gleichgültig gewesen, so unnahbar und mürrisch. Eine andere Frau war die einzige plausible Erklärung für sein Verhalten.

»Das glaube ich nicht«, wiederholte Maryellen.

»Und wo steckt er dann?«, rief Grace.

Keine ihrer Töchter antwortete.

»Denkt nach«, drängte Kelly schließlich.

»Wonach kann Daddy gesucht haben?«, fragte Maryellen. »Du sagtest, er scheint nach etwas gesucht zu haben, bevor er gegangen ist.«

»Aber er hat nichts mitgenommen.« Grace hatte seine Sachen sorgfältig wieder zusammengelegt und in die Schubladen zurücksortiert. Anscheinend hatte er gefunden, was auch immer er so voller Ungeduld gesucht hatte, obwohl ihr nichts aufgefallen war, was fehlte.

»Er kommt wieder nach Hause«, sagte Kelly. »Sonst hätte er doch einen Koffer gepackt.«

»Natürlich kommt er wieder«, stimmte Maryellen ihr zu, als wäre das von vornherein klar.

»Ich bin sicher, er kommt wieder«, pflichtete Grace ihren Mädchen bei. Schließlich war er beim ersten Mal ja auch wiedergekommen, nicht wahr? Das gab ihr Hoffnung, auch wenn ihr Herz ihr etwas anderes sagte.

Dann schwiegen sie alle drei. Es schien nichts mehr zu sagen zu geben. Grace griff nach den Händen ihrer Töchter und drückte sie in der Hoffnung, sie damit beruhigen zu können, wo sie sich doch selbst nicht beruhigen konnte.

»Was tun wir als Nächstes?« Maryellen, die praktisch Veranlagte der beiden, wollte unbedingt etwas unternehmen. Grace wusste nicht, was sie ihr raten sollte. Maryellen war ihre Herzenstochter. Zwar zog sie keine der beiden der anderen vor, aber ihre älteste Tochter war ihr am ähnlichsten. Maryellen hatte jung geheiratet, es war eine unkluge Entscheidung gewesen, und nach einem Jahr war die Ehe wieder geschieden worden. Jetzt, mit Mitte dreißig, sah es nicht danach aus, als wollte sie diesen Schritt noch einmal gehen. Grace hatte ihr ein anderes Leben gewünscht, aber ihre Tochter leitete inzwischen die örtliche Kunstgalerie und schien zufrieden zu sein. Das war das Einzige, was zählte.

»Wir sollten den Sheriff informieren«, meinte Kelly.

Grace erklärte, was ihr beim letzten Mal gesagt worden war: Es verstieß nicht gegen das Gesetz, einfach zu verschwinden.

»Trotzdem sollten wir die Behörden informieren«, murmelte Maryellen.

»Wir können auch Plakate drucken lassen«, schlug ihre Schwester vor, stand auf und ging unruhig im Raum auf und ab.

»Nein.« Grace war entschieden dagegen. Wenn Dan zurückkam, und im Moment ging sie noch davon aus, dann würde er voller Wut reagieren, wenn sie zuließ, dass überall in der Stadt Suchplakate mit seinem Bild hingen. »Euer Vater würde das nicht wollen.«

»Zu dumm aber auch. Dann hätte er nicht abhauen sollen.«

»Ich ziehe es vor, zu warten«, sagte Grace.

»Wie lange?«

»Ich gebe ihm höchstens noch einen Tag«, erklärte Maryellen und kniff die Augen zu Schlitzen zusammen.

»Wenn euer Vater nicht in einem oder zwei Tagen zurück ist, sollten wir vermutlich die Behörden informieren.« Grace zerknüllte das Taschentuch in ihrer Hand. »Mehr können wir meines Erachtens nicht tun. Euer Vater hat beschlossen, fortzugehen. Er ist aus freiem Willen gegangen …«

»Das wissen wir nicht«, protestierte Kelly.

»Das hat er schon einmal getan«, versuchte Grace es mit Vernunftgründen. »Er kam zurück, als er so weit war.«

»Und das wird er wieder tun.«

Sie nickte. »Wir werden einfach abwarten müssen.« So schwer das auch fiel.

»Ich weiß nicht, wo Dad ist, aber ich bin sicher, dass er dich nie für eine andere Frau verlassen würde«, meinte Maryellen leise.

Grace nahm ihre Töchter in die Arme und ließ sie dann zögernd gehen. Sie stand auf der Veranda, hatte die Arme fest um sich geschlungen und sah ihnen nach, als sie sich auf den Heimweg machten. Jetzt war sie allein, völlig allein und auf sich gestellt.

Ihre Töchter weigerten sich partout, zu glauben, dass ihr Vater eine andere Frau haben könnte, aber Grace hegte diesen Verdacht schon sehr lange. Obwohl sie diese Möglichkeit ebenso widerstrebend in Betracht zog, fand sie einfach keine andere Erklärung für Dans wiederholtes Verschwinden.

Olivia wusste sofort Bescheid, als sie sich an diesem Mittwochabend zum Aerobic-Kurs trafen. Grace brauchte kein Wort zu sagen.

»Dan?«

Grace nickte, während sie sich zur Sporthalle begaben.

»Seit wann?«

»Das letzte Mal habe ich ihn am Montagmorgen gesehen.«

»Und seither nichts von ihm gehört?«

»Kein Sterbenswort.«

Ihre Freundin atmete aus. »Kommst du zurecht?«

Sie biss sich auf die Unterlippe. »Bleibt mir etwas anderes übrig?« Dan hatte offenbar beschlossen, sie für Sünden zu bestrafen, von denen sie nicht einmal wusste, dass sie sie begangen hatte. Das würde sie sich nicht länger gefallen lassen. Sie hatte nicht vor, diese Farce von einer Ehe aufrechtzuerhalten.

Dans neuerliches Verschwinden war das Ende. Sie wollte aussteigen. Vielleicht kam Dan zurück, aber dann würde sie ihm die Scheidungspapiere auf den Tisch legen.

Es war vorbei.

10. Kapitel

Cecilia war noch nie so stolz auf etwas gewesen. Auf ihrer Arbeit prangte ein großes A, und ihr Algebra-Professor Mr. Cavanaugh hatte in leuchtendem Rot *Gut gemacht!* an den Rand geschrieben. Sie hatte die Prüfung mit Bravour bestanden. Nach dem Unterricht fragte Mr. Cavanaugh, den sie auf Ende fünfzig schätzte, ob sie schon mit einem Tutor darüber gesprochen hätte, welche Kurse sie im nächsten Vierteljahr belegen sollte. Sie verneinte, und er schlug ihr vor, weitere Mathematikkurse zu wählen, da sie sich auf diesem Gebiet als besonders begabt erwiesen hatte.

Seitdem war Cecilia völlig aufgedreht vor Freude. Das musste sie jemandem erzählen, und der Erste, der ihr einfiel, war ihr Vater, der seine Zeit hauptsächlich im Captain's Galley verbrachte, entweder vor oder hinter der Bar. Allerdings hatte das noch Zeit, denn sie sahen sich ja regelmäßig. Als Nächstes kam ihr Cathy Lackey in den Sinn, aber das würde ihr womöglich als Prahlerei ausgelegt, und sie wollte nicht als Angeberin dastehen. Ein wenig ernüchtert eilte sie nach Hause, holte ihre Post aus dem Briefkasten und nahm sie mit nach oben.

Wie immer warf sie die Umschläge unbesehen auf den Küchentisch und legte ihren Rucksack ab. In dem Moment fiel ihr Blick auf einen Brief von Ian. Schon seltsam, wie eine so kleine Sache wie ein Brief sie aus dem Konzept bringen konnte. Gute dreißig Sekunden starrte Cecilia den Umschlag nur an, bevor sie danach griff und ihn vorsichtig öffnete.

12. April

Liebe Cecilia,

Andrew erhielt diese Woche einen Brief von Cathy, und sie schrieb, dass ihr zwei euch kürzlich getroffen habt. Ich nehme an, dass du inzwischen mein Auto hast, und hoffe, dass du nicht zu starrsinnig bist, auch damit zu fahren.

Das muss ausgerechnet Ian Randall sagen, ging es Cecilia durch den Kopf. Ihr Mann war starrsinniger als jeder andere, dem sie jemals begegnet war. Aber da sie sein Auto mittlerweile seit fast einem Monat fuhr, konnte sie sich kaum beklagen.

Mir ist klar, dass du vermutlich wütend darüber bist, wie ich mich verhalten habe, als du mich im Krankenhaus besuchen wolltest. Ich kann dir das nicht verübeln. Als einzige Entschuldigung kann ich vorbringen, dass ich große Schmerzen hatte. Ich war so stinksauer auf mich selbst, weil ich so dumm gewesen war. Der Unfall ist nur passiert, weil ich unvorsichtig war. Andrew hätte dir niemals davon erzählen sollen, du musstest das nicht erfahren.

Das sah Cecilia gänzlich anders. Sie war seine Frau, und er war verletzt gewesen. Sie war Andrew dankbar dafür, dass er sie angerufen hatte.

Wir hatten in den letzten Monaten unsere Meinungsverschiedenheiten, aber nach unserer »Verabredung« hatte ich gehofft, wir könnten sie beilegen. Und dann musste ich es unbedingt vermasseln. Es tut mir aufrichtig leid, Cecilia.

Lange genug hatte er dafür gebraucht, um Entschuldigung zu bitten! Außerdem entging ihr nicht, dass er ihr Liebesspiel nicht erwähnt hatte. Wenn er bereit war, das zu ignorieren, war sie es auch!

Ich weiß, dass du keinen Computer hast. Trotzdem schicke ich dir hiermit meine E-Mail-Adresse. Vielleicht findest du ja eine Möglichkeit, mich zu kontaktieren. Es würde mir sehr viel bedeuten, von dir zu hören.
Andrew sagte, du und Cathy, ihr hättet euch angefreundet und auch Kontakt zu anderen Soldatenfrauen geknüpft. Das freut mich. Die Marine ist gar nicht so übel, weißt du. Hier arbeiten eine Menge guter Leute.

Cecilia bedauerte längst, dass sie zuvor jeden Versuch der anderen Frauen, mit ihr Freundschaft zu schließen, zurückgewiesen hatte.

Erzähl mir, wie es in der Schule läuft. Falls du meinen Brief beantwortest. Ich wette, du bist die Klassenbeste.
In Liebe
Ian

Randall-Ian-M HT2 <iran-dall@bridge.navy.mil>
PS: Wegen neulich Abend … ist alles in Ordnung? Du weißt, was ich meine.

Er fragte, ob sie schwanger war. Recht geschah ihm, dass er sich Sorgen machte. Sie waren so dumm gewesen, und das nicht zum ersten Mal, aber sie schwor sich, dass es nie wieder passieren würde.

Cecilia las den Brief ein zweites Mal. Freude erfasste sie. Der Brief war nicht lang, aber sie wusste, dass Ian sich mit jedem Wort abgequält hatte. Um Entschuldigung zu bitten war nicht leicht für ihn, aber sie hatte es verdient. Es freute sie, dass er nach der Schule gefragt hatte – geradeso, als wüsste er, dass sie für ihre Abschlussprüfung die Bestnote erhalten hatte.

An diesem Nachmittag machte sie sich ein paar Minuten früher auf den Weg zur Arbeit als sonst und fuhr erst zur Stadtbücherei. Zum Glück war einer der Computer frei. Sie nahm Platz und loggte sich ein. Ihre Botschaft an Ian war kurz, und sie kam schnell auf den Punkt, denn sie hatte nicht viel Zeit und war sich nicht einmal sicher, ob die E-Mail ihn auch erreichen würde.

16. April

Lieber Ian,
dein Brief ist heute Nachmittag angekommen. Entschuldigung angenommen. Du fehlst mir.
Cecilia

PS: Sei unbesorgt, alles ist in Ordnung.

Am nächsten Tag war ihre Neugier so groß, dass sie wieder zur Stadtbücherei fuhr. Aufgeregt stellte sie fest, dass bereits eine E-Mail von Ian auf sie wartete.

17. April

Geliebte Cecilia,
ich habe mich wirklich gefreut, von dir zu hören. Was meinst du damit, dass ich dir fehle? Stimmt das wirklich? Egal, ob es stimmt oder nicht, ich nehme es einfach wörtlich. Andrew und Cathy mailen sich fast jeden Tag, und sie schrieb, sie wolle dich zum »Mädelsabend« einladen. Ich freue mich, dass du Freundschaften schließt.

Das Leben auf einem Flugzeugträger ist ganz und gar anders als das auf einem U-Boot. Ich wusste nicht, ob es mir gefallen würde, aber es ist ganz okay, glaube ich.
In Liebe
Ian

PS: Ist wirklich alles in Ordnung?

18. April

Lieber Ian,
heute habe ich meine Abschlusszensuren für Algebra und Englisch bekommen – in beiden Fällen eine Eins. Ich bin so begeistert! Mr. Cavanaugh hat mir vorgeschlagen, einen Algebra-Kurs für Fortgeschrittene zu belegen, und das tue ich auch. Ich arbeite immer noch an den Wochenenden, springe als Cocktail-Kellnerin ein und lege mein Trinkgeld für die Schule beiseite.
Ich weiß, dass du dich wegen Allison auf die John F. Reynolds *versetzen lassen hast und meinetwegen. Ich weiß das zu schätzen, aber, Ian, es ist jetzt zu spät. Wenn du lieber wieder auf dem U-Boot arbeiten möchtest, dann solltest du das tun.*
Ich muss mich beeilen, um zur Arbeit zu kommen. Tut mir leid, ich wünschte, ich könnte dir mehr schreiben. Ich schreibe dir schon bald einen richtigen Brief. Versprochen. Die Schule fängt in zwei Wochen wieder an.
Denk an mich.
Cecilia

19. April

Liebe Cecilia,
du hast mich gebeten, an dich zu denken – das sollte ein Scherz sein, nicht wahr?
Ich denke ständig an dich. Du bist meine Frau, ganz gleich, was der Anwalt mir weiszumachen versucht. Läuft es immer noch auf eine Scheidung hinaus? Gott, ich hoffe doch, nicht. Ich wollte sie nie. Du weißt, wie ich in dieser Sache empfinde. Tut mir leid, ich wollte dir nicht wieder mit derselben Leier kommen. Ich werde damit leben, ganz gleich, wofür du dich entscheidest.
Du hast etwas über meinen Wechsel von der Atlantis *gesagt und über meine Gründe dafür. Es mag ein Schock für dich sein, aber ich habe es nicht für dich getan. Jedenfalls nicht nur. Ich habe es auch für mich selbst getan. Als wir das letzte Mal ausgelaufen sind – vor Allisons Geburt –, haben weder du noch ich vermutet, dass du das Baby zur Welt bringen könntest, während ich fort bin. Keiner von uns konnte ahnen, was geschehen würde. Als ich zurückkam, lag meine Tochter bereits in ihrem Grab. Du hast so sehr gelitten und getrauert, und heute ist mir klar, dass ich dir keine große Hilfe war, vor allem, weil ich mit meinem eigenen Schmerz zu kämpfen hatte. Ich schätze, ich wusste wirklich nicht, wie ich dir helfen sollte. Du hast die Marine gehasst, und ich hatte das Gefühl, dass du auch mich hasst. Es war für uns beide keine gute Zeit. Ich habe dir das nie gesagt – wenn ich es getan hätte, hätten wir vielleicht nicht den Weg eingeschlagen, den wir gegangen sind –, aber nach meiner letzten Fahrt auf der* Atlantis *habe ich versucht, aus der Marine auszusteigen. Mein Baby war tot, meine Ehe fiel auseinander, und ich war so weit unten wie noch nie zuvor in meinem Leben. Ich gebe nicht dir die Schuld, das schwöre ich. Mein befehlshaben-*

der Offizier hat mit mir geredet und meinen Wechsel zur John F. Reynolds *arrangiert. In den Dokumenten stand, die Versetzung geschehe aus psychologischen Gründen. Glückwunsch zur bestandenen Prüfung! Ich bin stolz auf dich, und wir feiern das, wenn ich wieder zu Hause bin. Nicht einmal mehr fünf Monate – das fühlt sich zwar an wie ein ganzes Leben, aber die Wochen werden schnell vergehen. Ich liebe dich, und daran wird sich nichts ändern.*
Ian

PS: Raste nicht aus, nur weil ich dir sage, wie ich empfinde. Ich habe meine Gefühle für dich lange verschwiegen, weil du anscheinend nichts davon hören wolltest. Vielleicht ist das immer noch so, aber ich hoffe, es hat sich geändert.

22. April

Lieber Ian,
ich musste warten, bis die Bücherei öffnet, um deine E-Mail zu beantworten – deshalb die lange Wartezeit. Cathy hat mir gesagt, wohin ich sonst noch gehen kann außer zur Bücherei, und nachdem ich das ganze Wochenende abwarten musste, bevor ich dich erreichen konnte, werde ich das tun. Ich war so frustriert! Davon abgesehen, hatte ich ein gutes Wochenende.
Am Samstag habe ich so viel Trinkgeld bekommen wie noch nie. Ich weiß, du magst es nicht, dass ich in der Bar arbeite. Mir gefällt es auch nicht sonderlich, aber nur so kann ich ein bisschen Geld ansparen. Das Trinkgeld ist anständig, und Bobby ist in der Nähe, sodass ich mich nicht von Gästen belästigen lassen muss. Ob du es glaubst oder

nicht, er hat stets ein Auge auf mich. Letzte Woche hat er sogar damit gedroht, einen Typen rauszuwerfen! Das sieht meinem friedliebenden Vater überhaupt nicht ähnlich.

Das war jetzt mein kleines Geständnis. Ich wollte dir sagen, warum ich immer noch in der Bar arbeite, nachdem du mir erklärt hast, warum du von der Atlantis *auf die* John F. Reynolds *versetzt wurdest. Du hast recht. Es wäre hilfreich gewesen, wenn wir miteinander geredet hätten.*

Ich weiß, dass du mich liebst, Ian. Das habe ich immer gewusst, aber manchmal reicht es einfach nicht, jemanden zu lieben. Du hast wegen der Scheidung gefragt. Ich weiß nicht mehr, wie ich dazu stehe, aber zugleich weiß ich auch nicht, ob ich verheiratet bleiben möchte. Nur einer Sache bin ich mir sicher: Ich will nie wieder ein Kind bekommen.

Die Angst, die ich wegen unseres letzten Beisammenseins ausgestanden habe, hat mir das sehr klar gezeigt. Ich fasse es immer noch nicht, dass wir dieses Risiko noch einmal eingegangen sind. Die wichtigste Lehre, die ich aus Allisons Tod gezogen habe, ist, dass es mir einfach nicht bestimmt ist, Mutter zu sein.

Du aber verdienst es, Vater zu sein.

Wenn du darüber nachdenkst, willst du vielleicht nicht mehr mit mir reden. Die Entscheidung liegt bei dir.

Deine Cecilia

Charlotte Jefferson wartete geduldig, bis ihre Tochter den letzten Gerichtstermin des Tages hinter sich gebracht hatte. Zwanzig Minuten nach Anhörung des letzten Falls klopfte sie an ihre Tür.

»Herein.« Olivia klang abwesend. Vermutlich las sie Fallzusammenfassungen und bereitete sich auf ihre nächste Sitzung vor.

Charlotte öffnete die Tür und spähte in das Büro ihrer Tochter. Sie hatte ein persönliches Anliegen, und das war etwas, was ihr nicht leichtfiel. Olivia war beruflich stark eingespannt, und Charlotte gab sich stets große Mühe, ihren Kindern nicht zur Last zu fallen.

»Mom.« Stirnrunzelnd stand Olivia von ihrem Schreibtisch auf. »Was ist passiert?«

Charlotte hatte gehofft, ihre Tränen zurückhalten zu können. Sie fühlte sich zutiefst deprimiert, seitdem sie von Tom Hardings Tod erfahren hatte. Das war jetzt über einen Monat her, aber es wurde nicht besser, und sie hatte das Gefühl, die Sache, die sie belastete, nicht länger auf die lange Bank schieben zu können. Janet hatte bereits nach dem Schlüssel gefragt, und Charlotte wusste, dass sie ihn bald zurückgeben musste. Aber sie hatte Tom schon einmal im Stich gelassen und konnte das kein zweites Mal tun.

Sie tupfte ihre Augen ab und betrat Olivias Büro. Ihre Tochter kam ihr entgegen und legte ihr den Arm um die Schultern. »Setz dich, Mom«, sagte sie leise.

Charlotte tat wie geheißen.

»Was ist los?«

Sie putzte sich die Nase und gewann so einen Moment Zeit, um sich wieder zu sammeln. »Ich brauche deine Hilfe.« Sie schniefte, fand es entsetzlich, dass ihr Tränen über die Wangen liefen, und konnte sie doch nicht zurückhalten. Dieser Gefühlsausbruch war nur schwer zu erklären, wenn man bedachte, wie vielen Beerdigungen von Freunden sie bereits beigewohnt hatte.

»Hat das was mit Tom Harding zu tun?«, fragte Olivia und setzte sich wieder.

Sie nickte und wischte sich erneut die Tränen fort.

»Er fehlt dir, nicht wahr?«

»Ja, er fehlt mir, aber, Olivia, da ist noch mehr. Ich habe das

Gefühl, eine schreckliche Enttäuschung für Tom gewesen zu sein. Wir hatten uns so gut angefreundet. Ich weiß, dass du das vermutlich nicht für möglich hältst, weil er doch gar nicht sprechen konnte …«

»Ich habe nicht den geringsten Zweifel, dass ihr einander sehr viel bedeutet habt.«

»Zwischen uns war nichts Romantisches.« Das wollte Charlotte unbedingt klarstellen. Die eine und einzige Liebe ihres Lebens war Clyde Jefferson, ihr geliebter Ehemann.

»Ihr wart Freunde«, sagte Olivia, »gute Freunde.«

»Ich bin sicher, dass Tom das geglaubt hat, aber ich fürchte, ich habe ihn im Stich gelassen. Ich war so mit meiner Arbeit für die Zeitung beschäftigt, dass ich mich ablenken lassen habe.« Was sie am meisten bekümmerte, war der Gedanke daran, dass Tom auf ihren Besuch gewartet hatte und gewartet und gewartet, während sie so mit ihren fünfzehn Sekunden Ruhm beschäftigt war, dass sie sich nicht die Mühe gemacht hatte, zur gewohnten Zeit bei ihm vorbeizuschauen … oder zu irgendeiner anderen Zeit. Sie hatte sich zu wichtig genommen, um ihm ein paar Stunden ihrer Zeit zu schenken. Und jetzt war es zu spät.

»Mom, ich bin sicher, Tom hat das verstanden«, sagte Olivia so mitfühlend, dass Charlotte fast wieder in Tränen ausgebrochen wäre.

»Das hoffe ich.« Sie knetete das Leinentaschentuch in ihrer Hand. »Es hat nicht einmal einen Begräbnisgottesdienst gegeben. Ich hatte keine Möglichkeit, mich von ihm zu verabschieden …«

»Du sagtest, du brauchst meine Hilfe?«, fragte Olivia nach.

Einen Moment hatte Charlotte fast vergessen, warum sie gekommen war. »Ja, richtig, der Schlüssel.«

»Stimmt, Tom hat dir einen Schlüssel gegeben, nicht wahr?« Olivia richtete sich auf ihrem Stuhl auf.

»Einen Schlüssel zu einem Lagerraum. Ich möchte, dass du mit mir dorthin gehst, wenn es dir recht ist.«

Olivia zögerte. Charlotte war der Meinung, dass sie ihre Rolle als ordentlich gewählte Richterin viel zu ernst nahm. Sie sah ihrer Tochter an, dass sie über einen möglichen Interessenkonflikt nachdachte. »Liegt er in der Nähe?«

»Ja, hier in der Stadt. Anscheinend hatte er ihn schon eine ganze Weile.« Das war etwas, was sie überrascht hatte, da er doch aus dem Pflegeheim in Seattle hierhergebracht worden war. Der arme Mann musste eine Verbindung zu Cedar Cove gehabt haben, einen Grund, warum er ausgerechnet in dieser Stadt leben wollte.

»Wann möchtest du dorthin gehen?«

»Können wir das jetzt tun?«

Olivia schloss die Akten auf ihrem Tisch. »Das sollte kein Problem sein. Soll ich fahren, oder wollen wir uns vor Ort treffen?«

Charlotte bat ihre Tochter, gemeinsam mit ihr dorthin zu fahren. Sie wünschte sich Gesellschaft, denn sie war noch immer schrecklich aufgewühlt wegen Tom. Außerdem fiel es ihr zunehmend schwerer, sich umzudrehen und hinter sich zu schauen, wenn sie den Rückwärtsgang benutzte. Seit Neuestem suchte sie sich Parkplätze, in die sie nicht rückwärts einparken musste. Wenn sie über die Schulter zu blicken versuchte, verkrampfte sich ihre Nackenmuskulatur. Das mochte sie Olivia jedoch nicht sagen, denn ihre Tochter würde womöglich auf die Idee kommen, es sei für sie an der Zeit, nicht mehr selbst zu fahren. Charlotte wollte jedoch auf keinen Fall ihre Unabhängigkeit aufgeben.

Olivia wählte den Weg über den Highway, am Wasser entlang. Der Lagerraum lag in einer Seitenstraße der Butterfield Road auf dem Weg nach Belfair, gegenüber vom Autokino.

»Müssen wir uns anmelden?«, fragte Olivia, als sie vor dem dazugehörigen Büro hielt.

»Ich weiß nicht«, antwortete Charlotte. Es sah nicht so aus, als wäre das Büro besetzt. »Ich habe den Schlüssel und die Quittung.«

»Dann fahren wir direkt zu dem betreffenden Lagerraum.« Sie fuhr weiter, bis sie die Nummer fanden, die auf der Quittung stand.

»Das muss er sein.« Charlotte stieg mühsam aus dem Wagen. Sie konnte sich nicht mehr so schnell bewegen wie früher, auch nicht mehr so geschmeidig, wie sie es gern gehabt hätte. Das Ein- und Aussteigen fiel ihr besonders schwer.

Olivia wartete auf sie. Die Lagereinheit wirkte viel größer, als Charlotte erwartet hatte. Ihre Tochter nahm den Schlüssel entgegen und steckte ihn ins Schloss. Die Tür schwang nach oben. In dem dunklen Raum stand ein riesiger Koffer, umgeben von allerlei Möbeln. Ein Sofa, ein Stuhl, ein Sattel und etwas, das nach einem Gemälde aussah und mit einer Decke verhängt war.

Das Gemälde interessierte Olivia, und sie hob die Decke an. Charlotte warf einen Blick auf das Bild. Als sie sah, dass es ein Filmplakat für einen Cowboyfilm aus den Vierzigerjahren war, wandte sie sich desinteressiert ab.

Aber dann, fast gegen ihren Willen, wanderte ihr Blick zurück zu dem Poster. Der Mann, der auf dem sich aufbäumenden Hengst saß, während im Hintergrund ein Blitz zuckte, kam ihr vage bekannt vor. Natürlich kannte sie ihn. Das wurde ihr klar, als sie den Namen las. Tom Houston war der »Jodelnde Cowboy«, einer der beliebtesten Kunstreiter und Cowboy-Filmstars seiner Zeit. So manches Schulmädchen hatte zahlreiche Nachmittage im Kino verbracht und zugesehen, wie der wilde Reiter über die Leinwand preschte.

»Tom Houston«, las Olivia laut vor. »Hast du schon mal von ihm gehört?«

»Natürlich. Du etwa nicht?«

»Nein, Mom, tut mir leid«, erwiderte Olivia und ließ die Decke los, sodass sie wieder über das Poster glitt.

Dieses alte Filmplakat musste heutzutage einiges wert sein. Es war zweifellos ein Sammlerstück.

»Sollen wir den Koffer öffnen?«, fragte Olivia.

»Einen Moment noch.« Ein Gedanke durchfuhr Charlotte, und sie wandte sich wieder dem Plakat zu, schlug die Decke zurück und schaute es sich genauer an. Und dann wurden ihr die Knie weich.

»Mom!« Olivia stand sofort neben ihr. »Was hast du?«

Charlotte ließ sich auf den alten Koffer sinken und deutete mit einer Hand auf das Plakat, während sie die andere vor den Mund schlug. »Das kann nicht sein.«

»Was?«

»Das ist Tom Harding!«

»Wer? Der Mann auf dem Plakat?«

War ihre Tochter so schwer von Begriff? »Tom Harding ist … war Tom Houston.«

»Tatsächlich?«

Olivia begriff eindeutig nicht, was ihre Entdeckung bedeutete. Charlotte holte tief Luft. »Tom Houston war so berühmt wie Roy Rogers und Dale Evans. Er war seinerzeit so bekannt wie Gene Autry. Oh, mein Gott, ich traue meinen Augen nicht.«

»Das könnte ein Verwandter von deinem Tom gewesen sein«, schlug Olivia als Erklärung vor.

»Nein, das ist … Oh, mein Gott, er war tatsächlich Tom Houston! Du hast ihn als kleines Mädchen immer im Fernsehen gesehen. Weißt du nicht mehr? Jeden Samstagmorgen. Tom hatte in den Fünfzigerjahren seine eigene Fernsehserie, und dann wurde es still um ihn.«

»Tom Houston«, wiederholte Olivia leise, als kramte sie in ihren Kindheitserinnerungen. Sie schüttelte den Kopf, und dann fiel der Groschen. »Tom Houston!«, rief sie. »*Der* Tom Houston?«

Charlotte konnte sehen, dass ihre Tochter jetzt richtig aufgeregt war. Einen Moment später runzelte sie jedoch die Stirn. »Oh, Mom, das kann doch nur ein Scherz sein.«

»Nein, das ist Tom. Natürlich war er bedeutend älter, als ich ihn kennengelernt habe, aber das ist derselbe Mann. Davon bin ich fest überzeugt.«

»Sollen wir den Koffer öffnen?«, fragte Olivia zögerlich.

»Ja.« Jetzt war sich Charlotte absolut sicher. »Ich hoffe, irgendeinen Hinweis auf seine Familie zu finden.«

»Ich dachte, du hättest gesagt, Tom habe keine Angehörigen mehr gehabt.«

»Keine Angehörigen, von denen der Staat wusste«, berichtigte Charlotte. »Was nicht gleichbedeutend ist.« Schließlich hatte jeder Familie.

Olivia mühte sich mit dem Kofferschloss ab, doch die Anstrengung wurde belohnt, als sie den Deckel endlich öffnen konnten. Im Koffer lag ein wahrer Schatz an Erinnerungsstücken.

»Du liebes bisschen«, flüsterte Charlotte und starrte auf den Inhalt. Als Erstes fiel ihr Tom Houstons unverkennbares weißes Kostüm ins Auge. Die guten Kerle trugen in den alten Filmen immer weiß, und Tom war definitiv ein sehr guter Kerl gewesen. Da waren auch seine Revolver, außerdem ein Haufen alter Drehbücher, die aussahen wie Originale. Sie entdeckte Orden aus dem Zweiten Weltkrieg, und ihr fiel wieder ein, dass er Soldat gewesen war.

»Das Zeug muss ein Vermögen wert sein«, meinte Olivia ehrfürchtig.

Charlotte richtete sich auf. Sie wusste jetzt, was sie zu tun hatte. »Deshalb wollte er, dass ich den Schlüssel an mich nehme.«

Olivia schaute sie an, als wüsste sie nicht, was sie sagen sollte. »Er hat dir gegenüber nie angedeutet, wer er war, oder?«

»Nicht ein einziges Mal. Offensichtlich wollte er nicht, dass ich es erfuhr, solange er noch am Leben war.« Allmählich begriff Charlotte. Tom musste gespürt haben, dass er ihr vertrauen konnte. Er musste erkannt haben, dass sie alles tun würde, um diese Dinge – sein Vermächtnis – den Leuten zukommen zu lassen, die Anspruch darauf hatten. Einmal hatte sie ihn bereits im Stich gelassen, ein zweites Mal würde das nicht geschehen, auf keinen Fall.

»Mom.« Ganz offensichtlich wusste Olivia ihren Gesichtsausdruck zu deuten.

»Er hatte einen Grund, mir seinen wertvollsten Besitz anzuvertrauen.«

»Und der wäre?«, fragte Olivia stirnrunzelnd.

»Ich werde seine Familie ausfindig machen und …«

»Welche Familie? Selbst wenn er noch Angehörige hat, wo sind die? Warum war er ein Staatsmündel?«

»Das weiß ich nicht. Aber Janet hat mir erzählt, dass Tom auf eigenen Wunsch nach Cedar Cove verlegt wurde. Er wollte von vornherein hierher – nicht nach Seattle. Ich schätze, er hat Angehörige hier in der Gegend.«

»Wenn das der Fall ist, warum hat Tom dann nicht selbst Kontakt zu ihnen aufgenommen?«

»Das weiß ich nicht«, wiederholte Charlotte.

»Genau darauf will ich hinaus.«

Sie weigerte sich, die Sache genauso zu sehen. »Er hat mir vertraut«, erklärte sie dickköpfig. »Tom wollte, dass ich mich darum kümmere, all dies an die richtigen Personen weiterzugeben.«

»Mutter …«

»Außerdem«, fiel sie Olivia kurzerhand ins Wort, »wusste er, dass er auf mich zählen kann.« Und das war in ihren Augen das absolut Entscheidende.

Von diesem Augenblick an hatte Charlotte eine Mission zu erfüllen. Sie hatte eine Möglichkeit gefunden, wiedergutzumachen, dass sie Tom in den letzten paar Wochen seines Lebens vernachlässigt hatte. Sie schwor sich, alles in ihrer Macht Stehende zu tun, um Tom Houstons Familie aufzuspüren. Sie würde weder aufgeben noch ruhen, bevor sein Vermächtnis an die gegangen war, die ein Anrecht darauf hatten.

Sobald sie von der Arbeit kam, holte Grace die Post aus dem Briefkasten. Das war bisher Dans Aufgabe gewesen, weil er im Allgemeinen früher Feierabend hatte als sie.

Er war jetzt seit drei Wochen verschwunden. Drei höllische Wochen, in denen sie sich mit unbeantworteten Fragen, Zweifeln, Schuldgefühlen und wachsender Frustration herumschlug.

Die kleinen Dinge des Alltags belasteten sie: den Müll rauszubringen, die Post ins Haus zu holen, den tropfenden Wasserhahn im Bad zu reparieren – alles Dinge, die Dan zu tun pflegte. Mit jeder dieser Arbeiten wuchsen ihre Angst und ihr Ärger.

Zuerst wollte Dans Arbeitgeber partout nicht glauben, dass er einfach abgehauen war. Grace konnte es selbst kaum fassen, aber alles sprach dafür, dass es genau so war. Dan war fort. Niemandem war ein Grund dafür eingefallen, niemand wusste, wie oder warum. Grace hatte Bob Bilderback, Dans Chef beim Baumpflegeservice, mindestens fünfmal mit Fragen gelöchert, weil sie sicher war, dass er irgendeinen Anhaltspunkt haben musste – selbst wenn ihm dessen Bedeutung nicht sofort aufgegangen war. Aber Bob war genauso ratlos wie Grace.

Als sie das Haus betrat, legte sie die Post achtlos zur Seite. Zwei Rechnungen landeten auf dem Stapel anderer Rechnungen, die auf Dans altem Schreibtisch lagen. Das Geld war knapp. Bob hatte ihr Dans letzten Gehaltsscheck, der auf ihren Namen ausgestellt war, zugeschickt. Sie war, offen gesagt, überrascht, dass Dan ihn nicht selbst vor seinem Verschwinden abgeholt hatte. Andererseits hatte er ja seine Kreditkarten.

Die Kreditkarten …

Sie hatte bisher nicht einmal daran gedacht, sich die Kreditkartenabrechnungen anzuschauen. Jetzt rannte sie in Maryellens altes Zimmer, das zu einem Arbeitszimmer umfunktioniert worden war, und schaute rasch den Stapel unbezahlter Rechnungen auf dem Schreibtisch durch, bis sie die VISA-Abrechnung, die noch in ihrem Umschlag steckte, in der Hand hielt.

Ihre Hände zitterten, als sie den Umschlag aufriss und rasch die Liste der Abrechnungsposten durchging. Sie schienen alle in Ordnung zu sein – bis auf einen. Als sie sah, wo die Karte benutzt worden war, drohten ihre Knie unter ihr nachzugeben. Den Rücken an die Wand gedrückt, rutschte sie zu Boden.

Wie lang sie so dasaß und ins Leere starrte, hätte sie nicht sagen können. Schließlich nahm sie all ihren Mut zusammen und rief Olivia an.

»Kannst du bitte zu mir kommen?«, fragte sie mit krächzender Stimme. Vermutlich war ihr anzuhören, wie dringend sie ihre Freundin brauchte.

»Bin schon unterwegs.«

Keine zehn Minuten später stand sie vor der Tür. »Was ist los?«

»Dieses Schwein!«, rief Grace. Sie war so wütend, dass sie kaum an sich halten konnte. »Sieh dir das an!« Damit streckte sie Olivia die Kreditkartenabrechnung entgegen.

Olivia warf einen Blick darauf und schaute Grace fragend an. »Was denn?«

»Juwelier Berghoff in Bremerton. Ich habe mir keinen Schmuck gekauft.«

»Dan?«

»Wer sonst?«, tobte Grace.

»Was sollte Dan dort kaufen? Für zweihundertfünfzig Dollar?«

»Ein kleines Schmuckstück für seine Freundin vermutlich.«

»Na schön, finden wir's heraus.«

Olivia handelte immer vernunftbetont. Grace war gar nicht erst auf die Idee gekommen, den Juwelier anzurufen. Sie hatte auch die Kreditkarte nicht sperren lassen, ein Fehler, den sie gleich am nächsten Morgen korrigieren wollte.

Während Grace im Wohnzimmer auf und ab lief, suchte Olivia die Telefonnummer heraus und wählte. Dann reichte sie Grace den Hörer.

Die spürte sofort wieder Wut in sich hochkochen. »Hallo«, meldete sie sich so ruhig und vernünftig wie nur irgend möglich. »Mein Name ist Grace Sherman, und ich habe hier meine Kreditkartenabrechnung vor mir liegen.« Dann erklärte sie den Grund ihres Anrufs. »Sie suchen jetzt die Quittung heraus«, informierte sie Olivia, die Hand über die Sprechmuschel gelegt.

In fünfunddreißig Ehejahren hatte Dan ihr nicht ein einziges Schmuckstück gekauft. Er hielt das für albern. Sie trug einen schlichten Goldring, eben den Ring, den er ihr am Tag ihrer Hochzeit angesteckt hatte. Im Laufe der Jahre war er dünn geworden und hätte eigentlich ersetzt werden sollen, aber das war nie geschehen. Ihr Mann trug seinen Ehering nicht mehr, seit er aus dem Militärdienst ausgeschieden war. Da er mit schwerer Ausrüstung hantierte, war ein Ring am Finger einfach zu gefährlich.

Die Mitarbeiterin des Juweliergeschäftes meldete sich erneut. »Mrs. Sherman?«

»Ja.« Grace war sofort hellwach.

»Die Rechnung ist für einen Ring.«

»Wie bitte?« Das war genauso merkwürdig wie so ziemlich alles, was mit dem Verschwinden ihres Mannes zusammenhing.

»Ein Ring. Es tut mir leid, aber hier steht nicht, um was für einen Ring es sich handelt.«

Grace hatte das Gefühl, einen Schlag in die Magengrube bekommen zu haben. »Das ist schon in Ordnung. Danke für Ihre Mühe.« Rasch legte sie auf und ließ sich auf einen Stuhl fallen.

»Was ist?« Olivia stand neben ihr.

Grace starrte auf den schmalen Goldring an ihrer linken Hand. Schon lange hatte sie den Verdacht gehegt, dass es eine andere Frau gab. Jetzt hatte sie den Beweis. »Er hat einen Ring gekauft.«

»Einen Ring? Aber warum?«

»Ist das nicht offensichtlich? Also darum hat er mir seinen letzten Gehaltsscheck überlassen.«

»Du meinst, er wollte damit für den Ring bezahlen?«

»Anscheinend.« Das war typisch für Dan und seine merkwürdige Auffassung von Ehre. Er dachte sich nichts dabei, sie ohne ein Wort der Erklärung sitzenzulassen und ihr Leben in eine Hölle zu verwandeln. Und doch sorgte er dafür, dass der letzte Posten auf ihrer VISA-Rechnung, mit dem er offensichtlich einen Ring für eine andere Frau bezahlt hatte, gedeckt war.

»Neulich«, flüsterte Grace, während sie mühsam darum rang, die Fassung zu bewahren, »bin ich von der Arbeit nach Hause gekommen und hatte das seltsame Gefühl, Dan wäre im Haus gewesen.«

»Du hast die Schlösser austauschen lassen, oder?«

»Nein.« Maryellen und Kelly hatten ihr das ausgeredet. Beide waren davon überzeugt, dass ihr Vater bald zurückkommen und alles erklären würde. Zu Anfang hatte Grace das auch noch geglaubt, inzwischen nicht mehr. Sie wollte gar nicht, dass er zurückkam. Aber wenn Dan tatsächlich irgendwann wieder auftauchen sollte, dann wollte sie sich das Vergnügen gönnen, ihm ins Gesicht zu sagen, dass sie sich scheiden lassen wollte.

»Du glaubst, Dan war im Haus?«, hakte Olivia nach.

»Ich bin mir fast sicher …«

»Fehlt irgendetwas?«

Wenn dem so war, hatte Grace nicht feststellen können, was, obwohl sie jeden Raum gründlich durchsucht hatte. Sie schüttelte den Kopf.

»Woher weißt du es dann?«

»Ich konnte ihn riechen.«

»Riechen?«

»Er hat den ganzen Tag mit Bäumen gearbeitet, und wenn er nach Hause kam, roch er oft wie ein frisch geschlagener Weihnachtsbaum. Dieser Geruch hing hier in der Luft, Olivia, ich schwöre es.«

»Ich glaube dir.«

»Ich habe den Mädchen nichts davon gesagt. Sie sind auch so schon genug durch den Wind.«

Olivia setzte sich ihr gegenüber. »Hast du schon mal daran gedacht, mit Roy McAfee zu sprechen? Er hat einen ausgezeichneten Ruf.«

»Ein Privatdetektiv?« Das klang entsetzlich teuer, und da sie mit einem Gehalt auskommen musste, war sie ohnehin schon knapp bei Kasse.

»Es kann nichts schaden, sich mit ihm zu beraten und in Erfahrung zu bringen, was er für die Suche nach Dan berechnen würde.«

Grace nickte. Ihre Freundin hatte recht.

Am nächsten Tag schon vereinbarte Grace einen Nachmittagstermin mit dem Ermittler. Sie war Roy schon ein paarmal begegnet, und Corrie war Stammkundin in der Stadtbücherei.

Corrie empfing Grace höflich und freundlich, sodass diese sich sofort wohler fühlte. Sie geleitete sie in Roys Büro und brachte ihnen beiden einen Kaffee, bevor sie leise die Tür hinter sich schloss.

»Wie ich höre, ist Dan verschwunden«, sagte Roy und kam damit direkt auf den Punkt.

Grace konnte genauso direkt sein. Ihr Geduldsfaden war längst gerissen, vor allem seit sie von dem Ring wusste. »Wie viel würde es kosten, ihn zu finden?«

»Das hängt davon ab, wie lange ich dafür brauche.«

Grace ließ den Blick auf ihre gefalteten Hände sinken. »Ich glaube nicht, dass es so schwierig sein wird.«

»Haben Sie eine Idee, wo er sein könnte?«

»Nein, aber den Verdacht, dass er mit einer anderen Frau zusammen ist.«

Roy nickte. »Okay«, sagte er und schaute ihr direkt in die Augen. »Wie wichtig ist es Ihnen, ihn zu finden?«

»Gar nicht. Ich will ihn nicht zurück.« Traurigkeit überkam sie. »Ich möchte ihn nur noch einmal sehen, um ihm die Scheidungsurkunde in die Hand zu drücken.«

11. Kapitel

Seit Wochen grauste es Cecilia vor diesem Tag. Der erste Mai. Ihr Hochzeitstag. Vor einem Jahr hatte sie an eben diesem Tag zusammen mit Ian vor einem Friedensrichter gestanden, und sie hatten ihr Ehegelübde abgelegt. Es kam von Herzen. Innerhalb weniger Minuten hatten sie einen Bund geschlossen, von dem sie glaubte, er sei für die Ewigkeit.

Ihre Schwangerschaft fing gerade an, sich abzuzeichnen, und Cecilia fand es albern, Weiß zu tragen. Also wählte sie ein blassrosafarbenes Kleid, zu dem sie selbst einen passenden Schleier angefertigt hatte.

Ihre Mutter kam für die kurze Zeremonie extra nach Washington und lud sie beide anschließend zum Essen ein. Bobby drückte Cecilia einen Fünfzig-Dollar-Schein in die Hand. Ian bestand auf Flitterwochen, und obwohl sie knapp bei Kasse waren, hatte er einen Weg gefunden. Sie verbrachten zwei wunderschöne Tage an der Küste auf der Halbinsel Long Beach. Sie gingen am Strand spazieren, besuchten die kleinen historischen Städte wie Oysterville und Seaview. Abends kuschelten sie vor dem Kamin ihres gemieteten Ferienhäuschens und redeten von der Zukunft. Damals schien alles so vollkommen zu sein. Während dieser Flitterwochen suchten sie Namen für ihr ungeborenes Kind aus, sprachen über Ians Karriere bei der Marine und Cecilias Rolle als Frau eines Marinesoldaten. Sie hatte nicht alles verstanden, was damit verbunden war, war aber bereit gewesen, ihrem Mann bis ans Ende der Welt zu folgen.

Tatsächlich war sie ihm bis ans Ende ihrer geistigen Gesundheit gefolgt. Sie hatte damals nicht ahnen können, dass schon wenige Monate später ihr Kind tot sein würde. Hatte nicht ahnen können, dass ihr Leben aller Freude und aller Ziele beraubt werden würde.

Ein Jahr später war der erste Mai einfach nur ein ganz normaler Arbeitstag. Kein besonderer Tag, kein Tag, der aus der Reihe fiel. Sie versuchte, seine Bedeutung so gut es ging zu ignorieren, so, wie sie auch Ian ignorierte.

Eine Weile hatten sie sich E-Mails geschickt – bis sie sich der Realität ihrer Situation gestellt hatte. Sie blieben vor dem Gesetz ein Paar, waren aber nicht länger Mann und Frau, obwohl sie sich dazu hatten hinreißen lassen, miteinander zu schlafen. Ihre Trennung hielt jetzt schon länger an, als ihre Ehe gehalten hatte. Was sie ihm gesagt hatte, entsprach der Wahrheit: Er verdiente es, Vater zu sein. Aber wie sie ihm in ihrer letzten E-Mail geschrieben hatte, musste er akzeptieren, dass sie nie wieder einen solchen Schmerz, ein solches Leid riskieren würde.

In seiner Antwort-Mail hatte Ian geschrieben, dass sie überreagierte. Er schrieb, sie würde irgendwann anders empfinden und doch noch ein Kind wollen. Offenbar verstand er sie nicht. Sie versuchte nicht, sich zu erklären, denn jede Antwort wäre für ihn eine Einladung gewesen, ihr mit Gegenargumenten zu kommen und ihre Korrespondenz fortzuführen. Also hörte sie auf, ihm E-Mails zu schicken, ging nicht mehr in die Stadtbücherei, kümmerte sich einfach nicht mehr um ihn.

Leider bedeutete das nicht, dass sie auch aufhören konnte, an ihn zu denken. Es war ein Fehler gewesen, ihm zu schreiben, sich wieder auf ihn einzulassen, auch wenn es nur eine Reihe kurzer E-Mails gewesen war. Nein, ihre Entscheidung stand fest. Sobald sie es sich leisten konnte, würde sie die Scheidung vorantreiben, und das war für sie beide das Beste. Irgendwann würde Ian das genauso sehen und bereit sein, ihr zu verzeihen.

Als sie das alles durchdacht hatte, stellte sie seinen Wagen ab, um nie mehr damit zu fahren.

Da sie wusste, was die Zukunft für Ian und sie bereithielt, konnte sie nicht zulassen, dass der erste Mai sie mit seiner Bedeutung ablenkte. Sie fuhr mit ihrem eigenen Wagen früh am Morgen zu ihrem Algebra-Kurs für Fortgeschrittene, fest entschlossen, das Beste aus diesem Tag zu machen. Der Kurs war wesentlich anspruchsvoller als der erste Kurs, den sie belegt hatte. Da war es hilfreich, dass Mr. Cavanaugh auch diesmal ihr Lehrer war. Sie mochte ihn sehr.

Trotz ihrer Bemühungen, sich auf den Unterricht zu konzentrieren, schweiften ihre Gedanken immer wieder in unerwünschte Richtungen ab und landeten schließlich genau bei den Themen, die sie hatte meiden wollen: Ian, ihrem toten Baby und dabei, wie hoffnungslos ihr Unterfangen war, sich von einem Kurs zum nächsten zu hangeln und so zu einer Ausbildung zu kommen. Bis sie schließlich einen nützlichen Abschluss erlangte, würde sie alt genug sein, um Sozialrente zu beantragen.

Zutiefst deprimiert wartete sie das Ende des Unterrichts ab, um mit Mr. Cavanaugh zu reden. Ihre Bücher fest an sich gedrückt, ging sie nach vorn.

»Ja, Cecilia?«, wandte er sich aufmerksam an sie.

»Ich … ich dachte, Sie sollten wissen, dass ich den Kurs abbrechen will.«

Er ließ sich nicht anmerken, ob er enttäuscht war. »Das tut mir leid, zu hören. Gibt es dafür einen besonderen Grund?«

Etliche, aber keinen, den sie ihm sagen konnte. Sie ließ den Kopf hängen und zuckte mit den Schultern. »Ich weiß nicht, wo ich dieses Wissen nutzen soll. Ich bin Tischanweiserin im Restaurant, keine Intelligenzbestie, die einen mathematischen Beruf ausüben wird.«

»Wissen ist niemals verschwendet. Natürlich haben Sie recht, dass sie womöglich nie Gelegenheit bekommen werden, die Quadratformel zu nutzen, aber zu wissen, wie es geht, ist doch durchaus befriedigend, finden Sie nicht?«

»Ich weiß nicht.«

»Verstehe.« Er griff nach seinen Büchern, steckte sie in seine Aktentasche und verließ den Raum.

Cecilia folgte ihm, und sie gingen gemeinsam den Korridor entlang. Etwas in ihr hatte gehofft, er würde versuchen, ihr das Vorhaben auszureden. »Ich wollte Ihnen danken.«

»Was ist mit ihrem anderen Kurs? Welcher war das noch gleich?«

»Geschäftsenglisch«, antwortete sie.

»Wollen Sie den auch abbrechen?«

Sie nickte, drückte ihre Bücher noch fester an sich. Die Schule würde ihr einen Teil der Kursgebühren erstatten, wenn sie vor Ende der Woche ausstieg.

»Das ist schade, Cecilia«, wiederholte er.

»Finde ich auch«, flüsterte sie und fühlte sich noch elender als zuvor.

»Ich schlage vor, Sie warten bis zum Ende der Woche, in Ordnung?«

»In Ordnung«, stimmte sie zu, aber ihre Entscheidung war gefallen. Das Geld, das ihr für die Kurse erstattet wurde, wollte sie nutzen, um einen weiteren Termin bei Allan Harris zu bezahlen. Sie wollte ihn bitten, sich darum zu bemühen, den Ehevertrag für nichtig erklären zu lassen. Er hatte erwähnt, dass man Richterin Lockharts Urteil anfechten konnte, und da Ian auf See war, war das ihre einzige Option.

Nach dem Unterricht fuhr sie mit ihrer Rostlaube zurück zu ihrer Wohnung, in der Hoffnung, vor der Arbeit noch ein bisschen schlafen zu können. Normalerweise machte sie sich gleich voller Begeisterung an ihre Hausaufgaben, aber heute nicht. Nicht, wenn die sehr reale Möglichkeit bestand, dass sie das Olympic College am Freitag zum letzten Mal besuchen würde.

Das Lämpchen ihres Anrufbeantworters blinkte. Zögernd drückte Olivia auf die Taste.

»Ich bin es, Cathy«, meldete sich ihre fröhliche Stimme. »Ein paar von uns treffen sich heute zum Abendessen. Hast du Lust, auch zu kommen? Wir machen ein Potluck Dinner bei mir zu Hause. Ich hoffe, du kommst. So oder so, ruf mich an. Ich würde mich sehr freuen, dich dabei zu haben.« Cathy war ihr eine Freundin geworden, eine gute Freundin, und sie bemühten sich, einander jede zweite Woche zu sehen. Manchmal trafen sie sich mit anderen Soldatenfrauen, meist unternahmen sie jedoch etwas allein. Sie waren zusammen zu Garagenflohmärkten und ins Kino gegangen oder hatten sich zum Sonntagsbrunch getroffen.

Aber heute Abend konnte Cecilia nicht, da sie im Restaurant arbeiten musste. Cathy kannte ihre Arbeitszeiten und hatte sie trotzdem eingeladen, um ihr zu zeigen, dass sie dazugehörte. Cecilia verabscheute es, erklären zu müssen, warum sie nicht kommen konnte, zumal doch offensichtlich sein sollte, dass sie nicht abkömmlich war.

Cathy meldete sich sofort. »Cecilia!«, rief sie, offensichtlich erfreut, von ihr zu hören. »Sag bitte, dass du kommst.«

»Ich kann nicht.«

»Aber ohne dich macht es nur halb so viel Spaß.«

»Ich muss arbeiten, und es ist viel zu spät, um jemanden zu finden, der für mich einspringt.« Das entsprach der Wahrheit.

Cathy stieß einen tief enttäuschten Seufzer aus. »Vielleicht sollten wir alle zu dir kommen. Du kennst doch das alte Sprichwort: Wenn der Prophet nicht zum Berg kommt …« Sie brachte den Spruch nicht zu Ende, sondern lachte, als hätte sie etwas unglaublich Witziges gesagt.

Cecilia lachte nicht mit. »Vielleicht beim nächsten Mal«, sagte sie niedergeschlagen.

Cathy zögerte. »Ist alles in Ordnung mit dir? Nein, sag nichts. Ich merke doch, dass etwas nicht stimmt. Was ist los?«

Statt ihr die ganze Wahrheit zu sagen, entschied Cecilia sich für eine Kurzfassung: »Ich breche die Schule ab.«

»Das kannst du nicht! Du gehst doch so gern zum Unterricht.«

»Ich brauche das Geld.«

»Ich leihe es dir.«

Cecilia war geschockt, dass ihre Freundin, die sie doch erst so kurze Zeit kannte, solch ein Angebot machte. »Du hast doch selbst kein Geld.«

»Nein, aber ich kann welches auftreiben … glaube ich. Keine Sorge, wenn es wirklich schlimm kommt, sammle ich heute Abend für dich, wenn die anderen Frauen kommen. Wir müssen zusammenhalten. Wenn wir einander nicht emotional unterstützen können, wer soll das sonst tun? Unsere Männer sind auf See. Wir haben nur einander.«

Cecilias Stimmung besserte sich, aber das war unvermeidbar, wenn man mit Cathy sprach. Der Optimismus und die Großzügigkeit ihrer Freundin schafften es immer, das Leben irgendwie rosiger erscheinen zu lassen.

»Ich melde mich bei dir«, verabschiedete Cecilia sich und legte auf. Dann setzte sie sich trotz ihrer gedrückten Stimmung mit ihrem Algebra-Buch an den Tisch und begann mit den Hausaufgaben. Als sie fertig war und auf die Uhr blickte, war sie schon spät dran für die Arbeit. Hastig räumte sie ihre Sachen weg, zog sich um und eilte aus der Tür, um gerade rechtzeitig zu Schichtbeginn das Captain's Galley zu erreichen.

Wie immer warf Cecilia einen kurzen Blick ins Foyer, um ihrem Vater Hallo zu sagen.

Er hob grüßend die Hand, als er sie sah. »Wie geht's?«, fragte er.

»Gut.« Es wäre sinnlos, ihm zu erklären, wie deprimiert sie war. Er würde sowieso nicht wissen, was er dazu sagen sollte, wenn sie es tat.

»Freut mich zu hören.«

»Klar doch«, murmelte sie in sich hinein.

Sie hatte gerade mal eine Stunde gearbeitet, als ein Bote mit einem riesigen Strauß Blumen ankam: gelbe Chrysanthemen, ihre Lieblingsblumen, rosafarbene Tulpen und etliche andere. »Ich suche Cecilia Randall«, sagte er mit einem Blick auf das Kärtchen.

Verdutzt schwieg Cecilia einen Moment.

»Gibt es hier eine Mrs. Randall?«, fragte er stirnrunzelnd.

»Ich bin Cecilia Randall«, erwiderte sie.

Der junge Mann, vermutlich Highschool-Schüler, drückte ihr die Vase mit den Blumen in die Hände und verschwand. Sie brauchte den Strauß nicht auszupacken und die Karte zu lesen, um zu wissen, dass die Blumen von Ian kamen. Das war typisch für ihn, niedrig, gemein, heimtückisch, um ihr ein schlechtes Gewissen zu machen. Na schön, das würde auf gar keinen Fall funktionieren. Sie weigerte sich einfach, ein schlechtes Gewissen zu haben.

Die Vase stellte sie neben die Kasse, nahm die Cellophanfolie ab und warf sie in den Abfalleimer. Dann griff sie nach der Karte.

Herzlichen Glückwunsch zum ersten Hochzeitstag. Ich liebe dich. Ian

Ihr Magen verkrampfte sich, und Übelkeit stieg in ihr auf. Sie biss sich auf die Unterlippe und wartete, dass dieses Gefühl wieder verschwand.

»Für wen sind die Blumen?«, fragte ihr Vater neugierig, als er das Restaurant betrat.

Sie antwortete nicht sofort. »Für mich. Von Ian«, flüsterte sie schließlich.

»Tatsächlich. Ein besonderer Grund?«

Sie nickte. »Heute … heute wäre unser erster Hochzeitstag gewesen.«

»Oh.«

Tränen liefen ihr über die Wangen. Als ihr Vater das sah, klopfte er ihr auf den Rücken und eilte zurück an die Bar.

Justine nippte an ihrem Wein und tat so, als hörte sie Warren aufmerksam zu, während dieser unablässig redete. Sie hatte längst den Faden verloren, aber er erwartete sowieso nicht, dass sie antwortete. Außer Lob und belanglosem Small Talk waren Kommentare nicht erwünscht. Justine kannte ihre Rolle: Sie war ein gesellschaftliches Accessoire. Das hatte sie früher nicht gestört und störte sie auch heute nicht wirklich. Sie verstand Warren, verstand die Bedingungen ihres Arrangements.

»Noch etwas Wein?«, fragte er, hob die Flasche und füllte ihr Glas auf.

Mit diesem Dinner in einem Fünf-Sterne-Restaurant in Seattle feierte er irgendeinen mehrere Millionen Dollar schweren Vertrag, den er hatte an Land ziehen können. Solche Feiern gab es alle zwei oder drei Monate.

»Also«, sagte er und schaute sie erwartungsvoll an, »was meinst du dazu?«

»Was ich meine?« Warren ging nicht mit ihr aus, weil sie klug war, und interessierte sich auch nicht für ihre Meinung. Sie hatten sich noch nie über *ihre* Arbeit unterhalten. Tatsächlich machte er um ihre Bank einen großen Bogen.

Er blinzelte verdutzt. »Justine, hast du gar nicht zugehört?«

»Ich … ich fürchte, es liegt am Wein. Ich werde irgendwie müde. Tut mir leid, Liebling, was hast du gesagt?« Wenn sie ihm erzählte, dass sie an einen anderen Mann gedacht hatte, würde ihr das vermutlich keine Sympathie einbringen.

Gedanken an Seth Gunderson quälten sie Tag und Nacht, aber sie musste schon ziemlich blöd sein, um Warren für einen

Mann fallenzulassen, der auf einem Segelboot lebte. Seth machte sie wütend. Er hätte mit ihr schlafen können, hätte es getan, wenn sie ein Wörtchen hätte mitreden können. Jedes Mal wenn sie an jenen Abend dachte, wurde Justine wütend und fühlte sich so gedemütigt, dass sie am liebsten den Kopf gegen die Wand geschlagen hätte. Idiot! Idiot! Idiot!

In diesem schwachen Moment hatte sie ihm Mut gemacht, und das war ein schrecklicher Fehler gewesen. Seth glaubte, sie würde Warren für ihn verlassen. Das konnte sie nicht. Warren brauchte sie, und auf ihre Weise brauchte sie ihn auch.

»Ich habe über uns gesprochen«, wiederholte er.

Das Gespräch wurde allmählich unangenehm, das spürte Justine.

»Oh, Warren, hältst du das wirklich für den richtigen Zeitpunkt?« Sie zog einen hübschen Schmollmund.

»Ja. Heute habe ich einen Grund zum Feiern.«

»Ich bin so stolz auf dich.«

Er strahlte sie an, beugte sich über den Tisch und griff nach ihren Fingern. Während er mit dem Daumen über ihren Handrücken strich, schaute er ihr tief in die Augen. »Du weißt, was ich für dich empfinde.«

Oh ja, das wusste sie. Justine mochte vieles sein, aber dumm war sie nicht.

»Zieh mit mir zusammen.«

»Oh, Warren.« Zwei- oder dreimal im Jahr drängte er sie zu dieser Entscheidung. Bisher war es ihr immer gelungen, das Thema zu wechseln, ihm so lange zu schmeicheln, bis er sein Drängen aufgab, »den nächsten Schritt zu tun«. Mit Warren auszugehen war eine Sache. Mit ihm zusammenzuleben eine ganz andere. Sie hatte nie vorgehabt, ihre Beziehung so weit gehen zu lassen.

»Bevor du antwortest, schau dir das mal an.« Er unterbrach

den Blickkontakt lange genug, um in seine Tasche zu greifen und ein Samtkästchen vom Juwelier herauszuholen.

»Warren?«

Er wollte also den Druck erhöhen. Egal. Sie war nicht bereit, ihre Freiheit aufzugeben, ganz gleich, was er ihr anbot.

»Bevor ich dir zeige, was ich hier habe, möchte ich etwas erklären.« Er griff erneut nach ihrer Hand, schaute ihr ernst in die Augen und senkte dann den Blick auf die Tischplatte. »Du verlangst nie mehr von mir, als ich geben kann«, murmelte er.

Damit meinte er, dass sie seine Unfähigkeit, mit ihr zu schlafen, akzeptiert hatte. Tatsächlich war es ihr egal, ja, sie zog es sogar vor, dass ihre Beziehung sich nicht auf das Körperliche erstreckte. Justine bewahrte sein Geheimnis. Das war sie ihm schuldig. Sie vermutete, dass nur sehr wenige Menschen von Warrens Problemen wussten. Die waren scheinbar so gelagert, dass eine kleine blaue Pille keine Abhilfe schaffen konnte.

»Ich mag meine Freiheit«, erinnerte sie ihn süß lächelnd, um ihn nicht vor den Kopf zu stoßen.

»Du kannst deine Freiheit haben, Baby.«

»Es wäre aber nicht dasselbe.«

»Natürlich wäre es das«, widersprach er. »Du kannst dein eigenes Zimmer haben, wenn du möchtest.«

Das hatte er schon beim letzten Mal angeboten, als er das Thema angeschnitten hatte. Sie war damals nicht interessiert gewesen und war es auch jetzt nicht.

»Es ist wegen deiner Mutter, nicht wahr?«, fragte er.

»Nein.« Sie wusste, wie leicht es gewesen wäre, die Schuld auf ihre Mutter zu schieben. Sie war Richterin, ein geachtetes Mitglied der Gesellschaft, aber Justine war ein freier, selbstständiger Mensch. Was sie mit ihrem Leben anfing, sollte keinen Einfluss auf die Karriere ihrer Mutter haben.

»Du gibst mir also einen Korb?« Sein Blick war jetzt der eines kleinen Jungen, was vor zwanzig Jahren vielleicht niedlich gewesen wäre, aber in seinem Alter einfach nur erbärmlich wirkte.

»Es tut mir leid. Du weißt, dass ich niemals etwas tun würde, was dich verletzt.«

»Gut.« Er grinste breit und ließ den Deckel des Samtkästchens aufspringen.

Justine schnappte nach Luft. Darin lag der größte Solitärdiamant, den sie jemals gesehen hatte – er hatte bestimmt drei oder vier Karat. Sprachlos schlug sie die Hand vor den Mund.

»Wunderschön, nicht wahr?«

Sie konnte nur nicken.

»Ich möchte, dass wir heiraten, Justine. Das ist dein Verlobungsring.«

»Heiraten?« Plötzlich summte es laut in ihrem Kopf, und ihr wurde ein wenig schwindelig.

»Du bist eine schöne, elegante Frau. Wenn Männer mich in deiner Begleitung sehen, fühle ich mich pudelwohl. Wir geben ein gutes Paar ab, Baby.«

Sie starrte ihn an. Sein mangelndes Einfühlungsvermögen war schon beinahe lächerlich. Er versuchte allen Ernstes, sie zu überreden, seine Frau zu werden, indem er ihr sagte, dass sie sein Image aufpolierte. *Das* sollte sie dazu bringen, ihn zu heiraten?

»Du hast mir mal gesagt, du willst keine Kinder«, sagte er.

»Will ich auch nicht.«

»Wunderbar, das kommt uns beiden zupass.«

Justine schluckte.

Er schaute sich um und senkte dann die Stimme. »Wenn du nach unserer Hochzeit auf getrennten Schlafzimmern bestehst, soll mir das recht sein.«

»Oh, Warren.«

»Denk darüber nach«, sagte er. »Nimm den Ring. Steck ihn an.«

Sie tat, worum er sie bat, ganz einfach, weil sie sehen wollte, wie ein vierkarätiger Diamant an ihrem Finger wirkte. Ein Mann mit romantischen Absichten hätte ihr den Ring eigenhändig angesteckt. Seth hätte das getan – dessen war sie sich sicher –, aber er konnte sich unter keinen Umständen einen Ring dieser Größe leisten … weder jetzt noch in einem anderen Leben.

Der Ring glitt auf ihren Finger, als wäre er für sie maßgefertigt. Er war das umwerfendste Schmuckstück, das sie je gesehen hatte.

»Trag ihn eine Weile«, drängte Warren. »Er ist versichert.«

Justine betrachtete den Diamantring und nahm ihn dann zögernd wieder ab. »Ich werde sehr ernsthaft über deinen Antrag nachdenken«, sagte sie, und sie meinte es so.

»Hör zu, wenn du dir wegen deiner Eltern Sorgen machst, rede ich mit ihnen.«

»Ich treffe meine eigenen Entscheidungen, Warren.« Innerlich schauderte sie bei dem Gedanken, er könnte an ihren Vater oder ihre Mutter herantreten. Das Treffen würde alles andere als einvernehmlich ablaufen, so viel konnte sie garantieren.

»Bis wann kann ich mit deiner Antwort rechnen?«, fragte er, ganz der Geschäftsmann. Er würde nicht zulassen, dass sie ihn lange in der Luft hängen ließ.

»Nächste Woche.« Selbst wenn sie seinen Antrag abwies, würde sich an ihrer Beziehung nichts ändern. Warren wusste das, und sie wusste es auch.

Seth rief sie am folgenden Abend von Alaska aus an. Im Grunde kam das nicht überraschend, denn er schien immer genau zu wissen, wann sie am wenigsten von ihm angerufen werden wollte.

»Hi«, meldete er sich. Seine Stimme drang so klar durch die Leitung, als befände er sich auf der anderen Straßenseite und nicht tausend Meilen weiter nördlich.

»Hallo, Seth.«

Eine kurze Pause folgte ihrer Begrüßung. »Du scheinst dich nicht zu freuen, von mir zu hören.«

»Stimmt.«

»Gibt es dafür einen bestimmten Grund?«

Seufzend schloss sie die Augen. Sie konnte es ihm ebenso gut sagen. Je früher Seth Bescheid wusste, desto besser – für sie beide. »Warren hat mich gestern Abend gebeten, ihn zu heiraten.«

Wieder trat ein kurzes Schweigen ein. Dann fragte er: »Hast du seinen Antrag angenommen?«

»Noch nicht.«

»Bist du versucht, es zu tun?«

Sie war es nicht, aber Seth das Gegenteil glauben zu machen war die sicherste Methode, ihn abzuschrecken. »Weiß ich nicht.«

»Wann wirst du es wissen?«

»Bald.«

Er kam ihr nicht mit Argumenten, versuchte auch nicht, sie zu überreden, dem anderen Mann einen Korb zu geben. Ja, er sagte nicht einmal, dass sie dumm wäre, wenn sie sich bereiterklärte, Warren zu heiraten. Stattdessen stellte er eine Frage: »Liebst du ihn?« Er klang dabei so locker und unbeteiligt, als wäre ihre Antwort für ihn ohne Belang.

»Auch was das angeht, habe ich mich noch nicht entschieden.« Sie mochte Warren, aber dieses Mögen hielt keinem Vergleich mit dem Feuer stand, das jedes Mal aufloderte, wenn sie mit Seth zusammen war.

»Wartest du darauf, dass ich die Entscheidung für dich treffe?«, fragte Seth.

»Mach dich nicht lächerlich.«

»Für mich klingt es so.«

Sie stieß einen lauten Seufzer aus. »Ich habe es nur erwähnt, weil ich dachte, du solltest es wissen.«

Er lachte leise, und das ärgerte sie noch mehr.

»Worüber amüsierst du dich?«, fragte sie.

»Hast du deinem Freund erzählt, dass du mich praktisch ins Bett zerren wolltest?«

Das war eine zutiefst gemeine Bemerkung, und Justine dachte gar nicht daran zu antworten.

»Warren weiß von dir.« Zwar war sie sich nicht völlig sicher, dass dem so war, aber den Verdacht hegte sie schon. Höchstwahrscheinlich hatte er ihr nur deshalb einen Heiratsantrag gemacht, weil ihm zu Ohren gekommen war, dass sie mit Seth ausgegangen war.

»Das möchte ich wetten.« Seths Ärger verpuffte so schnell, wie er aufgekommen war. »Nun«, meinte er dann, offenbar des Themas überdrüssig, »ich schätze, du hast eine wichtige Entscheidung zu treffen.«

»Du hast recht. Das habe ich.«

»Ruf mich an, wenn du sie getroffen hast.«

Justine spürte, dass er drauf und dran war, aufzulegen, und sie wollte nicht, dass ihr Gespräch endete, jedenfalls nicht so. Aber sie war hilflos, konnte nur zustimmen. »Das werde ich«, flüsterte sie und fühlte sich dabei elend und wütend zugleich.

»Wenn ich's mir genau überlege«, erwiderte er, und sie konnte den Hohn in seiner Stimme deutlich hören, »spar dir die Mühe. Wir wissen doch beide, was du tun wirst.« Damit unterbrach er die Verbindung, und Justine saß da, den Telefonhörer in der Hand, das Summen der unterbrochenen Leitung im Ohr.

Die Sonne spiegelte sich im leuchtend grünen Wasser des Puget Sound, als die Fähre sich vom Anleger in Bremerton löste und sich ruhig durch die Rich Passage auf den einstündigen Weg nach Seattle machte. Olivia, die an der Reling stand, sich vom Wind das dunkle Haar zerzausen ließ und den salzigen Duft der See einatmete, wandte sich lächelnd Jack zu.

»Es ist so schön heute Nachmittag.«

»Hey«, meinte er scherzhaft, »genau so habe ich es für heute bestellt.«

Sie verdrehte die Augen.

»Das ist kein Scherz«, beharrte er mit so ernstem Gesichtsausdruck, dass sie fast in Lachen ausgebrochen wäre. »Ich habe gesagt: Gott, ich habe diese wichtige Verabredung am Sonntagnachmittag, und ich wüsste es zu schätzen, wenn du dich in Sachen Wetter ein bisschen kooperativ zeigen könntest.«

»Das hast du gesagt?«

»Das habe ich gesagt.«

Olivia drehte sich wieder zur Reling um, stützte sich mit den Ellenbogen darauf und wartete ungeduldig, dass endlich die Skyline von Seattle auftauchte. Jacks Sohn Eric wollte sie am Fährterminal abholen, und dann würden sie zu dritt irgendwo am Wasser essen gehen. Olivia und Eric begegneten sich heute zum ersten Mal, und Jack schien viel nervöser zu sein als sie.

»Ich habe in den letzten Jahren etliche Länder bereist, aber nirgends fand ich es schöner als in Seattle, wenn die Sonne scheint.«

»Ja, ja, überall saftiges Grün«, grummelte Jack, »das sollte ja wohl auch so sein, nachdem es drei Monate lang abwechselnd genieselt und geregnet hat.«

»Wird es für dich Zeit, unter dem fröhlichen Licht zu sitzen?«, fragte sie und stellte ihm damit die Frage, die sie früher ihren Kindern gestellt hatte. An besonders trüben Tagen, wenn sie sich ständig gestritten und darüber beklagt hatten, dass sie nicht draußen spielen konnten, dann hatte Olivia sie dazu verdonnert, sich unter eine Lampe zu setzen und zu lesen. James hatte die Lampe auf »fröhliches Licht« getauft, weil er schnell begriffen hatte, dass er den Platz darunter erst wieder verlassen durfte, wenn er lächelte.

»Fröhliches Licht?«

Olivia erklärte es ihm, und sie scherzten und alberten eine Weile herum. Als sie wieder in Schweigen verfielen, bemerkte sie, wie angespannt er wirkte. Er ließ sie an der Reling stehen, wanderte auf der Fähre auf und ab, trank drei Tassen Kaffee, während sie es bei einer beließ, und zappelte die ganze Überfahrt von der Kitsap Peninsula bis zur Elliot Bay nervös herum.

Schon auf den ersten Blick war unverkennbar, dass Eric Jacks Sohn war. Er war hochgewachsen wie sein Vater, athletisch gebaut, und die beiden sahen sich sehr ähnlich, wenn man von ihrem Kleidungsstil einmal absah.

»Hallo, Eric«, sagte Olivia und streckte ihm die Hand entgegen.

»Das ist Olivia Lockhart«, stellte Jack sie vor und deutete dabei vage in ihre Richtung.

Vater und Sohn schüttelten sich weder die Hände, noch umarmten sie einander. Da Stan in der Hinsicht ganz anders gewesen war, fand sie das merkwürdig.

»Wie war die Überfahrt?«, fragte Eric, während sie am Wasser entlanggingen.

»Fantastisch«, meinte Jack mit einem Enthusiasmus, als hätten sie gerade eine Kreuzfahrt hinter sich und nicht eine einfache Überquerung des Puget Sound.

»Habt ihr Hunger?«, lautete Erics nächste Frage.

»Einen Bärenhunger.«

Olivia musterte Vater und Sohn, überrascht, wie unbeholfen die beiden miteinander umgingen.

Eric erzählte ihnen, er hätte sich schon vor ihrer Ankunft für ein Restaurant entschieden und einen Tisch reserviert. »Ich hoffe, ihr mögt Taschenkrebse«, sagte er.

»Sehr sogar«, versicherte Olivia ihm.

Eric schaute seinen Vater fragend an. »Bin dabei«, murmelte Jack.

Anscheinend kannte Eric die Geschmacksvorlieben seines Vaters nicht. Auch das kam Olivia seltsam vor. Das Restaurant, das er ausgewählt hatte, hatte sich auf frisch gekochte Taschenkrebse spezialisiert, die auf mit Zeitungspapier ausgelegten Tischen serviert wurden. Jeder Gast bekam einen Holzhammer und einen Brustlatz. Als sie schließlich die Panzer der dampfenden kalifornischen Taschenkrebse aufgebrochen hatten und das Fleisch in geschmolzene Butter tauchten, unterhielten sie sich entspannt und lachten miteinander.

Alles an der Mahlzeit war wunderbar. Nachdem sie alles verzehrt und sich gründlich die Hände gewaschen hatten, begleitete Eric sie zurück zur Fähre. Erneut machte er einen eher förmlichen Eindruck, und obwohl sie sich während des Essens angenehm ungezwungen unterhalten hatten, wurde ihr Gespräch jetzt steif und gekünstelt. Jack hatte die Hände tief in den Taschen seines Regenmantels vergraben.

»Ich fand es nett heute Abend«, sagte Eric. Bildete Olivia sich das nur ein, oder war er tatsächlich selbst überrascht von dieser Feststellung?

»Ich auch«, stimmte Jack zu.

Eric schwieg einen Moment. »Wollen wir uns mal wieder treffen?«

»Das würde ich sehr gern«, erwiderte Jack feierlich.

»Ich auch.«

Dann wandte Eric sich mit einem bezaubernden Lächeln an Olivia. »Es war sehr nett, dich kennenzulernen.«

»Das fand ich auch, Eric.«

Die ersten Autos verließen die Fähre, die soeben aus Bremerton eingelaufen war, und es wurde Zeit, an Bord zu gehen.

»Ich melde mich bei dir«, sagte Jack und steuerte Olivia in Richtung Terminal und Fahrkartenschalter für Passagiere, die zu Fuß an Bord gingen.

Eric winkte ihnen zum Abschied zu und zog sich in kleinen Schritten rückwärts zurück.

»Das lief doch gut, oder?«, fragte Jack, nachdem er ihre Fahrkarten gekauft hatte und sie an Bord gingen.

»Sehr gut.«

Sie spürte, wie erleichtert er war, und fand seine Reaktion genauso wie seine ganze Haltung seinem Sohn gegenüber ein wenig seltsam. Das ging ihr noch durch den Kopf, während sie ihm die Treppe zum Hauptdeck hinauf folgte. Jack eilte ihr voran zum Heckgeländer und blieb dort stehen, den Wind im Gesicht, während er auf Seattle zurückblickte.

»Da ist er«, rief er, schob zwei Finger zwischen die Lippen und stieß einen gellenden Pfiff aus.

Eric fuhr herum, entdeckte sie beide und winkte ihnen noch einmal zu.

»Er ist ein ausgeglichener junger Mann«, murmelte Olivia.

»Das ist seiner Mutter zu verdanken.«

»Du hast keinen Anteil an seinem Leben gehabt, als er noch kleiner war?« Das würde die Befangenheit zwischen den beiden erklären.

»Ich war zwar da, aber … ihm nicht unbedingt ein Vater.«

Olivia verstand gut, was er damit sagen wollte. Sie hatte selbst nicht viel Zeit für ihre Kinder gehabt, als diese noch klein gewesen waren – das Jurastudium und vieles mehr hatten sie sehr beansprucht, und sie bedauerte das heute noch. Sie hatte eine gute Mutter sein wollen, und das wollte sie immer noch, aber der Tag hatte nun einmal nur vierundzwanzig Stunden.

»Ich bin stolz, sein Vater zu sein.«

Das war vermutlich das schönste Kompliment, das ein Vater seinem Sohn machen konnte, aber leider konnte Eric es nicht hören.

»Siehst du ihn oft?«, fragte sie, um ein Gefühl für die Beziehung der beiden zu bekommen.

»Wir versuchen es, aber es gibt eine Menge ungeklärter Fragen zwischen uns«, sagte er und verzog das Gesicht.

Sie lächelte angesichts seiner offensichtlichen Ablehnung für alles, was er Psychogeschwätz nannte. Schon mehr als einmal hatte er ihr gesagt, dass er offene und direkte Gespräche vorzog.

»Aber du und Eric, ihr gebt euch beide Mühe«, meinte sie ruhig.

Jack nickte. »Ja, das tun wir.« Dann wechselte er rasch das Thema. »Hast du was von Justine gehört?«

Am liebsten hätte Olivia laut aufgestöhnt. Ihre Tochter machte ihr im Moment die größten Sorgen. Obwohl Justine ihr nichts gesagt hatte, hatte es sich herumgesprochen, dass sie und Seth Gunderson miteinander ausgegangen waren. Olivia war zum Jubeln zumute. Seth war genau der Typ Mann, den sie sich für ihre eigensinnige Tochter am besten vorstellen konnte.

Doch dann war er nach Alaska gegangen, und schlagartig wurde darüber getratscht, dass Warren Saget einen protzigen Diamantring beim Juwelier Berghoff gekauft hatte. Warren hatte absichtlich einen Juwelier in der Stadt gewählt, und Olivia wusste nur zu gut, warum. Er wollte, dass sie Bescheid wusste. Feige, wie er war, hatte Warren Saget nicht den Mut, es Olivia direkt zu sagen. Also überließ er es den Klatschmäulern von Cedar Cove, sie über seine Absichten in Kenntnis zu setzen.

»Du hast davon gehört?«, fragte sie.

Jack zuckte lässig mit den Schultern. »Hat sie Ja gesagt?«

»Ich habe keine Ahnung.« Es tat weh, zugeben zu müssen, dass ihre einzige Tochter mit ihrer Mutter nicht einmal über den Heiratsantrag gesprochen hatte.

»Was tust du, wenn sie Ja sagt?«, fragte Jack und beobachtete sie aufmerksam.

»Was ich tue?« Hatte sie denn eine Wahl? »Was kann ich tun? Ich werde lächeln und es ertragen, aber es wird mir höllisch schwerfallen, Warren als meinen Schwiegersohn zu bezeichnen, zumal wir fast im selben Alter sind.«

»Weiß Seth Gunderson von diesem … Heiratsantrag?«

Das war das Geheimnis der Stunde. »Ich wünschte, ich wüsste es.«

»Machst du dir Sorgen?«

»Und ob«, erwiderte sie finster.

Jack legte ihr seinen Arm um die Schultern. »Alles wird gut. Wart's einfach ab.«

Olivia bemühte sich, positiv zu denken, fragte sich aber, ob er nur von ihrer Situation sprach oder auch von seiner eigenen.

12. Kapitel

Charlotte war felsenfest davon überzeugt, dass Tom Harding ihr aus gutem Grund seine kostbarsten Besitztümer anvertraut hatte. Sie sollte einen Erben finden, und wenn das nicht gelang, dann dafür sorgen, dass die Sachen einen angemessenen Platz in einem Museum fanden. Sie nahm diese Aufgabe sehr ernst, so ernst, dass sie tatsächlich daran dachte, das Gesetz zu brechen.

Tagelang grübelte sie darüber nach, was sie tun sollte. Da Tom Staatsmündel gewesen war, bestand ihre größte Sorge darin, dass der Sattel, die Revolver, das Poster und die Drehbücher beschlagnahmt und versteigert werden würden, um das Geld für seine Pflege wenigstens teilweise wieder hereinzubekommen. Nach dem Gesetz des Staates Washington durfte Tom nur Eigentum im Wert von zweitausend Dollar haben. Zumindest hatte Olivia es ihr so erklärt.

»Kann der Staat das alles einsacken?«, hatte sie ihre Tochter an dem Tag gefragt, als sie die Sachen entdeckt hatten.

»Nun ja …«

Charlotte wusste, was »nun ja« bedeutete und handelte trotz des Risikos hinter Olivias Rücken. Und hinter dem Rücken des Staates. Wenn sie deshalb im Kittchen landete, sollte es eben so sein.

Ihre Tochter war mit Gerichtsangelegenheiten beschäftigt, aber Charlottes tief verwurzelte Ehrlichkeit machte es ihr unmöglich, Olivia nicht zu erzählen, was sie getan hatte. Also beschloss sie, das Gericht am Montagmittag zu besuchen. Sie hielt es nicht für wahrscheinlich, dass Olivia ihre eigene Mutter verhaften lassen würde.

Charlotte warf einen Blick in das Büro ihrer Tochter, und sofort umfing sie der heimelige Geruch von alten Büchern und Zitronenöl. Olivia schaute von ihrem Schreibtisch auf und runzelte die Stirn. »Hallo, Mutter.«

»Hast du eine Minute Zeit?«

Tief in Gedanken brauchte Olivia einen Moment, um sich zu konzentrieren, bevor sie antwortete.

»Für den Fall, dass es zu einer anderen Zeit besser passt, möchte ich dich nur informieren, dass ich Toms Lagerraum noch einmal aufgesucht und ein paar seiner Besitztümer an mich genommen habe. Ich konnte das nicht länger aufschieben. Janet wollte den Schlüssel haben.«

»Mutter«, rief Olivia und hielt sich die Ohren zu. Ihre Tochter neigte schon immer zum Dramatisieren. »Erzähl mir das nicht.«

»Ich verwahre sie bei mir. Wir wissen doch beide, was geschehen wird, wenn das Sozialamt feststellt, dass Tom Dinge von Wert besaß.« Charlotte konnte das einfach nicht zulassen.

Olivia stand auf, starrte sie an und setzte sich prompt wieder hin. Sie seufzte. »Nun … man könnte natürlich argumentieren – auch wenn es ein schwaches Argument ist –, dass diese Dinge keinen echten Wert hatten, solange er noch am Leben war.«

Das klingt wie ein Argument, das ein Anwalt vorbringen würde, aber dennoch … ist das eine ausgezeichnete Rechtfertigung, dachte Charlotte zufrieden und nickte. Schließlich war es ja auch nicht so, dass sie den Lagerraum komplett ausgeräumt hätte. Die Möbel waren noch da, schäbig und abgewetzt, aber immerhin benutzbar. Sie hatte nur an sich genommen, was Tom ihrer Meinung nach von ihr in Sicherheit gebracht haben wollte. Nur die Dinge, die an seine Angehörigen gehen sollten – falls sie denn welche finden konnte.

»Keine Sorge«, meinte Charlotte, »ich habe alles im Griff.« Es beunruhigte sie, dass Olivia so wenig dazu sagte. Vielleicht gab es mehr rechtliche Konsequenzen, als sie ahnte, Gesetze, von denen sie nicht einmal wusste, dass sie sie gebrochen hatte.

»Genau das macht mir Angst«, stellte Olivia bissig fest. Charlotte ließ ihr das durchgehen. »Hast du schon irgendwelche Angehörigen ausfindig machen können?«

»Nein ... noch nicht, aber das werde ich. Ich ...«

»Oh, Mutter, du übernimmst da eine riesige Verantwortung.«

Als hätte man sie daran erinnern müssen. »Ich empfinde das als meine Pflicht.« Sie straffte sich und beschloss, gleich alle Karten offen auf den Tisch zu legen. »Außerdem sollst du wissen, dass ich Roy McAfee damit beauftragt habe, nach Angehörigen von Tom zu suchen.«

»Du hast *was* getan?«

Da ihre Tochter keine Hörprobleme hatte, ließ Charlotte die Frage unbeantwortet.

Olivia seufzte erneut. »Was hat Roy dir gesagt?«

Charlotte umfasste die Handtasche, die auf ihren Knien lag, fester. »Ich habe noch gar nicht mit ihm gesprochen. Als ich anrief, um einen Termin auszumachen, habe ich mit Corrie geredet. Ich habe ihr erklärt, wofür ich Roys Hilfe brauche. Mit ihm spreche ich heute Nachmittag.«

»Mutter, bitte erzähle sonst niemandem, was du getan hast.«

»Oh, keine Sorge. Ich werde auch nicht erwähnen, dass du mich beim ersten Mal begleitet hast.«

Olivia stöhnte auf. »Dafür wäre ich dir sehr dankbar.«

»Möchtest du erfahren, was Roy herausfindet?« Sie hatte den Eindruck, dass Olivia lieber nicht darüber informiert werden wollte. Da sie nun einmal im Rahmen der Gesetze dachte, war das vermutlich auch besser so. Charlotte staunte ziemlich oft, wie häufig Gerichtsurteile den gesunden Menschenverstand vermissen ließen. »Schon gut«, sagte sie deshalb und stand auf. »Ich informiere dich später.«

Olivia wirkte erleichtert. »In Ordnung. Danke.«

Mit klarem Ziel und klaren Absichten verließ Charlotte das Gerichtsgebäude. Troy Davis nickte ihr zu, und sie wandte hastig den Blick ab, weil sie das sichere Gefühl hatte, der Sheriff müsse erraten, dass sie eine Verbrecherin auf der Flucht war. Glücklicherweise tat er das nicht und ging einfach nur an ihr vorbei. Also wirklich, es war ein Wunder, dass sich Menschen, die sich eines Vergehens schuldig gemacht hatten, nicht ständig selbst verrieten.

Später am selben Nachmittag kam Charlotte volle dreißig Minuten vor dem ausgemachten Termin in Roy McAfees Büro an. Sie hatte ihre Stricksachen dabei, also setzte sie sich ins Wartezimmer und ließ ihre Nadeln eifrig klappern. Illegale Aktivitäten waren eine Sache, aber sie einem ehemaligen Polizisten zu beichten – nun ja, das zerrte wirklich an ihren Nerven.

Corrie telefonierte gerade und entschuldigte sich, nachdem sie das Gespräch beendet hatte. »Roy kommt erst in zwanzig Minuten zurück.«

»Oh, das ist schon in Ordnung. Ich bin zu früh dran«, sagte Charlotte. Olivia würde sie vor dem langen Arm des Gesetzes schützen – davon ging sie jedenfalls aus –, aber dafür, dass Roy das auch tun würde, gab es keine Garantie. Nun, dann sollte es eben so sein. Ihre Entschlossenheit verlieh ihr den nötigen Mut, obwohl ihr beim Gedanken an eine mögliche Gefängnisstrafe alles andere als wohl war.

»Unsinn«, murmelte Charlotte. Dieses Risiko musste sie einfach eingehen.

Corrie blickte auf. »Entschuldigung? Das habe ich nicht verstanden.«

»Nichts, gar nichts«, sagte Charlotte seufzend. Roy tauchte fünf Minuten vor dem vereinbarten Termin auf, und bis dahin hatte Charlotte sich schon beinahe in eine Panik hineingesteigert. Corrie wusste, aus welchem Grund sie hier war, aber

Charlotte wich ihren Fragen aus, weil sie lieber mit Roy allein sprechen wollte.

Etwa eine Minute später ließ Corrie sie wissen, dass Roy jetzt Zeit für sie hatte. Also stopfte Charlotte ihre Stricknadeln und die Wolle wieder in ihre Tasche und stand auf.

Roy saß hinter einem großen Eichenschreibtisch, auf dem sich Akten türmten. Sein Computer stand auf der einen Seite, und die Akten, die nicht auf seinem Schreibtisch lagen, stapelten sich um ihn herum auf dem Fußboden. Charlotte hatte keine Ahnung gehabt, dass ein Privatdetektiv so viel zu tun haben könnte, zumal in einer so kleinen Stadt wie Cedar Cove.

»Was kann ich für Sie tun?«, fragte Roy knapp und geschäftsmäßig.

Nun, da sie hier war, wusste sie nicht so recht, wie sie anfangen sollte. Vermutlich nicht mit einem Geständnis, dass sie kürzlich ein Verbrechen begangen hatte – falls das, was sie getan hatte, denn eines war. »Haben Sie als Junge samstags die Cowboysendungen gesehen?«

Roy grinste. »Na klar doch.« Er hob seinen Zeigefinger und pustete dagegen, als wäre er ein rauchender Revolverlauf.

»Erinnern Sie sich an Tom Houston?«, fragte sie als Nächstes.

»Den Jodelnden Cowboy?«

Charlottes Miene hellte sich auf. »Ja. Nun, es wird Sie überraschen, dass Tom bis zu seinem Tod im letzten Monat hier in Cedar Cove gelebt hat.«

Roy beugte sich vor, und seine Augen weiteten sich. »Sie machen Witze.«

»Das ist die Wahrheit«, sagte sie strahlend vor Stolz, dass sie als Erste um diese Sache wusste. »Wir waren gute Freunde.«

»Sie und Tom Houston?« Roy wirkte beeindruckt.

»Nun ja …« Sie stieß einen tiefen Seufzer aus. »Ich wusste zu der Zeit noch nicht, dass er Tom Houston war. Er trug den Namen Tom Harding.« Sie erklärte die Umstände, die zu ihrem

Kennenlernen geführt hatten, und erzählte, was seit seinem Tod geschehen war – inklusive der Tatsache, dass sie seinen Lagerraum ausgeräumt hatte.

»Sie haben diese Erinnerungsstücke jetzt alle bei sich zu Hause?«

»Das habe ich.« Sie vermied es, Olivias Namen zu erwähnen, aber sie konnte Roy ansehen, dass er eine ganze Reihe Fragen hatte. »Mir ist klar, dass das, was ich getan habe, an zivilen Ungehorsam grenzt«, begann sie.

»Nicht ganz.«

Charlotte hatte Mühe, sich an all die juristischen Fachausdrücke zu erinnern. »Aber …« Dann entschied sie, wenn er sich keine Sorgen um die Illegalität ihres Handelns machte, dann würde sie das auch nicht.

»Was soll ich für Sie tun?«, fragte Roy.

Sie hatte gedacht, das sei offensichtlich. »Ich muss in Erfahrung bringen, ob Tom noch lebende Erben hat. Können Sie das für mich tun?«

Roy zögerte keinen Moment. »Ich bin sicher, dass ich das kann. Haben Sie in Toms Besitztümern irgendetwas entdeckt, was Aufschluss über seine Sozialversicherungsnummer gibt?«

»Nein, aber die kann ich besorgen.« Janet Lester würde sie in den Unterlagen über Tom haben. Sie runzelte die Stirn, als sie überlegte, wie sie danach fragen sollte. So gern sie die Sozialarbeiterin auch mochte und sosehr sie ihr vertraute, sie hatte Janet nichts von alldem erzählt, schon gar nicht, dass sie Sachen aus dem Lagerraum entnommen hatte. Es machte keinen Sinn, ihre Freundinnen in diese Sache mit hineinzuziehen und mit ins Gefängnis zu bringen, falls es so weit käme.

»Weiß sonst noch jemand, wer Tom wirklich war?«

»Nur Olivia.«

Roy nickte beifällig. »Belassen Sie es dabei, bis Sie von mir hören.«

Es war ihr nicht leichtgefallen, Stillschweigen über all das zu bewahren, aber Charlotte befürchtete: Wenn die Sache erst einmal publik wurde, dann würden an allen Ecken und Enden auf einmal lange vermisste Verwandte auftauchen, die es alle auf das Erbe abgesehen hatten.

»Wie lange werden Sie brauchen?«, fragte sie. Jetzt, da sie Roy ganz offiziell beauftragt hatte, wollte sie auch Ergebnisse sehen.

»Das kann ich Ihnen heute noch nicht sagen. Wenn Sie einen Termin in zwei Wochen ausmachen möchten, erhalten Sie dann einen Bericht über meine Fortschritte.«

»Können Sie nicht einfach im Computer nachschauen?«, fragte sie und deutete mit der Hand auf den Bildschirm.

»Damit fange ich an.«

Charlotte hatte im letzten Sommer an einem Computer-Grundkurs teilgenommen. Sie benutzte Olivias alten Computer, um ihre Kolumnen für Jack zu schreiben, aber nur, weil er darauf bestanden hatte. Das Beste an einem Computer waren jedoch die Spiele, Solitär zum Beispiel, obwohl das Gerät es unmöglich machte, zu schummeln. Wo blieb denn da der Spaß?

Sie hatte vor, sich bald einen neuen Computer zu kaufen – von dem Geld, das sie für ihre Beiträge zur Seniorenseite der Zeitung verdiente. An Ideen für künftige Kolumnen mangelte es ihr nicht. Wenn das alles geregelt war, konnte sie vielleicht sogar einen Artikel über ihre Begegnung mit Tom schreiben …

»Wir sehen uns dann in zwei Wochen?«, fragte Roy.

»Ich freue mich darauf«, erwiderte sie.

Als sie das Büro verließ, war ihr, als hätte man ihr eine gewaltige Last von den Schultern genommen.

Cathy lachte über Cecilias Auftritt als leicht verwirrte Friseurin. Cecilia wollte ihr helfen, an diesem verregneten Mittwochnachmittag Strähnchen in ihr Haar zu zaubern. Seit jenem ersten Video-und-Popcorn-Abend trafen sie sich oft. Sie konnten sich beide nicht viel leisten, also besuchten sie sich abwechselnd gegenseitig, um sich für wenig Geld eine schöne Zeit zu machen – sie schauten sich Filme an, kochten und aßen zusammen. Ganz allmählich hatte Cathy es geschafft, Cecilia in einen Kreis anderer Soldatenfrauen miteinzubeziehen. Am Abend ihres Hochzeitstages war die ganze Gruppe im Captain's Galley aufgekreuzt, und am letzten Wochenende hatte Cecilia schließlich Carol Greendale kennengelernt, ebenfalls Frau eines Marinesoldaten, deren Tochter im gleichen Monat geboren worden war wie Allison. Sie fand es hart – mehr als hart –, Carol mit ihrer Tochter zu sehen. Suchte Ausflüchte, warum sie eilig gehen musste, aber trotz ihrer vagen Proteste und dünnen Ausreden hatte Cathy sie geduldig davon überzeugt, zu bleiben. Am Ende war Cecilia froh gewesen, auf sie gehört zu haben.

Cathy verschwand im Bad, um sich die Haare zu waschen, während Cecilia sich die Anleitung auf der Packung des Färbemittels durchlas. »Hast du eine Häkelnadel mitgebracht?«, fragte sie, als Cathy, die nassen Haare in ein Handtuch gewickelt, zurückkam.

»Nein. Brauchen wir so etwas?«

Cecilia war sich nicht sicher, ob der kleine Plastikhaken, der dem Färbemittel beilag, sich wirklich so gut eignete. »Nein, lass mal. Wir kommen wohl auch hiermit zurecht.«

»Soll ich schnell noch mal los und eine Häkelnadel besorgen? Dann könnte ich gleich auch für dich eine Packung Färbemittel mitbringen.«

»Heute nicht, okay? Schau mal – ich muss Haarsträhnchen durch die Löcher in dieser Plastikhaube ziehen …« Stirnrunzelnd betrachtete sie die Zubehörteile, die die Packung enthalten hatte.

»Hast du in letzter Zeit mal von Ian gehört?«

Cecilia schüttelte den Kopf. Ihr Hochzeitstag lag fast drei Wochen zurück, und sie hatte ihm weder für die Blumen gedankt, noch hatte sie ihn überhaupt wissen lassen, dass sie den Strauß erhalten hatte. Stattdessen hatte sie jeglichen Kontakt gemieden, und auch Ian hatte ihr nicht mehr geschrieben. Offenbar hatte er es begriffen.

»Andrew sagt, dass sie bald im Hafen anlegen.«

»In Australien?«

Cathy stieß einen übertriebenen Seufzer aus und stützte das Kinn auf ihr hochgezogenes Knie. »Ich wollte schon immer mal in den Südpazifik.«

»Ich auch.«

»In seinem letzten Brief hat Andrew den Nachthimmel beschrieben«, fuhr Cathy leise fort.

Cecilia ließ die Anleitung für das Haarfärbemittel sinken, um zuzuhören. Ian liebte die Sterne und kannte sich bestens mit den Planeten und ihren Konstellationen aus. Sie erinnerte sich noch gut an eine klare Sommernacht, in der er ihr Kassiopeia gezeigt und die alte griechische Sage erzählt hatte, die davon berichtete, wie dieses Sternbild entstanden war. Cecilia hatte ihm begeistert zugehört und dabei eine ganz neue Seite an ihrem Ehemann kennengelernt.

»Andrew schreibt, man kann nachts Milliarden von Sternen sehen«, fuhr Cathy fort. »Zuerst war er enttäuscht, denn ein Wolkenschleier schien ihm den Blick zu vernebeln.« Sie hielt inne und lachte leise. »Und dann hat Ian ihm gesagt, dieser Wolkenschleier, über den er sich beschwert, ist in Wahrheit die Milchstraße.«

»Wow.«

Cathy nickte. »Andrew meint, er hätte so etwas noch nie gesehen.«

Cecilia schaute ihre Freundin an und stellte überrascht fest, dass sie Tränen in den Augen hatte. »Du vermisst ihn, nicht wahr?«

Cathy biss sich auf die Unterlippe und nickte. »Cecilia«,

flüsterte sie, griff nach ihrer Hand und drückte sie fest. »Ich bin wieder schwanger.«

Das Wörtchen *wieder* brachte Cecilia aus der Fassung. Andrew und Cathy hatten keine Kinder.

»Ich hatte schon zwei Fehlgeburten«, erläuterte Cathy mit zitternder Stimme. »Ich … ich weiß nicht, ob ich das noch ein drittes Mal überstehe.«

Cecilias Blick wanderte unwillkürlich hinüber zu ihrem Schlafzimmer und dem Foto von Allison, das dort hing. Es war ein schreckliches Bild, aufgenommen kurz nach der Geburt ihrer Tochter. Allison war so winzig gewesen, so bleich. Irgendein Krankenhausmitarbeiter hatte ihr eine kleine rosa Schleife ins Haar gesteckt und das Foto gemacht. Es erwies sich als das einzige Bild, das sie jemals von ihrer Tochter haben würde, und Cecilia hütete es wie ihren Augapfel.

Verlegen wischte Cathy sich über die Augen. »Ich wusste, dass du mich verstehen würdest.«

»Oh ja, das tue ich.«

Impulsiv schlossen sie einander in die Arme. Das feuchte Handtuch glitt aus Cathys Haar zu Boden, und sie barg ihr Gesicht an Cecilias Schulter.

»Ich vermute, es ist passiert, als die *John F. Reynolds* zur Reparatur im Dock lag.«

Cecilia konnte sich glücklich schätzen, nicht in derselben Klemme zu stecken. »Willst du es Andrew nicht erzählen?«

Cathy runzelte die Stirn. »Er würde sich nur Sorgen machen – am anderen Ende der Welt, und tun kann er überhaupt nichts.«

»Aber du wünschst dir Kinder?«

Obwohl es ihr offensichtlich wehtat, das zuzugeben, nickte Cathy. »Mehr als alles andere. Andrew auch. Nach meiner ersten Fehlgeburt waren wir beide traurig, aber nach der zweiten am Boden zerstört. Ich mag mir gar nicht vorstellen, was passiert, wenn ich auch diesmal …«

»Was sagen die Ärzte denn?«

»Dass alles normal und gesund aussieht, aber das haben sie bei den letzten beiden Malen auch gesagt.«

»Gab es einen medizinischen Grund für die Fehlgeburten?«

»Nein, das macht es ja so frustrierend. Sie konnten nichts finden.«

»Ach, Cathy …« Cecilia wusste nicht, was sie sagen sollte, um ihrer Freundin ein wenig die Angst zu nehmen.

»Niemand kann uns sagen, woran es liegt. Es sieht ganz so aus, als könnte ich kein Kind über den dritten Monat hinaus austragen.« Sie kaute an ihrer Unterlippe. »Ich bin jetzt in der zehnten Woche, und ich habe solche Angst.« Als wäre ihr plötzlich kalt, verschränkte Cathy ihre Arme vor der Brust. »Ich weiß, es klingt verrückt, aber als ich festgestellt habe, dass ich schwanger bin, habe ich tatsächlich darüber nachgedacht, die Schwangerschaft abzubrechen.«

Cecilia sagte nichts dazu. Cathy musste sich ihr anvertrauen können, ohne das Gefühl zu haben, dass sie verurteilt oder mit ihr gestritten wurde.

»Ich dachte immer wieder: Lieber das Baby früh verlieren, als mir immer größere Hoffnung machen. Inzwischen ist mir klar, wie unsinnig solche Gedanken sind.« Sie holte tief Luft. »Niemand weiß, dass ich schwanger bin, nicht einmal meine Eltern. Ich wollte niemandem etwas sagen, bis ich im vierten Monat bin … falls ich es bis dahin schaffe.«

Cecilia verstand sie nur zu gut, ihre Angst, ihre Zweifel. Sie wusste, dass es Cathy nicht nur um ihre eigenen möglicherweise vergeblichen Hoffnungen ging, sondern auch um die ihres Mannes und ihrer Familie. Sie wusste, was für eine schwere Bürde das war, und sie wusste, dass diese Bürde immer schwerer wurde, wenn man mit niemandem darüber reden konnte.

»Ich kann dir nicht versprechen, dass diese Schwangerschaft anders verläuft als die ersten beiden«, sagte sie und schaute

Cathy dabei in die Augen. »Niemand weiß, was die Zukunft bringt. Aber eines kann ich dir versprechen: Was immer auch geschehen wird, ich werde für dich da sein.«

»Oh, Cecilia, du ahnst ja gar nicht, wie viel mir das bedeutet.« Cathy wischte sich mit den Fingern die Tränen von den Wangen. »Ich reagiere so überemotional, wenn ich schwanger bin.«

Cecilia lachte schmerzerfüllt. »Geht mir genauso.« In den ersten Monaten ihrer Schwangerschaft mit Allison war sie aus den nichtigsten Anlässen in Tränen ausgebrochen. Schon eine sentimentale Werbesendung im Fernsehen hatte sie in ein schniefendes Häufchen Elend verwandeln können. Manchmal hatten diese Weinanfälle stundenlang angedauert.

Cathy berührte Cecilias Arm. »Hast du auch Angst, noch einmal ein Baby zu bekommen?«

Allein schon der Gedanke daran versetzte sie in Panik. »Ich … das werde ich nicht. Ian weiß, wie ich empfinde.« Fast hätte sie eingestanden, dass genau das einer der Gründe war, warum sie die Scheidung wollte.

»Lass dir Zeit«, meinte Cathy und nahm sie noch einmal in die Arme. »Du liebes bisschen.« Sie lachte gezwungen. »Inzwischen sind meine Haare wieder trocken.«

Cecilia griff sich den Plastikhaken und hielt ihn hoch. »Ich bin bereit, dich zu foltern.«

»Denk immer daran, dass ich mich revanchieren werde.«

Der Nachmittag verging wie im Flug mit Gekicher, Geplauder und Popcorn, und als Cathy schließlich nach Hause ging, war Cecilia zwar müde, aber beschwingt und froh. Die blonden Strähnchen waren ein voller Erfolg, aber viel wichtiger war, dass ihre Freundschaft stärker und tiefer geworden war durch das, was Cathy ihr erzählt hatte. Cecilia verstand gut, warum sie sich gerade ihr anvertraut hatte. Cathy wusste, dass sie die Einzige in ihrer kleinen Frauengruppe war, die das Trauma und die Schuldgefühle nachempfinden konnte, die mit dem Verlust eines Kindes einhergingen. Dabei spielte es keine Rolle, dass Cathys Schwangerschaften nur wenige Monate gedauert hatten, bis es zur Fehlgeburt gekommen war. Ihre ungeborenen Kinder hatten sich bereits einen Platz in ihrem Herzen erobert.

Als sie sich an diesem Abend bettfertig machte, starrte Cecilia lange das einzige Bild an, das sie von Allison hatte. Ihr getrockneter Brautstrauß bildete den herzförmigen Rahmen.

»Die sind von deinem Daddy«, flüsterte sie ihrer Tochter zu.

Dann griff sie zu Stift und Papier, denn sie war schwach und litt unter ihrem Kummer.

16. Mai

Lieber Ian,
ich wollte dir nicht mehr schreiben. Ich sollte es vermutlich auch jetzt nicht tun. Es hat sich nichts geändert. Es wird sich nichts ändern. Dennoch denke ich oft an dich, und ich hoffe, dass wir wenigstens freundschaftlich miteinander umgehen können.
Ich habe den Tag mit Cathy Lackey verbracht. Sag's nicht Andrew, aber seine Frau ist inzwischen teilweise blond, und das hat er mir zu verdanken. Während sie hier war, erwähnte Cathy, dass die John F. Reynolds *noch diese Woche in Sydney anlegen wird. Du hast immer gesagt, du würdest einmal das Kreuz des Südens sehen. Ist es so unglaublich schön, wie du gehofft hast? Ich schätze, ja.*
Ich wollte von der Schule abgehen. Ganz ehrlich, ich habe keinen Sinn darin gesehen, weiter am Unterricht teilzunehmen. Bei zwei Kursen pro Vierteljahr brauche ich hundert Jahre, um einen Abschluss zu erlangen. Aber dann habe ich entschieden, dass es keine Rolle spielt, ob ich einen Abschluss mache oder nicht. Ich mag die Schule,

und wie Mr. Cavanaugh sagt: Wissen ist niemals vergebens. Er ist so, wie ich mir meinen Vater gewünscht hätte, obwohl ich zugeben muss, dass Bobby sich bemüht. Das tut er wirklich. Als die Blumen zu unserem Hochzeitstag geliefert wurden und ich in Tränen ausbrach, hat er mir den Rücken getätschelt – und sich dann verdrückt. Nun ja … Aber später hat er mir gestanden, dass er sich jedes Mal betrinkt, wenn sich seine Scheidung jährt. Ich glaube, das sollte mich trösten, und irgendwie, auf merkwürdige Weise, hat es das getan.

Dies ist kein besonders langer Brief, und ich bin mir nicht mal sicher, ob ich ihn abschicken werde. Im Grunde wollte ich dir nur für die Blumen danken und dich ebenfalls nachträglich zum Hochzeitstag beglückwünschen.

Alles Gute

Cecilia

26. Mai

Meine allerliebste Cecilia,

ich war kaum jemals so aufgeregt wie heute Morgen, als die Post ausgerufen wurde. Ich hatte schon nicht mehr damit gerechnet, von dir zu hören. Andrew meinte, mein Freudenschrei sei noch drei Decks tiefer zu hören gewesen. Danke, danke und noch mal danke, dass du mir diesen Brief geschickt hast. Du hast ja keine Ahnung, wie dringend ich das gebraucht habe.

Ich bin froh, dass du die Blumen bekommen hast. Alles Gute noch mal zum Hochzeitstag, mein Schatz. Dieses erste Jahr war die Hölle, nicht wahr? Von nun an wird alles besser. Du spürst das doch auch, oder?

Ich habe das Kreuz des Südens gesehen, und das war noch aufregender, als ich mir jemals habe träumen lassen.

Dieses Erlebnis hätte nur noch durch eines gesteigert werden können: Wenn du in diesem Moment an meiner Seite gewesen wärest.
Ich kann nicht viel schreiben. Meine Schicht beginnt in fünf Minuten, und ich will diesen Brief so schnell wie möglich abschicken. Nur noch eins möchte ich dir sagen. Du hast erwähnt, dass dein Vater sich an seinem Scheidungstag betrinkt. Offensichtlich bereut er vieles. Mach nicht denselben Fehler wie er, Cecilia. Wir brauchen einander. Ich liebe dich. Es gibt nichts, was wir nicht gemeinsam schaffen können. Absolut gar nichts. Denk immer daran, ja?
Ian

»Gibt es etwas Neues?«, fragte Kelly voller Hoffnung, als sie im Pancake Palace auf ihren Platz schlüpfte. Das Restaurant war sehr beliebt, das Essen war gut und die Portionen reichlich bemessen. Jeden Sonntagmorgen warteten so viele Gäste auf einen Tisch, dass sich lange Schlangen bildeten, die teils bis vor die Tür reichten.

Kelly hatte sie Anfang der Woche angerufen, und sie hatten sich darauf geeinigt, sich am Freitag nach Feierabend zu treffen. Da sie keinen Grund hatte, schnell nach Hause zu fahren, hätte Grace guten Gewissens auswärts essen gehen können, und doch verspürte sie den unerklärlichen Drang, zu ihrem Haus in der Rosewood Lane zu eilen. Vermutlich aus reiner Gewohnheit, dachte sie. Seit fünfunddreißig Jahren war es immerhin ihre übliche Routine gewesen.

»Nein, gar nichts«, antwortete sie ihrer Tochter.

»Mom, er kann sich nicht einfach in Luft aufgelöst haben. Irgendwer muss doch etwas wissen.«

Wenn dem so war, dann hielt diese Person es nicht für nötig, ihr davon zu erzählen. Eines wusste Grace jedoch: Sie konnte sich Roy McAfees Dienste nicht länger leisten. Er hatte einige Vorschläge gemacht, die ihr helfen sollten, ihren verschwundenen Mann aufzuspüren, aber sie war jedes Mal in einer Sackgasse gelandet. Entmutigt gab sie sich geschlagen und unterließ weitere Versuche. Selbst wenn es ihr gelang, Dan zu finden, was sollte sie ihm sagen? Schließlich hatte sie nicht vor, ihn anzuflehen, er möge wieder nach Hause kommen.

Die Kellnerin brachte die Speisekarten, und Grace entschied sich für einen Salat mit Käse, Schinken und Ei sowie einen Kaffee, während Kelly sich ein Hähnchen-Sandwich und ein Glas Milch bestellte.

»Warum sollte Daddy so etwas tun?«, fragte ihre Tochter zum wer weiß wievielten Mal.

Wenn Grace darauf die Antwort gekannt hätte, würden vielleicht endlich die Stimmen in ihrem Kopf verstummen. Neben ihren eigenen Gefühlen musste sie auch die ihrer Kinder berücksichtigen. Maryellen hatte empört und zornig reagiert, Kelly eher verletzt. Sie war die jüngere der beiden Schwestern und hatte ihrem Vater immer besonders nahegestanden. Schon als Kind rannte sie ständig hinter Dan her. Als Teenager stand sie im Dauerkonflikt mit ihrer Mutter, aber selbst in ihrer schlimmsten Rebellionsphase war es nie zu einer größeren Auseinandersetzung mit ihrem Vater gekommen.

Grace wartete bis nach dem Essen, bevor sie das Thema anschnitt, über das sie reden wollte. »Euer Vater ist jetzt seit sechs Wochen verschwunden.«

»Ich weiß«, gab Kelly gereizt zurück. »Mom, ich mache mir solche Sorgen um ihn.«

»Ich auch.« Wobei sie sich größere Sorgen darüber machte, was sie tun würde, wenn sie ihn fand. »Ich möchte, dass ihr wisst, dass ich mit einem Anwalt gesprochen habe.«

Kelly schaute sie verständnislos an. »Ein Anwalt kann dir helfen, Dad zu finden?«

»Nein. Ich habe beschlossen, die Scheidung einzureichen.«

Kelly griff nach ihrem Glas und nahm einen Schluck. Grace konnte sehen, wie schwer es ihrer Tochter fiel, die Fassung zu bewahren. »Mom, tu das nicht! Tu das bitte nicht. Dad kommt zurück. Ich weiß, dass er das tun wird. Und dann werden wir erfahren, was los ist. Es gibt mit Sicherheit eine logische Erklärung dafür, dass er einfach so verschwinden musste, wie er es getan hat.«

»Ich tue das nicht, um euren Vater zu bestrafen. Das hat rechtliche Gründe.«

»Rechtliche Gründe?«

Also erzählte sie ihr, dass sie all ihre Kreditkarten kündigen musste. Von Gesetzes wegen hatte sie für die Hälfte aller Schulden aufzukommen, die ihr Mann machte, solange sie mit ihm verheiratet war. Was sie nicht erwähnte, war der Umstand, dass Dan seine Kreditkarte benutzt hatte, um einen Ring für eine andere Frau zu kaufen. Jedes Mal wenn sie darüber nachdachte, dass er das getan hatte, obwohl er genau wusste, dass sie der Rechnung auf den Grund gehen würde, brach sie beinahe zusammen und weinte.

»Du glaubst immer noch, dass Daddy eine Geliebte hat, nicht wahr?«

Grace konnte Kellys herausfordernden Tonfall deutlich hören. Sie wollte ihre Kinder beschützen, auch vor der Wahrheit, aber die Farce wurde ihr einfach zu viel. Dan dachte gar nicht daran, *sie* zu beschützen, sondern hatte sie einfach der Lächerlichkeit preisgegeben, Spekulationen Tür und Tor geöffnet und sie in größte Verlegenheit gebracht.

»Das kannst du nicht wirklich glauben«, beharrte Kelly.

»Genau das tue ich aber«, erwiderte Grace. »Alles deutet darauf hin, dass er eine Affäre mit einer anderen hat.«

Kelly schüttelte so heftig den Kopf, dass sich einer ihrer Ohrringe löste und über den Tisch flog. »Nicht Dad!«

»Ich will es ja auch nicht wahrhaben«, erwiderte Grace leise, während Kelly sich ihren Ohrring zurückholte. »Meinst du, es bereitet mir Vergnügen, dir zu sagen, dass ich mich scheiden lassen möchte? Dein Vater und ich waren fünfunddreißig Jahre verheiratet. Diese Entscheidung ist mir nicht leichtgefallen.«

»Warte«, flehte Kelly.

»Worauf?« Auf den finanziellen Ruin? Dan könnte alle möglichen Schulden anhäufen, und sie würde für die Hälfte dieser Schulden geradestehen müssen. Eine Scheidung konnte sie davor schützen.

»Warte, bis das Baby geboren ist«, flüsterte Kelly mit brüchiger Stimme.

»Ach, Kelly.«

»Weiß Maryellen, dass du dich von Dad scheiden lassen willst?«

»Ich habe letzte Woche mit ihr geredet.« Aus genau diesem Grund hatte sie das Gespräch mit Kelly auf die lange Bank geschoben: Ganz gleich, was Dan sich zuschulden kommen ließ, Kelly fand immer eine Entschuldigung für sein Verhalten.

»Das Baby hat nichts mit der Scheidung zu tun«, erklärte Grace fest. »Absolut nichts.«

Kellys blaue Augen verschwammen hinter Tränen. »Gib ihm mehr Zeit. Es sind doch erst sechs Wochen.«

Sechs höllische Wochen. Die längsten sechs Wochen ihres Lebens. Ihre Tochter verstand offenbar nicht, was Dan ihr mit seinem Verschwinden angetan hatte. Es fiel ihr schwer, erhobenen Hauptes durch die Stadt zu gehen. Schwer, den Kunden der Stadtbücherei lächelnd entgegenzutreten, während ihr zumute war, als hätte man ihr Leben in Stücke gerissen. Grace sah das Mitleid in ihren Augen. Sie hörte sie flüstern und wusste, sie sprachen über sie.

»Dieses Baby hat ein Recht auf eine heile Familie«, beharrte Kelly starrsinnig.

Grace fragte sich, ob es Sinn machte, darauf hinzuweisen, dass nicht *sie* diejenige war, die die Familie auseinandergerissen hatte. Dan hatte sie verlassen, nicht sie ihn.

Dann, als hätte sie nur darauf gewartet, ihr den letzten Schlag zu versetzen, griff Kelly nach ihrer Handtasche und holte ein zusammengerolltes Blatt Papier heraus.

»Was ist das?«, fragte Grace.

»Ein Foto von deinem Enkelkind.«

Augenblicklich schlug Grace' Herz schneller. »Du hast ein Ultraschallbild machen lassen?«

Kelly nickte. »Hier ist dein Enkelkind, Mutter.«

Diese Technik hatte es zur Zeit ihrer eigenen Schwangerschaften noch nicht gegeben. Grace betrachtete das Gewirr aus Linien und Schatten, aber es gelang ihr nur mit Mühe, darin die Konturen eines Babys zu erkennen.

»Großer Gott«, flüsterte sie dennoch überwältigt von dem Anblick.

»Das ist auch Dads Enkelkind«, setzte Kelly hinzu.

Grace rutschte das Herz in die Hose.

»Versprich mir, dass du noch wartest mit der Scheidung.«

»Kelly …«

»Bitte!«

Grace seufzte. »Na schön, aber nur bis unmittelbar nach der Geburt des Babys. Einverstanden?«

Kelly lächelte erleichtert. »Einverstanden.«

13. Kapitel

Olivia Lockhart stieg aus der Boeing 767 und ging über den Flugsteig zur Gepäckausgabe. Sie war gerade von einem einwöchigen Besuch bei ihrem Sohn, dessen Frau und ihrem neugeborenen Baby aus San Diego zurückgekommen. Isabella Dolores Lockhart hatte am frühen Morgen des achtzehnten Mai das Licht der Welt erblickt. Schon am nächsten Morgen hatte Olivia, die keinen Moment länger fernbleiben konnte, ein Flugzeug nach Kalifornien bestiegen, und in den folgenden sieben kurzen Tagen hatte sie sich hoffnungslos in ihr erstes Enkelkind verliebt.

Sie holte ihr Gepäck und sah sich suchend um. Wo blieb Justine? Ihre Tochter hatte ihr angeboten, sie am Seattle-Tacoma-Flughafen abzuholen, und normalerweise war sie pünktlich. Den Koffer in der Hand und unsicher, was sie jetzt tun sollte, ging Olivia hinüber zu den öffentlichen Telefonen.

»Suchst du nach einem vertrauten Gesicht?«, sprach ein Mann sie von hinten an.

Olivia hätte die Stimme ihres Ex überall erkannt. »Stan! Was tust *du* denn hier?«

»Na, was schon? Ich hole dich ab.«

»Aber Justine …«

»Ich habe sie gebeten, das mir zu überlassen.«

Olivia war überrascht. Stan und sie sahen sich selten und sprachen auch nicht oft miteinander. Mit fünfundsechzig war er immer noch sportlich und attraktiv, und er lächelte, als er sie mit einem Kuss auf die Wange begrüßte. Dann nahm er ihr den Koffer ab. Sie hatte einst geschworen, diesen Mann ihr Leben lang zu lieben – und obwohl sie geschieden waren, liebte sie ihn tatsächlich immer noch. Es war eine Liebe, die anhielt, wegen all dem, was sie einander einmal bedeutet hatten, was sie gehabt – und verloren – hatten.

»Ich dachte, so bekommst du Gelegenheit, mir von dem Baby zu erzählen. Wie geht es James?«

Nach ihrem Besuch war Olivia beruhigt. »Ich glaube nicht, dass wir uns wegen James Sorgen machen müssen.«

»Du magst seine Frau also?«

»Sehr. Ich habe Fotos von dem Baby. Ach, James, die Kleine ist so süß.«

»Sag jetzt bloß nicht, dass du dich in eine von diesen Großmüttern verwandelst, deren Handtasche voller Bilder steckt.«

»Schon passiert. Ich habe lange genug darauf gewartet.« Die meisten ihrer ehemals gemeinsamen Freunde waren inzwischen mehrfache Großeltern.

Gemeinsam gingen sie zur Kurzzeit-Parkzone auf dem Unterdeck des Parkhauses. Olivia erzählte ihm auf dem Weg von ihrer Enkeltochter und achtete kaum auf etwas anderes, während Stan die Parkgebühr bezahlte und sie zum Fahrstuhl führte. Sie gingen an einer Reihe abgestellter Autos vorbei, bis Stan plötzlich vor einem roten Cabrio stehen blieb.

Olivia musste zweimal hinschauen. Stan fuhr einen BMW? Noch dazu ein Cabrio? Auf die Idee, in einer Stadt, in der es drei Monate im Jahr unablässig regnete, ein Cabrio zu fahren, konnte auch nur er kommen.

»Wann hast du den denn gekauft?«, fragte sie, ohne auch nur zu versuchen, ihre Belustigung zu verbergen.

»Gefällt er dir?«

»Und wie! Du lässt doch das Verdeck herunter, oder?«

»Wenn du das möchtest.«

Lächelnd ließ er sich auf den Fahrersitz gleiten, startete den Motor und fuhr mit viel Tamtam das Verdeck herunter. Als er damit fertig war, lachten sie beide. »Das erinnert mich an die

Klapperkiste von Cabrio, die du auf dem College gefahren hast«, meinte Olivia kichernd. »Weißt du noch, wie das Verdeck auf halbem Weg steckengeblieben ist? Wir sind mit halb geöffnetem Verdeck gefahren.«

Während der Fahrt unterhielten sie sich ungezwungen. An einer roten Ampel zeigte Olivia ihm die ersten Fotos ihrer Enkeltochter.

»Am achtzehnten Mai geboren«, meinte Stan. »Das ist doch der Tag, an dem der Mount Saint Helens ausgebrochen ist, nicht wahr?«

Als könnte das einer von ihnen jemals vergessen. Sie waren übers Wochenende nach Portland gefahren, wo Stan an einer Ingenieurskonferenz teilgenommen hatte. Während er die Veranstaltungen besuchte, fuhr Olivia mit den drei Kindern ins Lloyd Center. Das Einkaufszentrum mit der Rollschuhbahn in der Mitte faszinierte den damals achtjährigen Jordan. Olivia hatte Einkäufe machen wollen, aber mit drei Kindern, die ständig im Weg waren, erwies sich das als unmöglich, und schließlich gab sie auf. Stattdessen lieh sie für die Kinder und sich selbst Rollschuhe aus, und sie verbrachten einen herrlichen Tag auf der Rollschuhbahn. Am frühen Sonntagmorgen, als sie nach Hause fahren wollten, gab es den ersten von mehreren Ausbrüchen des Mount Saint Helens. Asche- und Gaswolken sowie Gesteinsbrocken wurden achtzehntausend Meter hoch in die Luft geschleudert. Der Ascheregen machte die Fahrt zurück nach Cedar Cove zu einer nervlichen Zerreißprobe. Stundenlang saßen sie auf dem Interstate Highway fest, mit drei weinenden, verängstigten Kindern auf der Rückbank. Olivia hatte genauso viel Angst gehabt wie die Kinder.

»Du erinnerst dich doch an den 18. Mai 1980, oder?«, fragte Stan.

Olivia schüttelte sich. Sie war nie erleichterter gewesen, nach Hause zu kommen, als an jenem Tag. Die Fahrt war ein einziger

Albtraum gewesen, aber die Zeit trübte die Erinnerung und ließ einiges verblassen. Wann immer diese Fahrt später einmal erwähnt wurde, geschah das mit viel Schauspielerei und Gelächter.

»Sie ist schön«, sagte Stan, der die Fotos betrachtete, während sie darauf warteten, dass die Ampel auf Grün umsprang.

»James ist glücklich, und Selina ist genau die Richtige für ihn. Sie ist die Frau, die er braucht.« Als Nesthäkchen war James schrecklich verwöhnt worden – und das war nach dem Tod seines Bruders nur noch schlimmer geworden.

Stan hatte sich Sorgen um ihren Sohn gemacht. Das wusste sie, aber inzwischen war James erwachsen und traf seine eigenen Entscheidungen. Oft war Olivia nicht damit einverstanden, zum Beispiel mit seinem Eintritt ins Militär. Ohne auch nur ein Wort mit ihnen darüber zu reden, hatte er sich freiwillig gemeldet. Jetzt war er verheiratet und frischgebackener Vater. Auch das war geschehen, ohne dass er seine Eltern um Rat gefragt hatte.

»Freut mich, das zu hören.« Stan klang erleichtert.

Olivia fand ihre Schwiegertochter auf Anhieb sympathisch. Sie hatten etliche Male miteinander telefoniert, aber diese kurzen Unterhaltungen hatten nicht gereicht, um sich ein klares Bild von der Frau ihres Sohnes zu machen. Selina gehörte zu einer großen, weitverzweigten und wohlhabenden Familie, die Olivia mit der gleichen Begeisterung willkommen geheißen hatte wie James und das neugeborene Baby. Während sie zu Besuch war, gab es jeden Abend entweder ein Essen oder eine Feier. James war rundum glücklich. Er und Selina lebten in einem Apartment im Haus seiner Schwiegereltern, und erstaunlicherweise funktionierte dieses Arrangement ausgezeichnet. Olivia hatte schnell erkannt, dass Selinas Familie eine Anziehungskraft auf ihren Sohn ausübte. James war erst zehn gewesen, als seine Eltern sich hatten scheiden lassen, und obwohl sowohl Olivia als auch Stan sich größte Mühe gegeben hatten, die Scheidung friedlich und einvernehmlich über die Bühne gehen zu lassen, hatte ihr Sohn gelitten. Die Kinder litten immer bei einer Scheidung. Olivia sah jeden Tag im Familiengericht, was dabei herauskam.

»Wie geht es Justine?«, wechselte Stan abrupt das Thema.

»Warum fragst du? Was hat sie denn gesagt, als ihr euch unterhalten habt?«

»Nicht viel.«

Er schien sich Sorgen um ihre Tochter zu machen. »Geht sie immer noch mit diesem Saget?«

»Er hat sie gebeten, sie zu heiraten.« Inzwischen wusste jeder in der Stadt von dem Diamantring, den Warren gekauft hatte. Justine jedoch hatte den Heiratsantrag noch gar nicht erwähnt.

Stan fluchte und wechselte die Fahrspur. »Wird sie es tun?«

Olivia zuckte mit den Schultern. »Wenn es um Warren Saget geht, vertraut sie sich mir nicht an.«

»Rede ihr das aus«, drängte er. »Du bist ihre Mutter. Auf dich hört sie wesentlich eher als auf mich. Saget zu heiraten wäre ein katastrophaler Fehler.«

»Ja, aber Justine davon zu überzeugen ist nicht einfach.«

»Sie ist starrsinnig, genau wie ihre Mutter.«

Stan scherzte, und Olivia grinste, aber seine Belustigung hielt nicht lange an. »Marges Sohn lässt sich scheiden. Sie ist ziemlich durch den Wind deswegen.«

Sie sprachen so gut wie nie über seine neue Frau.

»Ich glaube«, fuhr er fort, »einer der schwierigsten Aspekte der Elternschaft liegt darin, dass man mitansehen muss, wie das eigene Kind einen schrecklichen Fehler macht, und nichts, aber auch gar nichts dagegen unternehmen kann.«

»Tut mir leid wegen Marges Sohn«, murmelte Olivia.

»Es ist wirklich zu dumm«, sagte Stan. »Er hat zwei kleine

Kinder, und die verlässt er für ein Mädchen, das er im Büro kennengelernt hat.«

Olivia fragte sich, ob ihr Ex wohl die Ironie des Ganzen erkannte. Marge hatte sich für Stan von ihrem Mann scheiden lassen und ihre Kinder verlassen, und jetzt wiederholte sich die Geschichte.

»Ich werde mit Justine reden«, sagte sie. »Leider funktioniert unsere Kommunikation nicht besonders gut. Aber wir haben sie dazu erzogen, eigenständig zu denken und ihre eigenen Entscheidungen zu treffen. Jetzt müssen wir darauf vertrauen, dass sie das weise tut.«

»Nun, das ist schwieriger, als es klingt.«

Das brauchte er Olivia nicht zu sagen.

Als sie den Seattle Freeway erreichten, hatte die Sonne die Wolken durchbrochen. Wind und Verkehrslärm machten eine Unterhaltung nahezu unmöglich. Die einstündige Fahrt durch Takoma und über die Narrows Bridge verging trotzdem schnell, vor allem, als Stan eine CD mit Sechzigerjahre-Rock-'n'-Roll einlegte – Musik, zu der sie auf dem College getanzt hatten. Schon bald verlor sich Olivia in glücklichen Erinnerungen.

So kam es, dass sie beinahe enttäuscht war, als Stan in die Lighthouse Road einbog.

»Oh.« Überrascht entdeckte sie, dass Jacks Rostlaube hinter Justines Auto vor ihrem Haus parkte.

»Jemand, den du kennst?«

»Jack Griffin. Er ist der Chefredakteur des *Chronicle*.«

Stan warf ihr einen raschen Blick zu. »Ist das nicht der Typ, mit dem du an dem Abend verabredet warst, als ich dich anrief? Ist er dein ... Liebhaber?«

»Also, hör mal. Jack ist ein *Freund*.«

»Genau das hat Justine gesagt, als ich sie das erste Mal nach Saget gefragt habe«, murmelte er. »Und kaum, dass ich mich's versehe, drängt er sie zur Verlobung.«

»Ich glaube nicht, dass du dir Sorgen machen musst, ich könnte Jack heiraten«, versicherte sie ihm.

Er parkte am Straßenrand, schaltete den Motor aus, und dann sagte er etwas äußerst Merkwürdiges: »Gut.«

Gut? Er wollte nicht, dass sie wieder heiratete? Was für eine seltsame Reaktion, vor allem, wo er doch seit vierzehn Jahren mit Marge verheiratet war. Bevor sie nachhaken konnte, wurde die Haustür geöffnet, und Justine trat auf die Veranda heraus, gefolgt von Jack.

Er lächelte und hob grüßend die Hand, aber sein Blick wanderte langsam von ihr zu Stan hinüber. Die beiden starrten einander an.

»Willkommen zu Hause«, rief Justine, der die Spannung zwischen den Männern offenbar entging. Sie rannte die Verandastufen herunter, um ihre Mutter zu begrüßen.

Olivia drückte ihre Tochter an sich, schlang ihr dann einen Arm um die Taille und ging mit ihr zurück ins Haus. Ich bin viel zu alt, um mich dafür begeistern zu können, dass zwei Männer sich für mich interessieren, dachte sie bei sich. Aber – war sie das wirklich?

»Es ist schön, wieder zu Hause zu sein«, sagte sie und überließ es Stan und Jack, ob sie ihr folgen wollten oder nicht.

»Ich sterbe vor Neugier. Erzähl mir von dem Baby. Es hat dir doch nichts ausgemacht, dass Dad dich abgeholt hat, oder?«

»Ganz und gar nicht.« Im Gegenteil, Olivia hatte das viel zu sehr genossen.

Charlotte hatte ungeduldig auf die Rückkehr ihrer Tochter aus Kalifornien gewartet. Sie hatte ihr so viel zu erzählen. Obwohl sie wusste, dass Olivia von der Reise erschöpft sein würde, konnte sie keine Minute länger warten, um mit ihr zu reden.

Allerdings hatte sie nicht damit gerechnet, dass so viele Besucher anwesend sein würden. Man konnte fast glauben, ihre Tochter halte einen Garagenflohmarkt ab.

Natürlich erkannte Charlotte Justines SUV, und der Taurus sah so aus wie der, den Jack Griffin fuhr, aber den roten BMW konnte sie überhaupt nicht einordnen.

Olivia öffnete auf ihr Klingeln hin die Tür und entspannte sich sichtlich, als sie sie erblickte. »Mutter.« Nach einer kurzen Umarmung führte ihre Tochter sie ins Haus. Eine Pizzaschachtel lag offen auf dem Tisch, daneben stand eine Flasche Rotwein.

»Ist noch was für mich übrig?«, meinte Charlotte scherzhaft.

»Hol deiner Großmutter ein Weinglas«, wandte Olivia sich an Justine.

»Stan!« Charlotte freute sich, ihren ehemaligen Schwiegersohn zu sehen. Sie hatte ihn immer gemocht, und die Scheidung hatte sie ebenso hart getroffen wie ihre Tochter und die Kinder. »Jetzt sag nur nicht, dass das rote Cabrio dir gehört?«

»So ist es.« Er stellte sein Weinglas neben der Pizzaschachtel ab. »Ich gehe nur ungern direkt nach dem Essen, aber ich muss zurück nach Seattle.«

»Jetzt schon?« Charlotte hätte sich nur zu gern ein bisschen mit ihm unterhalten.

»Nächstes Mal bringe ich mehr Zeit mit«, versprach er, beugte sich zu Charlotte hinunter und küsste sie auf die Wange. Dann umarmte er Justine zum Abschied, die ihrer Großmutter gerade ein Glas Wein einschenken wollte. Jack schüttelte er kurz die Hand, und Olivia geleitete ihn daraufhin zur Tür. Charlotte hatte schnell herausgefunden, dass Stan Olivia vom Flughafen abgeholt hatte. Außerdem fiel ihr auf, dass die beiden Männer einander nicht mochten. *Das* fand sie sehr interessant.

»Ich sollte jetzt besser auch gehen«, verkündete Justine, drückte ihrer Großmutter ein halb volles Weinglas in die Hand, gab ihr einen Kuss und war im nächsten Moment auf und davon.

Nun war nur noch Jack im Raum, der nicht wirkte, als wollte er sich allzu bald verabschieden. Da Charlotte aber unbedingt allein mit ihrer Tochter reden musste, beschloss sie, zu warten, bis auch er gegangen war. »Erzähl mir von dem Baby«, bat sie und machte es sich bequem. »Hat James und Selina die Decke gefallen, die ich gestrickt habe?« Sie seufzte. »Ich hoffe doch sehr, dass du Fotos mitgebracht hast.«

»Natürlich habe ich das. Oh, Mutter, sie ist so schön.«

»Sehen wir uns am Mittwoch?«, fragte Jack. Er klang ein wenig entmutigt.

Olivia zögerte kurz, dann nickte sie. Anscheinend hatte sie gerade einer Verabredung zugestimmt, was Charlotte ausgesprochen freute. Sie wollte nicht, dass Olivia den Rest ihres Lebens allein blieb, und sie mochte Jack Griffin.

»Ich sollte wohl auch gehen«, meinte er zögernd. Es klang, als hoffte er, Olivia würde ihn bitten, noch zu bleiben.

Sie tat es nicht. Jacks Blick zeigte Charlotte, dass er mit Olivia allein sein wollte, aber sie dachte gar nicht daran, ihm den Gefallen zu tun.

Kurz darauf ging er wirklich. Endlich waren sie unter sich. Charlotte stieß einen tiefen Seufzer der Erleichterung aus. Olivia setzte sich mit einem Glas Wein neben sie und legte die Füße auf den Couchtisch. »Das war eine aufregende Woche.«

»Für mich auch«, erwiderte Charlotte.

»Hast du etwas von Roy gehört?«

Charlotte grinste breit. »Ja, und jetzt rate mal, was er herausgefunden hat. Tom hat einen Enkelsohn, der ganz in der Nähe von Purdy wohnt.« Die Stadt lag nur wenige Meilen von Cedar Cove entfernt am Highway 16. Die Nachricht hatte Charlotte elektrisiert, schließlich war sie felsenfest davon überzeugt gewesen, dass Tom einen Grund gehabt hatte, seine letzten Tage in Cedar Cove verbringen zu wollen. »Er heißt Cliff Harding. Hast du schon mal von ihm gehört?«

»Nicht dass ich wüsste.« Olivia rieb sich die Augen, und Charlotte konnte deutlich sehen, wie müde ihre Tochter war.

»Er züchtet American Quarter Horses.« Roy hatte ihr das mitgeteilt, nebst einigen anderen Informationen, die er gesammelt hatte. Cliff war Ingenieur bei Boeing, hatte sich aber frühzeitig in den Ruhestand versetzen lassen. Vor fünf Jahren war er auf die Kitsap Peninsula gezogen.

»Ich habe doch gewusst, dass Tom Angehörige in der Gegend hat.« Darauf war Charlotte ausgesprochen stolz.

»Ja, das hast du.«

»Ich wollte nicht aufdringlich erscheinen, also habe ich Cliff geschrieben und ihn gebeten, sich mit mir in Kontakt zu setzen.« Den Brief hatte sie noch am selben Tag abgeschickt, an dem sie die Informationen erhalten hatte, aber zu ihrer Enttäuschung hatte er sich nicht bei ihr gemeldet.

»Das ist toll, Mom.«

»Das finde ich auch.« Sie trank ihren Wein aus, und da ihre Tochter unübersehbar nicht auf längeren Besuch erpicht war, beschloss Charlotte, ebenfalls zu gehen.

Sie warf rasch noch einen Blick auf die Fotos und sammelte dann ihre Sachen ein. Olivia protestierte zwar, weil sich das nun einmal so gehörte, brachte sie dann aber zur Tür.

»Ich freue mich, dass du eine gute Reise hattest. Und wegen James.«

»Danke, Mom.« Olivia schloss sie in die Arme. »Warst du auch so voller Freude und Stolz, als du das erste Mal Großmutter wurdest?«

Das lag nicht so lange zurück, dass Charlotte es vergessen hätte. »Zwillinge noch dazu. Das war einer der glücklichsten Tage meines Lebens.«

»Meines auch«, sagte Olivia, aber zugleich überkam sie Traurigkeit, eine Traurigkeit, die auch Charlotte empfand, während sie beide an Jordan dachten und daran, was für ein fröhlicher, unbeschwerter Junge er gewesen war.

Auf der Heimfahrt dachte sie über Cliff Harding nach. Bestimmt hatte er ihren Brief erhalten, es aber aus irgendeinem Grund auf die lange Bank geschoben, ihr zu antworten, oder – schlimmer noch – beschlossen, gar nicht zu reagieren.

Vielleicht hätte sie besser daran getan, ihn anzurufen.

Genau, das hätte sie tun sollen.

Sobald sie wieder zu Hause war, suchte Charlotte seine Telefonnummer heraus, die Roy ihr gegeben hatte.

Das Telefon klingelte viermal, bevor am anderen Ende abgehoben wurde.

»Harding«, meldete sich eine schroffe Männerstimme.

»Jefferson«, gab sie genauso knapp zurück. »Charlotte Jefferson.«

Schweigen.

»Ich rufe an, um zu erfahren, ob Sie meinen Brief bekommen haben.« Sie wusste, dass er ihn sehr wahrscheinlich erhalten hatte, aber diese Einleitung schien ihr der einfachste Weg, auf den Grund für ihren Anruf zu sprechen zu kommen.

»Habe ich.«

Charlotte zögerte. Vielleicht wäre es besser gewesen, sie hätte sich vorher genauer überlegt, was sie sagen wollte. »Vielleicht rufe ich gerade zu einer ungünstigen Zeit an?«

»Ihr Anruf wird nie gelegen kommen. Um es kurz zu machen: Ich bin an nichts interessiert, was mit meinem Großvater zu tun hat.«

Missbilligend runzelte Charlotte die Stirn. »Ich bin sicher, Sie überlegen es sich noch einmal, wenn Sie sehen, worum es geht.«

»Hören Sie, Mrs. Jefferson, mir ist klar, Sie meinen es gut, aber …«

»Wussten Sie, dass Ihr Großvater kürzlich hier in Cedar Cove gestorben ist?«

»Das stand in Ihrem Brief.«

»Mr. Harding, ich habe einiges riskiert, um Sie ausfindig zu machen.«

»Ich bin Ihnen dankbar dafür, aber …«

»Ich könnte ins Gefängnis wandern für das, was ich getan habe, und mit zweiundsiebzig Jahren habe ich nicht vor, den Rest meines Lebens eine Zelle mit jemandem zu teilen, der sich Big Bertha nennt.«

Er brach in schallendes Gelächter aus. Wie konnte dieser junge Mann es wagen, amüsiert zu reagieren, wenn sie es todernst meinte?

»Was genau haben Sie getan, um zu riskieren, mit Big Bertha konfrontiert zu werden?«

Charlotte erzählte es ihm in allen Einzelheiten. »Ich habe alles unter meinem Bett liegen.«

»Das wird vermutlich der erste Platz sein, an dem der Sheriff danach sucht, meinen Sie nicht?«

Charlotte hegte den Verdacht, dass er sich immer noch über sie lustig machte – jedenfalls ein bisschen –, aber sie antwortete freimütig: »Daran habe ich gedacht, aber meine Knie machen mir Probleme, wenn ich andauernd die Kellertreppe rauf und runter gehe.«

»Ich schlage vor, Sie geben alles dem Staat zurück. Lassen Sie es von den Behörden verkaufen, damit sie wenigstens einen Teil der Kosten wieder hereinbekommen, die ihnen für meinen Großvater entstanden sind.«

»Das können Sie nicht ernst meinen!« Charlotte war empört. »Mein lieber Junge, er war Ihr *Großvater.*«

»Er war mir so sehr ein Großvater, wie er meinem Dad ein

Vater war. Mit anderen Worten: gar nicht. Dad hat ihn ganze drei Mal in seinem Leben gesehen. Ich selbst hatte nie das Vergnügen und hätte auch keinen Wert darauf gelegt.«

»Dann haben Sie umso mehr Grund, jetzt alles über ihn in Erfahrung zu bringen, was Sie können«, hielt Charlotte dagegen.

»Offen gesagt, es ist mir egal. Mag er zehnmal ein Film- und Fernseh-Cowboy aus den Vierziger- und Fünfzigerjahren gewesen sein. Der ›Jodelnde Cowboy‹.« Hohn triefte aus seiner Stimme. »Tja, meine liebe Mrs. Jefferson, es ist mir völlig schnuppe.«

»Es ist sein Blut, das in Ihren Adern fließt.«

»Mir wäre es lieber, wenn es nicht so wäre. Wie schon gesagt, er hat nie die Rolle eines Vaters oder Großvaters ausgefüllt, und ich bezweifle ehrlich, dass er sich auch nur im Geringsten für mich interessiert hat.«

»Das sehe ich anders.« Normalerweise war Charlotte nicht so streitlustig, aber sie konnte doch nicht zulassen, dass dieser … arrogante Jungspund sich nicht um sein Erbe kümmerte. »Sie haben sehr viel mit Ihrem Großvater gemein, junger Mann.«

Cliff lachte leise. »Das bezweifle ich. Und so jung bin ich auch nicht mehr.«

»Sie züchten doch Quarter Horses?« Das jedenfalls hatte Roy ihr mitgeteilt. »Was glauben Sie, woher Ihr Interesse an Pferden kommt?«

Darauf ging er nicht ein. »Es tut mir leid, Sie enttäuschen zu müssen.«

»Mr. Harding, bitte. Angesichts des Risikos, das ich eingegangen bin, könnten Sie wenigstens einen Blick auf die Dinge werfen, die ich für Sie gerettet habe. Es könnte doch etwas dabei sein, was Sie haben möchten.«

»Sie meinen, so etwas wie der Henkelmann des Jodelnden Cowboys? Nein, danke.«

»Ich meine so etwas wie seinen Sattel und seinen Revolver.«

»Sie haben einen Sattel?«

»Ja, das habe ich.« Charlotte vermutete, dieser Gegenstand könnte Toms Enkelsohn noch am ehesten interessieren.

»Soweit ich weiß, ist es ein schweres Verbrechen, eine Schusswaffe zu stehlen.«

Charlotte reagierte gereizt. »Wollen Sie mir etwa Angst einjagen?«

Wieder lachte er. »Na schön, hören Sie«, meinte er dann, als würde er damit ein gewaltiges Zugeständnis machen, »ich bin bereit, mir den Plunder anzusehen.«

»Das ist ganz gewiss *kein Plunder.*« Ihr fielen gleich mehrere Museen ein, die sich sofort einige der Gegenstände, die unter ihrem Bett lagen, als Exponate sichern würden.

»Das ist Ansichtssache.«

»Kommen Sie nach Cedar Cove, oder soll ich zu Ihnen kommen?«

»Na schön, Mrs. Jefferson. Ich sehe schon, Sie sind eine Frau, die ein Nein als Antwort nicht akzeptiert.«

»In diesem Fall haben Sie recht.«

Grace liebte ihre Arbeit als Bibliotheksleiterin. Prozentual zur Einwohnerzahl waren in Cedar Cove mehr Leihbüchereikarten im Umlauf als in jeder anderen Stadt des gesamten Staates Washington. Darauf war sie sehr stolz.

Die Stadtbücherei von Cedar Cove mit dem Wandgemälde, das die Fassade des alten Rotklinkergebäudes zierte, gehörte zu den schönsten Bauwerken der Stadt. Zum einhundertfünfzigsten Stadtjubiläum hatte die Handelskammer mehrere Wandgemälde für städtische Einrichtungen in Auftrag gegeben. Die Bücherei am Wasser gehörte zu den Auserwählten, und die Künstler hatten eine Szene aus dem frühen neunzehnten Jahrhundert gewählt: Menschen, der Gründerzeit entsprechend gekleidet, die einen Sommernachmittag am Wasser verbrachten – herumtollende Kinder und Hunde, Familien beim Picknick und natürlich Lesende.

Grace empfand die Gemeinschaft im Stadtzentrum als ausgesprochen familiär. Die Geschäftsleute achteten aufeinander und ermunterten die Einwohner von Cedar Cove, vor Ort einzukaufen. In einer Zeit, in der große Filialen auch in die Kleinstädte Einzug hielten und die unabhängigen Unternehmen verdrängten, gedieh die Innenstadt von Cedar Cove nach wie vor. Das war zum Teil auch der Stadtbücherei, dem Jachthafen und dem brandneuen Rathaus zu verdanken, dem bedeutendsten Gebäude der Stadt, das sich wie ein Schutzengel vom steilen Hügel oberhalb des Wassers erhob, um über den Ort zu wachen. Die Glocken der Uhr läuteten jede Stunde – manchen Leuten gefiel das, andere verfluchten die dauernde Störung.

Mittlerweile war Dan schon seit zwei Monaten verschwunden, und Grace war dankbarer denn je für ihre Arbeit. Abgesehen von den finanziellen Gründen schätzte sie den Umstand, dass die Arbeit sie davon ablenkte, ständig über ihren vermissten Mann zu grübeln und sich um ihn zu sorgen. Zumindest für acht Stunden am Tag.

»Hallo, Mrs. Sherman.« Jazmine Jones, eine Fünfjährige, die ihrem Alter geistig weit voraus war und der zwei Vorderzähne fehlten, trat an den Tresen.

»Du bist bestimmt zur Vorlesestunde gekommen«, sagte Grace.

Jazmine nickte. »Lesen Sie heute vor oder Mrs. Bailey?«

»Mrs. Bailey.«

»Das ist okay, aber …« Rasch schaute die Kleine über ihre Schulter, als wollte sie sichergehen, dass sie Loretta Baileys Gefühle nicht verletzte, und flüsterte dann: »Sie können besser vorlesen.«

»Danke«, gab Grace in verschwörerischem Flüsterton zurück.

Dienstagnachmittags war meistens wenig los, und während Loretta die Kinder unterhielt, besetzte Grace den Tresen. Sie war gerade mit Papierkram beschäftigt, in dem es um Ausleihen zwischen den Büchereien ging, als die Glastür aufgestoßen wurde und Maryellen Hals über Kopf hereinstürzte.

Der unerwartete Lärm ließ Grace von ihrer Arbeit aufblicken. Ihre Tochter war außer Atem, ihr Gesicht gerötet.

»Was ist passiert?« Grace dachte sofort an Kelly und das Baby.

Schwer atmend taumelte Maryellen zum Tresen. Sie drückte sich eine Hand auf die Brust, als müsste sie ihr Herz festhalten.

»Dad«, brachte sie mühsam hervor.

»Was?« Grace stand bereits neben ihr.

»Er ist hier.«

»Hier?« Das war unglaublich. »Wo?«

Grace war schon fast aus der Tür, und Maryellen stolperte ihr hinterher.

»Du hast ihn gesehen?«

Ihre Tochter schüttelte den Kopf. »Nicht ich. John Malcolm.«

Während sie vom Parkplatz der Bücherei zum Wasser rannte, versuchte Grace sich zu erinnern, wer John Malcolm war. Dann fiel es ihr ein. John und Dan hatten vor Jahren zusammengearbeitet. John war ebenfalls Holzfäller und hatte seine Arbeit im Zuge der heftigen Kontroverse über den Schutz des Fleckenkauzes verloren. Ende der Achtziger-, Anfang der Neunzigerjahre waren ganze Wälder vor der Abholzung geschützt worden, um die bedrohte Art zu erhalten. Dadurch verlor eine Reihe von Ortschaften im Schatten der Regenwälder auf der Olympic Peninsula ihre wirtschaftliche Grundlage.

»Wo ist er?«, rief Grace.

»Unten bei der Fußgängerfähre.«

»Ist er auf die Fähre gegangen?« Sie war völlig außer Atem und brachte kaum noch eine Frage über die Lippen.

»Nein!«, rief Maryellen und holte Grace ein. Wie das Schicksal es wollte, hatte Grace sich ausgerechnet an diesem Morgen für hochhackige Schuhe entschieden, mit denen man praktisch nicht laufen konnte. Maryellen trug flaches Schuhwerk und war deutlich schneller, aber Grace lief selbst nicht langsam. Ihr Aerobic-Kurs zeigte erste Erfolge. Vollgepumpt mit Adrenalin rannte sie den Gehweg entlang und gab alles, um Dan zu erreichen, bevor er wieder verschwinden konnte. Doch dann stolperte sie über einen Wasserschlauch und fiel hart auf die Knie. Die Zeit, ihre aufgeschürften Knie zu betrachten, gönnte sie sich trotzdem nicht.

»Mom!«

»Nichts passiert. Lauf. Lauf!« Sie ignorierte den Schmerz, stand auf, blieb gerade lange genug stehen, um die Schuhe auszuziehen, und rannte dann weiter, jetzt ein wenig humpelnd. Als sie endlich die Fußgängerfähre erreichte, hatte sie das Gefühl, ihre Beine würden gleich unter ihr zusammenbrechen.

John war da, lief nervös auf und ab. Er kam zu ihnen herüber, als er Maryellen rufen hörte. »Er ist weg.«

»Weg?«, rief Maryellen. »Du hast doch gesagt, du hältst ihn auf.«

»Ich hab's versucht.« John schaute ernst drein, sein Blick wich jedoch Grace' aus. »Es tut mir leid, sehr leid. Er war da, und ich habe ihn im Auge behalten, wie du mich gebeten hast. Vor etwa fünf Minuten kam ein Pick-up, hielt am Straßenrand, er stieg ein, und ich hätte nichts tun können, um ihn aufzuhalten.«

Grace ließ sich auf eine Parkbank fallen, ihre Knie pochten schmerzhaft, ihre Beine zitterten.

»Erzähl bitte – von Anfang an«, bat sie. Das Sprechen fiel ihr schwer, Frust und Zorn waren nahezu unerträglich. Dan war ihr so nah gewesen, er hielt sie zum Narren, forderte sie heraus, ihn zu finden, demütigte sie vor der ganzen Stadt.

»Bist du sicher, dass es mein Dad war?«, fragte Maryellen.

John nickte. »Absolut sicher. Ich habe jahrelang mit ihm zusammengearbeitet. Ich weiß, wie Dan Sherman aussieht.«

»Wie hast *du* davon erfahren?«, wandte sich Grace an ihre Tochter.

»Ich habe heute zufällig spät Mittagspause gemacht. Also habe ich die Galerie geschlossen und wollte ins Java and Juice, um mir einen Latte Macchiato zu gönnen.«

»Ich habe gehört, dass Dan vermisst wird«, nahm John den Faden wieder auf. »Im Pelican's Nest wird viel darüber geredet, was ihm wohl passiert sein mag.«

Die Kneipe war eine der beliebtesten in der ganzen Stadt. »Hast du getrunken, John?«

»Nein, Grace. Ich schwöre, es war Dan.«

»Er wusste nicht, was er tun sollte«, mischte Maryellen sich ein, »und war schon auf halbem Weg zur Bücherei, um dich zu holen.«

»Ich dachte, du würdest Bescheid wissen wollen«, sagte John kläglich. Er schob seine Hände in die Taschen seines Overalls und starrte zu Boden.

»Und dann hat er mich gesehen«, erläuterte Maryellen.

»Deine Tochter sagte, sie holt dich, und schickte mich zurück, damit ich Dan im Auge behalte.«

»Mom, dein Knie!«

Blut lief Grace am Bein hinunter, ihre Strumpfhose war bereits rotdurchtränkt.

»Alles in Ordnung mit dir?«, fragte John.

»Mir geht es gut. Erzähl mir von dem Pick-up.« Grace wollte so viele Informationen über Dan wie nur irgend möglich. Um ihre Knie konnte sie sich später immer noch kümmern.

John ließ den Kopf hängen. »Ich hätte mir das Kennzeichen merken sollen, aber alles ging so schnell, dass ich nicht daran gedacht habe.«

»Konntest du sehen, wer am Steuer saß?«, fragte Maryellen.

»Tut mir leid, nein.«

Maryellen ließ sich neben Grace auf die Parkbank fallen, schlug beide Hände vors Gesicht und krümmte sich zusammen.

Grace legte ihr tröstend einen Arm auf den Rücken. In ihrem eigenen Kummer war ihr entgangen, wie sehr Dans Verschwinden ihre älteste Tochter belastete. Kelly war sehr viel offener mit ihren Emotionen umgegangen, und Grace hatte einfach angenommen, dass Maryellen gut mit der Situation klarkam. So gut das jemand überhaupt konnte …

»Ich kann euch gar nicht sagen, wie leid mir das alles tut«, wiederholte John Malcolm.

»Du hast nicht erkannt, wer am Steuer saß?«, fragte Grace noch einmal.

John schüttelte den Kopf. »Es war niemand, den ich kannte. Jedenfalls niemand aus der Gegend hier.«

»Mann oder Frau?«

John zögerte, wandte den Blick ab. »Eine Frau.«

Grace biss sich auf die Unterlippe, damit sie nicht zu zittern begann. John hatte ihr nichts gesagt, was sie nicht längst wusste.

14. Kapitel

Cecilia würde ewig dankbar dafür sein, dem Impuls, ihr Studium am Olympic College abzubrechen, nicht nachgegeben zu haben. An ihrem Hochzeitstag war sie zutiefst deprimiert gewesen. Jetzt hielt sie ihren Wunsch, die Schule abzubrechen, für einen Versuch der Selbstbestrafung – sie hatte sich ausgerechnet der einen Sache berauben wollen, die ihr Freude machte. Warum sie das hatte tun wollen, verstand sie heute nicht mehr. Zum Glück war Mr. Cavanaugh so nett gewesen, in aller Ruhe mit ihr darüber zu reden. Er hatte nicht versucht, sie unter Druck zu setzen oder ihr den Entschluss auszureden, sondern vernünftig und sachlich argumentiert.

Sie liebte den Unterricht, vor allem den Fortgeschrittenenkurs in Algebra. An diesem Sonntagnachmittag, an dem sie frei hatte und alles Mögliche hätte unternehmen können, zog sie es vor, Aufgaben in ihrem Schulbuch durchzuarbeiten. Aufgaben, die ihr noch gar nicht gestellt worden waren. Das sagte eine Menge. Erst kürzlich hatte einer der anderen Schüler Cecilia flapsig als Lehrerliebling bezeichnet. Sie glaubte nicht daran, denn Mr. Cavanaugh war nicht der Typ Lehrer, der Schüler bevorzugte oder benachteiligte. Trotzdem machte sie das so glücklich, dass sie den ganzen Tag lächelte, denn in ihrem ganzen Leben waren ihr noch nie solche Anerkennung und solcher Erfolg zuteil geworden.

Voller Begeisterung erzählte sie Ian, wie gut sie sich schlug. Inzwischen schickten sie einander wieder E-Mails und Briefe. Erst am Tag zuvor hatte sie eine Postkarte aus Australien bekommen. Er hatte nicht etwa eine mit einem Foto vom berühmten Opernhaus, vom Outback oder dem Great Barrier Reef geschickt, auch keine Koalas oder Kängurus. Stattdessen war es ein Foto vom Nachthimmel. Das Bild zeigte die Milchstraße und Milliarden und Abermilliarden von Sternen. Auf der Rückseite lobte er sie für ihre guten Noten und versprach, sie würden das feiern, wenn er nach Hause kam.

Cathy hielt ihre Schwangerschaft immer noch vor Andrew geheim. Cecilia musste sich zusammenreißen, um Ian nichts davon zu erzählen. Jeder Tag, an dem Cathys Schwangerschaft fortdauerte, war ein Triumph. Ihre erste Fehlgeburt hatte sie nach acht Wochen erlitten, die zweite nach zwölf. Schon jetzt dauerte ihre Schwangerschaft länger als die ersten beiden, aber Cathy konnte nicht darauf vertrauen, dass alles gut gehen würde – zumindest jetzt noch nicht. Nur Cecilia war eingeweiht, nicht einmal Cathys Mutter wusste Bescheid, und Cecilia bewahrte das Geheimnis, als wäre es heilig.

Kurz nach eins beschloss sie, sich etwas zu essen zu machen. Sie schaltete das Radio ein und öffnete gerade eine Suppendose, als eine Eilmeldung die Musiksendung unterbrach, die gerade lief.

»Hier ist KVI mit einer Eilmeldung. An Bord der *John F. Reynolds*, dem Flugzeugträger mit Heimathafen Bremerton, hat es eine Explosion gegeben. Gerade kommen hier die ersten Einzelheiten herein. Noch ist nicht bekannt, was die Explosion ausgelöst hat, aber es besteht die Möglichkeit, dass es sich um einen terroristischen Anschlag handelt. Es hat Tote gegeben, aber wie viele Menschen ums Leben gekommen sind und welchen Schaden der Flugzeugträger genommen hat, ist bisher nicht bekannt. Wir halten Sie auf dem Laufenden.«

Cecilia keuchte erschrocken auf und ließ die bereits geöffnete Dose fallen. Der Inhalt ergoss sich über die Arbeitsplatte und lief auf den Fußboden. Hastig riss sie Küchenpapier ab und begann, die Flüssigkeit aufzuwischen, da klingelte das Telefon.

»Hallo«, schrie sie fast in den Hörer.

»Hast du schon gehört?« Cathy.

»Gerade eben. Was weißt du?«

»Nichts … nur, dass es eine Explosion gegeben hat. Ich habe die Vertrauensstelle angerufen, aber die Frau hatte selbst gerade erst davon erfahren. Die Marine hat einen Treffpunkt auf dem Stützpunkt eingerichtet, wo sich Ehemänner, Frauen und Angehörige versammeln und auf Informationen warten können. Dort erfahren wir schneller etwas als zu Hause.«

»Ich bin schon unterwegs.« Cecilia verschwendete keine Zeit damit, darüber nachzudenken, ob es angemessen war, auf dem Stützpunkt aufzukreuzen. Auch wenn sie schon seit Monaten nicht mehr mit Ian zusammenlebte, war sie doch immer noch seine Frau.

»Das ist einer der Gründe, warum ich anrufe«, sagte Cathy mit erstickter Stimme. »Könntest du bei mir vorbeikommen?«

»Ich bin so schnell wie möglich da.« Dann ging ihr ein Licht auf. »Cathy, ist alles in Ordnung?«

Cathy schluchzte auf. »Ich denke, schon … ich weiß nicht.«

»Cath? Sag mir lieber die Wahrheit.«

Cecilia konnte hören, dass ihre Freundin mit den Tränen kämpfte. »Ich … ich habe Blutungen.«

»Seit wann?«

»Heute Morgen.«

»Wie stark?« Vielleicht war es wichtiger, Cathy zuerst ins Krankenhaus zu bringen.

»Nicht stark – viel weniger als bei den ersten beiden Fehlgeburten.« So, wie sie das sagte, klang es, als ginge sie bereits davon aus, dass sie auch dieses Baby verlieren würde.

»Ich bin in zehn Minuten bei dir.«

»Oh, Cecilia, ich weiß nicht, was ich ohne dich tun sollte.« Jetzt weinte sie offenbar doch.

Cecilia warf alles in die Spüle, verzichtete darauf, sich umzuziehen, ihre Haare zu richten oder sich zu schminken. Sie weigerte sich, daran zu denken, was mit ihrem Mann am anderen Ende der Welt geschah. Wenn sie aus dem vergangenen Jahr etwas gelernt hatte, dann, dass sie nichts als selbstverständlich betrachten durfte. Sie konnte nur das Beste hoffen.

Cathy saß auf der Eingangstreppe vor ihrem Mietshaus und wartete auf sie. Als sie Cecilia entdeckte, stand sie auf. Sie wirkte aufgewühlt und war kreidebleich.

»Hast du noch irgendetwas erfahren?«, fragte Cecilia.

»Nein. Du?«

Cecilia hatte auf der Fahrt hierher einen Nachrichtensender eingeschaltet. »Nur das, was in den Lokalnachrichten war.«

»Einige … Todesfälle soll es gegeben haben.«

Cecilia ertrug es nicht, darüber nachzudenken. »Ich bringe dich ins Krankenhaus.«

»Nein, ich muss erst herausfinden, was mit Andrew los ist«, widersprach Cathy. »Wenn wir ins Krankenhaus fahren, dauert das Stunden, und womöglich behalten sie mich da. Ich muss wissen, ob es Andrew gut geht. Dann gehe ich ins Krankenhaus, versprochen.«

»Blutest du noch?«

Cathy schüttelte den Kopf. »Nein, Gott sei Dank.«

Also fuhr Cecilia zum Marinestützpunkt in Bremerton und schloss sich dem Strom von Autos an, die dem Kontrollpunkt an der Einfahrt zustrebten. Anscheinend verlangte es jeden Angehörigen jedes an Bord stationierten Soldaten nach Informationen. Ein großer Hangar war als Warteraum eingerichtet worden. Man hatte Hunderte von Stühlen aufgestellt und für Getränke und Snacks gesorgt.

Frauen, ältere Männer und Kinder sammelten sich in kleinen Gruppen. Cecilia konnte nur staunen, mit welcher Geschwindigkeit die ersten Gerüchte die Runde machten. Bis drei Uhr nachmittags erfuhren sie von fünf bestätigten Todesfällen.

Dann hörte Cecilia, es hätte zehn Tote gegeben, und dann stieg die Zahl von Stunde zu Stunde. Wie viele es wirklich waren, blieb ungewiss, denn überall wurde wild spekuliert, und es ließ sich nicht auseinanderhalten, was gesicherte Information war und was nicht.

Ein Offizier verkündete, dass die Explosion auf menschliches Versagen zurückzuführen war. Es handelte sich also nicht um einen terroristischen Angriff, wie zunächst vermutet. Terroristen, davor fürchteten sich alle am meisten, vor allem nach dem Sprengstoffanschlag auf die *USS Cole* im Jahr 2000 im Hafen von Aden, bei dem siebzehn US-Soldaten ums Leben gekommen waren. Australien war eine befreundete Nation, aber vor terroristischen Attentaten war man nirgendwo sicher.

Als Nächstes erfuhren sie, dass die Explosion sich im Munitionslager ereignet hatte, was überall im Raum für Entsetzen sorgte. Drei Tote, sagte der Offizier, aber wegen der hochexplosiven Munition, die an dieser Stelle des Schiffs lagerte, könne man noch nicht genau sagen, wie viele Soldaten verletzt worden waren.

Als es schließlich Nacht wurde, sagte man ihnen, die Lage sei unter Kontrolle, die Feuer gelöscht, der Flugzeugträger sicher. Dann endlich kam der Augenblick, auf den alle gewartet hatten. Der Stützpunktkommandant trat nach vorn und begann eine Liste der Verletzten zu verlesen: »Lieutenant Wayne Van Buskirk. Ensign Jeremiah Smith. Chief Petty Officer Alfred Hussey. First Class Gunner's Mate Gerald Frederickson. Third Class Gunner's Mate Charles Washington. Seaman Janet Lewis …« Cathy und Cecilia klammerten sich aneinander. Name für Name hallte wie ein Paukenschlag durch den Hangar, jeweils gefolgt von entsetztem Keuchen oder erschrockenen Aufschreien. Und dann wurde Ians Name ausgerufen. Cecilia hörte ihren eigenen Schreckensschrei, die Knie drohten unter ihr nachzugeben, und sie sank auf einen Stuhl.

»Ian.« Darauf war sie nicht vorbereitet, damit konnte sie nicht umgehen. Cathy fasste nach ihrer Hand, und Cecilia drückte sie so fest, dass ihre Finger taub wurden.

»Ich werde hier auf dich warten«, sagte Cathy.

Bis zu diesem Augenblick hatte Cecilia gar nicht mitbekommen, dass weitere Instruktionen gegeben worden waren. Cathy schloss sie fest in die Arme und erklärte ihr, sie solle nach vorn gehen und dort mit dem Informationsoffizier reden.

Während sie sich durch die Menge von Angehörigen und Freunden der Marinesoldaten schlängelte, hatte sie das Gefühl, sich in Zeitlupe zu bewegen. Sie hörte, wie sich Menschen unterhielten, weinten und manchmal nervös lachten, als käme das alles aus sehr weiter Ferne.

»Ich bin Cecilia Randall«, sagte sie dem Offizier, nannte ihm Ians Namen und Rang und zeigte ihren Militärausweis vor.

Er verwies sie an einen anderen Offizier, an den sie sich wenden sollte. Inzwischen stand Cecilia kurz vor einer Ohnmacht. Alles schien so unwirklich zu sein. Das konnte nicht passieren. Nicht Ian. Nicht ihr Mann. Sie hatte doch schon ihre Tochter verloren. Das Leben konnte doch nicht so grausam sein, ihr jetzt auch noch den Ehemann zu nehmen. Die Hände zu Fäusten geballt, stand sie da und wartete, dass sie an die Reihe kam.

»Mrs. Randall?«

»Ja.« Sofort hellwach, trat Cecilia vor. »Ich bin die Frau von Ian Randall.«

Der Offizier lächelte sie beruhigend an. »Ihr Mann hat Schnittwunden und Blutergüsse davongetragen.«

»Ist er … liegt er im Krankenhaus?«

»Nein.« Er riss ein Blatt Papier von einem Block ab und reichte es ihr. »Wir wollen mit den Angehörigen der Verletzten reden, um sie zu informieren, dass sie mit ihnen sprechen können.«

»Sprechen?« Sie verstand kein Wort.

»Nebenan haben wir eine Reihe von Telefonen. Wenn Sie hinübergehen, werden Sie in Kürze aufgerufen. Geben Sie dem Offizier dieses Blatt.«

Sie konnte direkt mit Ian reden. Cecilia kämpfte gegen den Drang, vor Freude und Erleichterung laut loszuschluchzen. Während sie im Nebenraum mit etlichen anderen Frauen wartete, wurde ihr klar, wie glücklich sie sich schätzen konnte, dass ihr Mann nur leichtere Verletzungen davongetragen hatte.

Nach kurzer Zeit wurde ihr Name aufgerufen. Sie griff sich den Hörer. »Ian?«, rief sie hinein.

»Alles in Ordnung, Liebling. Mir geht es gut. Wirklich.« Dann erzählte er kurz, was geschehen war, und sagte, er habe sich womöglich ein paar Rippen gebrochen. »Ich bin zäh, das weißt du doch.«

»Na klar doch«, scherzte sie unter Tränen.

»Wie hast du von dem Unglück erfahren?«, fragte er.

»Ich habe Radio gehört, während ich gelernt habe …«

»Algebra, richtig?«, fiel er ihr ins Wort.

Sie lächelte. »Ja. Weißt du, was? Mr. Cavanaugh hat mir vorgeschlagen, im nächsten Vierteljahr einen Buchhaltungskurs zu belegen. Ich hatte nie daran gedacht, mal Buchhaltung zu machen.«

»Interessierst du dich dafür?«

»Das weiß ich noch nicht so genau.« Aber je länger sie darüber nachdachte, desto besser gefiel ihr die Vorstellung.

»Ich habe nur ein paar Minuten«, sagte Ian. Offensichtlich hatte man ihm gerade zu verstehen gegeben, er solle sich kurzfassen.

»Ich weiß.« Man hatte sie vorgewarnt, dass die Zeit am Telefon begrenzt war. »Ich bin froh, dass du nicht schwer verletzt bist.« Wenn das nicht die Untertreibung des Jahrhunderts war.

»Ich auch. Ich vermisse dich schrecklich. Hör nicht auf, mir zu schreiben, in Ordnung?«

»Das werde ich nicht«, versprach sie. Auch sie freute sich stets darauf, von ihm zu hören. Es fühlte sich beinahe so an, als gingen sie wieder miteinander aus, nur dass ihre Verabredungen diesmal aus E-Mails und Postkarten bestanden. Ihre Kommunikation war ungezwungen und entspannt und zugleich doch vertraut. Das half ihr, sich an all die Gründe zu erinnern, warum sie sich in ihn verliebt hatte.

Etwa eine Minute später mussten sie ihr Gespräch beenden, viel zu früh für Cecilia.

»Ich liebe dich«, sagte ihr Mann.

»Ich liebe dich auch.«

Auf ihre Worte folgte kurzes Schweigen. »Sag das noch einmal, Cecilia. Ich muss es hören.«

»Ich liebe dich, Ian Randall.«

Als Cecilia in den Hangar zurückkehrte, wo Cathy auf sie wartete, fühlte sie sich beruhigt. Ihre Freundin schaute ihr ängstlich entgegen. »Er hat zwei gebrochene Rippen, alles tut ihm weh, aber sonst geht es ihm gut.« Obwohl Ian es ganz gut hatte verbergen können, wusste sie doch, dass er Schmerzen hatte.

»Bist du jetzt bereit, ins Krankenhaus zu fahren?«, fragte Cecilia.

Cathy nickte. Sie wirkte ruhig und gelassen. »Wir können los«, sagte sie, »aber ich bin mir ziemlich sicher, dass alles in Ordnung ist. Irgendwie sagte mir mein Gefühl, als ich erfuhr, dass Andrew nicht zu den Verletzten gehört, dass ich nichts zu befürchten habe.«

Cecilia hoffte inständig, dass ihre Freundin recht hatte.

Grace war sich nicht sicher, warum sie in die Schublade von Dans Nachttisch schaute. Sie hatte lesend im Bett gesessen und sich plötzlich dabei ertappt, dass sie ohne ersichtlichen Grund auf die Schublade starrte.

Langsam legte sie den neuesten Roman von John Lescroart aus der Hand und streckte sich übers Bett. Dans Nachttisch stand noch genauso da wie vor seinem Verschwinden. Ein Kreuzworträtselbuch lag aufgeschlagen darauf, der Rücken durchgebogen. Das Schraubglas, in dem er sein Münzgeld sammelte, war unberührt.

Sie runzelte die Stirn und zog die Schublade auf. Darin lagen ein Satz Spielkarten, ein paar Quittungen und ein Taschenbuch, das er nicht zu Ende gelesen hatte. Dann sah sie ihn. In einer Ecke. Seinen Ehering.

Er hatte ihn seit Jahren nicht mehr getragen. Nachdem er angefangen hatte, als Holzfäller zu arbeiten, hatte er ihn abgenommen und nur zu besonderen Anlässen wieder angesteckt. Beim letzten Mal hatte der Ring schon sehr eng gesessen und kaum noch auf seinen Finger gepasst. Sie nahm ihn in die Hand und hielt ihn zwischen zwei Fingern, betrachtete den Ring, als könnte dieser unbeseelte Gegenstand ihr die Geheimnisse ihres Mannes offenbaren.

Warum war er nach Cedar Cove zurückgekommen? Warum war er das Risiko eingegangen, gesehen zu werden? Oder vielleicht war es ja genau das, was er wollte. Um sie zu verhöhnen, zu demütigen. Er war also mit einer anderen Frau in die Stadt gekommen.

Grace biss die Zähne zusammen und musterte den Ring, verglich ihn mit ihrem eigenen, der inzwischen dünn und abgewetzt war. Nach all den Jahren wirkte sein Ring immer noch brandneu, als hätte er nie die Absicht gehabt, seine Gelübde zu halten, als er ihn entgegengenommen hatte.

Zorn kochte in ihr hoch. Sie rollte sich auf den Rücken und warf den Ring mit aller Kraft, die sie aufbringen konnte, durchs Zimmer. Er prallte gegen die Wand und rollte über den Teppich. Schwer atmend lag sie eine Weile da, während die Wut immer noch in ihr tobte. Es dauerte lange, bis sie sich endlich einigermaßen beruhigt hatte.

Schließlich griff sie wieder nach ihrem Buch und lehnte sich in ihre Kissen zurück, musste aber schnell feststellen, dass sie sich nicht länger auf den Roman konzentrieren konnte. Von Neuem packte sie heftige Wut. Sie kämpfte darum, die Fassung wiederzugewinnen, aber es war ein aussichtsloser Kampf – so als wollte sie mit ausgebreiteten Armen einen Sturm aufhalten.

Da sie nicht wusste, was sie tun sollte, stand sie auf und blieb barfuß mitten im Schlafzimmer stehen, die Hände so fest zu Fäusten geballt, dass sich ihre Fingernägel in die weichen Handflächen bohrten.

»Wie kannst du es wagen, dich mit ihr in Cedar Cove blicken zu lassen«, zischte sie.

Ihre Töchter weigerten sich zu glauben, dass Dan eine andere hatte, aber Grace wusste es. Sie wusste es schon seit Monaten. Es gab eine andere, und, so dachte sie jetzt, diese andere hatte es schon sehr lange gegeben.

Kelly hatte darauf beharrt, dass es Hinweise darauf geben müsste, aber Grace hatte genug Hinweise gesehen. Es hatte schon vor Jahren begonnen. Die emotionale Distanziertheit, die wilden Stimmungsschwankungen, all das gab es schon so lange, dass sie sich nicht mehr erinnern konnte, wann genau es angefangen hatte. All die Hinweise darauf, dass jemand mit Schuldgefühlen und Reue zu kämpfen hatte.

Sie schwor sich, es zu beweisen – nicht ihren Töchtern, sondern sich selbst. Dan hatte Beweise hinterlassen, davon war sie überzeugt. Sie befanden sich hier in diesem Zimmer – wo sonst? Nachdem sie jahrelang Krimis gelesen hatte, hätte sie früher daran denken sollen. Der Beweis, den sie suchte, war vermutlich etwas ganz Alltägliches, etwas, das sie direkt vor Augen hatte. Etwas Greifbares ... Ein Beweis dafür, dass Dan mit einer anderen Frau zusammenlebte.

Sie riss die Schiebetür des Kleiderschranks auf und zerrte ein Hemd vom Bügel, sodass er wild hin und her schwang.

Nachdem sie die Brusttasche untersucht hatte, warf sie das Hemd zur Seite und griff nach dem nächsten.

Nichts.

Er war zu schlau für sie gewesen, oder dachte es wohl, und hatte alle Beweise vernichtet. Aber Grace ließ nicht locker, diesmal nicht.

Das zweite Hemd landete auf dem Teppich, und schon bald häuften sich Dans Kleidungsstücke auf dem Fußboden. Sie griff sich so viele, wie sie tragen konnte, schleppte sie durchs Haus und ließ sie an der Haustür fallen. Dann schob sie den Riegel zurück und warf die Tür so heftig auf, dass sie gegen die Wand knallte. Von der obersten Verandastufe aus warf sie die Kleidung ihres Mannes in die Nacht hinaus. Wieder und wieder lief sie ins Schlafzimmer, bis seine Hälfte des Kleiderschrankes leergeräumt war und alles, was er an Kleidung besaß, auf der Veranda und dem Gartenweg lag.

Dann schleuderte sie mit dem Fuß ein Smokinghemd von der obersten Treppenstufe hinaus in die Dunkelheit, wobei sie fast über ihr Baumwollnachthemd gestolpert wäre. Dem Hemd folgte eine Arbeitshose. Sie steigerte sich in eine regelrechte Raserei hinein, katapultierte Stück für Stück in die Nacht hinaus.

Schließlich sank sie schluchzend auf eine Verandastufe nieder und schlug beide Hände vors Gesicht.

»Dan!«, schrie sie. »Wo bist du? Wo, verdammt noch mal, bist du?«

Sie erhielt keine Antwort, das Schweigen der Nacht umgab sie, und ihr blieben nur ihre Tränen. All ihre Empfindungen flossen mit ihnen aus ihr heraus, bis sie völlig erschöpft war.

Schließlich wischte sie sich die Tränen aus dem Gesicht und wankte ins Haus zurück, ohne die Tür abzuschließen. Wenn jemand einbrechen und sie töten wollte, wäre ihr das nur recht. Alles war besser als dieser Albtraum, in den sich ihr Leben verwandelt hatte, besser, als jeden Abend in ein leeres Haus zurückzukehren und hinzunehmen, dass der Mann, den sie geliebt hatte, nicht mehr bei ihr sein wollte.

Was hatte Dan ihr noch gesagt? Seine Vorstellung von der Hölle waren die letzten fünfunddreißig Jahre, die er mit ihr verbracht hatte. Das hatte er ihr direkt ins Gesicht gesagt, ohne Rücksicht auf ihre Gefühle. Ohne Rücksicht darauf, dass seine Worte so schmerzhaft waren wie eine Waffe.

»Ich hasse dich …«, flüsterte sie, als sie ins Bett zurückkroch. »Oh, Gott, ich hasse dich.« Sie rollte sich zusammen wie ein Fötus und schluchzte, bis ihre Tränen versiegten.

Beim ersten Morgenlicht wachte sie auf. Sie rührte sich nicht, blieb zusammengerollt liegen, die Knie an den Bauch gezogen. Die Erinnerung an die Nacht überfiel sie mit Wucht. Sie hatte wie eine Wildgewordene gewütet und Daniel Sherman aus ihrem Leben gelöscht.

Aus dem Wohnzimmer drang ein Geräusch zu ihr. Dan? Das wäre typisch für ihn, ausgerechnet jetzt aufzukreuzen, dachte sie ironisch. *Typisch für diesen Bastard, sich blicken zu lassen und so zu tun, als wäre nichts geschehen.*

»Mom, alles in Ordnung mit dir?«

»Mom?«

Maryellen und Kelly. Großer Gott, nicht ihre Töchter. Grace wollte nicht, dass die beiden sie so sahen.

Schluchzend betrat Maryellen das Schlafzimmer. Grace schlug die Hand vor ihre Augen.

»Mom …« Maryellen beugte sich vor, schlang ihre Arme um sie und drückte ihre Wange in ihr Haar. »Ist schon gut, Mom. Weine nicht, bitte weine nicht.«

Grace brannten die Augen, und obwohl sie mehrere Stunden geschlafen haben musste, fühlte sie sich, als hätte sie keine Minute geruht.

»Was ist passiert?«, flehte Kelly. »Sag uns, was passiert ist.«

Grace wusste nicht, wie sie erklären sollte, dass die Kleidungsstücke, die im Vorgarten herumlagen, das Ergebnis eines Wutanfalls waren.

»Warum seid ihr hier?«, fragte sie stattdessen.

»Mrs. Vessey hat angerufen«, erklärte Maryellen. »Als sie aufwachte, sah sie Dads Sachen draußen liegen und hat sich Sorgen um dich gemacht.«

»Oh.«

»Hast du von Dad gehört?«, drängte Kelly, und die Hoffnung in der Stimme ihrer Tochter brachte Grace fast um. Von ganzem Herzen glaubte Kelly daran, dass Dan sie alle liebte und jeden Moment zurückkommen würde. Natürlich mit einer absolut logischen Erklärung, wo er gewesen war und warum.

»Weißt du, wo Dad ist?«, fragte Maryellen sanft.

»Nein.«

»Daddy … wo … bist … du?«, schrie Kelly und begann zu schluchzen.

Grace hatte keine Antworten für ihre Tochter. Das Einzige, was sie mit Sicherheit sagen konnte, als sie in einer Ecke des Zimmers etwas Goldenes blitzen sah, war, dass Dan fortgegangen war, ohne seinen Ehering mitzunehmen.

Justine gelang es nicht, sich auf ihre Arbeit zu konzentrieren. Es war erst elf, und sie hatte schon zwei Fehler gemacht. So wollte sie ihre Arbeitswoche nicht beginnen. Schuld war bestimmt das Klassentreffen. Am Freitagabend hatte sich das Planungskomitee zu einem zwanglosen Essen und weiteren Absprachen getroffen. Alles war bereits vor Wochen in die Wege geleitet worden, und das Klassentreffen sollte in weniger als einem Monat stattfinden.

Justine hatte nie vorgehabt, sich dermaßen einzubringen. Sie gab Lana Rothchild die Schuld, die immens viel Wert auf ihre Mitarbeit gelegt hatte. Und ihrer eigenen Mutter, die sie noch dazu ermuntert hatte. Bevor sie einen Rückzieher machen konnte, hatte Lana sie schon überredet, das Geld einzusammeln und sich um die Rechnungen zu kümmern. Beim letzten Treffen stellte Justine fest, dass man auch von ihr erwartete, in der Gruppe mitzuarbeiten, die für die Dekoration verantwortlich war. Jetzt konnte sie sich erst recht nicht mehr um das Treffen drücken.

Allerdings war es nicht nur das Klassentreffen, was sie beschäftigte. Ständig ging ihr Seth durch den Kopf, obwohl sie seit dem Abend, an dem Warren ihr den Heiratsantrag gemacht hatte, nichts mehr von ihm gehört hatte. Kein einziges Wort. Für einen Mann, der behauptete, verrückt nach ihr zu sein, tat er verdammt wenig, um es ihr zu zeigen.

Sie hatte gedacht ... Sie hatte gehofft ... Ach, sie wusste selbst nicht mehr, was sie eigentlich dachte und hoffte. Nicht in Bezug auf Seth und schon gar nicht auf Warren.

Zwischen Warren und ihr lief es auch nicht rund. Im Grunde geschähe es Seth nur recht, wenn sie Warrens Antrag annahm, aber schon, als ihr dieser Gedanke durch den Kopf schoss, war ihr klar, dass sie kaum etwas Schlimmeres tun konnte.

»Sieht so aus, als bekämst du Besuch«, flüsterte Christy Palmer ihr zu, als sie an Justines Schreibtisch vorbeiging.

Seth. Das konnte nur Seth sein. Sie hob ruckartig den Kopf und lächelte, weil sie gar nicht anders konnte.

Leider war es nicht Seth, der die Bank betrat, sondern Warren – mit einem Riesenstrauß frischer Blumen in einer Vase. Aller Augen richteten sich auf ihn, als er geradewegs auf Justines Büro zusteuerte.

Hätte sie von ihrem Stuhl schlüpfen und sich hinter ihrem Schreibtisch verstecken können, dann hätte sie das getan. Sie hatte ihm eine Antwort auf seinen Heiratsantrag versprochen, der vereinbarte Termin war längst verstrichen, und sie wusste immer noch nicht, was sie tun sollte.

»Hallo, Baby«, begrüßte Warren sie absichtlich laut, damit auch jeder Anwesende in der Bank es hörte.

»Hi, Warren«, gab sie unbeteiligt zurück.

»Ich möchte dich zum Mittagessen einladen.«

»Tut mir leid.« Sie hatte Mühe, das nicht schnippisch klingen zu lassen. »Aber ich habe heute Mittag eine Besprechung.« Das entsprach der Wahrheit, auch wenn sie unterschlug, dass es eine Besprechung mit einem der Kassierer war, die höchstens fünf Minuten in Anspruch nehmen würde.

Warren seufzte. »Ich warte immer noch, weißt du.«

»Worauf?« Sie schloss die Akte, an der sie gerade arbeitete.

»Du hast mir noch nicht mitgeteilt, wie du dich entschieden hast.«

»Ich habe dir doch gesagt«, gab Justine ungeduldig zurück und senkte dabei die Stimme, »dass die Antwort Nein lautet, wenn du mich bedrängst.«

»Verdammt noch mal, ich schätze, wir können ebenso gut heiraten, wenn man bedenkt, dass wir uns in letzter Zeit nur noch streiten. Ist es wirklich das, was du willst? Was ist los, Baby? Wir standen uns so nahe, und jetzt plötzlich habe ich das Gefühl, dir nicht gut genug zu sein.«

»So ist es nicht.« Wie sollte sie ihm etwas erklären, was sie selbst nicht ganz verstand?

»Es ist wegen dieses Klassentreffens, richtig?«

Justine wusste nicht, wie oft sie ihm noch sagen sollte, dass es nicht daran lag.

»Wenn nicht deswegen, dann muss es wegen deines Verflossenen sein, den du wiedergetroffen hast.«

Seth war nicht ihr Verflossener. »Ich bin nie mit ihm ausgegangen.«

»Wolltest du aber.«

»Nein.« Jedenfalls nicht, als sie noch zur Highschool ging. Das Problem war deutlich aktueller.

»Wir müssen reden«, drängte er.

»Warren«, sagte sie, bemüht, nicht zu zeigen, wie frustrierend sie das Ganze fand. »Ich kann nicht einfach mitten am Tag freinehmen, nur weil du plaudern möchtest.«

»Du könntest, wenn du mich heiraten würdest – dann müsstest du nicht arbeiten.«

Justine kniff die Augen zusammen. »Kein Wort mehr, du begibst dich auf sehr dünnes Eis.«

»Schon gut, schon gut.« Lächelnd hob er eine Hand. »Komm schon, es dauert auch nicht lange.« Damit stellte er die Blumen auf ihren Schreibtisch und schaute sie flehend an.

Diese demütige Bescheidenheit passte gar nicht zu ihm, und das ließ ihr bewusst werden, dass die Sache wichtig war – zumindest ihm. Normalerweise verhielt er sich schrecklich arrogant.

»Na schön«, sagte sie und bedeutete ihm, sich zu setzen.

»Ich würde das lieber irgendwo tun, wo wir unter uns sind«, flüsterte er mit einem Blick über die Schultern.

Justine schaute rasch auf ihre Armbanduhr. »Hör zu, ich habe in zehn Minuten einen Termin. Danach kann ich eine kurze Pause machen. Möchtest du draußen warten? Dort können wir reden.«

»In Ordnung.«

Auf Justine wirkte er erleichtert.

Und tatsächlich wartete er auf sie, als sie das Bankgebäude verließ. Er lehnte an seinem Wagen, straffte sich bei ihrem Anblick sofort, eilte auf die Beifahrerseite und öffnete die Tür für sie, sodass Justine einsteigen konnte. Er musste nicht extra darauf hinweisen, dass der Verlobungsring im Handschuhfach lag.

»Ich habe nur ein paar Minuten Zeit«, erinnerte sie ihn, als er auf der Fahrerseite einstieg. »Den ganzen Nachmittag sind Besprechungen angesetzt.« Das war leicht übertrieben, kam ihr aber sehr gelegen.

»Du bist sicher, dass du nicht mit mir essen gehen kannst?«

Sie warf ihm nur einen unnachgiebigen Blick zu.

»Ich frag ja nur«, wiegelte er ab und zuckte mit den Schultern.

»Worum geht es?«

Warren schaute aus dem Seitenfenster. »Ich wollte über uns reden, darüber, dass wir heiraten.«

»Warren!«

»Ich glaube, ich weiß, warum du dich nicht entscheiden kannst.«

Na toll. Wenn er *das* wusste, dann hörte sie sich das gern an.

»Du hast dich in Seth Gunderson verliebt.«

Einen Moment verschlug es ihr völlig die Sprache. Vor Verlegenheit – und Kummer. »Das habe ich ganz sicher nicht! Dass du so etwas überhaupt sagen kannst …«

»Nun werd nicht gleich sauer. Du kannst mir wenigstens erst zu Ende zuhören, bevor du an die Decke gehst.« Mit beiden Händen umklammerte er das Lenkrad, der einzige Hinweis darauf, wie angespannt er sein musste.

»Gut«, erwiderte sie knapp. Da war es, was sie an Warren so faszinierte. So unsensibel und blind er mitunter auch sein konnte, ab und zu verblüffte er sie damit, dass er sie besser kannte als sie sich selbst.

»Du musst deine Gefühle für Seth nicht verstecken.«

Sie verschränkte verärgert die Arme vor der Brust. »Ach ja?«

»Ich kann dir alles geben, was eine Frau sich wünscht: Schmuck, Geschenke, gesellschaftlichen Status.«

Justine verdrehte die Augen. »Das ist also das, was eine Frau sich wünscht? Bist du dir sicher, Warren?«

Statt zu antworten, beugte er sich über sie, öffnete das Handschuhfach und holte die Ringschachtel heraus. Er klappte den Deckel auf, und fast hätte sie nach Luft geschnappt, als sie den wunderschönen vierkarätigen Diamanten zum ersten Mal bei

Tageslicht sah. Nichts, was sie jemals gesehen hatte, hatte so gefunkelt.

»Sag du es mir«, meinte Warren. »Du bist eine Frau, der ein Ring wie dieser gebührt.«

Justine widersprach ihm nicht. Er hatte recht – es war ein unglaublicher Diamantring, und mit diesem Ring am Finger würde sich jede Frau schön finden.

»Na?«

Sie stieß einen langgezogenen Seufzer aus. »Überzeugendes Argument«, gab sie zu.

»Das dachte ich mir.«

»Ist sonst noch etwas?«, fragte sie. »Ich muss zurück an meinen Arbeitsplatz.«

»Du willst den Ring, und ich will, dass du ihn bekommst, aber trotzdem zögerst du noch, und ich glaube, ich weiß, warum.«

Justine sagte nichts.

»Ich kann dir alles bieten, was dir gebührt, aber wir wissen beide, dass es eine Sache gibt, die ich dir nicht geben kann.«

»Warren ...«

»Lass mich ausreden. Du willst Seth Gunderson. Du bist jung und gesund, und ich bin nicht blind.« Er schaute ihr in die Augen und wandte dann vielsagend den Blick zur Seite. »Ich kann es aber sein.«

Justine runzelte die Stirn. »Ich verstehe nicht.«

Warren legte seinen Arm auf ihre Rückenlehne. »Baby, du willst Sex. Welche Frau will das nicht? Also mach ruhig, meinen Segen hast du. Fick ihn, bring ihn damit um den Verstand, wenn es dich glücklich macht, und dann komm nach Hause zu mir.«

Er redete so unverblümt, dass sie nach Luft schnappte. »Du erlaubst mir eine Affäre?«

»Wenn nicht mit Seth, dann mit jemand anderem. Du kannst es dir aussuchen.«

»Eine solche Ehe will ich nicht führen!«

Er redete weiter, als hätte er sie nicht gehört. »Ich bitte dich nur um eines: Du sagst mir, mit wem.«

Justine konnte es nicht fassen, dass sie diese Unterhaltung führten oder dass Warren so etwas … so etwas Verwerfliches vorschlagen konnte. »So bin ich nicht, Warren.«

Er grinste belustigt, wie ein Mann, der schon alles gesehen hatte. »Das weiß man nie, Justine. Das weiß man nie.«

15. Kapitel

Als alleinstehender Mann lehnte Jack Griffin niemals leichtfertig eine Einladung zum Abendessen ab, schon gar nicht, wenn sie von Bob und Peggy Beldon ausgesprochen wurde. Peggy war eine überragende Köchin, und die Küche ihres Bed and Breakfast genoss einen legendären Ruf.

Jack und Bob waren seit über zehn Jahren befreundet. Das Thyme and Tide gehörte Bob und Peggy seit sieben Jahren. Es lag in der Lighthouse Road, etwa eine Meile von Olivias Haus entfernt. Das zweistöckige weiße Gebäude mit dem schwarzen schmiedeeisernen Zaun wurde als Villa bezeichnet, bevor Bob und Peggy es kauften. Es hieß, ein Marinekommandant habe es Anfang des zwanzigsten Jahrhunderts gebaut. Es hatte Türmchen an beiden Giebeln, und auf dem größeren von beiden befand sich eine Dachterrasse.

Das Bed and Breakfast war von Anfang an ein Erfolg gewesen, nicht zuletzt, weil die Beldons hervorragende Gastgeber waren, und natürlich dank Peggys Kochkünsten.

Jack brachte einen Blumenstrauß und gesunden Appetit mit.

»Willkommen«, begrüßte ihn Peggy, als sie ihm die Tür öffnete, und küsste ihn auf die Wange. »Wir sehen dich viel zu selten. Unsere Gäste kommen erst spät, wir haben also ein paar Stunden Zeit, uns zu entspannen.« Die Lachfältchen um ihre Augen vertieften sich, als sie lächelte. »Ich freue mich immer, jemanden zu bewirten, der meine Kochkünste so zu schätzen weiß wie du.«

»Ich komme gern zum Essen, sooft du möchtest«, erwiderte er begeistert.

»Habe ich die Türglocke läuten hören?« Bob kam hinzu, und die beiden Männer begrüßten sich per Handschlag.

»Ich kümmere mich um die Blumen«, sagte Peggy und ging mit dem Strauß in die Küche.

Jack folgte seinem Freund auf die Terrasse hinterm Haus. Von hier hatte man einen fantastischen Ausblick auf die Bucht und konnte in der Ferne die Bremerton-Fähre sehen.

»Ich habe schon alles für unser Cribbage-Spiel aufgebaut und vorbereitet«, sagte Bob. »Möchtest du ein Glas Eistee?«

»Sehr gern.«

Während Bob in die Küche eilte, um die Getränke zu holen, schaute Jack sich Peggys Kräutergarten an. Er bot einen wunderschönen Anblick und erfreute sämtliche Sinne. Selbst Jack, der wahrlich keinen grünen Daumen besaß, gefiel Peggys Garten außerordentlich. Viele der frischen Kräuter verwendete sie für ihre tollen Rezepte, und er fragte sich, was sie wohl heute Abend servieren würde.

Bob kam mit zwei Gläsern Eistee zurück. »Mein Ruhestand ist echt für die Katz«, grummelte er. »Sieht so aus, als müsste das Haus in diesem Sommer gestrichen werden, und Peggy meint, ich soll das selbst erledigen.«

»Sie macht Witze, oder?«

»Das hoffe ich doch.« Bob ließ sich auf einen der bequemen Terrassenstühle sinken. »Kaum zu glauben, dass wir schon Mitte Juni haben.« Mit einem Ruck setzte er sich gerade auf.

»Was ist los?«

Bob wandte den Blick ab. Er wirkte peinlich berührt, als hätte er etwas gesagt, was er nicht hätte sagen sollen. »Nichts«, wehrte er ab. »Nur eines von vielen Dingen im Leben, die ich bedaure. Lass uns nicht darüber reden.«

Jack runzelte die Stirn, aber wenn er etwas gut verstand, dann Dinge, die man bedauerte.

»So – jetzt bist du schon fast ein Jahr hier«, fuhr Bob beiläufig fort und griff nach seinem Glas.

Jack nickte. Ein Jahr. Na ja, noch nicht ganz. Im Oktober würde es ein Jahr werden. So gut, wie er mit der Zeitung zu tun hatte, waren die Monate wie im Flug vergangen. Ihm kam es vor, als hätte er erst vor wenigen Wochen zum ersten Mal in Olivias Gerichtssaal gesessen … Geschockt ging ihm auf, dass es bereits sechs Monate her war.

»Was hältst du inzwischen von Cedar Cove?«

»Nun«, meinte Jack grinsend, »die Stadt gefällt mir.« Bob und Peggy waren beide in Cedar Cove aufgewachsen. Zusammen hatten sie ihren Highschool-Abschluss gemacht, und dann war Bob eingezogen und nach Vietnam geschickt worden. Als er zurückkam, brachte er eine Menge Dämonen mit – Erinnerungen und Erlebnisse, über die er kaum sprechen konnte, auch heute noch nicht. Diese Dämonen hatten ihn das Vergessen auf dem Grund einer Flasche suchen lassen. Jack hatte seine eigenen Dämonen aus Vietnam mitgebracht, und auch sie hatten ihn in die verführerischen Fänge des Alkohols geführt. Er hatte Bob während einer Entwöhnungskur kennengelernt, und sie hatten eine Freundschaft geschlossen, die im Laufe der Jahre immer enger geworden war. Obwohl er inzwischen seit zehn Jahren trocken war, spürte er immer noch die Folgen der Jahre, in denen er sich ständig betrunken hatte. Erst jetzt begann Eric allmählich wieder, ihm zu vertrauen.

»Ich dachte, wir essen heute auf der Terrasse«, schlug Peggy vor, als sie zu den Männern nach draußen trat.

Jack war das recht. Es hatte eine Woche lang immer wieder geregnet, aber dieser Abend war trocken und warm. Eine leichte Brise wehte vom Wasser herüber, und die Luft roch leicht salzig nach Meer.

»Also«, meinte Peggy und setzte sich in den Korbstuhl neben Bob. »Wie läuft es bei der Zeitung?«

»Hervorragend.« Jack war stolz auf das, was er erreicht hatte. Er hatte in den letzten acht Monaten einiges geändert, brachte zwei statt einer Ausgabe wöchentlich heraus und folgte insgesamt seinen Instinkten. Eine der beliebtesten Neuerungen hatte er Charlotte Jefferson zu verdanken. Ihre Seniorenseite war in der Stadt sehr gut angekommen. Olivias Mutter war ein Naturtalent. Ihre mitteilsame Kolumne, die jeden Mittwoch erschien, informierte über alle möglichen lokalen Ereignisse. Wenn Mrs. Samuels Enkel zu Besuch kam, berichtete Charlotte darüber. Wenn die Hündin der Jeffersons Welpen hatte, schrieb sie über sie und sorgte so dafür, dass alle ein gutes Zuhause fanden. Sie gab Rezepte weiter und ein paar tolle altmodische Haushaltstipps. Wer hätte ahnen können, dass es so viele Verwendungsmöglichkeiten für Essig gab? Sie schrieb über die Vergangenheit, ließ sich über die Geschichte der Stadt aus und dabei vor allem über Ereignisse rund um den Zweiten Weltkrieg. Und hier und da streute sie ihre eigenen Weisheiten und Geschichten ein.

»Was ist mit dir?«, fragte Peggy. »Läuft es bei dir auch hervorragend?«

»Bei mir?«

»Bist du glücklich?«

»Ich bin zurechnungsfähig und trocken, besser geht's nicht.«

»Was ist mit Olivia?«, fragte Bob.

Natürlich musste sein Freund ausgerechnet die Frage stellen, die er nicht beantworten wollte. Jack zuckte mit den Schultern.

»Was ist das denn für eine Antwort?«, tadelte Peggy. »Vor ein paar Wochen hattest du noch eine Menge über sie zu erzählen.«

»Sie liebt ihren Ex«, erwiderte er niedergeschlagen. Das hatte er an dem Tag erkannt, an dem Olivia von ihrer Reise nach Kalifornien zurückgekommen war. Seitdem hatte er nur einmal von ihr gehört, als sie anrief, um ihre Verabredung für den kommenden Mittwoch abzusagen. Seitdem hatten sie keinen Kontakt mehr. Er seufzte, als ihm einfiel, wie sie mit ihrem Ex-Mann vom Flughafen zurückgekommen war, in einem schicken roten Cabrio, mit heruntergelassenem Verdeck und lauter Musik. Sie hatten nur Augen füreinander gehabt. Jeder, der sie sah, musste sie für ein Liebespaar halten. Jack war nicht der Typ, der vor einer Herausforderung zurückschreckte, aber er war klug genug, sich keinem Kampf zu stellen, der von vornherein verloren war – zum Beispiel sich in eine Frau zu verlieben, die noch eine Beziehung zu ihrem Ex hatte.

»Ich dachte, Stan hätte wieder geheiratet«, wandte Bob sich fragend an Peggy.

»Das hat er.«

»Das ändert aber nichts an dem, was Olivia für ihn empfindet«, beharrte Jack.

»Hast du sie gefragt?«

Jack schüttelte den Kopf. »Gibt's was Neues von euren Kindern?«, fragte er, weil er dringend das Thema wechseln wollte. Bob und Peggy hatten zwei Kinder. Hollie, die Älteste, lebte in Seattle, und Marc, ihr Jüngster, in Kansas.

»Es geht ihnen beiden gut«, antwortete Peggy. »Was hörst du so von Eric?«

Sein Sohn gab sich keine Mühe, mit Jack in Kontakt zu bleiben, was er für verständlich hielt. Schließlich war er lange Zeit nicht für Eric da gewesen, zwar körperlich anwesend, aber doch nicht erreichbar.

»Nicht viel«, gab Jack zu.

»Wann hast du das letzte Mal mit ihm gesprochen?«

Darüber musste Jack nachdenken. Nach ihrem gemeinsamen Essen mit Olivia hatte er Eric angerufen, um ihn nach Cedar Cove einzuladen, aber sein Sohn hatte mit einer bequemen Entschuldigung abgelehnt: Er hätte bereits eine Verabredung.

Das war nicht das erste Mal, dass Eric das Mädchen erwähnte, mit dem er ausging. Shirley oder Shelly – so ähnlich jedenfalls. Es sah so aus, als wäre es ihm ernst mit ihr, und Jack hatte den Fehler begangen, das zu sagen. Er hatte gemeint, es sei an der Zeit, dass Eric ans Heiraten dachte und sich niederließ. Sein Sohn hätte ihm dafür fast den Kopf abgerissen.

Es gab einen Grund für diese heftige Reaktion. Eric war zeugungsunfähig wegen der Chemotherapie, die er als Kind über sich hatte ergehen lassen müssen, und er hatte es noch nicht über sich gebracht, Shirley – oder Shelly –, die sich offensichtlich Kinder wünschte, einzuweihen. Jedenfalls endete das Telefonat ziemlich unerfreulich, und seitdem hatte Jack ihn nicht mehr angerufen.

Natürlich würde er das schon bald tun, aber er wollte Eric Zeit lassen, ihm seine gedankenlose Bemerkung zu verzeihen. Zu gern hätte er Zugang zu seinem Sohn gefunden, deshalb wollte er keinesfalls die zerbrechliche Grundlage, die er mit so viel Mühe aufgebaut hatte, zerstören.

»Das Essen wird in etwa einer halben Stunde fertig sein«, verkündete Peggy und ließ die beiden Männer kurz allein. Als sie zurückkam, brachte sie eine große Schüssel Salat mit.

»Ich helfe dir«, bot Jack an.

»Unsinn«, wehrte Peggy ab. »Spielt ihr beiden lieber Cribbage. Bob freut sich schon den ganzen Tag darauf.«

Jack folgte ihrem Wunsch nur allzu gern. Er setzte sich Bob gegenüber mit dem Rücken zum Meer. Ablenkung konnte er nicht gebrauchen, denn sein Freund war ein guter Spieler, schnell und entschlossen. Da brauchte Jack seine ganze Konzentration.

»Geht es Peggy gut?«, fragte Jack, nachdem Bob die ersten Karten ausgeteilt hatte.

Bob legte den Satz Karten beiseite und griff nach seinen sieben Karten. »Warum fragst du?«

Er war sich nicht sicher. Peggy wirkte so nett und freundlich wie immer, aber er spürte, dass sie irgendetwas belastete.

Obwohl Bob so tat, als studierte er seine Karten, schien er tief in Gedanken versunken zu sein.

»So schlimm?«, neckte Jack ihn.

Sein Freund runzelte verwirrt die Stirn.

»Die Karten meine ich.«

»Nein, nein.« Sein Lächeln wirkte gezwungen.

Jack legte sein Blatt beiseite. »Es ist doch alles in Ordnung zwischen dir und Peg, oder?«, fragte er besorgt.

»Nach zweiunddreißig Jahren Ehe sollte es das wohl, findest du nicht?«

»Man kann nie wissen.« Er wünschte sich nichts sehnlicher, als Gewissheit zu haben, dass es wenigstens *eine* solide Ehe gab, nur als Beweis dafür, dass so etwas in der heutigen Zeit, in der man sich schnell und leicht scheiden lassen konnte, noch möglich war. Wenigstens *eine* Ehe, die eine Krise überleben konnte … Er dachte an seine Ex. Und an Olivia. Noch nie hatte er eine Frau so sehr begehrt wie sie. Er …

»Jack?« Bobs Stimme unterbrach seine Gedanken.

Er blickte auf.

»Willst du die ganze Nacht auf dein Blatt starren oder ablegen?«

»Ablegen.«

»Beschäftigt dich irgendwas?«

»Was zum Beispiel?«

Bob grinste, offensichtlich in der Lage, die Zeichen richtig zu deuten. »Zum Beispiel Olivia.«

Jack zuckte übertrieben mit den Schultern. »Bin ich so leicht zu durchschauen?«

Bob lachte. »Nicht leichter als Peg und ich.«

»Es ist doch alles in Ordnung, oder?« Er wollte nicht auf der Sache herumreiten, aber der Gedanke, es könnte Probleme zwischen Bob und Peggy geben, deprimierte ihn. Sie waren das einzige Paar, das er kannte, das glücklich war und all die Jahre zueinandergehalten hatte, in guten wie in schlechten Zeiten.

»Uns geht es gut. Was ist mit dir?«

»Mir geht es auch gut, ich bin nur etwas enttäuscht.«

»Olivia?«

Jack nickte, und das Thema war beendet.

Nach ihrem ersten Spiel hatte Peggy bereits den Tisch gedeckt, und das Essen war servierbereit. Es war das beste, was er seit Wochen gegessen hatte, aber Jack kam zu dem Schluss, dass die Gesellschaft seiner beiden Freunde ihm am meisten bedeutete.

Der Unfall an Bord der *John F. Reynolds* beherrschte mehrere Tage lang die Schlagzeilen der landesweiten Nachrichtensendungen. Cecilia stand in täglichem Kontakt mit Ian. Manchmal gelang es ihr nicht, sich Zugriff auf einen Computer zu organisieren, dann schrieb sie ihre Gedanken per Hand nieder. Ihre Briefe brauchten zwar eine Woche oder noch länger, um Ian zu erreichen, aber er sagte, er freue sich von ihr zu hören, in welcher Form auch immer.

Da sie nur in zwei Kursen Abschlussprüfungen ablegte, blieb ihr ein freier Tag, an dem sie nicht zur Schule ging. Und weil sie erst am späten Nachmittag arbeiten musste, beschloss sie, das auszukosten, und machte Pläne, den Vormittag mit Cathy zu verbringen.

Nach der Untersuchung im Marinekrankenhaus hatte der Arzt Cathy gesagt, mit ihrer Schwangerschaft sei alles in Ordnung. Trotzdem riet er ihr, ihren Job als Kassiererin im örtlichen Supermarkt aufzugeben. Acht-Stunden-Schichten, in denen sie ständig auf den Beinen war, wären weder für sie noch für ihr Baby gut. Cathy wollte kein Risiko eingehen und hatte sofort ihre Kündigung eingereicht.

Als Cecilia bei ihrer Freundin ankam, stellte sie fest, dass Carol Greendale sie ebenfalls besuchte. Beinahe hätte sie es sich anders überlegt und wäre wieder weggefahren. Aber nur beinahe. Carols kleines Mädchen war nur einen oder zwei Tage älter, als Allison jetzt gewesen wäre. Cecilia grauste davor, die Kleine zu sehen, fühlte sich aber zugleich zu ihr hingezogen.

»Hallo, Carol«, sagte sie freundlich und ließ sich nichts anmerken. Die kleine Amanda tapste fröhlich in der Wohnung herum, untersuchte alles, was sie sah, griff nach Büchern und jedem kleinen Deko-Objekt, das herumstand, zog an den Vorhängen.

»Komm her, Amanda«, bat Carol sie und streckte die Arme nach ihrer Tochter aus. Die Kleine tapste sofort auf ihre Mutter zu und kreischte dabei vor Vergnügen.

»Ich bin froh, dass du gekommen bist«, sagte Cathy und drückte Cecilias Hände fest, um ihr zu zeigen, dass sie verstand, wie ihr zumute war.

»Wir haben gerade über die *John F. Reynolds* gesprochen«, erklärte Carol und ließ ihre Tochter auf ihrem Schoß auf und ab wippen.

»Carol hat eine Neuigkeit erfahren«, sagte Cathy.

»Ich habe gehört, dass sie zurückkommen«, quietschte Carol.

»Die *John F. Reynolds* kommt ins Dock von Bremerton?« Cecilia wollte absolut sichergehen, dass sie richtig verstanden hatte. Bisher war nicht entschieden worden, wo der Flugzeugträger repariert werden würde.

»Ja!« Daran, dass Cathy sich unglaublich freute, konnte kein Zweifel bestehen.

»Wann werden sie wieder einlaufen?« Auch Cecilias Stimme schraubte sich eine Oktave höher vor Freude.

»Das sollte nicht mehr lange dauern.«

Cecilia hegte wieder Hoffnung für ihre Ehe, vor allem nach den letzten paar Wochen. Ian und sie hatten praktisch jeden Tag miteinander kommuniziert. Anfangs war es meist um banale alltägliche Dinge gegangen, um Fakten, nicht um Gefühle. Aber im Laufe der Wochen waren sie immer mehr bereit gewesen, sich auf gefährlicheres Terrain zu wagen – und sich über ihre Tochter und deren Tod zu unterhalten.

Dabei hatte Cecilia erkannt, dass sie Ian zu viel Schuld aufgeladen hatte. Das war nicht ihre Absicht gewesen, aber in ihrer Trauer und ihrem Schmerz hatte sie um sich geschlagen. Fair war das nicht, das war ihr sogar zu der Zeit schon klar gewesen, aber sie konnte nicht anders, ihre Reaktionen erfolgten automatisch. Und Ian, der mit seinem eigenen Schock fertigwerden musste, konnte Cecilia nicht helfen. Inzwischen war fast ein Jahr vergangen, und die Zeit hatte beiden die Augen dafür geöffnet, welche Rolle sie bei der Beinahe-Zerstörung ihrer Ehe gespielt hatten.

»Ich hole der Kleinen einen Cracker«, sagte Cathy und wandte sich zur Küche.

»Das ist nicht nötig«, meinte Carol.

»Oh, ich möchte aber.«

Cathy warf Cecilia einen bedeutungsvollen Blick zu. »Komm mit und hilf mir mal«, murmelte sie.

Eifrig sprang Cecilia auf.

Carol wirkte verwirrt und ein bisschen gekränkt. Das tat Cecilia leid, aber Cathy hatte ihr offensichtlich etwas Wichtiges zu sagen.

»Andrew weiß jetzt von dem Baby«, flüsterte sie, kaum dass sie die Küche betreten hatten.

»Woher?«

»Ich habe es ihm gesagt. Ich musste es tun. Er wollte wissen, warum ich meinen Job gekündigt habe. Ich habe versucht, um die Wahrheit herumzureden, aber wir haben uns mal versprochen, einander nie zu belügen, und so … so habe ich ihm erklärt, dass ich schwanger bin.«

»Und?«

Cathy starrte zu Boden. »Er hat Angst, genauso wie ich, und ist ein bisschen verletzt, dass ich es ihm nicht früher gesagt habe.«

»Aber trotzdem bin ich sicher, dass er sich wahnsinnig freut.«

Cathy nickte. »Ich weiß, dass er das tut. Wir wünschen uns beide dieses Baby so sehr.«

Cathy schien gleich in Tränen ausbrechen zu wollen und hätte das womöglich auch getan, wenn die kleine Amanda nicht in dem Moment einen frustrierten Schrei von sich gegeben hätte. Hastig kramte Cathy einen Salzcracker hervor und brachte ihn ins Wohnzimmer.

Carol war dabei, das Spielzeug der Kleinen einzusammeln. »Es wird Zeit für uns, nach Hause zu gehen«, murmelte sie.

»Du bist doch gerade erst gekommen«, protestierte Cathy.

»Ich weiß … es ist nur so …« Sie warf einen Blick auf Cecilia, als wollte sie sagen, jetzt, wo Cathys andere Freundin gekommen war, habe sie das Gefühl, nicht mehr willkommen zu sein.

Cathy, feinfühlig wie immer, schüttelte den Kopf. »Ich hoffe, du verzeihst mir meine Unhöflichkeit, aber ich musste Cecilia etwas sagen. Ich wollte dich nicht ausschließen.«

»Ich verstehe«, sagte Carol und griff nach Amanda. Die jedoch wich den Armen ihrer Mutter aus und tapste auf Cecilia zu. Dabei stolperte die Kleine, und Cecilia griff instinktiv nach ihr, um sie aufzufangen. Sabbernd schaute Amanda mit großen neugierigen Augen zu Cecilia hoch. Die erstarrte, unfähig, den Blick von dem kleinen Mädchen abzuwenden, das unter anderen Umständen ihr eigenes hätte sein können.

Die kleine Amanda erwiderte ihren Blick, lächelte und reckte ihre Ärmchen in die Höhe, eine Aufforderung, von Cecilia auf den Arm genommen zu werden.

Ihre Entscheidung fiel ganz automatisch. Cecilia beugte sich vor und hob das Kind hoch. Und Amanda, die instinktiv die Bedeutung des Augenblicks zu verstehen schien, schlang ihr beide Arme um den Hals. Cecilia wusste, dass es nicht sein konnte, aber sie hatte das Gefühl, dieses Kind, dieses einjährige Kleinkind, erkannte all die Liebe, die sie in ihrem Herzen für Allison bewahrte. Für die Tochter, die sie niemals mehr in den Armen halten, der sie niemals mehr etwas vorsingen oder einen Gutenachtkuss geben konnte.

Cathy und Carol beobachteten atemlos, wie Cecilia auf Amanda reagierte.

Ganz sacht strich Cecilia der Kleinen die feinen Haare zurück, küsste sie auf die Stirn und setzte sie wieder auf dem Boden ab. Amanda schwankte leicht, fing sich aber und tapste unsicher zu ihrer Mutter.

»Carol, dir erzähle ich es auch«, sagte Cathy. »Ich … du weißt, dass ich kürzlich meinen Job aufgegeben habe. Nun, dafür gibt es einen Grund: Ich bin schwanger.«

Carols Augen begannen zu leuchten. »Das ist doch toll!« Aber als sie merkte, dass weder Cathy noch Cecilia sich wirklich zu freuen schienen, erstarb ihr Lächeln. »Was ist los?«, fragte sie und ließ den Blick verunsichert zwischen den beiden hin und her wandern. »Bist du nicht froh darüber?«

Schnell versicherte Cathy ihr, dass sie sich durchaus freute. »Es ist nur so, dass ich schon zwei Fehlgeburten hatte, und ich sterbe fast vor Angst.«

»Das ginge mir genauso.« Carol gab ihrer Tochter den Salzcracker, und die Kleine ließ sich zufrieden auf dem Fußboden nieder und nagte daran herum. »Es tut mir so leid, Cathy. Ich kann es mir nicht mal vorstellen …« Sie wandte sich an Cecilia. »Warst du nicht zur selben Zeit wie ich auf der Entbindungsstation?«

Cecilia nickte. »Mein kleines Mädchen hieß Allison.«

»Ich erinnere mich. Ich wollte dir immer sagen, wie leid es mir damals tat, aber du … nun ja, du wolltest anscheinend mit niemandem reden.«

»Das bedaure ich heute. Ich hätte eine Freundin brauchen können.«

»Ich könnte auch eine brauchen«, meinte Carol.

Das Militär mochte seine Helden haben, aber – so ging es Cecilia durch den Kopf – die Frauen der Soldaten bildeten das Rückgrat der Marine. Diese Frauen, zu denen jetzt auch sie gehörte, unterstützten ihre Männer, ihr Land und einander.

»Ich weiß nicht, wie diese Schwangerschaft verlaufen wird«, sagte Cathy, »aber ich weiß, dass Andrew und ich damit fertigwerden können, ganz gleich, was geschieht.«

»Ganz gleich, was geschieht.« Wenn ihre Freundin so tapfer sein konnte, dann konnte Cecilia das auch.

Beeil dich und komm nach Hause, Ian, dachte sie. *Gott beschütze dich und bringe dich schnell nach Hause.*

16. Kapitel

Seit Dan verschwunden war, hatte Grace festgestellt, dass die Anstrengung im Aerobic-Kurs hervorragend gegen Stress half. Noch nie hatte sie so viel geschwitzt und so schwer geatmet. In jeder Bewegung steckte Enthusiasmus und Energie. Früher war sie immer hinter den anderen zurückgeblieben – jetzt war sie die Beste aus der Gruppe.

»Mit dir mithalten zu wollen bringt mich noch um«, beklagte sich Olivia, als sie ihrer Freundin in den Duschraum folgte. »Was ist in letzter Zeit eigentlich in dich gefahren?«

Als ob Olivia das nicht wüsste. »Musst du das wirklich fragen?«

»Nun ja, ich weiß, dass du wütend bist wegen Dan.«

»Das ist bei Weitem nicht alles.«

Olivia wischte sich mit einem Handtuch den Schweiß aus dem Gesicht. »Hast du schon zu Abend gegessen?«

Grace schüttelte den Kopf. Da sie nur für sich allein kochen musste, war es am einfachsten, ein Tiefkühl-Fertiggericht in die Mikrowelle zu stellen. Am Mittwoch ließ sie das Abendessen meistens komplett ausfallen. Wenn sie nach dem Aerobic-Kurs nach Hause kam, war sie viel zu erschöpft, um noch zu essen.

»Noch nicht.«

»Treffen wir uns im Pancake Palace?«, schlug Olivia vor.

Grace hatte zwar keinen Hunger, aber besser, als jetzt schon in ein leeres Haus zurückzukehren, war Olivias Vorschlag allemal. »Gern.«

Sie ließ sich Zeit beim Duschen und Anziehen. Seit etlichen Wochen schon hatte sie kaum mit ihrer Freundin geredet, und deshalb freute sie sich jetzt auf eine richtige Unterhaltung. Klar, sie sahen einander regelmäßig, aber Zeit für mehr als ein paar Worte im Vorübergehen war nicht geblieben.

Als Grace im Restaurant ankam, hatte Olivia ihnen bereits einen Tisch gesichert. Sie ließ sich ihrer Freundin gegenüber nieder und griff nach der Speisekarte, die wie immer hinter dem Serviettenständer steckte.

»Haben wir nicht immer hier gesessen, als wir noch zur Highschool gingen?«, fragte Olivia.

Grace überlegte. Hatten sie das? »Ich weiß nicht mehr, kann sein.«

»Weißt du noch, wie Kenny Thomas mir hier im Pancake Palace den Laufpass gegeben hat?«, meinte Olivia.

»Dieser Mistkerl.«

Ihre Blicke trafen sich, und sie lächelten, während sie ihren Erinnerungen nachhingen. Allerdings verging Grace das Lächeln, als ihr einfiel, wie oft sie sich in ihrer Highschool-Zeit hier mit Dan getroffen hatte. Wie anders wäre doch ihr Leben verlaufen, wenn er ihr den Laufpass gegeben oder sie den Mut aufgebracht hätte, ihm seinen Highschool-Ring zurückzugeben. Schon damals, noch als Teenager, hatte Grace gespürt, dass sie einander nicht guttaten. Tief in seinem Inneren wusste das auch Dan. Aber dann, unmittelbar vor dem Schulabschluss, stellte Grace fest, dass sie schwanger war. Dan wollte sie heiraten, und sie hatte sich eingeredet, dass das die richtige Entscheidung war.

»Kelly und ich haben uns kürzlich hier zum Essen getroffen«, beendete sie ihre Grübelei, bevor sie in einen Abgrund von Selbstmitleid stürzen konnte. Das war an jenem Abend gewesen, an dem Kelly sie überredete, die Scheidung noch nicht einzureichen. Sie hatte versprochen, bis nach der Geburt des Babys damit zu warten, dieses Versprechen aber bereits unzählige Male bereut.

»Ich beneide dich um deine Beziehung zu deinen Töchtern«, gestand Olivia.

»Kommst du mit Justine nicht gut aus?«

Ihre Freundin zuckte leicht mit den Schultern. »Wir streiten uns nicht, falls du das meinst, aber wir reden auch nicht offen miteinander. Ich habe gerüchteweise erfahren, dass Warren sie gebeten hat, ihn zu heiraten. Sie selbst hat den Heiratsantrag mir gegenüber nicht mal erwähnt.«

»Vielleicht weiß sie, was du dazu sagen wirst.«

Olivia wurde nachdenklich. »Ich habe mir geschworen, mich nicht ablehnend zu verhalten, aber leicht fällt mir das nicht.«

Ein Gutes immerhin hatte Dans Verschwinden: Grace und ihre Töchter standen einander jetzt viel näher. Sie redeten mindestens einmal täglich miteinander, hauptsächlich, um sich gegenseitig Mut zu machen und einander zu unterstützen. Nach dem letzten Ereignis waren sie zu dem Schluss gekommen, es nicht länger ertragen zu können, dass sie nicht wussten, wo Dan war. Die Mädchen hatten sich bereiterklärt, sich an den Kosten für den Privatdetektiv zu beteiligen – sie brauchten die Antworten ebenso dringend wie Grace selbst.

»Ich habe letzte Woche Roy McAfee erneut beauftragt, nach Dan zu suchen.« Grace hatte kurz nach Dans Verschwinden mit ihm geredet und nach den ersten Nachforschungen entschieden, dass sie sich seine Dienste nicht länger leisten konnte. Im Laufe der Wochen hatte sie jedoch begriffen, dass weder sie noch die Mädchen es sich leisten konnten, den Detektiv *nicht* nachforschen zu lassen. Sie mussten wissen, was mit Dan geschehen war, und einen anderen Weg schien es nicht zu geben. »Der Frust treibt mich noch in den Wahnsinn.«

»Was sagen die Mädchen dazu?«

»Sie haben mich dazu überredet. Sie wünschen sich genauso dringend Antworten wie ich. So dringend, dass sie bereit sind, einen Teil der Kosten zu übernehmen.« Einen Privatdetektiv anzuheuern war teuer, aber – wie Maryellen nur halb im Scherz gesagt hatte – die Arztrechnungen für einen Nervenzusammenbruch würden viel höher ausfallen.

In der Nacht, in der Grace Dans Kleiderschrank ausgeräumt hatte, war irgendetwas in ihr zerbrochen. Wahrscheinlich hätte sie sich in eine psychiatrische Klinik einweisen lassen sollen. Sie hatte ihre Grenze erreicht, und ihre Töchter hatten das im Gegensatz zu ihr sofort erkannt.

»Was hat Roy gesagt?«

»Ich habe ihm alle Informationen gegeben, die ich habe, und er hat versprochen, sich bei mir zu melden.«

»Hast du ihm gesagt, welchen Verdacht du hegst?«

Grace seufzte, nahm ihre Gabel zur Hand und betrachtete die Wasserflecken darauf. »Er hat das kommentarlos zur Kenntnis genommen. Aber wenn es eine andere Frau gibt, dann glaube ich, dass er herausfinden wird, wer sie ist.«

»Und?«, fragte Olivia und beugte sich vor. »Konntest du ihm irgendwelche konkreten Hinweise liefern?«

»Nicht einen einzigen.« Grace hatte alles durchsucht, was Dan besaß, und war hinterher kein bisschen schlauer gewesen als vorher. Wie vorsichtig er doch war, wie clever. Kein noch so kleiner Beweis ließ sich finden, zumindest nichts Greifbares, was sie Roy präsentieren konnte.

»Aber dein Bauchgefühl sagt dir, es gibt da jemanden?«

Sie nickte langsam. »Wenn ich darüber nachdenke, fallen mir mehr und mehr Kleinigkeiten ein, die darauf hindeuten.«

»Zum Beispiel?«

»Du kennst doch Dan. Er hat nie viel auf sein Äußeres gegeben, aber kürzlich fielen mir ein paar kleinere Dinge im Zusammenhang mit seinem ersten Verschwinden ein.«

»Was denn?«

»Jener Morgen verlief genauso wie immer, aber später fiel mir auf, dass er sich gekämmt und rasiert hatte. Dan rasierte sich normalerweise abends. An jenem Tag tat er das gegen seine Gewohnheit morgens.«

»Um sie zu treffen?«

»Das vermute ich.«

»Und dieses Mal?«

Grace hatte sich den letzten gemeinsamen Morgen schon mehr als hundertmal durch den Kopf gehen lassen. »Ich weiß es nicht genau, glaube aber schon.« Sie erinnerte sich, den schwachen Duft seines Rasierwassers wahrgenommen zu haben, als er sich seinen Henkelmann von der Arbeitsplatte in der Küche gegriffen hatte und zur Haustür hinausgegangen war.

»Ich erinnere mich, dass ich ihn vor einem Jahr gefragt habe, ob er wegen irgendetwas Schuldgefühle hat, weil er irgendwie … verstohlen und heimlichtuerisch wirkte.« Auch dieser Zwischenfall ging ihr immer wieder durch den Kopf. Auf ihre Frage hin hatte Dan ihr einen so elenden Blick zugeworfen, als hätte sie ihn bei irgendetwas auf frischer Tat ertappt. Natürlich leugnete er, und weil sie ihm glauben *wollte*, hatte sie ihm geglaubt.

»Hast du denn schon was von Roy gehört?«

Grace zerknüllte ihre Papierserviette in der Faust. »Er hat heute Nachmittag angerufen.«

»Und?« Olivia schaute sie erwartungsvoll an.

»Nichts. Er sagt, wenn Dan einen anderen Job hat, dann benutzt er seine Sozialversicherungsnummer nicht.«

»Und was ist mit der Frau? Konnte Roy dir irgendetwas dazu sagen, wer sie sein könnte?«

»Nein. Er hat herumgefragt, seine Fühler in Seattle und darüber hinaus ausgestreckt, aber nicht einen einzigen Hinweis erhalten. Wer sie auch sein mag, ich vermute, das läuft schon seit Jahren. Wahrscheinlich hatte sie die Nase voll davon, dass Dan sich nicht entscheiden konnte, und hat ihn vor die Wahl gestellt: sie oder ich.« Obwohl Grace das alles ohne erkennbare Gefühlsregung sagte, tobte ein Sturm in ihr. Es wurde immer offensichtlicher, dass Dan unter Druck gestanden hatte. Von Natur aus war er kein grausamer Mensch, aber manchmal konnte er durchaus grausame Dinge sagen und tun. Wer diese Frau auch sein mochte, Dan musste sie sehr lieben.

»Es ist, als wäre er vom Erdboden verschluckt worden.«

»Ich weiß.« Grace starrte auf die Tischplatte. »Dabei will ich doch nur eine Antwort«, flüsterte sie. »Auch wenn es vielleicht schwer zu glauben ist nach allem, was er uns zugemutet hat, aber ich will, dass Dan glücklich ist.« Sie war nie in der Lage gewesen, seine innere Leere auszufüllen. Nach Vietnam war alles noch schlimmer geworden. Dann wurde Kelly geboren, und es schien, als hätte seine zweite Tochter seinem Leben wieder einen Sinn gegeben. Ein paar Jahre waren sie glücklich. Dan ermutigte Grace, aufs College zu gehen, und war ihr eine unschätzbare Hilfe mit den Mädchen. Sie waren ein Team gewesen, eine Familie, und jetzt war er fort.

»Was, wenn du die Antworten, die du dir wünschst, nie bekommst?«, fragte Olivia sanft.

Auch darüber hatte Grace nachgedacht. Die Möglichkeit bestand durchaus. Dan schien nicht bereit zu sein, ihr zu sagen, warum er fortgegangen war, zumindest nicht direkt. Vielleicht war das der Grund dafür, dass er sich kurz in Cedar Cove hatte blicken lassen: Er wollte gesehen werden. Vielleicht wollte er ihr damit sagen, dass er die Vergangenheit hinter sich gelassen hatte und nach vorn schaute und dass sie dasselbe tun sollte.

»Wenn ich keine Antworten bekomme, werde ich damit fertig – genau wie mit allem anderen auch.«

Bewundernd schüttelte Olivia den Kopf. »Du bist eine tapfere Frau, Grace Sherman.«

Grace sah das keineswegs so, nahm aber das Kompliment an. »Hey, wann werden wir hier denn endlich bedient?«

Olivia schob zwei Finger in den Mund und stieß einen leisen, aber durchdringenden Pfiff aus. Auf diese Fertigkeit war sie schon immer stolz gewesen – und hatte damit ziemlichen Eindruck auf ihre Söhne gemacht.

»Immer mit der Ruhe!«, rief die sechzigjährige Kellnerin vom anderen Ende des Restaurants. »Ich habe auch nur zwei Hände.«

»Hier ist ja wirklich alles beim Alten geblieben«, meinte Grace lachend. Manche Dinge änderten sich eben nie, und sie war dankbar dafür.

In der letzten Juniwoche wurde Olivia bewusst, dass sie seit über einem Monat nichts mehr von Jack Griffin gehört hatte. Genau genommen seit ihrer Rückkehr aus Kalifornien. Erst als sie mit den Planungen für die Geburtstagsfeier ihrer Mutter begann, fiel ihr auf, wie lange das her war. Ihre Arbeit am Familiengericht, die Probleme mit Justine, James samt Frau und Tochter, die fixe Idee ihrer Mutter in Sachen Tom Houston und die Probleme ihrer Freundin – das alles hatte dazu beigetragen, dass sie hauptsächlich mit dem Leben anderer beschäftigt gewesen war und darüber beinahe vergessen hatte, dass auch sie ein eigenes Leben führte.

Am Montagabend konnte sie früh Feierabend machen. Also beschloss sie, weil ihr gerade nach Kochen und Backen zumute war, den Teig für ihre Lieblings-Frühstücksmuffins anzusetzen – ein Grundnahrungsmittel in ihrer Familie.

Da Jack es nicht für nötig gehalten hatte, sie anzurufen, beschloss sie, selbst zum Telefon zu greifen. Normalerweise nahm sie nicht von sich aus Kontakt zu Männern auf, aber diesmal hatte sie die beste nur denkbare Ausrede: eine Einladung. Seine private Telefonnummer kannte sie nicht, also rief sie ihn am Arbeitsplatz an.

»Jack Griffin«, meldete er sich kurz angebunden und sofort, nachdem die Sekretärin das Gespräch durchgestellt hatte.

»Hallo Jack.«

»Oh – Olivia.«

Er klang, als hätte sie ihn aus der Fassung gebracht. »Ich schätze, du hast nicht mit meinem Anruf gerechnet«, sagte sie.

»Das kann man so sagen.« Seine Stimme wurde deutlich freundlicher.

Vermutlich war es am besten, gleich zur Sache zu kommen. »Hast du dir für den vierten Juli schon etwas vorgenommen?«

»Das kommt darauf an«, erwiderte er vorsichtig. »Woran dachtest du denn?« Er wartete nicht auf ihre Antwort, sondern machte gleich selbst einen Vorschlag: »Ich habe vor, einen Artikel über eine Nudistenkolonie draußen in der Nähe von Home zu schreiben. Möchtest du mitkommen?«

Sie lachte nur.

»Das dachte ich mir«, murmelte er resigniert, und Olivia lachte erneut.

»Nein, am vierten Juli hat meine Mutter Geburtstag«, sagte sie, »und ich wollte eine kleine Überraschungsparty geben.«

»Wie klein?«

»Mom, du und ich.« Sie hatte auch Justine eingeladen. Die würde vermutlich ohne Warren kommen, aber sicherlich auch nicht lange bleiben.

»Kann ich dir später Bescheid sagen?«

»Selbstverständlich.« Kurz darauf beendeten sie das Telefonat, und Olivia war enttäuscht, als sie auflegte. Vielleicht hatte sie Jack mit irgendetwas gekränkt, auch wenn sie sich nicht vorstellen konnte, wann oder womit. Sie hatte ihre letzte Verabredung absagen müssen, weil ihr eine Besprechung der Anwaltskammer dazwischengekommen war, aber er hatte beinahe erleichtert geklungen, und seitdem hatte sie nichts mehr von ihm gehört.

Fünf Minuten später klingelte es an der Tür. Als Olivia öffnete, sah sie sich zu ihrer Überraschung Jack Griffin gegenüber, der am Türrahmen lehnte und sich allergrößte Mühe gab, wie Cary Grant in »Sein Mädchen für besondere Fälle« auszusehen.

»Jack? Was tust du denn hier?«

»Ich habe darüber nachgedacht«, sagte er und grinste verlegen. »Ich würde sehr gern zu deiner Party kommen.«

»Toll.«

»Darf ich hereinkommen?«

»Oh, natürlich.« Sie trat zur Seite, und er trat ein und folgte ihr in die Küche, wo sie frischen Kaffee aufgebrüht hatte. Die Muffins hatte sie gerade aus dem Backofen geholt.

»Das ist ein Familienrezept«, erklärte sie ihm und legte ihm einen ofenwarmen Muffin auf einen Teller. »Mom erinnert mich oft daran, wie gut Kleie für *ältere* Menschen ist.« Bei dem Worte »ältere« verdrehte sie die Augen.

»Apfel-Kleie-Muffins? Deine Mutter hat das Rezept in einer ihrer ersten Kolumnen veröffentlicht.«

»Exakt die.« Olivia nahm sich ebenfalls einen Muffin und setzte sich zu Jack an den Tisch.

»Ich bin froh, dass du angerufen hast«, sagte Jack. »Es ist lange her, dass wir miteinander geredet haben.«

»Du hättest mich doch anrufen können.«

Er zögerte. »Ich, ähm, war mir nicht sicher, ob das eine gute Idee ist.«

»Warum?«, fragte sie unverblümt zurück.

Wieder zögerte er, suchte nach den richtigen Worten. »Ich weiß, dass du schon lange geschieden bist, aber mir kam es so vor – vielleicht irre ich mich ja – dass du und dein Ex ...«

»... Freunde sind?«

Jack begegnete ihrem Blick. »Mehr als Freunde. Liebst du ihn noch, Olivia?«

Über diese Frage musste sie nicht lange nachdenken. »Stan und ich haben drei gemeinsame Kinder. Durch sie werden wir immer miteinander verbunden sein.«

»Das ist keine Antwort auf meine Frage.«

»Ich weiß.« Zu gern hätte sie ihm erklärt, was sie für ihren Ex empfand, aber ihre Gefühle waren komplex und selbst für sie rätselhaft. Sie holte tief Luft. »Du hast recht, wir sind geschieden. Ich liebe ihn, aber es ist nicht dieselbe Liebe, die wir als Eheleute füreinander empfunden haben.«

Jack wandte den Blick ab, als hätte er die Antwort nicht verstanden. Oder vielleicht hatte er sie verstanden, aber was er gehört hatte, gefiel ihm nicht. Olivia fand ihre Worte erschreckend unzureichend. Die Bindung zwischen ihr und Stan bestand aus mehr als den Kindern, die sie zur Welt gebracht hatten, mehr als dem Sohn, den sie begraben hatten. Dazu gehörten alle ihre gemeinsamen Erlebnisse und Erfahrungen. Es gab Dinge, die nur sie und er allein übereinander wussten.

Vor dem Gesetz waren sie getrennt. Stan hatte eine neue Frau, eine neue Familie, aber das Scheidungsurteil hatte ihre Herzen nicht vollständig geschieden.

»Ich verstehe das einfach nicht«, sagte Jack. Seine Miene verfinsterte sich. »Wenn ich sehe, wie du für deinen Ex empfindest, frage ich mich vor allem, ob in deinem Leben Platz für jemand anderen ist.« Er straffte sich und nahm die Schultern zurück. »Ich sollte es etwas deutlicher sagen: Ist in deinem Leben Platz für mich?«

Sie antwortete nicht sofort. »Das sollte doch keine so schwer zu beantwortende Frage sein«, murmelte er.

»Ist es auch nicht«, versuchte sie ihm die Zweifel zu nehmen. »Ich würde mich sehr freuen, dir einen Platz in meinem Leben zu geben.«

Er starrte sie an. »Wirklich?«

Olivia lachte. Sie fand Jack Griffin intelligent und witzig und in mancher Hinsicht beinahe jungenhaft in seiner Begeisterungsfähigkeit und seinem Sinn für Abenteuer. Sie liebte die Spontaneität, die sie in ihm sah.

»Ich mag dich, Jack.«

Strahlend schaute er sie an. »Ich mag dich auch. Sehr. Vermutlich ist es strategisch nicht besonders günstig, das jetzt schon zuzugeben, aber was verstehe ich schon von Strategie?« Damit beugte er sich vor und küsste sie.

Olivia war überzeugt davon, dass er ihr ursprünglich nur einen flüchtigen Kuss hatte geben wollen, um das neue Verständnis zwischen ihnen zu besiegeln. In dem Moment jedoch, in dem ihre Lippen feucht und warm vom frisch gebrühten Kaffee aufeinandertrafen, wurde dieser Kuss … sehr real. Leidenschaftlich. Jack ließ seine Finger in ihr Haar gleiten und erhob sich von seinem Stuhl, um näher an sie heranzukommen. Olivia zog ihn zu sich.

Die Intensität ihres Kusses steigerte sich noch, als sein Mund perfekt mit ihrem verschmolz. Seit Jahren hatte kein Mann sie mehr so berührt. Sie hatte den sinnlichen Teil ihrer Natur ignoriert, einschlafen lassen, und jetzt erweckte Jack ihn zu neuem Leben.

Vage nahm sie einen widerwilligen Ton wahr, und Jack unterbrach den Kuss abrupt. »Da kommt jemand«, flüsterte er.

»Mom!«

Olivia schreckte zurück und wäre dabei fast vom Stuhl gefallen. »Justine.«

»Oh, hi.« Justine stand in der Küchentür und ließ den Blick prüfend zwischen Olivia und Jack hin und her wandern. »Ich störe doch nicht etwa, oder?«

»Nein!«, rief Olivia. »Ich meine …« Sie schaute Jack kurz an – und wurde rot.

Zu ihrer Überraschung lachte ihre Tochter. »Ehrlich, Mom, da ist doch nichts dabei. Wenn ihr zwei da weitermachen wollt, wo ich euch eben unterbrochen habe, nur zu. Meinen Segen habt ihr. Ich komme später wieder, wenn es besser passt.«

»Äh …«

»Ich glaube, ich sollte jetzt gehen«, sagte Jack und küsste Olivia auf die Wange. »Wir sehen uns am vierten. Soll ich irgendwas mitbringen?«

Olivia schüttelte den Kopf. Sie hatte keinen blassen Schimmer, wovon er redete oder was sie am Vierten vorhatten. Ach ja, die Geburtstagsfeier für ihre Mutter.

Jack drückte sich an Justine vorbei und verließ, fröhlich vor sich hin pfeifend, das Haus.

»Mutter«, sagte ihre Tochter, die Arme vor der Brust verschränkt. »Ich bin schockiert.« Ihr Vergnügen war unübersehbar.

»Mach dich nicht über mich lustig. Ich bin nicht so alt, wie du denkst.«

»*Ich* weiß das«, meinte Justine, »aber ich war mir nicht sicher, ob dir das auch klar ist.«

Olivias Beine fühlten sich ein bisschen wie Gummi an. Jacks Kuss hatte sie stärker aufgewühlt, als sie zugeben mochte. Sie ging hinüber zur Kaffeekanne, goss sich Kaffee nach und schenkte automatisch auch ihrer Tochter eine Tasse ein. Was sie zu diesem Besuch veranlasst hatte, konnte Olivia sich nicht mal ansatzweise denken.

»Also, wie lange läuft das schon zwischen dir und Jack?«

»Da läuft nichts.«

»Er war hier, als du aus Kalifornien zurückgekommen bist, weißt du noch?«, rief Justine ihr ins Gedächtnis.

»Ja, das weiß ich.« Ihr gefiel überhaupt nicht, wie diese Fragen sie aus dem Konzept brachten. Zwischen Jack und ihr war noch rein gar nichts geklärt. Jedenfalls nicht wirklich. Na schön, sie hatten sich darauf geeinigt, sich öfter zu sehen, aber es war viel zu früh, um schon beurteilen zu können, wie bedeutungsvoll ihre Beziehung wirklich werden würde.

»Ich habe Jack an dem Tag danach gefragt, und er behauptete, ihr wärt einfach nur befreundet. Ich Dummchen habe ihm geglaubt.«

Ganz offensichtlich amüsierte Justine das Ganze schrecklich.

»Wir sind befreundet.«

»Aber ja doch.«

»Justine!«

»Befreundet und noch ein bisschen mehr.«

Olivia schüttelte den Kopf. »Na schön, wenn du es unbedingt wissen willst ... das ist eine ganz neue Entwicklung.«

»Wie neu?«

Olivia warf einen Blick auf ihre Uhr. »Zwanzig Minuten.«

»Mutter!«

»Das stimmt.« Und Olivia hatte dabei ein gutes Gefühl. Sie war optimistisch. Natürlich konnte sie noch nicht wissen, was geschehen würde, zumal sie ihre Beziehung noch gar nicht definiert hatten. Aber sie fragte sich unwillkürlich, wohin ihr Kuss geführt hätte, wenn sie nicht unterbrochen worden wären.

»Genug von mir«, erklärte sie abrupt. »Welchem Umstand habe ich diesen unerwarteten Besuch zu verdanken?«

»Nun«, sagte Justine und ließ sich auf dem Stuhl nieder, auf dem bis vor Kurzem noch Jack gesessen hatte. »Ich bin gekommen, um zu hören, was du für Großmutters Geburtstag planst.«

Das war nicht mehr als ein Vorwand, denn diese Frage hätte Justine auch am Telefon stellen können. »Ich dachte, wir machen ein kleines Picknick.«

»Im Waterfront Park?«

»Ich hatte mich noch nicht entschieden, das klingt mir aber nach einer guten Idee.« Das Haus ihrer Mutter war in Gehweite des Parks, und am Vierten würde es dort eine Menge Feierlichkeiten geben. »Kannst du kommen?«

»Auf eine Stunde oder so werde ich wohl vorbeischauen können.«

Ohne Justine anzusehen, griff Olivia nach ihrem Muffin. »Wird Warren dich begleiten?«

»Vermutlich nicht, aber wir gehen noch miteinander.«

Das hatte Olivia befürchtet. Am allerliebsten hätte sie ihre Tochter gefragt, was die Zukunft für sie und Warren bereithielt, aber sie wagte es nicht, etwas zu sagen, was ihre ohnehin heikle Beziehung zu Justine belasten könnte.

»Die Wahrheit ist, dass Warren und ich in letzter Zeit nicht gut miteinander auskommen.«

Einerseits war Olivia froh, das zu hören, obwohl sie sich für diese kleinliche Reaktion tadelte. Andererseits machte Justines offensichtlicher Kummer sie traurig. Wenn sie wirklich Warren wollte … »Gibt es dafür einen Grund?«, hakte sie vorsichtig nach.

»Ach, ich weiß nicht.« Justine stieß scharf die Luft aus. »Wir sind eben sehr verschieden.«

Auch altersmäßig, aber Olivia verkniff sich diese Bemerkung. »Vielleicht möchtest du dir in Erinnerung rufen, was dich an ihm angezogen hat, als ihr anfingt, euch zu treffen.«

»Darüber habe ich in letzter Zeit viel nachgedacht.« Justine legte ihre Hände um ihren Kaffeebecher. »Ich habe mich sofort zu ihm hingezogen gefühlt. Er war so weltgewandt und erfolgreich.« Sie zögerte. »Wahrscheinlich ist das eine zu starke Vereinfachung.« Sie hob ihren Becher, starrte hinein und stellte ihn dann wieder auf den Tisch, ohne von dem Kaffee zu trinken. »Offen gesagt, war immer ich schuld, wenn eine Beziehung zu Bruch gegangen ist. Ich will keine langfristige Bindung, keine Familie.« Sie starrte Olivia an. »Das habe ich dir bereits gesagt. Ich weiß, dass dich das belastet, und es tut mir leid, aber es entspricht der Wahrheit.«

»Warren war schon verheiratet«, sagte Olivia, weil sie wollte, dass Justine weiterredete. Vielleicht bekam sie Einblick in die Gefühlswelt ihrer Tochter, wenn diese ihre Gedanken äußerte.

»Genau genommen war er schon dreimal verheiratet.«

Olivia wusste nur von zwei Ehen, verkniff sich aber wohlweislich jeden Kommentar.

»Seine Kinder sind erwachsen.«

Soweit sie wusste, hatte Warren Saget eine Tochter, die vier Jahre jünger war als Justine.

»Mit anderen Worten, er hat kein Interesse daran, noch einmal eine Familie zu gründen.«

»Ja, das kann man so sagen.«

Olivia nickte nur.

»Warren gibt mir Sicherheit und Gewissheit«, erklärte Justine leise und ernsthaft. »Es ist angenehm, mit ihm zusammen zu sein. Anscheinend ist alles, was ich an anderen Beziehungen abgelehnt habe, für ihn kein Problem. Er war immer gut zu mir, und ich muss mir keine Sorgen machen, dass … du weißt schon.«

Olivia war sich nicht sicher, ob sie es wusste, aber sie hielt den Mund. »Du siehst traurig aus.« Sie beugte sich über den Tisch und streichelte ihrer Tochter über die Wange.

»Ich bin traurig«, wiederholte Justine, als wäre das völlig neu für sie. »Genau das bin ich.«

Hilflos suchte Olivia nach irgendetwas Tröstlichem, was sie ihrer Tochter sagen konnte, einer Weisheit, die sie ihr mitgeben konnte, aber leider fiel ihr absolut nichts ein. Tag für Tag saß sie im Gericht und fällte Urteile, die das Leben der betroffenen Familien von Grund auf änderten, aber wenn es um ihr eigenes Kind ging, war sie völlig ratlos.

»Hast du beschlossen, die Beziehung zu beenden?«

Das war die falsche Frage. Justine ging sofort in Abwehrhaltung. »Das hättest du gern, nicht wahr?«

»Nein«, erwiderte Olivia. Sie bedauerte, etwas gesagt zu haben. »Was zwischen dir und Warren geschieht, ist allein deine Sache. Offensichtlich liegt dir an ihm.«

»Das tut es. Manchmal macht er mich wütend, und dann wieder ist er so lieb und fürsorglich … Ich weiß, was du denkst, Mom. Was jeder denkt. Aber Warren ist in einigen Dingen genauso unsicher wie die meisten Menschen. Und auf seine Weise liebt er mich.«

»Ich bin sicher, das stimmt.«

Justine stand auf und schüttete ihren Kaffee in den Ausguss, als wollte sie gehen. »Danke, Mom, jetzt fühle ich mich besser.«

Das war zwar gut, aber Olivia war verwirrt. Sie wusste immer noch nicht, warum Justine sie besucht hatte. Sie wusste nur, dass sie ihre Tochter jetzt noch nicht gehen lassen wollte. »Findet nicht bald euer Klassentreffen statt?«

»Nächsten Monat«, murmelte Justine und griff nach ihrem Autoschlüssel. »Ich bezweifle, dass Seth dabei sein wird, falls du das wissen möchtest.«

»Wollte ich nicht«, log Olivia. »Aber … warum nicht?«, hakte sie nach, überrascht, dass ihre Tochter freiwillig seinen Namen ins Gespräch gebracht hatte. Im Allgemeinen tat Justine alles, um dem Thema Seth Gunderson aus dem Weg zu gehen.

»Er ist in Alaska, und jetzt haben die Fischer am meisten zu tun. Er kann nicht einfach vier oder fünf Tage freinehmen und für ein Klassentreffen nach Hause fliegen.«

»Das klingt plausibel«, stimmte Olivia ihr zu.

Und dann, aus heiterem Himmel, schaute Justine ihr direkt in die Augen und stieß hervor: »Mich in Seth zu verlieben wäre schrecklich riskant.«

»Warum das?«

»Ach, Mom, denk doch mal nach. Ich habe nichts mit ihm gemein. Er ist genau der Typ Mann, dem ich aus dem Weg gehen möchte. Er ist Fischer – ein Beruf ohne Zukunftsaussichten. Außerdem lebt er auf einem Boot. Ich habe mehr Tischtücher, als er Geschirr hat. Wir … passen einfach nicht zusammen.«

»Aber du fühlst dich zu ihm hingezogen?«

»Er macht mich wahnsinnig.« Sie presste fest die Lippen zusammen und verschränkte die Arme vor der Brust.

»Ihn zu lieben ist riskant«, wiederholte Olivia die Worte ihrer Tochter.

Justine stöhnte auf. »Das weiß ich, Mutter.«

»Ach, Justine«, flüsterte sie und nahm ihre Tochter in die Arme. »Denk darüber nach. Alles, was im Leben einen Wert hat, ist mit einem Risiko behaftet.«

Ihre Tochter vergrub ihre Stirn an Olivias Schulter. »Ach, Mom, ich wünschte, ich wüsste, was ich tun soll.«

»Folge deinem Herzen.«

»Das kann ich nicht«, flüsterte sie mit brüchiger Stimme.

»Warum nicht?«

»Ich fürchte, es führt mich direkt zu Seth.«

Olivia tätschelte ihr sanft den Rücken, konnte aber ihr Lächeln nicht unterdrücken.

25. Juni

Geliebte Cecilia,

ich weiß, es ist vermutlich ein Schock für dich, einen Brief von mir zu bekommen. Inzwischen schicke ich dir nur noch E-Mails, weil das so praktisch und einfach ist und so viel schneller geht. Heute jedoch scheint mir eine E-Mail viel zu unpersönlich. Es fühlt sich nicht richtig an, mich einfach an einen Computer zu setzen. Nicht heute, am 25. Juni.

Du hast nichts gesagt, aber ich bin sicher, du denkst an Allison Marie. Wenn sie am Leben wäre, würden wir ihren ersten Geburtstag feiern. Und auch dieses Jahr, genau wie im letzten Jahr, ist ihr Daddy auf See.

Ich weiß nicht, ob es genügend Worte gibt, um dir zu sagen, wie sehr ich bedaure, nicht bei dir gewesen zu sein, als Allison geboren wurde. Ich hätte alles getan, alles gegeben, was ich besitze oder jemals besitzen werde, um Gelegenheit zu haben, mein kleines Mädchen wenigstens einmal im Arm zu halten. Mich erfüllt ein Schmerz, der niemals verschwinden wird, weil ich nicht bei dir sein

konnte und obendrein der einzigen Gelegenheit beraubt wurde, meine Tochter zu sehen.
Als du im letzten Jahr schwanger wurdest, war das eine echte Überraschung. Einerseits hatte ich vermutlich gehofft, dass es passiert. Ich war vom Augenblick unserer ersten Begegnung an verrückt nach dir, und das hat sich trotz unserer Trennung nicht geändert. Allison Marie war ein Geschenk Gottes. Ich weiß nicht, warum sie sterben musste oder welchem Zweck ihr Leben gedient hat, aber ich weiß, dass ich es nicht bereue, dich geheiratet zu haben. Nicht ein winziges kleines bisschen. Gemeinsam haben wir ein wunderschönes Baby geschaffen, und gemeinsam haben wir unser Kind geliebt. Wir lieben es immer noch. Das Schlüsselwort hier lautet gemeinsam, *Cecilia. Und ich wünsche mir, dass es so bleibt – wir, gemeinsam.*
Nach dem Unfall auf der John F. Reynolds *hast du mir gesagt, dass du mich liebst. Ach, Schatz, du ahnst nicht, wie gut es getan hat, dich das sagen zu hören. Meine Rippen schmerzen höllisch, sonst würde ich so laut meine Freude hinausschreien, dass du das in Cedar Cove hören könntest.*
Lass uns keine Dummheit begehen – wir dürfen diese Scheidung nicht durchziehen. Wenn die John F. Reynolds *in den Hafen von Bremerton einläuft, dann hoffe ich, dass du mit all den anderen Frauen da sein wirst, die auf ihre Männer warten. Ich will nicht, dass dies das Ende unserer Ehe ist, sondern der Anfang unseres gemeinsamen Lebens.*
Ich denke, Allison fände es gut, wenn ihre Mommy und ihr Daddy ihren Geburtstag feiern, meinst du nicht? Immerhin hat sie uns zusammengeführt, nicht wahr? Es wird Zeit, dass wir den Schmerz beiseitelegen und ihr Leben feiern, so kurz es auch war. Wegen Allison bist du meine Frau, und ich bin dein Mann, und so sollte es bleiben.
Ich liebe dich so sehr.
Ian

17. Kapitel

Langsam, aber sicher verlor Charlotte die Geduld mit Cliff Harding. Er hatte ihr versprochen, in die Stadt zu kommen und sich die Sachen anzusehen, die sie aus Toms Lagerraum entwendet hatte, aber das lag jetzt schon mehr als einen Monat zurück. Cliff schob seinen Besuch immer weiter hinaus. Auch wenn seine Entschuldigungen plausibel klangen, erkannte Charlotte doch, dass diese Sache für ihn einfach keine hohe Priorität hatte.

Das stimmte sie traurig, aber sie wusste nicht recht, was sie tun sollte.

»Ich würde einfach selbst hinfahren und mit ihm reden«, schlug ihr ihre Freundin Laura am Montag nach ihrem Geburtstag vor.

Charlotte saß mit ihren Freundinnen aus dem Strickkreis im Seniorenzentrum zusammen. Vor ein paar Wochen hatte sie beiläufig erwähnt, mit Toms Enkelsohn gesprochen zu haben, aber natürlich hatte sie ihnen nicht erzählt, was genau der Grund dafür war. Sie wollte nicht einmal ihren engsten und liebsten Freundinnen gegenüber zugeben, dass sie eine Straftat begangen hatte.

»Das würde ich auch tun«, stimmte Evelyn zu. »Nach dem, was du erzählt hast, scheint er ja nicht weit weg zu wohnen.«

»Aber ich müsste den Highway benutzen.« Jede Straße, die mehr als zwei Fahrspuren hatte, versetzte Charlotte in Angst und Schrecken. Die Autos fuhren dort in hoher Geschwindigkeit vorbei, und ganz gleich, welche Fahrspur sie benutzte, die anderen Fahrer schienen sich über sie zu ärgern, vor allem, wenn sie sich an die vorgeschriebene Höchstgeschwindigkeit hielt. Was glaubten diese Leute eigentlich, was ein Tempolimit war? Ein unverbindlicher Vorschlag? Heutzutage schien es jeder entsetzlich eilig zu haben. Na schön, sie würde zu ihm fahren und ihn aufsuchen, wenn es nicht anders ging, aber Spaß machen würde ihr das nicht, und das wollte sie Cliff Harding auch sehr deutlich zu verstehen geben.

»Ich weiß nicht, was mit den jungen Leuten heutzutage los ist«, murrte Helen und zerrte unnötig heftig an ihrem Garn. »Sie haben einfach nicht mehr dieselbe Achtung vor älteren Menschen, wie sie *uns* noch vermittelt wurde.«

»Da bin ich ganz deiner Meinung«, stimmte Bess mit nachdrücklichem Nicken zu.

»Du warst mit seinem Großvater befreundet. Man sollte meinen, er würde sich über die Gelegenheit freuen, dir zu danken.«

»Es ist mir auch nicht entgangen«, warf Helen ein und beugte sich dabei zu Bess hinüber, »dass er seinen Großvater nicht ein einziges Mal besucht hat.«

»Ich werde ihn noch mal anrufen«, erklärte Charlotte entschlossen. »Und ihn wissen lassen, wann er mit meinem Besuch rechnen kann.« Das hatte sie jetzt schon fast fünf Wochen vor sich her geschoben. Cliff Harding hatte immer eine Ausrede parat. Erst war es eine Geschäftsreise, und letzte Woche hatte er eine kurze Nachricht auf ihrem Anrufbeantworter hinterlassen, dass eine seiner Stuten kurz davor stand, ihr Fohlen zur Welt zu bringen, und er deshalb nicht wegfahren könne. Charlotte konnte sich ausmalen, dass er auch diese Woche wieder eine Entschuldigung vorbringen würde. Und nächste Woche. Nein, Laura hatte recht, es wurde Zeit, die Sache selbst in die Hand zu nehmen.

Als sie nach Hause kam, räumte sie zuerst ihr Strickzeug weg, bedachte ihren Kater Harry mit einer Menge Streicheleinheiten und wandte sich dann wild entschlossen ihrem Telefon zu.

Toms Enkel meldete sich sofort. Er klang sympathischer als jemals zuvor.

»Charlotte Jefferson am Apparat«, meldete sie sich.

»Ja, Mrs. Jefferson, ich wollte Sie gerade anrufen.«

Na klar doch, dachte Charlotte, vermutlich wieder mit einer lahmen Ausrede. »Tut mir leid, Sie schon wieder belästigen zu müssen, aber da Sie Ihre Verabredung mit mir nicht einhalten konnten …«

»Genau darüber wollte ich mit Ihnen reden. Passt Ihnen heute Nachmittag?«

All ihre Empörung, die durch den gut gemeinten Rat ihrer Freundinnen noch angefacht worden war, erwies sich plötzlich als unnötig. »Heute Nachmittag passt mir gut«, murmelte sie ernüchtert und zugegebenermaßen ein bisschen enttäuscht. Sie war in der Stimmung gewesen, ihm eine Standpauke zu halten. Ja, auf der Fahrt nach Hause hatte sie sich sogar ein paar sehr effektive Bemerkungen zu Familienpflichten zurechtgelegt, und jetzt konnte sie sie nicht mehr anbringen.

»Ich kann mir vorstellen, dass es ein wenig beunruhigend ist, mit einer Waffe unterm Bett zu schlafen.«

Charlotte konnte hören, dass er sie aufziehen wollte, und beschloss, das zu ignorieren. »Offen gestanden, habe ich die Waffe in meine Unterwäscheschublade gepackt.« Dass sie den Revolver in ein altes Mieder eingewickelt hatte, erwähnte sie nicht.

»In die Unterwäscheschublade?«

Offenbar fand er auch das amüsant, aber sie konnte sich nicht erklären, warum. Ihrer Meinung nach war das ein kluges Versteck. Niemand, der ins Haus einbrach – immer vorausgesetzt, er kam an ihrem Kater vorbei, der sich offenbar für ihren Wach- und Schutzhund hielt –, käme auf die Idee, etwas Wertvolles in einer Schublade voller Baumwollhöschen zu suchen. Alles, was in Charlottes Haus auch nur ein bisschen wichtig war, endete unweigerlich in dieser Schublade. Selbst ihr Sparbuch steckte in einer Stützstrumpfhose. Auf Diebe war sie bestens vorbereitet.

»Um welche Uhrzeit werden Sie hier sein?«, fragte sie.

»Wäre es Ihnen gegen vier recht?«

»Das passt hervorragend.« Charlotte erklärte ihm, wie er fahren musste, und sie beendeten das Telefonat. Dann machte sie sich daran, Kekse zu backen, weil sie ein gastfreundlicher Mensch war. Das Rezept hatte sie vor drei Jahren bei einem Senioren-Potluck bekommen, und es schmeckte allen immer hervorragend. Vor allem Männer schienen die Kekse zu lieben, die reichlich Schokoladensplitter, Kokosnussraspeln und Pekannüsse enthielten.

Sie hatte gerade die letzte Partie vom Backblech gelöst, als es an der Tür klingelte. Charlotte eilte zur Haustür und nahm Harry auf den Arm, damit er nicht nach draußen entwischte. Der Kater schnurrte ihr ins Ohr, als sie die drei Schlösser öffnete. Das letzte war erst kürzlich angebracht worden. Charlotte wollte es Dieben nicht zu leicht machen. Zwar konnte sie sich kein modernes Sicherheitssystem leisten, aber es gab ja andere Möglichkeiten.

Der Mann, der vor der Tür stand, war gut einen Meter achtzig groß und hatte ein kleines Bäuchlein. Er trug einen Cowboyhut, Stiefel, Jeans, eine braune Jacke und ein Bolotie.

»Mrs. Jefferson?«

»Ja. Sie müssen Cliff Harding sein.« Sie schloss die Fliegengittertür auf und hielt sie ihm auf. »Kommen Sie bitte herein.«

Er betrat ihr bescheidenes Zuhause und schnupperte anerkennend. »Sie haben Kekse gebacken?«

»Eine gutnachbarschaftliche Geste«, meinte sie und bedeutete ihm, auf dem Sofa Platz zu nehmen. Sie war bereit. Das Silberservice stand auf dem Tisch, die Kanne war mit frisch gebrühtem Kaffee gefüllt. Sie nutzte das Service nur zu seltenen

Anlässen, aber sie wollte einen guten Eindruck auf Toms Enkel machen. Die Kekse waren noch ofenwarm.

Ihr fiel auf, dass sie Cliff nicht nötigen musste, zuzugreifen. Sie nahm ihm gegenüber Platz.

»Was wissen Sie über Ihren Großvater?«, fragte sie, während sie Kaffee einschenkte.

Cliff beugte sich vor und nahm die dünnwandige Porzellantasse entgegen. »Nur, was mein Vater mir erzählt hat«, meinte er mit finsterer Miene. »Und, ganz ehrlich, das war alles andere als schmeichelhaft. Tom Harding war ein Schuft und ein Frauenheld.«

»Davon weiß ich nichts. Ich habe ihn nur in den letzten paar Monaten seines Lebens gekannt.«

»Wussten Sie, dass er seine Familie im Stich gelassen hat, um Karriere beim Film zu machen? Meine Großmutter und mein Vater lebten von der Fürsorge und starben in Armut, während Tom Houston, der Jodelnde Cowboy, in Saus und Braus lebte. Ich bin sicher, Sie verstehen, warum ich kein Interesse an seiner Hinterlassenschaft habe.«

Charlotte fiel es schwer, das Gehörte zu akzeptieren. Das klang nicht nach dem Mann, den sie kennengelernt hatte. »Als ich Tom begegnet bin, hatte er einen Schlaganfall hinter sich und konnte nicht mehr sprechen.«

»Sie sagten, er habe darum gebeten, nach Cedar Cove verlegt zu werden?«

»Soweit ich weiß, ja.« Charlotte griff nach einem Keks. Eigentlich sollte sie unnötige Kalorien meiden, aber dieses Gebäck war einfach zu gut, um es zu verschmähen.

»Glauben Sie, ich war der Grund?«

»Dessen bin ich mir sicher.« Charlotte zweifelte in der Tat keinen Augenblick daran. »Was Sie über Ihren Großvater sagen, mag durchaus wahr sein. Ich weiß nicht, was Tom früher getan hat, und es ist für mich auch nicht wichtig. Ich kann

Ihnen nur von dem Mann erzählen, der mein Freund geworden ist. Er wollte Sie treffen, davon bin ich überzeugt, aber ich glaube, er hatte Angst.«

»Vor mir?«

Sie nickte. »Er hat sich nach Cedar Cove verlegen lassen, weil das Heim Ihrem Wohnort am nächsten lag. Das macht Sinn, nicht wahr?«

»Kann schon sein.« Überzeugt wirkte er nicht.

»Ich habe Tom verstanden. Fragen Sie mich nicht, wie oder warum, aber wir beide hatten eine Verbindung zueinander. An manchen Tagen war es fast so, als könnten wir miteinander reden. Ich habe verstanden, was er sagen wollte, und er schien mich zu verstehen.«

»Mein Vater sagte, er hatte ein Händchen für die Damen.«

Charlotte erstarrte, kam dann aber zu dem Schluss, dass Cliff vermutlich recht hatte. Sie wollte ihm die Bemerkung nicht übelnehmen, obwohl sie das beinahe automatisch getan hätte. »Ihr Großvater hatte nie die Chance, Ihnen zu sagen, dass er Sie liebt.«

»Mich liebt?«, fuhr Cliff auf. »Er hat mich nie kennengelernt.«

»Das stimmt natürlich, aber Sie waren sein einziger lebender Verwandter. Offensichtlich hat er Sie im Auge behalten. Wie sonst hätte er wissen sollen, wo Sie leben und dass Sie Pferde züchten?«

»Sind Sie *sicher*, dass er das wusste?«

»Ich glaube es. Genauso, wie ich glaube, dass er die Sachen, die ich aus seinem Lagerraum mitgenommen habe, Ihnen zukommen lassen wollte. Er war nicht in der Lage, an Ihrem Leben teilzuhaben. Vielleicht hatte er sogar das Gefühl, nicht das Recht zu haben, sich Ihnen aufzudrängen. Aber es ist sein Blut, das in Ihren Adern fließt. Er war stolz auf Sie – das weiß ich. Stolz, Ihr Großvater zu sein. Das ist alles, was er Ihnen geben konnte.«

Cliff Harding stellte seine Kaffeetasse ab und stand auf. Er wandte Charlotte den Rücken zu und starrte aus dem Fenster. »Ich bin heute Nachmittag gekommen, um Ihnen für Ihre Mühe zu danken, die Sie für meinen Großvater auf sich genommen haben, und Ihnen zu sagen, dass ich nichts mit dem Mann zu tun haben will.«

»Und jetzt?«

»Sie sind eine sehr überzeugende Frau, Mrs. Jefferson.«

»Soll das heißen, dass Sie seine Sachen mitnehmen wollen?« Das hoffte sie. Noch mehr aber hoffte sie, dass er jedes einzelne Stück unter die Lupe nahm und dabei entdeckte, wer Tom Harding gewesen war. Im Grunde fürchtete sie, Cliff werde einfach alles wegpacken, ohne sich mit seinem Erbe zu beschäftigen.

»Ich nehme sie mit.«

»Und werden Sie sich sorgfältig ansehen, was Ihr Großvater Ihnen hinterlassen hat?«

Er nickte.

»Ich glaube, Sie haben eine weise Entscheidung getroffen.« Ein tiefer Seufzer kam ihr über die Lippen, denn sie wusste, dass sie gute Arbeit geleistet hatte. Irgendwie hatte sie das bewerkstelligt, was Tom sich von ihr gewünscht hatte. Außerdem war sie um ihrer selbst willen froh, endlich den Revolver loszuwerden.

Justine kaufte sich ein hautenges blaues Kleid für das Klassentreffen, obwohl sie nicht wusste, wen sie damit beeindrucken wollte. Ihr einziger Trost bestand darin, dass Seth Gunderson nicht an der Feier teilnehmen würde. Und sie musste das schließlich wissen, denn als Schatzmeisterin des Treffens hatte sie eine Liste aller Teilnehmer erstellt, die sich angemeldet und ihren Beitrag bezahlt hatten. Seth gehörte nicht dazu.

Es war ihr peinlich, ohne Partner zu kommen, aber warum sollte sich dieser Abend von anderen Highschool-Veranstaltungen unterscheiden? Justine war immer eine Außenseiterin gewesen. Sie war die Klassenbeste gewesen, die Jahrgangsbeste und diejenige, der man am ehesten zugetraut hatte, erfolgreich Karriere zu machen. Da man ihr etliche Stipendien angeboten hatte, wählte sie pflichtbewusst eine renommierte Schule an der Ostküste und folgte dem Weg, für den ihr die Weichen gestellt waren, aber wirklich glücklich war sie dabei nie.

Sie hasste das Leben auf dem Campus, fern von Cedar Cove. Nach ihrem Abschluss nahm sie eine Stelle bei der First National Bank an. In den folgenden Jahren war sie regelmäßig befördert worden. Inzwischen war sie die jüngste Filialleiterin der Geschichte von Cedar Cove und eine der jüngsten leitenden Angestellten der Bank. Justine liebte die Herausforderung, die ihre Arbeit ihr bot, und genoss es, eine aktive Rolle bei der Finanzierung des Wachstums ihrer Stadt zu spielen. Ihr Privatleben jedoch betrachtete sie als jämmerlichen Misserfolg.

Wenn sie Druck auf Warren ausgeübt hätte, wäre er mit ihr zum Klassentreffen gegangen. Sie hatte es nicht getan, aus Furcht, ihre ehemaligen Klassenkameraden könnten ihn für ihren Vater halten oder – schlimmer noch – für einen ehemaligen Lehrer, an den sie sich nicht recht erinnern konnten.

Die Aula der Highschool sah großartig aus. Das für die Dekoration zuständige Komitee, zu dem auch sie gehörte, hatte sich ins Zeug gelegt und fantastische Arbeit geleistet. Überall standen frische Blumen, auf den Tischen und in großen Standvasen entlang der Wände.

Die Band spielte bereits, und Justine wippte im Takt der Musik mit dem Fuß, ohne es zu wollen, während sie sich anstellte, um ihr Abzeichen entgegenzunehmen und sich in die Teilnehmerliste einzutragen. Alle um sie herum redeten angeregt, von allen Seiten erklangen Entzückensschreie, wenn Leute sich wiedererkannten, und das übliche »Weißt du noch, wie wir …«. Und genau wie in ihrer Zeit an der Highschool blieb sie die Außenseiterin, die am Rand stand, zuhörte, lächelte und so tat, als fühlte sie sich wohl, auch wenn das gar nicht der Fall war.

An diesem Klassentreffen teilzunehmen war eine Schnapsidee gewesen. Ihr Instinkt hatte ihr das schon vor Monaten gesagt, und sie hätte auf ihn hören sollen.

»Justine!« Lana Rothchild eilte um den Anmeldetisch herum und schloss sie in die Arme, als hätten sie sich seit Jahren nicht mehr gesehen. Dabei hatten sie erst an diesem Morgen gemeinsam letzte Hand an die Dekoration gelegt. »Dein Kleid gefällt mir super!«

»Danke.« Das metallicblaue Kleid hatte kurze Ärmel und einen tiefen V-Ausschnitt. Es war knielang geschnitten und betonte ihre schlanke Figur. Sie hatte sich das Kleid spontan gekauft und beschlossen, nicht zu sehr darüber nachzudenken.

»Brauchst du Hilfe?«, fragte Justine, in der Hoffnung, sich nützlich machen zu können und so den Eindruck zu erwecken, als gehörte sie dazu.

»Alles unter Kontrolle. Amüsier dich einfach.«

Justine fragte sich, ob das überhaupt möglich war.

»Ich kann dir gar nicht genug für all deine Hilfe danken«, sagte Lana, als sie ihr ein Abzeichen reichte.

Jetzt, wo sie keine Ausrede mehr hatte, noch länger am Empfang zu verweilen, betrat sie die Aula. Einige Paare tanzten, eine Gruppe Frauen hatte sich an einer Wand versammelt, eine Gruppe Männer an der anderen – das unterschied sich kaum von den Highschool-Tanzabenden, an denen sie teilgenommen hatte. Da sie glaubte, ein Glas Wein könne ihr helfen, sich zu entspannen, wanderte sie hinüber zur Bar und bestellte sich einen Zinfandel. Dann blieb sie allein am Rand der Tanzfläche stehen – genau wie vor zehn Jahren.

»Hallo, Justine.«

Seth Gunderson. Er stand unmittelbar vor ihr, tief gebräunt, die Haare so blond, dass sie fast weiß wirkten. Seine Augen hatten noch nie so blau ausgesehen.

»Was tust du denn hier?«

Er grinste. »Ich habe im selben Jahr meinen Abschluss gemacht wie du, weißt du noch?«

»Ich meine …« Das Denken fiel ihr schwer. »Bist du nicht … ich dachte … nun ja, natürlich haben wir im selben Jahr …«

»Ich bin fürs Klassentreffen nach Hause geflogen«, beantwortete er die Frage, die sie nicht über die Lippen bekam.

»Das sehe ich … was ist mit …« Um sich nicht noch mehr zu blamieren, schloss sie einfach den Mund und hörte auf zu reden.

»Du bist überrascht, mich zu sehen. Offen gesagt, bin ich selbst überrascht, den Entschluss gefasst zu haben, in letzter Minute hierher zu fliegen.«

Überrascht war untertrieben, soweit es Justine anging.

»Würdest du gern tanzen?«, fragte er.

Sie konnte nicht aufhören, ihn anzustarren. Kein Mann auf der ganzen Welt hatte das Recht, so gut auszusehen. Ihm einen Korb zu geben erforderte mehr Kraft, als sie aufbringen konnte. Oh ja, sie wollte mit ihm tanzen. Wollte sich in seine Arme begeben, von ihm gehalten werden …

Da sie es nicht wagte, mit Worten zu antworten – denn so, wie sie im Moment drauf war, hatte sie keine Ahnung, was über ihre Lippen kommen würde –, nickte sie nur und stellte ihr Weinglas auf einem Tisch in der Nähe ab.

Seth führte sie aufs Parkett und zog sie an sich. Natürlich – wie passend – spielte die Band einen langsamen Song, und sie hob die Arme, während er sie locker hielt. Justine staunte, wie gut sie körperlich zusammenpassten. Mit ihren eins achtundsiebzig und den hochhackigen Schuhen war sie größer als die meisten Männer, aber Seth überragte sie dennoch um etliche Zentimeter. Sie lehnte ihren Kopf an seine Schulter und sog seinen frischen Duft nach freier Natur ein.

Das war das erste Mal, dass sie mit ihm tanzte.

»Du bist allein hergekommen?«, fragte er flüsternd.

»Ja.«

Die Musik wirkte hypnotisierend, und sie hatte Mühe, nicht die Augen zu schließen und sich ganz dem Tanz zu überlassen. Das durfte sie nicht, schon gar nicht mit Seth. Sie konnte es sich nicht erlauben, sich von der Magie des Augenblicks gefangen nehmen zu lassen. Sie durfte nicht unachtsam werden, denn wenn sie das tat, dessen war sie sich sicher, würde Seth sie nach Warren oder nach der Verlobung fragen.

»Bin ich auch«, sagte er nach einer Minute. »Allein hergekommen, meine ich.«

Er nahm ihre Hand und legte sie auf seine Brust. Justine fühlte den kräftigen gleichmäßigen Schlag seines Herzens, der durch ihre Hand und den Puls in ihrem Handgelenk direkt zu ihrem Herzen zu wandern schien. Seth schaute ihr in die Augen, und dieser Tanz erwies sich als sinnlichster, verführerischster Moment ihres ganzen Lebens.

Als das Stück zu Ende war, ließ er sie los. Sie rückte ein Stück von ihm ab und applaudierte höflich den Musikern.

»Hast du schon einen Tisch?«, fragte Seth.

»Lana hat mich eingeladen, mich zu ihr und Jay zu setzen.«

»Und Jay hat mich eingeladen, mich zu ihm und Lana zu setzen«, erklärte er. Der Schalk blitzte in seinen Augen.

So war das also, die Rothchilds hatten sich entschlossen, ein bisschen Schicksal zu spielen. Im Moment fiel es ihr sehr leicht, ihnen das zu verzeihen.

»Das Büfett wird erst um neun eröffnet.«

»Ich weiß«, erwiderte sie und fragte sich, ob er sie erneut um einen Tanz bitten wollte. Wenn ja, brauchte er nicht zu fragen. Als die Musik einsetzte, traten sie aufeinander zu, als würden sie magisch voneinander angezogen.

Bis auf wenige Male, bei denen sich Justine und Seth mit Freunden unterhielten, tanzten sie jeden Tanz. Dann wurde das Büfett eröffnet, und eine Menge gut gelaunter Leute setzte sich in Bewegung. Seth holte je ein Glas Wein für sie beide und setzte sich neben sie an den Tisch für acht Personen.

Es dauerte nicht lange, und Justine wurde in ein Gespräch verwickelt. Schon bald machten Fotos von den Kindern ihrer Klassenkameraden die Runde, und sie betrachtete wie alle anderen die niedlichen Gesichter und hörte sich die Geschichten an, die vor Stolz und Liebe strotzten. Justine hatte ein kleines Foto ihrer neugeborenen Nichte dabei und zeigte es Seth.

»James ist verheiratet? Seit wann?«

»Seit Anfang des Jahres. Ist Isabella nicht wunderschön?« Sie war fest entschlossen, niemals Mutter zu werden, aber beim Anblick der vielen Kinderfotos, die man ihr reichte, überfiel sie eine starke und unerwartete Sehnsucht. Das würde wieder vergehen, dessen war sie sich sicher, auch wenn die unwillkommenen Gefühle ihr schwer zu schaffen machten.

»Entschuldigt mich bitte«, sagte sie und stand auf. Statt zur Damentoilette zu eilen, ging Justine nach draußen, um sich von der frischen Luft beleben zu lassen. Sie lehnte sich an den Fahnenmast und schloss die Augen, atmete tief die Nachtluft ein, und damit gewann auch ihr rationales Ich wieder die Oberhand. Sie war nicht wie die Leute drinnen im Saal, war nie so gewesen. Sie war anders, gehörte nicht dazu, stand zwar nicht über ihnen, war aber auch keine von ihnen. Das hatte sie schon in ihrer Schulzeit gemerkt, und jetzt, zehn Jahre später, wurde es ihr noch deutlicher bewusst.

»Justine?« Seth trat zu ihr. »Stimmt irgendetwas nicht?«

»Nein, nein.« Auch wenn sie ihm schnell versicherte, dass alles in Ordnung war, ließ er sich nicht täuschen.

»Was hast du?«

Sie schüttelte den Kopf. Sie konnte ihm unmöglich erklären, dass sie nach draußen gegangen war, um den Kopf freizubekommen und ihr Leben wieder ins rechte Licht zu rücken.

»Du siehst aus, als würdest du gleich in Tränen ausbrechen«, meinte Seth.

»Das ist lächerlich.« Sie wandte sich ab, aber er griff nach ihrer Hand und zog sie sacht in seine Arme. Sie hätte ihn daran hindern können, tat es aber nicht. Dass er sie küssen wollte, war ihr klar, noch bevor seine Lippen die ihren berührten. Es war nicht ihr erster Kuss, aber Justine hatte verdrängt, was dieser Mann ihrer Entschlossenheit entgegenzusetzen hatte.

Seine Küsse entfachten in ihr dieselbe Wirkung wie ein brennendes Streichholz, das auf Feuerzeugbenzin traf, jeder einzelne war heißer und explosiver als der vorige. »Das ist keine gute Idee«, stieß Justine hervor und löste sich schwer atmend von seinen Lippen.

»Es ist eine furchtbare Idee«, pflichtete Seth ihr scherzhaft bei und senkte seinen Mund wieder auf ihren. Mit beiden Händen hielt er ihren Kopf, aber Justine wehrte sich nicht gegen ihn. Sie überließ sich ganz seinem Kuss, ausgehungert nach seiner Berührung.

»Wir müssen aufhören«, wimmerte sie.

»Das Klassentreffen …«, murmelte er.

»Ja … ja, wir sollten wieder reingehen.« Justine riss sich los, nur um ihr Gesicht an seiner Schulter zu bergen, während ihre Schultern sich hoben und senkten.

Seth stand ganz still da, die Arme um ihre Taille geschlungen, bis auch sein keuchender Atem sich beruhigt hatte.

»Das ist wirklich keine gute Idee«, sagte Justine schließlich und löste sich ganz von ihm.

»Warum?«

»Die Antwort wird dir nicht gefallen«, erwiderte sie.

»Was? Willst du mir etwa sagen, dass du dich tatsächlich entschieden hast, Warrens Antrag anzunehmen?«

Sie kämpfte um ein Lächeln, das ihm zeigen sollte, dass sie sich ihrer Entscheidung sicher war. »Ja, das habe ich.«

»Du wirst Warren Saget heiraten?«, hakte er ungläubig nach.

Sie senkte den Blick und nickte.

Seth schwieg etliche Sekunden lang, dann atmete er langsam aus. »Wenn das deine Entscheidung ist, muss ich sie respektieren. Ich will nur das Beste für dich, und wenn dazu gehört, dass du Warren zum Ehemann nimmst … werde ich nicht versuchen, dich umzustimmen.«

Damit drehte er sich auf dem Absatz um und ging allein in die Aula zurück.

Dan war jetzt seit über drei Monaten verschwunden, und im Laufe der Wochen hatte Grace sich fast daran gewöhnt, allein zu leben. Sie hatte zu einer Art Routine gefunden, die ihr zu vergessen half, dass der Mann, mit dem sie jahrelang verheiratet gewesen war, sie und ihre beiden Töchter verlassen hatte. Warum er nicht wenigstens lange genug geblieben war, um sein erstes Enkelkind zu sehen, konnte sie nicht verstehen. Kelly hatte sich eingeredet, dass ihr Vater zurückkommen würde, bevor das Baby zur Welt kam, aber darauf hoffte Grace nicht mehr.

Roy McAfee hielt sie auch weiterhin alle zwei Wochen auf dem Laufenden über die Fortschritte, die er machte, aber bisher hatte er nichts Nennenswertes zu berichten. Dan wurde nicht wieder in der Stadt gesehen, und Grace ging davon aus, dass damit auch nicht zu rechnen war. Ihr Mann war gekommen, um ihr eine Botschaft zu übermitteln, und sie hatte sie klar und deutlich vernommen. Er war auch nicht wieder im Haus gewesen.

Am Donnerstagabend ging Grace, nachdem sie die Bücherei geschlossen hatte, zu ihrem Auto, das in der Nähe des Waterfront Park stand. An diesem Abend sollte das Concert on the Cove stattfinden, das Teil einer musikalischen Veranstaltungsreihe war, die alljährlich von den Geschäftsleuten in der Innenstadt gesponsert wurde. Solche geselligen Anlässe hatte Dan immer gehasst, und so hatte Grace, obwohl es diese Veranstaltungen schon so viele Jahre gab, nicht eine davon besucht.

Familien kamen mit ihren Kindern, ältere Leute brachten sich eigene Sitzgelegenheiten mit, Teenager hingen in Gruppen herum. Die meisten hatten etwas zu essen dabei. Alt und Jung traf sich hier, und die Gemeinschaft wurde dadurch gestärkt.

Als sie ihr Auto erreichte, hörte Grace Rock-'n'-Roll-Musik der Sechzigerjahre und sang einen alten Hit von Diana Ross mit. Schlagartig wurde ihr klar, dass sie diesmal keinen Grund hatte, dem Spektakel fernzubleiben. Schon früher hatte sie keinen wirklich guten Grund gehabt, und jetzt erst recht nicht.

Dan hätte ihr nie verboten, die Konzerte zu besuchen, aber sie hatte nicht ohne ihn dorthin gehen wollen. Jetzt war sie allein, und es gab keinen Grund, nach Hause zu eilen. Sie konnte bleiben, sie konnte gehen, ganz wie sie wollte – die Entscheidung lag einzig und allein bei ihr. Diese Erkenntnis vermittelte ihr ein seltsames Gefühl von Freiheit. Sie fühlte sich wie von Fesseln befreit, als wäre das Gewicht, das auf ihren Schultern lastete, von ihr abgefallen. Sie war frei – frei, sich das Konzert anzuhören. Frei, das Leben zu genießen, ohne auf Dans Vorlieben und Abneigungen zu achten. Frei, zu tun, was *sie* wollte.

Auf dem Weg zum Park holte Grace sich eine Portion Chicken Teriyaki aus dem japanischen Restaurant auf der anderen Straßenseite.

Die meisten Sitzplätze waren bereits belegt. Grace blieb also stehen und sah zu, hocherfreut, dass so viele Menschen sich das Konzert anhörten. The Blondells, drei Frauen in Miniröcken, mit Pagenfrisuren und rosafarbenen Federboas, spielten die alten Hits der Supremes aus den Sechzigern, und Grace musste über ihren Elan lächeln und den Spaß, den sie offensichtlich an ihrem Auftritt hatten.

»Grace!« Charlotte Jefferson winkte ihr zu. Die Mutter ihrer besten Freundin saß am Rand eines Halbkreises aus Gartenstühlen, und vor ihr war eine Decke auf dem Rasen ausgebreitet.

Grace kämpfte sich langsam durch die Menge zu ihr hinüber.

»Setz dich zu mir«, lud Charlotte sie ein. »Ich möchte später noch etwas mit dir besprechen. Einverstanden?«

»Natürlich.« Dankbar für die Einladung setzte Grace sich auf die Decke und lehnte sich an ein Bein von Charlottes Stuhl. Vermutlich würde ihr schon bald der Rücken wehtun, aber jetzt wollte sie das Ganze genießen, solange sie konnte.

»Das ist so tolle Musik«, meinte Charlotte, als eine Pause angekündigt wurde.

»Oh ja, sie ist fantastisch«, stimmte Grace ihr zu.

»Weißt du, ich habe neulich erst an dich gedacht«, fuhr Charlotte fort. »Ich habe etwas für dich.«

»Für mich?«

»Ich habe mit Olivia darüber gesprochen, und sie hält es für eine gute Idee. Genau das, was du brauchst, hat sie gesagt.«

Jetzt war Grace neugierig.

»Eine Freundin von mir, eine gute Freundin, hat einen wundervollen Gefährten, und – nun ja – sie zieht in ein Seniorenheim und sucht ein neues Zuhause für Buttercup.«

»Buttercup?«

»Harry ist mir ein so loyaler Freund, und jetzt, wo du allein bist, dachte ich …« Unsicher stockte Charlotte. »Ich wollte dich eigentlich erst fragen, aber wenn ich mich recht entsinne, hast du früher schon Hunde gehabt.«

Dan hatte seine Hunde geliebt, und während ihrer Ehe hatten sie eine Reihe von Haustieren gehabt. Vor zwei Jahren war ihr kleiner Cocker-Mix friedlich im Schlaf verstorben, und Dan hatte entschieden, kein neues Tier ins Haus zu holen.

»Was für ein Hund ist Buttercup?«, fragte sie.

»Ein Golden Retriever.«

»Ich hätte gern einen Hund«, entschied Grace kurzerhand. »Wirklich gern.«

Charlotte rieb sich zufrieden die Hände. »Das freut mich so sehr. Olga hat sich schreckliche Sorgen gemacht, wie sie ein gutes Zuhause für sie finden soll. Ich wusste, du bist genau die Richtige.«

»Ich wäre gern bereit, sie mit Buttercup ab und an zu besuchen, wenn Olga das beruhigt.«

»Ach, Grace, was für eine aufmerksame Geste. Olga wäre dir so dankbar dafür.«

An jenem Wochenende zog der Golden Retriever in Grace' Leben ein. Sie war sich nicht sicher, wie gut die Hündin sich an die neue Umgebung gewöhnen würde, aber in dem Moment, in dem Grace sie ins Haus brachte, war es, als hätte Buttercup es als ihr neues Zuhause erkannt und akzeptiert.

»Also, Buttercup«, sagte Grace und nahm ihr die Leine ab. »Was hältst du davon?«

Mit wedelndem Schwanz untersuchte die Hündin jedes Zimmer, blieb schließlich mitten im Wohnzimmer stehen, sah sich um und hüpfte dann auf Dans alten Sessel. Sie musterte Grace mit ihren dunklen Augen und legte das Kinn auf die Pfoten.

Grace konnte nicht anders – sie brach in schallendes Gelächter aus. So viele Plätze hätte Buttercup für sich beanspruchen können, und was wählte sie? Dans Sessel – als hätte sie instinktiv gewusst, dass dieser Platz frei war.

»Wir werden gute Freundinnen werden, nicht wahr?«, murmelte Grace.

Auch das schien die Hündin zu verstehen.

Grace schenkte sich einen Kaffee ein, griff nach dem Kreuzworträtselbuch und ließ sich auf dem Sessel neben dem ihrer neuen Freundin und Begleiterin nieder.

Das Leben ging weiter – auch ohne Dan. Er hatte offensichtlich eine andere gefunden, und sie jetzt auch. Lächelnd schaute Grace zu Buttercup hinüber.

18. Kapitel

Olivia fühlte sich gut. Besser als gut. Sie fühlte sich selbstsicher, erfolgreich, auf dem Höhepunkt ihrer Kräfte. Sie hatte einen erfreulichen Tag im Gericht verbracht, und da herrlichstes Sommerwetter herrschte, beschloss sie, den restlichen Nachmittag zu genießen.

Das Wetter war ideal, um sich in ein Café am Wasser zu setzen, eine Flasche Wein zu trinken und eine Portion köstlicher Garnelen frisch aus dem Hood Canal zu essen. Ihr fiel niemand ein, mit dem ihr das mehr Spaß machen würde als mit Jack Griffin.

Der hatte sich als äußerst angenehmer Begleiter erwiesen. In den drei Wochen seit dem Picknick am vierten Juli hatten sie eine politische Großkundgebung besucht, über die Jack in einem Artikel berichtet hatte. Dann hatte sie ihn zu einem Interview mit der Dame begleitet, die wunderschöne Tischdecken für den samstäglichen Bauernmarkt häkelte. Das Interview war in der Mittwochsausgabe des *Cedar Cove Chronicle* erschienen. Am letzten Freitag hatte Jack sie zum Abendessen im Willcox House eingeladen, einem Bed and Breakfast in Seabeck, die Bob und Peggy Beldon empfohlen hatten. Das Haus warb damit, dass in einem der Zimmer Clark Gable übernachtet hatte, und das Essen war vorzüglich. Und wieder schrieb Jack einen Artikel darüber. Es wurde allerhöchste Zeit, einfach mal nur zum Vergnügen gemeinsam auszugehen, ohne dass Geschäftliches dabei eine Rolle spielte.

Sie ließ sich gegen die Lehne ihres Bürostuhls sinken, griff nach dem Telefon und wählte seine Nummer. »Hi«, begrüßte sie ihn, als er abnahm.

»Ebenfalls hi. Welchem Umstand habe ich dieses Vergnügen zu verdanken?« Er klang ehrlich erfreut, von ihr zu hören.

»Ich möchte dir ein Angebot machen, das du nicht ausschlagen kannst.«

»Klingt interessant.«

»Das wird es sein, versprochen.« Olivia liebte das scherzhafte Geplänkel zwischen ihnen.

»Ich kann es kaum erwarten. An was dachtest du?«

»Schließ deine Augen«, flüsterte sie verführerisch. »Stell dir vor, du sitzt am Wasser der Bucht.«

»Ist jemand bei mir?«, unterbrach er sie.

»Natürlich. Ich.«

»Was hast du an?«

»Jack!«

»Hey, das ist wichtig.«

Sie seufzte gespielt verärgert. Diese Neckerei gefiel ihr ganz besonders an Jack. »Na schön. Ein ärmelloses Top, dazu Shorts, einen großen Sonnenhut und eine dunkle Sonnenbrille.«

»Du gefällst mir mit Sonnenbrille. Damit siehst du geheimnisvoll aus.«

Sie lachte. An ihr war nichts Geheimnisvolles – und es war vor allem kein Geheimnis, dass sie sich mehr und mehr zu ihm hingezogen fühlte.

»Weiter, stell dir die Hintergrundmusik vor.«

»Dire Straits? Guns n' Roses? Red Hot Chili Peppers?«

»Nein«, erwiderte sie seufzend. »Ich dachte eher an Neil Diamond, Barry Manilow, Henry Mancini.«

»Barry Manilow? Bitte, nicht Barry Manilow.«

»Zufällig mag ich Barry Manilow.«

Diesmal seufzte er. »Ich weiß nicht, ob es Hoffnung für diese Beziehung gibt.«

»Na schön, einigen wir uns auf einen Kompromiss bei der Musik.«

»Wenn du Manilow magst, kann ich nichts machen.«

»Okay, Eric Clapton«, schlug sie vor.

»Bob Dylan ist besser. Einverstanden?«

»Einverstanden. Darf ich fortfahren?«

»Na los«, drängte er, als ob sie die Verzögerung zu verantworten hätte.

»Wir sitzen zusammen an der Bucht, schauen uns den Sonnenuntergang an, im Hintergrund läuft leise Musik, und wir trinken Wein.« Sie zögerte in der Erwartung, dass er eine Diskussion über den Wein anfangen würde. »Müssen wir uns auch über den Wein streiten?«

»Nein«, versicherte er ihr. »Du suchst ihn aus.«

»In Ordnung. Ein netter fruchtiger Gewürztraminer.«

»Hmm, ist der nicht ein bisschen süß? Bist du sicher, dass du nicht eher an etwas ...«

»Ich dachte, wir wollten uns nicht über den Wein streiten. Du kannst trinken, was du möchtest, und ich trinke, was ich mag.«

»Das geht in Ordnung.« Er war auf einmal wirklich sehr friedlich.

»Ein Kellner bringt uns die Speisekarte«, fuhr sie fort.

»Wenn sie mit Quasten verziert ist, kann ich es mir nicht leisten, dort zu essen.«

»Keine Quasten.«

»Gut. Weiter, hat der Kellner schon das Brot gebracht? Ich werde langsam hungrig.«

»Nicht drängeln, noch genießen wir unseren Wein.«

»Während du Wein trinkst, möchte ich warmes Brot und Butter.«

»Du verkomplizierst das Ganze, Jack.«

»Okay, okay, rede weiter, aber ich möchte dich darauf hinweisen, dass ich heute Mittag durchgearbeitet habe. Wenn du also vorhast, die Speisen des Tages aufzulisten, muss ich zum Snackautomaten.«

Olivia hörte, wie Schubladen aufgezogen und wieder zugeschoben wurden. »Was tust du da?«

»Was glaubst du denn? Ich suche nach etwas Essbarem.« Ein ärgerliches Grummeln folgte der Erklärung. »Nichts, nur eine Packung Tabletten gegen Sodbrennen.«

»Du Armer. Ich schätze, das bedeutet, du möchtest nichts von den Fettuccine mit Meeresfrüchten hören – mit würzigen Garnelen, gedünsteten Muscheln und Hummerfleisch in sahniger Soße Alfredo.«

»Du bist so grausam, Olivia Lockhart.«

Sie lachte glücklich. »Warte nur ab, bis ich dir zeige, wie grausam ich sein kann.«

Jack zog scharf die Luft ein. »Mir gefällt deine Verbalerotik.«

Olivia knurrte scherzhaft.

»Wann, wo, wie lange brauche ich dorthin?«

»Heute Abend um sieben.«

Er zögerte. »Ich … kann nicht.«

»Um sechs?«

»Das wird auch nicht klappen.«

»Na schön, um acht, aber das ist für mich schon ziemlich spät.«

»Wie wäre es mit morgen Abend?«, fragte Jack.

»Geht nicht. Da habe ich eine Besprechung am Gericht. Warum kannst du nicht heute Abend mit mir essen gehen?«

»Ich kann einfach nicht.«

Mehr wollte er offenbar nicht verraten. »Jack, hast du etwa eine andere Verabredung?«, fragte sie und lachte betont leicht, als machte sie einen Witz. Keiner von ihnen hatte dem anderen irgendetwas versprochen. Er hatte genauso die Freiheit, mit anderen auszugehen, wie sie. Aber sie tat es nicht.

Er zögerte, bevor er antwortete. »Nicht direkt«, sagte er.

»Nicht direkt«, wiederholte sie. Was zum Teufel sollte das heißen? »Tust du irgendetwas Illegales?«

»Nein.«

»Du bist also nur ein Geheimniskrämer«, murmelte sie kaum hörbar.

Wieder herrschte kurz Stille. »Wenn du es so ausdrücken möchtest.«

Olivia hasste Geheimniskrämerei. »Verstehe«, sagte sie, ohne sich Mühe zu geben, ihre Enttäuschung zu verbergen.

»Olivia, es tut mir leid, ich würde liebend gern mit dir essen gehen, aber du wirst dir dafür einen anderen Abend aussuchen müssen.«

Sie war eine Frau, deren Leben vor aller Augen offen dalag, und es gefiel ihr nicht, dass er Teile seines Lebens vor ihr verborgen hielt. Wenn er ein dunkles Geheimnis hatte, dann würde sie lieber jetzt davon erfahren.

»Komm schon, Süße, das ist doch keine so große Sache, oder?«

Süße. Jetzt war sie also seine Süße.

»An einem anderen Abend, in Ordnung?«

»Nein«, erwiderte sie leise, aber bestimmt. »Das ist nicht in Ordnung.«

»Lass sehen, ob ich dich richtig verstehe«, sagte Jack nach langem, spannungsgeladenem Schweigen. »Du bist sauer, weil ich nicht ganz spontan mit dir essen gehen kann.«

»Nein, Jack, das ist es keineswegs.« Sie richtete sich in ihrem Stuhl auf. »Hör mal, es tut mir leid. Mir scheint, ich habe mehr in unsere Beziehung hineingelesen, als berechtigt war …«

»Olivia …«

»Nein, bitte, ich verstehe.«

»Du verstehst nicht.«

»Doch, das tue ich.« Er wollte, dass alles nach seiner Nase lief, was darauf hinausführte, dass jede Beziehung mit ihm nur eine oberflächliche sein konnte. Er hatte seine Geheimnisse, und sie sollte einfach darüber hinwegsehen.

»Olivia …«

»Schade, dass du heute nicht mit mir essen kannst«, fiel sie ihm zum zweiten Mal ins Wort. »Verschieben wir das auf einen anderen Abend.« *Vielleicht in zehn Jahren.*

»Leg jetzt nicht auf!«, rief Jack.

Sie war zu verdutzt, um zu reagieren.

»Ich weiß, was du tun wirst. Beim nächsten Mal, wenn ich anrufe und vorschlage, uns zu treffen, wirst du einen Grund haben, warum du nicht kannst. Beim übernächsten Mal wird es genauso sein, bis ich die Botschaft verstanden habe. Verdammt noch mal, Olivia, das lasse ich nicht zu.«

»Na schön, dann sage ich es dir direkt. Jack, ich halte es für keine gute Idee, wenn wir uns weiterhin treffen.«

»Warum? Weil ich heute Abend nicht mit dir essen gehen kann?«

»Nein. Weil ich mit einem Mann verheiratet war, der Geheimnisse vor mir hatte. Ich bin nicht bereit, mich mit jemandem einzulassen, der nicht offen und ehrlich zu mir sein kann.«

Schweigen.

»Ich habe recht, nicht wahr?«, bohrte sie nach. »Du bist ein Mann mit Geheimnissen.«

Er brauchte eine Ewigkeit, um zu antworten. »Wenn es dir Vergnügen bereitet, dann sage ich es: Du hast recht – ich habe meine Geheimnisse.«

Damit legte er auf, und Olivia hörte nur noch das Summen der unterbrochenen Leitung. Eigentlich hätte Jack sie besser kennen müssen. Es bereitete ihr kein Vergnügen, recht zu haben.

In dem Moment, in dem Grace in die Einfahrt einbog, schoss Buttercup aus der Hundeklappe auf der Rückseite des Hauses und rannte zu ihr.

»Hallo, mein Mädchen«, begrüßte Grace die Hündin beim Aussteigen aus dem Auto. Sie beugte sich zu ihr hinunter und kraulte sie hinter den Ohren. Dann gingen sie gemeinsam zum Briefkasten, um die Post zu holen.

Neben einigen Zeitschriften und ein paar Rechnungen war auch die *Bremerton Sun* gekommen.

»Bereit fürs Abendessen?«, fragte Grace und schloss die Tür auf, die direkt in die Küche führte.

Die Hündin marschierte zu ihrer Wasserschüssel und trank erst einmal ein bisschen, bevor sie sich geduldig setzte und wartete, während Grace den Hundefuttersack aus dem Schrank holte. Sie füllte Buttercups Futternapf und setzte sich dann, um die Post durchzusehen.

Nichts Wichtiges dabei.

Die Zeitschriften legte sie auf den Tisch, und dabei bemerkte sie, dass das Lämpchen an ihrem Anrufbeantworter blinkte.

»Grace, Roy McAfee hier. Rufen Sie mich an, wenn Sie zu Hause sind.«

Dan.

Roy musste etwas über Dan in Erfahrung gebracht haben. Ihre Hand zitterte, während sie Roys Nummer heraussuchte und ihn zurückrief.

Corrie stellte sie sofort durch.

»Roy, hier ist Grace Sherman. Haben Sie Dan gefunden?«

»Nein, aber ich habe Ergebnisse des Vermögens-Checks, und ich dachte, es interessiert Sie vielleicht, was ich herausgefunden habe.«

Nachdem sie immer wieder in Sackgassen gelandet waren, hatte Roy vorgeschlagen, einen Computercheck nach Vermögenswerten anzufordern, aber Grace scheute davor zurück, die dafür fällige Gebühr in Höhe von zweihundert Dollar zu zahlen. Es würde ihr nicht helfen, Dan zu finden, wenn sie erfuhr, dass ihm ein Stück Land gehörte. Schließlich konnte sie Bankauskünfte auch kostenlos erhalten.

»Also – irgendwas Interessantes?«

»Ja. Der Bericht führt eine Fahrzeuganmeldung auf, die Dan im letzten Juni vorgenommen hat.«

»Vor einem Jahr.«

»Genau. Sie haben mir nicht erzählt, dass Sie einen Wohnwagen besitzen.«

»Das tun wir nicht.«

»Nach den staatlichen Unterlagen hat Daniel Clayton Sherman, wohnhaft 204, Rosewood Lane, Cedar Cove, Washington, einen Wohnwagen angemeldet.«

»Wann?«, fragte Grace. »Wann genau?«

»Am 16. Juni letzten Jahres.«

Das Datum sagte ihr nichts, und Grace fühlte sich benommen. »Ich … ich weiß nichts von einem Wohnwagen.«

»Ich habe den Verkäufer angerufen, einen Privatmann, und erfahren, dass Dan bar bezahlt hat. Der Verkäufer konnte sich so gut daran erinnern, weil Dan mit einem Haufen funkelnagelneuer Hundert-Dollar-Scheine ankam.«

»Wie viel?«

»Laut Verkäufer dreizehntausend Dollar.«

»In bar?« Sie hatten keine dreizehntausend Dollar in bar. Alles, was an Geld übrig blieb, wurde investiert. Fast alles, was sie im Laufe der Jahre hatten ansparen können, hatten sie in Anleihen und Aktien angelegt.

»Der Mann hat ausdrücklich betont, dass die gesamte Summe in Hundert-Dollar-Scheinen bezahlt wurde. Er war ziemlich durcheinander, als ihm so viel Bargeld übergeben wurde.«

»Woher soll Dan so viel Geld gehabt haben?«

»Das kann ich Ihnen nicht sagen«, meinte Roy.

Sie konnte es sich auch nicht erklären. »Dan kann doch nicht ohne mein Wissen einen Kredit aufgenommen haben, oder?«

»Hat er nicht«, beruhigte Roy sie. »Aus den Bankunterlagen, die mir vorliegen, geht nichts dergleichen hervor.«

Und bestimmt wären ihr irgendwelche Kreditunterlagen zugeschickt worden.

»Das ergibt einfach keinen Sinn.« Allerdings tat das sehr wenig von dem, was Dan im letzten Jahr gemacht hatte.

»Sie wissen also nichts von diesem Wohnwagen?«

»Absolut nichts. Denken Sie, Dan reist damit durchs Land?«, fragte sie auf der verzweifelten Suche nach Antworten.

»Ich weiß es wirklich nicht. Hinweise darauf habe ich nicht gefunden – zum Beispiel keine Kreditkartenrechnungen. Jedenfalls nicht auf seinen Namen.«

»Wie kommt er dann an Geld?«

»Wenn er dreizehntausend Dollar in bar hatte, von denen Sie nichts wussten, dann können Sie auch nicht wissen, wie viel Geld er heimlich beiseitegeschafft hat.«

»Wo kann er das Geld aufbewahrt haben?«

»Haben Sie ein Bankschließfach?«, fragte Roy zurück.

»Ja … nein. Ich weiß es nicht genau.« Sie hatten mal eines, aber sie hatte seit Jahren keinen Antrag mehr auf Verlängerung gesehen.

»Sagen Sie mir eins«, fuhr Roy fort. »Wer hat jeden Tag die Post ins Haus geholt?«

»Dan.«

»Das dachte ich mir. Außerdem besteht die Möglichkeit, dass er ein Postfach hat, von dem Sie nichts wissen.«

All diese Geheimnisse hatte Dan vor ihr bewahrt. Grace wusste nicht, wie es möglich war, dass sie über dreißig Jahre mit ihm zusammengelebt hatte und trotzdem den Mann, der ihr Ehemann war, nicht kannte.

»In dem Bericht stand nichts von einem Bankschließfach?«, fragte sie.

»Nein, aber wenn es nur auf seinen Namen eingetragen ist,

muss die Bank von Gesetzes wegen keine Auskunft geben. Manche Banken tun es natürlich trotzdem, andere nur, wenn ein Gericht das anordnet.«

»Werden wir eine gerichtliche Anordnung brauchen?«

»Darum kümmern wir uns, wenn es so weit ist.«

»In Ordnung.«

Als verstände sie, dass ihr neues Frauchen beunruhigt war, kam Buttercup zum Telefon und blieb neben Grace stehen. Die beugte sich zu der Hündin hinunter und streichelte ihr den Kopf, was beide beruhigte.

Ein paar Minuten sprach sie noch mit Roy. Als sie auflegte, empfand sie etwas völlig Neues. Angesichts des Gefühlschaos, an das sie sich inzwischen gewöhnt hatte, hätte sie das nicht für möglich gehalten. Seit Dans Verschwinden hatte sie Ungläubigkeit, Schock, Trauer und Wut erlebt. In letzter Zeit überkam sie eine Art Friede, der mit Resignation und Akzeptanz einherging. Roys neueste Informationen machten sie nicht mehr wütend. Stattdessen kam sie sich plötzlich dumm vor.

Sie saß am Tisch und blätterte die neueste Ausgabe des *Sunset Magazine* durch. Irgendetwas kann mit mir nicht stimmen, dachte sie. Ihr Leben lag in Scherben, und sie las ein Rezept für Hühnchen-Enchilada.

Das Telefon klingelte, und einen Moment zögerte Grace, unsicher, ob sie jetzt mit jemandem reden wollte. Aber es konnte eine ihrer Töchter dran sein, und wenn sie den Anruf ignorierte, würden sich die beiden Sorgen machen.

»Hi, Mom.«

Grace hatte recht gehabt. »Hallo, Schätzchen. Wie fühlst du dich?«

»Schwanger«, beklagte Kelly sich. »Noch sechs Wochen.«

Die Zeit war für Grace schnell vergangen, aber sie bezweifelte, dass ihre Tochter das genauso empfand.

»Gibt es etwas Neues von Dad?«

Sie staunte immer wieder, wie ihre Töchter zu spüren schienen, wenn es neue Entwicklungen in Bezug auf Dan gab.

»Mom?«, drängte Kelly.

»Kannst du deine Schwester dazuschalten?« Kelly hatte bei ihrem Telefonanschluss diese Möglichkeit, Grace nicht.

»Du hast etwas erfahren?«

»Schalte Maryellen dazu. Dann muss ich euch nicht einzeln erzählen, was ich erfahren habe.«

»Okay.« Grace kannte die Prozedur schon. Sie wurde in eine Warteschleife gesteckt, während Kelly die Nummer ihrer Schwester wählte, und wenn Maryellen abnahm, konnte Grace gleichzeitig mit ihren beiden Töchtern reden. Sie schloss die Augen, und ihr schwirrte der Kopf, während sie wartete.

Zu Anfang hatte Grace ihre Kinder vor dem schützen wollen, was Dan getan hatte. Sie hatte instinktiv so reagiert, aber das war falsch gewesen. Maryellen und Kelly hatten ein Recht darauf, Bescheid zu wissen. Außerdem konnten sie vielleicht eine Antwort liefern. Wer weiß, vielleicht hatte Dan zu einem der Mädchen etwas gesagt, was ihr – oder Roy McAfee – irgendeinen Hinweis einbringen konnte.

»Jetzt sind wir beide in der Leitung«, meldete Kelly sich beklommen.

»Geht es dir gut, Mom?«, fragte Maryellen.

»Nein.« Jetzt war Ehrlichkeit gefragt. »Roy hat herausgefunden, dass euer Vater letztes Jahr einen Wohnwagen gekauft hat.«

»Dad hat einen Wohnwagen gekauft?«, fragte Kelly.

»Wo hatte er den untergestellt?«

Diese Frage hatte sich Grace noch gar nicht gestellt. »Das weiß ich nicht, aber ich erkenne immer mehr, dass ich sehr wenig über euren Vater wusste.«

»Da ist noch etwas, richtig?« Wieder fragte Kelly. Kelly, die ihrem Vater so nahe stand und so zuversichtlich hoffte, er werde zurückkehren, bevor ihr Baby auf die Welt kam.

»Ja«, erwiderte sie zögernd. »Er hat den Wohnwagen in bar bezahlt.«

»Wie viel?«, fragte Maryellen.

»Dreizehntausend. In druckfrischen Hundert-Dollar-Scheinen.«

Kelly schnappte nach Luft.

Maryellen sagte nichts.

»Ich habe keine Ahnung, woher er das Geld genommen hat«, fuhr Grace fort. Das war ihr genauso ein Rätsel wie sein Verschwinden.

»Mom, glaubst du, die andere Frau könnte den Wohnwagen für ihn gekauft haben?«, fragte Maryellen leise.

»Warum wurde er dann nicht auf ihren, sondern auf seinen Namen zugelassen?«

»Vielleicht wollte sie, dass du davon erfährst«, meinte Maryellen.

»Hör auf!«, rief Kelly. »Es gibt keine andere Frau. Daddy würde das niemals tun.«

»Werd endlich erwachsen«, gab Maryellen scharf zurück. »Wann hörst du endlich auf, in Dad einen Heiligen zu sehen? Er hat nicht nur Mom sitzenlassen, weißt du. Er hat auch dich und mich im Stich gelassen.«

»Sag das nicht«, rief Kelly und begann, heftig zu schluchzen. »Ich glaube das nicht. Ich werde das nie glauben.«

»Mädels, bitte …« Grace war selbst den Tränen nahe.

»Glaubst du immer noch, dass Dad wie durch Zauberei wieder auftaucht, bevor dein Baby geboren wird?«, fragte Maryellen. »Wach endlich auf! Wir bedeuten ihm nichts, keiner von uns.«

»Maryellen, hör auf.« Grace war nicht bereit, ihre ältere Tochter weiterreden zu lassen. Das Ganze war schon schlimm genug, auch ohne dass die beiden aufeinander losgingen.

Ein unbehaglicher Moment verstrich. »Es tut mir leid,

Kelly«, flüsterte Maryellen dann. »Ich war wütend und habe das an dir ausgelassen.«

»Mir tut es auch leid«, erwiderte ihre Schwester. »Für dich und Mom. Eines Tages werden wir alle die Wahrheit über Dad erfahren. Ich weiß nicht, warum er das tut und wo er ist, aber für sein Verschwinden gibt es eine vollkommen logische Erklärung.«

Das hatte ihre Tochter schon sehr oft gesagt, und Grace widersprach ihr nicht. Weder sie noch Maryellen stellte infrage, was sie beide als Wunschdenken betrachteten. Sie verstanden, dass Kelly das einfach glauben musste.

Seit dem Klassentreffen fühlte Justine sich hundeelend. Sie hatte Seth gesagt, sie wolle Warren heiraten, aber Warren hatte sie das bisher nicht mitgeteilt.

Am Freitagabend wollte Warren sie zum Essen ins D. D. am Wasser ausführen, und sie nahm sich vor, es ihm dann zu sagen, solange er Verständnis dafür hatte, dass sie sich eine lange Verlobungszeit vorstellte. So konnte sie sich an den Gedanken, verheiratet zu sein, gewöhnen, und der Schritt in die Ehe würde ihr letztlich leichter fallen – glaubte sie.

»Du siehst fantastisch aus«, sagte Warren und küsste sie auf die Wange, als er sie nach der Arbeit abholte. Die Bank hatte freitags bis spät geöffnet, und nach einem zehnstündigen Arbeitstag war Justine müde und erschöpft. Warren mochte glauben, dass sie gut aussah, aber so fühlte sie sich nicht.

Da sie es nicht weit bis zum D. D. hatten, schlug Justine vor, zu Fuß zum Restaurant zu gehen.

»Lass uns das Auto nehmen.«

Es kam ihr lächerlich vor, im Auto zu einem Restaurant zu fahren, dass keine zwei Häuserblocks von der Bank entfernt war, aber Justine wollte den Abend nicht mit einem Streit beginnen.

Warren hielt ihr die Autotür auf, und sie entdeckte ein kleines, in Geschenkpapier gewickeltes Päckchen auf dem Beifahrersitz. »Was ist das?«

»Mach's auf, und sieh selbst.«

»Nicht schon wieder ein Geschenk. Warren, bitte, das ist nicht nötig.«

»Wer sagt das?«, entgegnete er lachend. »Nur so kann ich dir beweisen, dass ich ein großzügiger Ehemann sein werde.«

»Warren.«

»Schon gut, schon gut, ich will dich nicht drängen.« Lächelnd ging er um das Auto herum und stieg ein.

Justine wartete, bis er am Steuer saß, bevor sie das Juwelierskästchen öffnete. Darin lag ein goldener Anhänger in Muschelform mit einer länglichen schwarzen Perle an einer zarten Goldkette. Die Perle war wunderschön.

»Ein Freund hat mir das aus dem Südpazifik mitgebracht«, erklärte er ihr.

»Es ist wunderschön.«

»Du hast Diamanten und Perlen verdient.«

»Ach, Warren.«

»Lass uns fahren«, sagte er grinsend. »Auf ins Restaurant. Ich kann einen Drink vertragen.«

Justine genoss gern ab und zu ein Glas Wein, aber sie trank nicht viel. Warren hingegen übertrieb es gern und oft, und wenn das geschah, dann setzte sie sich anschließend ans Steuer, fuhr mit ihm nach Hause und verbrachte die Nacht in seinem Gästezimmer. Sie wusste, was die Leute dachten, und hatte nichts dagegen. Warren schätzte ihre Diskretion. Solche Abende gab es oft genug, dass sie immer Kleidung zum Wechseln bei ihm zu Hause deponiert hatte.

Der Parkplatz des Restaurants war bereits gut gefüllt, und sie hatten Glück, noch einen freien Platz zu finden. Statt um einen Tisch fürs Abendessen zu bitten, führte Warren sie in die

Cocktailbar, wo sie sich in eine kreisförmige Nische mit Blick aufs Wasser setzten.

Warren trank schnell hintereinander zwei doppelte Scotch. Er hatte gerade den dritten bestellt, als Seth Gunderson lässig die Bar betrat.

Justines erschrockener Blick traf seinen. Sie hatte keine Ahnung gehabt, dass er noch in der Stadt war, und hier hätte sie am allerwenigsten mit ihm gerechnet.

Seth ließ seinen Blick langsam von ihr zu Warren wandern, und sein Gesichtsausdruck zeigte, dass er angewidert war.

Da es unhöflich gewesen wäre, ihn einfach zu ignorieren, versuchte sie es mit einem Lächeln. Er reagierte mit einem knappen Nicken in ihre Richtung und ging dann zur Bar, wo er sich mit dem Rücken zu ihr niederließ.

»Was ist los?«, fragte Warren.

»Nichts«, behauptete sie und starrte hinaus aufs Wasser und den Jachthafen.

»Wer ist das?«, fragte Warren mit einem Blick auf Seth, und dann, als hätte er begriffen, schnappte er sich seinen Drink und kippte ihn hinunter. »Verdammt«, sagte kopfschüttelnd.

»Keine Sorge, Warren. Ich bin mit dir hier, nicht mit Seth.« Ihm jetzt auf der Stelle zu sagen, dass sie ihn heiraten wollte, hätte ihn sicher beruhigt, aber sie brachte das nicht über sich.

»Aber du willst ihn, nicht wahr?«

»Natürlich nicht.« Wie leicht ihr die Lüge doch über die Lippen ging.

»Wen willst du eigentlich zum Narren halten?«, fragte Warren höhnisch. »Ich sehe es euch beiden doch an.«

»Das ist nicht wahr.« Seth fühlte sich von ihr angewidert. Alles, was er tat, zeigte das deutlich. Er saß mit dem Rücken zu ihr an der Bar und ließ sie wissen, dass er ihren Anblick nicht ertragen konnte.

»Du kannst ja nicht einmal den Blick von ihm abwenden«, meinte Warren. Es klang merkwürdigerweise belustigt.

»Mach dich nicht lächerlich.«

»Ich kläre das jetzt und hier.«

»Nein! Warren, nicht.« Sie griff nach seinem Arm, als er aus der Nische glitt, aber er war zu schnell für sie.

Entsetzt sah Justine zu, wie Warren zur Bar hinüberging. Sie konnte nur darüber spekulieren, was er sagte, aber es sah so aus, als wollte er Seth an ihren Tisch einladen. Seth lehnte ab, und offensichtlich ließ Warren sich nicht so leicht abweisen. Am liebsten hätte Justine sich unterm Tisch verkrochen, als Seth schließlich nachgab, sein Bierglas ergriff und Warren zu ihrer Nische folgte.

»Setzen Sie sich«, meinte Warren freundlich.

Seth zögerte. Er hatte die Wahl, sich neben Warren zu setzen oder neben sie in die Nische. Er entschied sich dafür, sich neben sie zu setzen, sodass sie zwischen den beiden Männern gefangen war. Ihr fiel auf, dass er so viel Abstand wie möglich von ihr hielt. Warren hingegen rutschte enger an sie heran und legte ihr seinen Arm um die Schultern.

»Soweit ich weiß, kennt ihr zwei euch von der Highschool.«

Seth schien nicht erpicht darauf zu sein, zu antworten.

»Wir waren schon vorher befreundet«, murmelte sie.

»Habt ihr euer Wiedersehen genossen?«, wandte Warren sich an Seth.

»Teilweise.« Seths Blick bohrte sich in Justines. »Wenn ich richtig verstanden habe, kann man gratulieren. Justine hat mir gesagt, sie hätte sich einverstanden erklärt, Ihre Frau zu werden.«

Warrens Griff um ihre Schultern wurde fester, als wollte er ihr zeigen, wie sehr ihn das freute. Und dann, ohne zu erkennen zu geben, dass ihm das neu war, meinte er: »Stimmt. Und wie du dir vorstellen kannst, bin ich ein sehr glücklicher Mann.« Er warf Justine ein keckes Lächeln zu.

»Sie haben Glück«, meinte Seth emotionslos.

»Aber ich bin nicht selbstsüchtig«, fügte Warren etwas leiser hinzu.

Justine drückte ihre Hand gegen seinen Arm, weil sie fürchtete, was er anscheinend sagen wollte.

»Wie meinen Sie das?«

»Warren, ich denke, wir sollten jetzt zu Abend essen«, sagte Justine, um das Gespräch zu beenden.

»Gleich, mein Schatz.«

»Warren, bitte.«

»Einen Moment noch«, erwiderte er etwas schärfer. »Ich sehe, was zwischen euch beiden läuft«, fuhr er fort.

»Gar nichts, das kann ich Ihnen versichern«, gab Seth steif zurück.

»Mag sein. Ich bin nicht hier, um ein Urteil zu fällen. Ich weiß, wie Justine für Sie empfindet, Gunderson. Sie ist in Sie verknallt.«

»Hör bitte auf«, flehte sie.

»Sie können Ihre Gefühle auch nicht besser verstecken«, fuhr Warren erbarmungslos fort. »Nun, nur zu.«

»Justine hat sich bereits entschieden, Sie zu heiraten«, erinnerte Seth ihn.

»Stimmt, aber wir wissen doch beide, dass sie zu viel für einen alten Knacker wie mich ist.«

»Oh Gott.« In ihrem ganzen Leben war Justine noch nie so gedemütigt und in Verlegenheit gebracht worden wie jetzt. Sie versuchte, sich aus der Nische zu befreien, aber da sie zwischen Warren und Seth saß, gelang ihr das nicht.

Seth sprang auf, als stünde sein Sitzplatz plötzlich in Flammen. »Ich habe genug gehört, um zu wissen, dass ich mir nichts weiter anhören möchte.«

»Nicht so hastig, junger Mann«, meinte Warren gönnerhaft lachend. »Ich will Ihnen doch nur zeigen, was für ein großzügiger Mensch ich bin. Wenn Sie Justine wollen, können Sie sie haben – mit meinem Segen.«

Seths verächtlicher Blick, bevor er ihr an der Bar den Rücken zugedreht hatte, war nichts gegen den, den er Justine jetzt zuwarf. Darin lag nicht nur Verachtung, sondern auch Mitleid.

»Ich fürchte, Sie irren sich«, sagte er und knallte sein Bierglas auf den Tisch. »Ich habe kein Interesse an Justine.« Damit verließ er die Bar, ohne ihr auch nur noch einen Blick zuzuwerfen.

19. Kapitel

Cecilia spürte die Begeisterung, die Vorfreude und die gespannte Erwartung unter den Ehefrauen und Familienangehörigen, die sich auf dem Anleger drängten und auf ihre Männer und Väter warteten. Inzwischen gehörte sie voll und ganz dazu. Sie stand neben Cathy, der man die Schwangerschaft mittlerweile ansehen konnte. Sie hielten sich aneinander fest, weil sie befürchten mussten, sonst in der großen Menge getrennt zu werden. In mancher Hinsicht war ihr Cathy die Schwester, die sie nie gehabt hatte, und sie hoffte, dass die Bindung, die in den letzten Monaten zwischen ihnen gewachsen war, ein Leben lang halten würde. Ihre Freundin hatte sie so viel über Mut und Hoffnung gelehrt. Und das, was sie gelernt hatte, trug sie seit dem Unfall auf der *John F. Reynolds* in ihrem Herzen.

»Ich glaube, ich sehe Andrew«, rief Cathy.

Andrew Lackey verließ den Landungssteg und sah sich erwartungsvoll um. Cathy kreischte auf und rannte auf ihn zu, die Arme weit ausgebreitet. Andrew fing sie auf, zog sie fest in seine Arme und hob sie hoch. Als sie sich küssten, schlang Cathy ihre Arme um den Nacken ihres Mannes.

Cecilia fühlte sich ein wenig unbehaglich dabei, den beiden zuzusehen, und wandte den Blick ab, in der Hoffnung, Ian irgendwo zu entdecken. Sie wurde enttäuscht – er war nirgends zu sehen. Cecilia schaute sich nach ihrer Freundin um, und Tränen schossen ihr in die Augen, als Andrew seine Hand flach auf Cathys Bauch legte. Selbst hier, wo sie stand, konnte Cecilia seine Erleichterung und die pure Freude darüber spüren, dass die Schwangerschaft bisher gut verlaufen war. Die gefährlichsten Monate waren vorbei, und obwohl es für nichts eine Garantie gab, wurde eine Fehlgeburt immer unwahrscheinlicher. Die Ärzte waren jedenfalls mit dem Verlauf der Schwangerschaft zufrieden.

Dann entdeckte sie plötzlich Ian. Er blieb oben auf dem Landungssteg stehen und ließ den Blick suchend über die Menge schweifen.

»Ian!«, rief sie, und ihre Arme schossen in die Höhe, um seine Aufmerksamkeit zu erringen. »Hier bin ich! Hier!« Sie rannte los, drängte sich durch die Menge und flog förmlich in seine Arme.

Sie hatte geglaubt, auf diesen Moment vorbereitet zu sein, aber nichts hätte sie auf einen so wilden Freudentaumel vorbereiten können. Als Ian kurz nach Allisons Beerdigung nach Hause gekommen war, hatte sie ihn nicht vom Schiff abgeholt. Damals hatte sie das einfach nicht gekonnt. Aber inzwischen war alles anders, und jetzt war Ian zu Hause, und sie konnten gemeinsam ein neues Leben beginnen.

»Oh, Süße.« Er fuhr mit den Händen durch ihr Haar, und sie küssten sich fieberhaft, drängten sich aneinander, ungeduldig, begierig, durch nichts zu bremsen.

»Willkommen zu Hause.« Solange ihre Arme um seinen Nacken geschlungen waren, machte es ihr nichts aus, dass ihre Füße in der Luft baumelten. »Was machen deine Rippen?«, fragte sie, aus Angst, ihm mit ihren heftigen Umarmungen wehzutun.

»Sie brennen wie Höllenfeuer, aber ich nehme lieber den Schmerz in Kauf, als dich nicht in den Armen zu halten.« Und wieder küsste er sie. Die Leidenschaft füreinander war wieder da, so wie es zu Anfang gewesen war.

Tränen schossen Cecilia in die Augen. Sie hatte nicht damit gerechnet, weinen zu müssen, aber es fühlte sich so … so gut an, mit Ian wiedervereint zu sein. Die Monate, die er auf See gewesen war, waren eine Zeit der Heilung für sie beide gewesen.

»Ich liebe dich so sehr«, flüsterte sie immer wieder.

»Ich liebe dich auch.«

Ian hatte das in vielfältiger Hinsicht bewiesen. Sie war ihm dankbar für seine Geduld und dafür, dass er sich geweigert hatte, ihre Ehe abzuschreiben. Ohne seine wiederholten Versuche, ihre Probleme miteinander zu lösen, wären sie bereits geschieden – das stand für Cecilia fest. Weder Ian noch die Richterin hatten ihr die Scheidung leicht gemacht, und Cecilia war beiden wirklich dankbar.

»Ich habe eine Entscheidung getroffen«, sagte sie ihm, als sie Arm in Arm zum Auto gingen. Jetzt, da er endlich wieder zu Hause war, schien jede Trennung, und sei es nur durch ein paar Zentimeter Abstand, einfach unerträglich.

»Ich hoffe, dazu gehört, dass wir wieder zusammenleben«, murmelte er.

»Ja, das tut es.« Tatsächlich wartete eine Überraschung auf Ian. Mit Cathys Hilfe hatte sie die Sachen ihres Mannes wieder in ihre kleine Wohnung geschafft. Ein paar seiner Sachen waren noch auf dem Stützpunkt, aber alles, was er bei den Lackeys untergebracht hatte, hatte sie nach Hause geholt.

»Ich möchte meine Frau bei mir haben.« Er schaute ihr tief in die Augen.

»Ich möchte noch ein Baby, Ian.« Jetzt hatte sie es gesagt. Die Worte kamen direkt aus ihrem Herzen.

Er geriet ins Straucheln und blieb abrupt stehen. »Ich dachte … du sagtest …«

Natürlich war er verwirrt, das konnte sie ihm nicht verübeln. »Du kannst Cathy und Andrew für meine Entscheidung danken.« Wenn ihre Freundin eine dritte Schwangerschaft voller Hoffnung durchstehen konnte, dann konnte auch sie lernen, ihren Schmerz loszulassen und freudig in die Zukunft zu blicken.

»Bist du sicher? Denn ich habe beschlossen, das ganz und gar dir zu überlassen. Versteh mich nicht falsch, ich wünsche mir eine Familie, aber es ist mir wichtiger, dass du von einer weiteren Schwangerschaft überzeugt bist.«

Cecilia lehnte ihren Kopf an seine Schulter, als sie weitergingen. »Ich habe in den letzten Monaten viel darüber nachgedacht. Ich möchte gern weiter die Schule besuchen.«

»Das solltest du auch. Du bist sehr intelligent, und du kannst wirklich gut mit Zahlen umgehen.«

»Aber ich möchte auch eine Familie. Unsere Familie. Allerdings würde ich gern noch ein paar Jahre warten.«

»Ganz, wie du willst.«

»Ich wünschte, du wärst auch vor ein paar Monaten so umgänglich gewesen«, neckte sie ihn, überlegte es sich dann aber anders. Ja, er war dickköpfig und stur gewesen, sie aber ganz genauso.

»Irgendwann in naher Zukunft werde ich diese Richterin besuchen«, fuhr sie fort.

»Warum?«

»Sie hatte den Mut, uns zu sagen, dass wir zusammenbleiben sollen. Sie hat das nicht direkt so ausgedrückt, aber das war die Botschaft, die sie uns vermittelt hat. Dafür möchte ich ihr danken.«

»Ich auch«, sagte Ian und küsste sie sanft auf den Scheitel.

Das Klingeln des Telefons riss Grace aus dem tiefsten Schlaf. Mit klopfendem Herzen schreckte sie hoch und angelte automatisch nach dem Hörer.

»Ja?«

»Es ist so weit«, sagte ihr Schwiegersohn.

»Kelly liegt in den Wehen?« Grace war schon aus dem Bett,

das Telefon mit der Schulter ans Ohr gepresst, schaltete sie das Licht an und suchte nach ihrer Kleidung. Der Uhrenwecker sagte ihr, dass es zehn vor vier war.

»Die Wehen kommen alle fünf Minuten, und wir sind auf dem Weg ins Krankenhaus.«

»Ich treffe euch dort. Soll ich Maryellen anrufen?«

»Ja, danke, sie wäre die Nächste auf meiner Liste gewesen.«

Grace brauchte weniger als fünfzehn Minuten, um sich anzuziehen, Maryellen anzurufen und sich eine Tasse Instantkaffee zu machen. Dann konnte sie losfahren.

»Buttercup!« Sie wollte die Hündin in den Garten lassen, bevor sie ging.

Die Gerufene tapste langsam und widerwillig aus dem Schlafzimmer, offensichtlich alles andere als erfreut, aus dem Schlaf gerissen zu werden. »Ich bin schneller zurück, als du denkst«, versprach Grace, und weil sie so aufgeregt war, fügte sie laut hinzu: »Ich werde Großmutter!«

Als Grace auf der Entbindungsstation eintraf, war Maryellen bereits da. Sie trafen sich im Warteraum. Pauls Mutter Margaret war auch schon dort, bewaffnet mit ihrer Kamera und einer Kreuzstichstickerei.

»Ich habe das schon mal mitgemacht«, erklärte sie, ließ sich auf einem Stuhl nieder und holte Stickgarn in verschiedenen Farben aus ihrer Tasche.

»Ich kann kaum glauben, dass ich jetzt hier bin«, murmelte Maryellen, die einen Becher Kaffee aus der Cafeteria in den Händen hielt. »So früh bin ich seit meiner Schulzeit nicht mehr aufgestanden.« Sie gähnte ausgiebig.

»Wo sind Paul und Kelly?«

»Irgendwo da hinten.« Abwesend wedelte Maryellen mit einer Hand zu einer Doppeltür hinüber.

Grace war gerade auf dem Weg zum Schwesternzimmer, um nach Neuigkeiten zu fragen, als Paul auftauchte. »Kelly wird gerade untersucht. Sie wollen wissen, wie weit der Muttermund sich schon geöffnet hat. Sie macht das großartig.«

»Und wie geht es dir?«, fragte Grace.

Paul nickte aufgeregt. »Ich bin bereit.«

»Er glaubt, dass er es ist«, meinte seine Mutter spöttisch.

»Dein Leben wird sich für immer ändern«, sagte Grace.

»Glaubt mir, das weiß ich. Kelly und ich wünschen uns dieses Baby so sehr.«

Bevor er wieder ging, umarmte Grace ihren Schwiegersohn. Sie war Paul sehr dankbar. In den Monaten seit Dans Verschwinden war er ihr eine große Hilfe gewesen. Grace wusste, dass er Kelly felsenfest mit Trost, Unterstützung und vernünftigem Rat zur Seite stand. Sie hatte sich selbst sehr oft auf ihn gestützt, wenn irgendetwas am Haus repariert werden musste. Nicht ein einziges Mal hatte er sich beklagt. Allmählich war sie stärker, mutiger und entschlossener geworden, ihr Leben selbst in die Hand zu nehmen, aber sie glaubte nicht, dass Kelly schon so entschlossen war – oder so resigniert.

»Was glaubst du, wie Kelly damit fertigwerden wird, dass Dad nicht hier ist?«, fragte Maryellen, als hätte sie die Gedanken ihrer Mutter gelesen.

Die Frage konnte Grace nicht beantworten. Kelly hatte sich an die Hoffnung geklammert, ihr Vater würde zurückkommen, sobald ihr Baby zur Welt gekommen war. Sie weigerte sich einfach zu akzeptieren, dass er sie ausgerechnet in diesem so entscheidenden Moment im Stich lassen würde.

»Er kommt nicht«, flüsterte Maryellen ihr zu. »Dad wird nicht durch diese Tür hereinkommen, und es wird kein freudiges Wiedersehen geben.«

»Vermutlich nicht«, stimmte Grace ihr zu. »Kelly wird auf ihre Weise damit fertigwerden. Im Moment hat sie an genug anderes zu denken.«

»Wem sagst du das«, murmelte Maryellen.

Grace lehnte sich auf dem harten Plastikstuhl zurück und schloss die Augen. Sie musste sich konzentrieren, um wach zu bleiben. Einerseits wäre sie gern bei Kelly gewesen, aber sie verstand auch, dass dieser besondere Moment Paul gehörte, und sie wollte sich nicht aufdrängen. Maryellen, die seit Langem geschieden war, zeigte kein Interesse daran, Mutter zu werden oder auch nur noch einmal zu heiraten. Manchmal fragte sich Grace, ob ihre älteste Tochter ihr Gefühlsleben einfach auf Eis gelegt hatte, während sie sich auf ihr Berufsleben konzentrierte. Sie hoffte nur, dass Maryellen ihre Entscheidungen nicht eines Tages bereuen würde.

Um halb acht stand die Geburt unmittelbar bevor. Paul überbrachte ihnen diese Nachricht und war blitzschnell wieder verschwunden. Maryellen, Grace und Margaret drängten sich im Flur vor dem Entbindungsraum, und nur kurz darauf wurde ihre Anspannung durch den Schrei eines Neugeborenen aufgelöst.

Wenige Minuten später kam Paul aus dem Raum. »Es ist ein Junge«, rief er begeistert, »ein Junge!«

Grace kannte Margaret Jordan nicht besonders gut, aber plötzlich lagen sich die drei Frauen in den Armen, als wären sie beste Freundinnen. Freudentränen liefen ihr über die Wangen.

»Mutter«, tadelte Maryellen sie scherzhaft, »jetzt sieh dich doch nur mal an.«

»Ich habe das Recht dazu«, erwiderte sie lachend und wischte sich die Tränen aus dem Gesicht. »Ich bin gerade Großmutter geworden!«

Um neun Uhr an diesem Morgen saß Grace im Schaukelstuhl und hielt den kostbaren Schatz liebevoll in den Armen, während Kelly schlief. »Willkommen, kleiner Tyler Daniel Jordan«, flüsterte sie und schaukelte dabei sacht. Die Aufregung hatte sich gelegt. Margaret hatte ihre Fotos geschossen und war nach Hause zu ihrem Mann zurückgeeilt. Maryellen war in die Kunstgalerie gefahren. Davon ließ sie sich von solch einer Kleinigkeit, wie Tante zu werden – und kaum geschlafen zu haben –, nicht abhalten. Grace hingegen hatte es nicht eilig, zu gehen.

»Mom«, flüsterte Kelly aus ihrem Bett. Grace blickte auf und stellte fest, dass ihre Tochter sie beobachtete. »Er ist so vollkommen, nicht wahr?«

»Und kostbar.« Grace küsste Tyler auf die Stirn.

»Es macht dir doch nichts aus, dass wir ihn nach Dad benannt haben, oder?«

Grace versicherte ihr, dass es das nicht tat. »Ich weiß nicht, wo dein Vater ist«, sagte sie, »und es gibt keine Garantie dafür, dass ich es jemals erfahren werde, aber eines weiß ich sicher: Er liebt dich, und er wäre sehr stolz, wenn er wüsste, dass der kleine Tyler nach ihm benannt wurde.«

»Glaubst du das wirklich?«

»Von ganzem Herzen.«

»Danke, Mom«, flüsterte ihre Tochter, und wieder fielen ihr die Augen zu.

Grace schaukelte ihren geliebten Enkel sachte weiter und hielt ihn sicher in ihrem Arm. Dan war fort. Sein Verschwinden hatte ein gähnendes Loch in ihr Leben gerissen. All die Monate hatte sie damit gelebt, hatte sich bemüht, Antworten zu finden, und dabei gewusst, dass das womöglich nie gelingen würde. Aber jetzt, da sie ihr Enkelkind in den Armen hielt, schien ihr all das plötzlich unwichtig.

Indem sie sich ihren Zweifeln und Ängsten gestellt hatte, hatte Grace etwas sehr Wichtiges gelernt: Alles, was sie brauchte, um glücklich zu sein, lag tief in ihr selbst vergraben. Ihr Enkelkind, dieser perfekte kleine Junge, gab ihr die Inspiration und den Mut, um weiterzumachen. Sie wünschte ihrem Mann alles Gute, wo immer er war und mit wem immer er lebte. Dann schloss sie die Augen und ließ Dan los, geistig und emotional. Sie war bereit dazu, auch ohne Antworten erhalten zu haben.

Leicht fiel es ihr nicht, aber Justine konnte die Sache mit Seth nicht einfach auf sich beruhen lassen. Seit jenem schrecklichen Abend, an dem Warren ihn im D.D. konfrontiert hatte, hatte sie ihn nicht mehr gesehen. Noch nie in ihrem ganzen Leben war sie so gedemütigt worden. Vermutlich sollte sie dafür dankbar sein, denn jener Abend hatte ihr die Augen dafür geöffnet, was aus ihr geworden war.

Seth war wieder in der Stadt, aber Justine wusste nicht, für wie lange. Da ihr klar war, dass ihr Mut sie verlassen würde, wenn sie zu viel darüber nachdachte, machte sie sich einfach auf den Weg zum Jachthafen.

Seth arbeitete auf seinem Boot. Er war dabei, Farbe abzuschleifen, und schien sie gar nicht zu bemerken. Scham und Furcht lasteten auf ihr, als sie auf dem Anleger auf ihn zuging. An seinem Liegeplatz blieb sie stehen. Da sie nicht wusste, wohin mit ihren Händen, steckte sie sie in die Hüfttaschen ihrer Jeans.

»Hallo, Seth.«

Er hielt mit seiner Arbeit inne und drehte sich langsam zu ihr um, die Lippen fest zusammengepresst. »Hallo, Justine.«

Erfreut war er über ihre Anwesenheit nicht, aber schließlich hatte er dafür auch keinen Grund. »Ich schätze, du fragst dich, was ich hier will«, murmelte sie.

»Es interessiert mich nicht wirklich.«

Sie ignorierte, wie abweisend er reagierte. »Ich möchte dich für neulich Abend um Entschuldigung bitten.«

»Kein Problem, längst vergessen.« Damit wandte er sich wieder seiner Arbeit zu, als wäre alles gesagt. Er war eindeutig nicht erpicht darauf, mit ihr zu reden, was das Ganze noch schwieriger für sie machte, als es sowieso schon war.

»Widere ich dich an?«, fragte sie.

Er hielt inne, warf ihr einen Blick zu. »Was ich über dich oder Warren denke, sollte dir egal sein.«

»Ist es aber nicht, weil … weil. Verdammt noch mal, Seth … ach, egal.« Sie drehte sich um und rannte los, blieb aber schon nach wenigen Schritten abrupt stehen. In ihr machte sich das schreckliche Gefühl breit, dass sie es ihr ganzes Leben lang bereuen würde, wenn sie jetzt von Seth fortging.

Als sie sich umdrehte, stellte sie überrascht fest, dass er auf den Anleger gesprungen war und nur wenige Schritte hinter ihr stand.

»Es ist dir wichtig, was ich denke?«, fragte er mit gerunzelter Stirn.

Ihre Stimme ließ sie im Stich, und sie nickte nur.

»Gut, dann hör mir zu.« Alles an ihm sagte ihr, dass er wütend war. Seine Haltung, die geballten Fäuste, die schmalen Augen, der harte Blick. »Du bist ein Dummchen, wenn du Warren Saget heiratest, und ich kann Dummchen nicht ausstehen.«

»Ich weiß.«

»Willst du ihn immer noch heiraten?«

»Nein«, rief sie, »ich habe an dem Abend mit ihm Schluss gemacht.«

Seth hob den Kopf. »Du triffst dich nicht mehr mit ihm?«

»Nein.« Sie erwähnte nichts von all dem, was Warren gesagt und getan hatte, um sie zurückzugewinnen, aber selbst wenn er ihr die ganze Welt zu Füßen gelegt hätte, hätte er das nicht schaffen können.

»Ich bezweifle, dass er das einfach so hingenommen hat.«

»Er hatte Probleme damit, mir zu glauben, aber irgendwann wird er meine Entscheidung akzeptieren.« Ihm blieb gar keine andere Wahl.

»Und was jetzt?«, fragte Seth.

Die Antwort hing ganz von ihm ab, aber das konnte Justine ihm nicht sagen, also zuckte sie mit den Schultern. Ein Schulterzucken, das von Herzen kam – voller Verunsicherung … und Hoffnung.

»Was soll das heißen?«

»Was?«, fragte sie unschuldig.

»Dieses Schulterzucken.«

»Das weiß ich nicht«, erwiderte sie verzweifelt. »Ich schätze, ich lasse dich einfach nur wissen, dass ich hier bin.«

Er runzelte die Stirn. »Hier?«

»Du hast mir mal gesagt, ich soll zu dir kommen, wenn ich mit Warren Schluss gemacht habe, und – hier bin ich.«

»Das habe ich gesagt?«

»In etwa.«

»Wenn du glaubst, dass ich jetzt einfach …«

»Ja«, fiel sie ihm ins Wort.

»Dann hör mir mal zu …« Er verstummte. »Was hast du gerade gesagt?«

Sie straffte ihre Schultern. »Wann? Gerade eben? Ich habe Ja gesagt.«

»Wie lautete die Frage?«

»Nun«, erwiderte sie und atmete langsam aus. »Ich habe dir nicht die Zeit gelassen, sie zu stellen, aber ich habe Ja gesagt. Das soll heißen: Ich werde dich heiraten.«

Ihre Antwort schien ihn nur noch mehr zu verwirren. Er starrte sie an, und Justine sagte nichts, weil sie immer noch nicht wusste, woran sie mit ihm war. Er trat auf sie zu, blieb stehen und marschierte dann direkt an ihr vorbei. Nach knapp zwei Metern drehte er sich zu ihr um. »Kommst du jetzt oder nicht?«, fragte er ungeduldig.

»Wohin gehen wir?«

»Wir holen uns unsere Heiratslizenz.«

»Jetzt?«

Da lächelte er, und es war das schönste Lächeln, das sie je gesehen hatte. »Ich halte nichts von langen Verlobungszeiten.«

Justine warf den Kopf in den Nacken und lachte. »Ich zufälligerweise auch nicht.«

Die Eingangstür zu ihrem Haus in der Lighthouse Road stand offen. Olivia saß mit ihrer Stickerei auf dem Schoß auf der Veranda, das schnurlose Telefon neben sich auf dem Tisch. Der Korb-Schaukelstuhl hatte ihrer Mutter gehört, und sie verbrachte ihre Sommerabende mit Vorliebe hier, genoss den Ausblick und beobachtete den Sonnenuntergang über den Olympics.

Das Telefon klingelte und störte ihre Einsamkeit. Olivia nahm das Gespräch an, ohne dem Gerät eine Chance zu geben, ein zweites Mal zu klingeln.

»Mom, ich bin es, Justine«, meldete sich ihre Tochter. »Also, hör zu, ich habe Neuigkeiten für dich, und ich will nicht, dass du wütend auf mich bist.«

»Warum sollte ich?«

»Nun ja, weil …«

Olivia hörte im Hintergrund einen Wortwechsel. »Justine?«

»Mom«, meldete ihre Tochter sich zurück, »ich bin verheiratet.«

Die Stickerei fiel achtlos zu Boden, als Olivia aufsprang. »Verheiratet?« Hatte Warren es also doch geschafft. »Ich gratuliere«, sagte sie, krampfhaft bemüht, erfreut zu klingen. Sie hatte immer gesagt, dass sie lächeln und Warren in der Familie willkommen heißen würde, wenn ihre Tochter beschloss, ihn zu heiraten.

»Warte, ich gebe dir Seth.«

»Seth?«

»Oh, habe ich das nicht gesagt? Ich habe Seth Gunderson geheiratet.«

Einen Moment war Olivia so geschockt, dass es ihr die Sprache verschlug.

»Mrs. Lockhart, hier ist Seth. Ich weiß, dass Sie vermutlich verärgert …«

»Ganz im Gegenteil, ich könnte mich nicht mehr freuen. Wo seid ihr?«

»In Reno.«

»Warum um Himmels willen in Reno?«

»Justine soll Ihnen das erklären.«

Ihre Tochter übernahm wieder das Telefon. »Bist du sauer auf uns, Mom?«

»Ich bin überrascht … und sehr erfreut.«

»Seth glaubt nicht an lange Verlobungszeiten.«

»Auch nicht an eine lange Brautwerbung, wie es scheint.«

»Nein … Folgendes ist passiert – wir haben beschlossen zu heiraten, und es wäre natürlich am naheliegendsten gewesen, die Lizenz im Gericht zu beantragen und uns von dir oder Pastor Flemming trauen zu lassen, aber das hätte drei Tage gedauert.«

»So ist das Gesetz im Staate Washington.«

»Ich weiß. Wir hatten aber keine drei Tage Zeit.«

Die Geschichte wurde von Minute zu Minute interessanter. »Und warum nicht?«

»Seth muss am Sonntagabend schon wieder in Alaska sein und hätte fast fünf Wochen nicht herkommen können. Also blieb nur die Wahl: entweder jetzt oder warten.«

»Und warten wolltet ihr nicht?«

»Ich konnte es nicht, Mom! Ich konnte es einfach nicht. Und er wollte auch nicht warten. Ich weiß, das ist vermutlich das Impulsivste, was ich jemals getan habe, aber ich weiß, dass es richtig ist, Seth zu heiraten. Ach, Mom, ich liebe ihn so sehr. Bitte, bitte, sei uns nicht böse. Wir feiern das später mit dir und Grandma und Dad. Einverstanden?«

»Natürlich. Ach, Justine, ich freue mich so sehr für dich und Seth.«

»Du magst ihn, nicht wahr?«

»Du weißt, dass ich große Stücke auf ihn halte.«

»Ich auch. Ich muss jetzt Schluss machen. Gleich rufen wir Seths Vater an. Und dann Dad. Und dann haben wir nur etwa zwanzig Stunden, bevor wir zurückfahren müssen. Ich bin glücklich, Mom, glücklicher als jemals in meinem ganzen Leben.« Sie hielt inne. »Ach, würdest du bitte Grandma für mich anrufen?«

Olivia schluckte gegen die Enge in ihrer Kehle. »Ich freue mich sehr für dich«, wiederholte sie. »Und natürlich rufe ich deine Großmutter an.«

Sie beendeten das Gespräch, und Olivia ging wie benebelt in ihr Haus zurück. Im Schlafzimmer setzte sie sich auf die Bettkante. Sie brauchte ein paar Minuten, um zu verarbeiten, was sie gerade erfahren hatte. Ihre Tochter war verheiratet. Mit Seth Gunderson. Das waren wunderbare, wunderbare Nachrichten!

Im ersten Moment wollte sie Stan anrufen, entschied sich aber dagegen. Justine wollte ihren Vater informieren, und er würde sich bei Olivia melden, sobald er erfahren hatte, was geschehen war. Also hatten ihre beiden Kinder sich entschieden zu heiraten, ohne dass ihre Eltern anwesend waren. Ob das wohl etwas zu bedeuten hatte?

Sie rief Charlotte an, aber die war nicht zu Hause. Also hinterließ sie eine Nachricht auf dem Anrufbeantworter: »Ruf mich zurück, wenn du nach Hause kommst.«

Dann wandte sie sich wieder ihrer Stickarbeit zu. Die Füße auf die Verandabrüstung gelegt, stickte sie vor sich hin und musste dabei immer wieder grinsen. Wer hätte je gedacht, dass Justine etwas so Spontanes tun würde?

Als ein zerbeulter blauer Taurus vor ihrem Haus hielt, reckte sie den Hals, um zu sehen, ob sie richtig vermutete, wer da gekommen war. Sie tat es.

Jack stieg aus seinem Auto, blieb auf dem Gehsteig stehen und beobachtete sie nervös. Erwartete er etwa, dass sie ins Haus ging und die Tür hinter sich verriegelte? Oder dass sie ihn einlud? Beides tat sie nicht.

Er kam näher und blieb vor der Verandatreppe stehen. »Hallo, Olivia.«

»Schöner Nachmittag, oder?« Sie war freundlich, aber übertrieb es nicht.

»Sehr schön.«

»Was kann ich für dich tun?« Sie glaubte nicht, dass das ein Privatbesuch war.

»Hast du was dagegen, wenn ich mich setze?«

»Nur zu.«

Da auf der Veranda nur der Stuhl stand, auf dem sie saß, kam er die Treppe herauf und setzte sich auf die oberste Stufe. »Bist du immer noch sauer auf mich wegen der Essensverabredung?«

Männer! Offenbar war er einfach nicht imstande, ein Konzept wie gegenseitiges Vertrauen und gegenseitige Achtung zu begreifen. »Nein.« Eine so knappe Antwort sollte ihn eigentlich zufriedenstellen, ohne dass das Gespräch in eine Sackgasse führte.

»Aber du bist immer noch nicht bereit, mit mir auszugehen?«

»Ich weiß nicht«, antwortete sie ehrlich. Nur ungern gab sie zu, wie sehr ihr seine Gesellschaft fehlte. Vielleicht hatte sie ja zu viel erwartet, aber sie konnte Geheimnisse zwischen ihnen nicht tolerieren.

»Das dachte ich mir.« Er ließ seinen Blick über die Bucht schweifen, über das glitzernde Wasser, das von der sinkenden Sonne allmählich rosa getönt wurde.

»Ich bin nach Cedar Cove gezogen, um ein neues Leben anzufangen«, sagte Jack. »Aber die Vergangenheit holt einen immer wieder ein, nicht wahr?«

Olivia nickte. Dass das stimmte, sah sie jeden Tag.

»Bob hat mir geraten, es dir einfach zu sagen – er meinte, ich hätte das schon vor Monaten tun sollen, aber ich hatte Angst, du würdest nichts mehr mit mir zu tun haben wollen, wenn du Bescheid weißt.«

»Noch mehr Geheimnisse, Jack?«

»Nein, nur der Grund, warum ich an dem Abend nicht mit dir essen gehen konnte.«

»Das ist nicht nötig.« Er hatte seine Entscheidung getroffen und sie ebenfalls, obwohl sie zugebenermaßen neugierig war.

»Ich denke, doch«, widersprach er. »Jedenfalls wenn du und ich weiter miteinander ausgehen wollen, und das wünsche ich mir sehr.«

»Ich habe ein Problem mit Geheimnissen. Ich verabscheue sie.« Ihr war klar, dass viele ihrer Empfindungen etwas mit ihrer gescheiterten Ehe zu tun hatten. Stan war ihr schon vor der Scheidung nicht mehr treu gewesen, zumindest was seine Gefühle anging. Nach der Krise durch Jordans Tod hatte eine andere Frau Stan geholfen, mit dem Verlust fertigzuwerden. Er hatte sich einer anderen Frau anvertraut.

»Ich bin trockener Alkoholiker, Olivia.«

»Aber …« Sie verstummte. Sie hätte schwören können, dass sie ihn schon mit einem Drink in der Hand gesehen hatte. Nein, dachte sie. Das war im Willcox House gewesen, und er hatte Mineralwasser getrunken, während sie sich für Wein entschieden hatte. Er hatte gesagt, er würde nicht trinken, weil er noch fahren müsse …

»Der Grund, warum ich nicht mit dir essen gehen konnte, war ein AA-Treffen, zu dem ich gehen musste. Ich bin seit zehn Jahren trocken. Es waren zehn lange Jahre, aber es vergeht kein Tag, an dem ich nicht an Schnaps denke. Ich bin nur ein Bier davon entfernt, alles wieder kaputtzumachen.«

Es erforderte eine Menge Mut, die Wahrheit auszusprechen. Olivia stand von ihrem Schaukelstuhl auf, setzte sich neben Jack auf die Treppenstufe und griff nach seiner Hand.

Er schloss seine Finger um ihre. »Ich habe damals vor vielen Richtern gestanden, bin aber noch nie mit einer Richterin ausgegangen«, sagte er. »Die Wahrheit ist, ich war mir nicht sicher, wie du zu mir stehst, wenn du Bescheid weißt.«

»Offen gesagt erklärt es eine ganze Menge.«

»So? Was denn?«

»Nun … ich habe mir schon gedacht, dass es eine logische Erklärung dafür geben muss, dass du Barry Manilow nicht magst.«

Jack lachte. »Willst du damit sagen, dass nur ein Trinker ihn nicht mögen kann?«

Olivia lachte ebenfalls.

»Ich habe mich zwanzig Jahre besinnungslos besoffen, aber glücklicherweise habe ich mir meinen Humor bewahrt.«

»Gut so. Du wirst ihn brauchen, wenn du hier in Cedar Cove leben willst.«

Jack hob ihre Hand an seine Lippen. »Freunde?«

»Beste Freunde.«

»Liebende?«

»Fordere dein Glück nicht heraus.«

Er seufzte. »Heute Abend habe ich Zeit, mit dir essen zu gehen, wenn dir danach ist.«

»Zufällig habe ich einen Grund zum Feiern. Welchen, das erzähle ich dir später.«

»Warum nicht jetzt?«

»Ich möchte den Sonnenuntergang ungestört genießen. Ach, Jack, ist er nicht wunderschön?«

»Das ist er«, flüsterte er, schlang seinen Arm um sie und zog sie fest an sich.

Während die Sonne über Cedar Cove unterging, ließ Olivia ihren Kopf auf Jacks Schulter sinken. Dieser Sommer war ein guter gewesen. Inzwischen waren ihre Kinder beide verheiratet, und James war Vater geworden. Justine klang richtig glücklich. Ihre Mutter war immer noch bei guter Gesundheit. Ihre beste Freundin hatte einen schweren Schlag erlitten, aber Grace hatte akzeptiert, was sie nicht ändern konnte. Sie war dabei, ihr Leben umzustellen, und Olivia war stolz auf sie.

Und Olivia selbst … Sie war mit Jack zusammen, und ihre Beziehung stand auf einem festen Fundament. Sie wusste nicht, was die Zukunft für sie bereithielt, glaubte aber, dass sie ihr eine Menge Freude bescheren würde.

Die Sonne versank hinter den Olympic Mountains. Ihr tiefroter Schein fiel aufs Wasser und tauchte das Haus in der Lighthouse Road in ein rosiges Licht, legte sich über die Stadt und berührte sanft das Haus in der Rosewood Lane, wo Grace Sherman am Fenster stand, hinausschaute und lächelte.

– ENDE –

Debbie Macomber
Eine Schachtel voller Glück
€ 9,99, Taschenbuch
ISBN 978-3-95649-806-0

Anne Maries gemütlicher Buchladen in der bunten Blossom Street läuft gut. Sie fühlt sich hier wohl, aber so richtig glücklich ist sie schon lange nicht mehr. Anne Marie beschließt, etwas zu ändern. Zwanzig Wünsche schreibt sie auf: Dinge, die sie schon längst einmal hätte tun wollen. Plötzlich nimmt sie das Leben von einer ganz anderen Seite wahr, entdeckt seine Schönheit und lernt, dass sich Wünsche nicht immer so erfüllen wie erwartet ...